KB167906

시조의 이론과
시조창작론

시조의 이론과
시조 창작론

時調

김봉군 지음

연암서가

지은이 김봉군

경남 남해에서 출생하여 진주고등학교와 서울대학교(국어교육과·법학과)를 거쳐 서울대학교 대학원을 마쳤다. 서울대·서울신학대 등의 강사, 성심여대·가톨릭대 교수를 역임했다. 미국 University of Southern California, 캐나다 Trinity Western University 객원교수를 지냈고, 현재 가톨릭대학교 명예교수다. 문학박사·문학평론가·시조시인이며 시도 발표해 왔다. 한국문학비평가협회·한국크리스천문학가협회·한국독서학회 회장을 지냈고, 한국문인협회 자문위원·국제PEN한국본부 저작권위원이며, 현재 사단법인 세계전통시인협회 한국본부 이사장으로서 우리 전통시인 시조의 세계화와 세계 전통시인들과의 교류에 정진하고 있다. 저서에 『문장기술론』·『한국현대작가론』·『다매체시대문학의 지평 열기』·『문학 작품 속의 인간상 읽기』·『기독교 문학 이야기』 등 20여 권이 있다.

시조의 이론과 시조 창작론

2019년 10월 10일 초판 1쇄 인쇄
2019년 10월 15일 초판 1쇄 발행

지은이 | 김봉군
펴낸이 | 권오상
펴낸곳 | 연암서가

등록 | 2007년 10월 8일(제396-2007-00107호)
주소 | 경기도 고양시 일산서구 호수로 896, 402-1101
전화 | 031-907-3010
팩스 | 031-912-3012
이메일 | yeonamseoga@naver.com

ISBN 979-11-6087-054-1 93810
값 18,000원

※ 이 도서는 한국출판문화산업진흥원의 '2019년 출판콘텐츠창작지원사업'의 일환으로 국민체육진흥기금을 지원받아 제작되었습니다.

우리 문화 유산 중에 자랑할 것은 적지 않다. 한글, 고려 자기, 고려 금속 활자, 팔만대장경판, 이순신 전법 등은 세계적으로 알려진 자랑거리다. 또 있다. 시조다. 통설에 따르면, 시조는 고려 말 우탁(禹倬)이 늙음을 한탄한 탄로가(歎老歌) 몇 수를 발표하면서 우리 문학사에 나왔다. 시조의 나이는 7백 세가 넘었다.

이같이 시조는 장수 장르다. 우리 역사가 시작된 이래 여러 문학 장르가 생겼다가 사라졌다. 예술 장르는 유기체처럼 대개 생성, 성장, 난숙, 쇠멸의 과정을 비켜 가지 못한다. 시조는 예외적으로 살아남았다. 1920년대 후반 국민문학파의 시조 부흥 운동 덕분이다. 이 운동은 일제의 소위 '대화혼(大和魂)'과 카프파의 탈민족적 계급 투쟁 문학의 기세에 대한 응전(應戰) 방식으로 전개되었다. 이에 따라 우리 민족 전통시인 시조는 우리 문학사의 핵심에 자리잡을 계기를 마련했다.

문화는 물의 흐름과 닮아서 외부 권력이나 충격에 쉬이 반응하지 않는다. 시조는 인위적인 새 문화 권력인 국민문학파의 충격에 반응하여 부흥된 예외적 장르다. 그 부흥에 유리하게 작용한 요인은 두 가지다. 하나는 시운(時運)이다. 3·1운동에 놀란 일제는 무단 정치를 문화 정치로 바꾸었다. 우리 민족은 일제의 민족혼 침식에 맞선 문화적 응전 방식을 세웠다. 그 중의 하나가 시조 부흥 운동이었다. 또한 민족 정체성을 해체하려는 카프파에 속수무책으로 굴종할 수 없었던 것은 직접적 요인이었다. 다른 하나는 시조의 율격이 우리 민족 율격의 집단 무의식과 합일되는 것이었다. 시조의 3·3, 3·4음절 단위의 율격 구조는 민요의 경우에 호응되지 않는가. 민요는 우리 민족 음악의 기층에 자리해 있다. 시조는 그래서 살아남을 수 있었다.

시조는 우리 민족 율격의 기층에서 굴기한 우리 고유 문학 장르다. 우리 민요는 기층 예술이다. 시조 발생에 관한 여러 학설이 있으나, 민요 기원설이 가장 설득력이 있다.

우리 민족 집단 무의식의 기층(基層) 율격과 정서와 형식을 탈각하는 불상사가 없는 한, 시조의 생명력은 항구할 것이다. 그렇다고 시조가 발생기의 배경 사상인 유교적 상상력에 고착되어 있어서는 안 된다. 인간의 사유(思惟) 방식은 기대와 상황에 따라 변할 수 있다. 종교나 신앙 세계 같은 초시대적 사유 체계도 시대에 따라 상상력의 변화를 보일 수 있다. 역사, 특히 문화사는 전통의 창조적 지속(duration)과 변이(variation)의 과정 속에 있다.

다만, 21세기 이후의 세계사 전개 과정에서 민족 정체성이 동요하게 될 가능성이 있다는 것은 문제다. 순혈주의보다는 혼혈주의, 택일론보다는 병합론이 현실화해 가는 세계화의 시대에 '민족' 개념이 이미 동요하고 있는 것이 사실이다. 대거 이민이 문제가 되면서 유럽 신민족주의가 부활할 듯이 보이나, 그건 아닐 것이다. 다종의 인류가 섞이는 세계화의 추세는 굴곡이 있겠으나 지속적으로 진행될 것이다.

영국 옥스퍼드대학교 인류학자 데이비드 쿨먼 교수는 장차 세계에서 제일 먼저 소멸할 민족이 한민족이라 예견하였다. 먼 훗날 일이다. 그 먼 훗날에 대비하는 자세로 우리 시조의 고유성을 유지하면서 세계적 보편성을 수용, 창출해 나가는 노력이 우리에게 필요하다.

시조 살리기에 이어 시조 가꾸기, 국내와 국외에 시조 펼치기에 뜻을 모으고 이를 실현하는 것은 시조 작가와 독자만이 아닌 한국인 모두의 몫이다.

1990년대부터 써 온 시조론을 이제야 한 평론집으로 묶었다. 감회가 새롭다. 책의 분량이 과도히 방대해져 쌓인 글을 다 싣지 못한다. 다른 평론집에 담을 것이다.

시조 창작론에는 시조시인의 등단 연도순을 고려했다. 작품의 비중, 시조 단체에 대한 공헌도, 창작열에 따라 적은 예외를 두었다. 한국을 종주국으로 두고 시조의 생활화와 세계 전통시인들과의 교류를 실현하고 있는 세계전통시인협회 한국 본부 회원들께 이 책의 상재 소식을 제일 먼저 알린다. 아울러 이 땅의 시조시인 제위는 물론, 사랑하는 우리 국민들과 전 세계의 디아스포라 우리 동포들의 격려를 바라는 마음 또한 간절하다.

때가 중요하다. 시대의 요청이다. 어려운 여건에도 이 책의 출판을 맡아 주신 연암서가 권오상 대표님의 배려가 느껍다.

2019년 8월 중순

우석서재(隅石書齋)에서

김봉군

차례

제 1 부

시조의
이론과 실상

時調

왜 시조인가

한 나라의 전통시는 그 나라, 그 민족 문화의 상징적 표상이다. 20세기 이후 시단의 권력을 자유시가 장악한 것은 시대의 요청으로 환영할 일이나, 한국인의 중요 언어 예술 유산인 전통시가 현대시의 아류(亞流)로 여기는 경향이 있다면, 그것은 심히 바람직하지 않은 풍속이다.

다행히 우리 전통시인 시조는 20세기에 들어서도 법고창신(法古創新)의 기세를 얻어 당당한 근대 문학 장르로 확고히 자리매김하게 되었다. 오히려 자유시의 과도한 난해성과 형식의 혼란상에, 갈 길을 더위잡기 어렵게 된 자유시 작가나 평론가 들이 시조 쪽으로 눈을 돌리게 된 것이 작금(昨今)의 현실이다.

우리 전통시인 시조는 다른 나라 정형시(定型詩)와는 달리 음절 수의 넘나듦이 허용되며, 3장 6구 12음보(音步)의 적절히 짧은 형식에 기·승·전·결의 의미 구조를 갖춘 인류 최고의 정형시(整形詩)다.

일본의 하이쿠(俳句)는 차치하더라도, 중국 전통 한시, 영국의 소네트, 스페인의 정형시 등은 까다로운 여러 규칙의 경직성 때문에 소위 '언어의 감옥'이라는 부정적 명제를 안고 있다. 반면에 우리 시조는 음보율(音

步律)을 훼손하지 않는 한 음절 수를 다소 증감시킬 수 있는 '절제된 자유'를 허용한다. 이는 세계 전통시 중 시조만이 누리는 강점이다.

시조의 강점은 여럿이다.

첫째, 시조는 그 원형인 단시조(短時調)로써 볼 때, 형식이 짧아 예술 시조뿐 아니라 생활 시조로 읽고 쓰기에 용이하다.

둘째, 시조는 개인과 민족·국민의 정서를 순화하고, 절제심과 극기심을 기르게 한다. 자유가 넘치면 방종으로 내닫기 쉽다. 자가 조절력이 있는 인간은 방종의 난맥상을 추슬러 절제의 질서 본원력을 발휘하는 존재다. 시조의 절제미는 질서 복원의 준거로서 기대에 부응하고 남는다.

셋째, 시조는 우리 고전 문학 장르 가운데 유일하게 원형 그대로 살아남은 장르다. 통설에 따르면, 시조는 7백 년 이상 지속된 우리 고유 문학 장르다. 이 소중한 우리 언어 문화 유산을 자손 만대에 전승시키는 일은 한국인의 책무요 영예다. 20세기 이후 100년 동안 우리는 서구 해바라기의 문화 의식으로 살아 왔다. 덕분에 물질 문명과 문화의 수준에서 서구적 보편성을 과시하기에 이르렀다. 이제 우리는 호흡을 가다듬고 우리다운 문화 정체성(culture identity)을 확인하며, 이를 기반으로 창조적 전통 문화를 꽃피우고 향유·지속·전파하는 길을 열어야 옳다. 문학 장르로는 시조만이 그 중심에 놓인다.

생의 철학자 딜타이를 상기해 보자. 그는 일체 유기체의 생성·성장·난숙·소멸 과정에 주목했다. 문학 장르도 대개 유기체와 같은 과정을 거친다. 우리 문학의 장르 변천도 원칙상 예외가 아니었다. 고대 시가, 향가, 고속요(고려 시대의 속요), 경기체가, 시조, 가사, 고소설, 판소리 대본, 한시·한문 소설 중 20세기 이후에 살아남은 것은 시조뿐이다. 일부 민요와 판소리, 가면극·창극은 전통 음악 장르로서 전수되고 있다.

그렇다면, '전통 문학'이란 무인가? 전통 문학이란 고전 문학 가운데 현재까지 살아남아서 작가와 독자가 함께 향유하는 장르를 가리킨다. 우리의 경우 현재 시조만이 보편적인 작가와 독자가 있다. 한시(漢詩)는 어떤가? 지금도 한시를 쓰고 있는 특수층이 있다. 그러나 한시는 일부 특수 동호인들의 전유물이므로, 국민·민족적 보편성이 없다. 한국 한시는 19세기에 소멸한 한국 고전 문학 장르일 뿐이다. 한국 한시, 중국 한시, 향가, 고속가, 가사, 고소설 등은 교과서에 실어 공부할 고전 문학 장르일 따름이다.

여기서 밝혀 둘 것이 있다. 문화 교류의 원리다. 이질적인 집단(나라)끼리 문화를 주고받는 경우에 작용하는 원리가 있다.

첫째, 서로 다른 집단끼리 문화 교류는 이식(移植)되기보다 굴절하여 수용된다. 수용하는 쪽의 문화의 층이 두꺼울수록 굴절의 각도는 커진다.

둘째, 서로 다른 집단의 문화는 원칙상, 총체적으로 우열의 관계에 있다기보다 차이의 관계에 있다는 인식이 필요하다.

우리는 수천 년 문화를 축적한 문화 강국 국민이다. 그런데도 20세기 이후 우리는 서구 문화의 충격에 무방비로 당했다. 1910년 나라를 잃은 우리의 망국(亡國) 콤플렉스는 우리 과거사를 송두리째 부정하는 집단 심리에 사로잡히게 만들었다. 서구 것이면 무엇이든 좋다는 우리의 왜곡된 집단 심리는 우리 전통 문화에 대한 자존감을 소진케 만들었다. 파행이었다.

다분히 정치적인 구호이기는 했어도, 1970년대부터 민족 주체성 정립 문제가 대두되었고, 1980년대에 그 실천적 연구와 문화 운동이 진척을 보이기 시작한 것은 주목할 만한 역사적 사건이었다. 다만, 1980년대 연구의 대전제가 탈제국주의적 정치 편향성에 과도히 기울어 있었던 것이 문제였다. 남미에서 도입된 '종속 이론'이 기세를 올리는 가운데 배타적 종족적 민족주의가 기승을 부렸다. 따라서 정작 우리 문화 정체성 정립과 창조적 변용 문제는 주변으로 밀려나게 되었다.

다시 1970년대 이전으로 눈을 돌려 보자. 지성인임을 자처하는 소위 '문화 선각자들'은 너도나도 우리 문화 때리기에 열을 올렸다. 망국민 집단 의식의 발호였다. 가령, 수사론적 변설(辯舌)의 기재(奇才)인 문학 평론가 이어령의 우리 고유 문화 때리기가 그 시절 풍속을 방증한다. 우리의 '엉거주춤의 자세', '관계하지 않으므로 괜찮다'는 무관계 심리 등을 무참히 비난한 것이 그 예다. 그의 논점에 일리가 없는 것은 아니나, 빈정거리기에 신들린 듯 몰입한 그 수사의 어조는 우리 민족을 하늘 아래 낯조차 들 수 없을 지경으로 만들 만큼 모멸감에 차 있었다. 그가 보자기 문화 우월론을 내세우는 등 제정신을 차리기에는 상당한 시간이 걸렸다. 바야흐로 지구촌, 세계화 시대다. 시간·공간적으로 세계가 하나가 되었다. 따라서 문화도 하나가 되어 간다. 이때 우리는 정신을 차려야 한다.

요사이 또다시 20세기에 앓았던 망국 집단 의식이 도지려 한다. 한자를 폐기하고 전통 문화를 폄시하며 서구 문화 추종하기에만 열을 올린다. 서구 문화는 우리 문화보다 통째로 우수한 것은 아니다. 자유, 평등, 박애, 정의(正義) 등 우리가 서구 문화에 빚지고 있는 것은 많다. 그렇다고 우리 문화 모두를 열등시하고 폄훼해서는 안 된다. 모든 문화 평가의 기준을 서구의 표준에 맞추려는 것은 폐습이다.

이제 우리 자신을 제대로 응시할 때가 되었다. 자기 정체성을 재정립해야 한다. 디지털 문명 시대, 호모데우스가 되어 가는 인간끼리의 근접 소통의 계기가 극감하여 인간 관계가 파편화해 가는 이 시대를 직시하자. 그리고 그 속에서 아직도 유효한 우리 문화 정체성은 무엇인가를 찾아 보자. 분명 많이 있다. 아울러 세계 여러 곳의 문화를 수용하여 새로운 우리 문화와 어우러지게 하자. 다양성은 좋은 문화의 속성이다. 코스모스도 하양, 빨강, 자줏빛 꽃들이 섞여 필 때 더 아름답다.

시조 향유의 당위성을 강조하려다 보니, 이야기가 지나치게 거대 담론으로 치달았다. 아무튼 시조는 현대는 물론 미래에도 지속될 소중한 우리 언어 문화 유산이다. 우리 전통시 시조를 우리 스스로 소중히 여겨 널리 향유하고, 세계 전통시와 교류하는 노력이 중요하다. 시조는 '받는 세계화'에 편향되어 있었던 우리가 '주는 세계화', '주고받는 세계화'의 계기를 마련할 주요 문화 매체가 될 것이다. 우리나라가 종주국인 세계전통시인협회는 이 일을 선도할 것이다.

민족적이면서도 보편적인 우리 문화의 정화, 시조도 그 몫을 감당해야 한다. 이것이 이 책을 쓰는 이유다.

시조의 명칭과 형식에 관한 쟁점 과제

1. 여는 말

시조의 명칭 문제가 제기되는 까닭은 근현대 시조가 창(唱)을 잃은 데 있다. 또 형식에 관한 쟁점 과제는 정격(正格) 복원(復元) 여부다. 시조 형식의 표준화가 문제라는 뜻이다.

이 문제는 역사 원리로서의 지속(duration)과 변이(variation), 규정적 정의(定義)와 현장적 정의에 대한 관점의 정립을 요구한다.

문화사의 원리는 흐름이다. 문학사는 문화사의 한 줄기로서 흐름의 원리를 따른다. 이 흐름은 반역사적 변혁의 혁명을 거부한다.

문학상의 쟁점도 문화의 원리로 풀어야 한다.

2. 문학상의 정의 문제

문학에서 정의론(定義論)의 기본 관점은 네 가지다. 곧 대상 중심의 반영론, 작가 중심의 표현론, 독자 지양의 효용론, 작품 자체의 자율성과 가치 중립성을 강조하는 존재론이다. 시조 이론은 이 네 가지 관점을 통합할 때 그 실효성이 있다.

이 밖에 정의에 대한 새로운 관점들도 대두된다. ① 규정적 정의(規定的 定義, stipulative definition), ② 기술적 정의(記述的 定義, descriptive definition), ③ 사회적 정의(社會的 定義, social definition)와 수용 이론(受容理論, reception theory), ④ 화행론적 정의(話行論的 定義, speech-act theory), ⑤ 문학 기호학 (semiotics of literature)적 정의, ⑥ 현장적 정의(現場的 定義, field definition) 들이 그것이다.[1]

위의 ①항은 문학이라는 단어의 정적(靜的)인 특징 파악에 치중하는 특성 정의(trait definition)를 가리키며, 가장 고전적인 관점의 결과다. ②는 사람들이 실제로 어떻게 사용하는가를 존중하는 용도 정의(用途定義, use definition)다. ③은 문학의 사회적 과정을 중요시하며[2], ④는 작품의 '말하기 전 과정'에 착목한다. ⑤는 문학적 발화(發話, utterance)를 기호로 하는 소통 행위로 보며, 문학적 발화의 문학성 파악이 중요시된다.[3] ⑥은 문학의 규정적 성격에서 벗어나 사람들이 현장에서 판단하는 것에 따르자는 주장이다.

---

1 Paul Hernadi(ed.), *What is Literature*(Indiana University Press, 1978), pp. 11~12 참조.

2 Hans Jauss, "Literary History as a Challenge to Literary Theory," Ralph Cohen, *New Directions in Literary Theory*(Routledge and Kegan Paul(London, 1974), pp. 27~162 참조.

3 Robert Scholes, "Toward a Semiotics of Literature," Paul Hernadi, *op. cit.*, pp. 231~250 참조.

3. 시조의 명칭과 형식

시조의 명칭에 관한 논란은 비교적 단순하나, 형식 문제는 비중 있는 쟁점 과제다.

(1) 시조의 명칭

시조(時調)라는 명칭은 조선 후기 문인 석북 신광수(申光洙, 1712~1775, 숙종 38~영조 51)의 『석북집(石北集)』「관서악부(關西樂府)」(1774)에 처음 보인다. 그때까지는 단가(短歌), 가(歌), 가곡(歌曲), 악(樂), 악장(樂章), 창(唱), 영언(永言), 신조(新調), 신성(新聲), 신곡(新曲), 신번(新飜) 등으로 불렸다.

시조는 조선 후기 명창 56인에 드는 한양 사람 이세춘(李世春)의 노래[唱]에서 유래하였다. 이는 신광수의 「관서악부」의 기록에 따른 것이다. 이런 이야기는 다 알려져 새로울 것이 없다.

문제는 창을 잃은 근현대 시조를 그대로 '시조'라 지칭해도 되는가 하는 데 있다. 미학자요 전통시론의 거두인 문학평론가 윤재근(尹在根)은 시조와 자유시를 뾰족하게 구분함과 아울러, '시조시인'이라는 명칭조차 마땅치 않으므로 '시조인'으로 불러야 한다고 주장한다. 시조와 자유시에는 노래하기(영언)와 뜻을 말하기(언지)의 차이가 있다는 것이다.

詩言志, 歌永言, 律和聲.
시 언 지   가 영 언   율 화 성

『서경(書痙)·상서(尙書)』에 있는 말이다.
시는 뜻을 말하고, 노래는 말을 읊는다는 것이다.

凡音之起, 有人心生也, 人心之動, 物使之然也.

범 음 지 기   유 인 심 생 야   인 심 지 동   물 사 지 연 야

『예기(禮記)』의 말이다. 무릇 소리의 일어남은 사람의 마음이 움직임에서 말미암는다. 사물에 감응하여 움직임, 곧 인간의 욕망이 곧 말을 할 수밖에 없도록 만든다. 인간은 말하고[話], 말을 읊게 되며[吟], 마침내 노래 부르게 된다[唱]. 서경은 시와 가를 구별하였으나, 우리는 시와 가를 떼어놓지 않고 그냥 '시가(詩歌)'라 하였다. 서경에서 음률이 소리와 화합한다고 한 것은 시보다 가가 우선한다는 뜻이다. 요컨대, 말하는 것보다 읊는 것이, 그보다 노래 부르는 것이 말할 수밖에 없는 인간 욕망의 효과를 극대화한다는 것이다.[4]

까닭에 윤재근은 시조는 읊음[영언, 永言]에 값이 있고, 자유시는 뜻을 말함[언지, 言志]에 본분이 있다고 한다. 윤재근의 시조와 시의 뜻매김은 철저한 규정적 정의에 따른 것이라 하겠다. 모더니티와 만나 거듭난 현대 시조와 율격이 두드러진 근현대시의 속성에 비추어 더 논의해야 할 과제다.

이와 달리, 창을 잃은 근현대 시조를 '시조시'로 명명하자는 견해도 설득력이 없지 않다. 일찍이 자산(自山) 안확(安廓)은 근대 시조를 '시조시'라 했고[5], 현대 시조시인과 연구자 가운데 정봉래·한춘섭 등이 같은 주장을 편다.

이런 또 하나의 규정적 정의는 현장에서 수용되지 않는 것이 대세다. 원칙이 타당하더라도, 현장에서 수용되지 않고 근본을 훼손하지 않는 한

---

4 윤재근, 『시론(詩論)』(동지, 1990), pp. 3~47 참조.
5 안확, 「시조시와 서양시」, 『문장』(제2권 제1호, 1940), p. 150 참조.

대세를 따르는 것이 순리다. 근현대 시조는 고시조의 변이된 실체로서 '시조'라 할 수밖에 없다. 문학사적 지속과 변이의 정상적 흐름이다.

(2) 시조의 형식

1) 이론

고시조의 기본형은 무가(巫歌)와 민요의 율격(律格, meter)을 바탕으로 향가와 고속요(古俗謠)의 영향권을 거치면서 3장 6구 12음보 형식으로 정착되었다.

시조는 한시나 영시를 비롯한 서구의 전통시와 같은 고정형(fixed form) 정형시(定型詩)가 아닌, 한국적 규칙형(規則形) 정형시(整形詩)다. 한국어에는 영어·독어 등에 있는 강약률, 중국어의 고저음, 프랑스어·이탈리아어·스페인어·일어의 음철수율(音綴數律)이 없다. 가령, 영시의 두운(頭韻, alliteration, head rhyme), 각운(脚韻, end rhyme), 모운(母韻, assonance) 등이 시조에는 없다. 영시의 'foot'에는 시의 정조(情調)에 따라 8가지의 강약률이 있는데, 시조에는 그런 것이 없다. 영시의 'foot'과 우리 시의 음보는 부분 집합의 관계에 있다.

시조의 율격은 음절의 장단에 따른 소리값 율격(고대 그리스, 인도 산스크릿시), 전통시 영시·독일시 같은 강세 율격, 근대 영시·독일시 같은 강세·음절 율격과는 다르다. 신웅순은 우리 시가 현장의 예를 들어 한국 시가에도 고저·장단이 있음을 지적한다.[6]

사실이다. 그러나 이는 발화(發話)의 자질에 따른 자연스러운 현상이므로 굳이 정형화(定型化)할 것은 아니라 생각된다.

6　신웅순, 『한국시조창작원리론』(푸른사상, 2000), pp. 49~54 참조.

다음, 시조의 음보율(音步律)과 단위 음보의 음절수에 대한 통설(通說)의 적합성 문제가 쟁점 과제로 떠오른다.

    초장 3 4(3) 4(3) 4
    중장 3 4(3) 4(3) 4
    종장 3 5   4   3

위의 틀은 일찍이 도남(陶南) 조윤제(趙潤濟)가 제시한 음수율(音數律) 정형(定型)이다.[7]

우리말 체언과 조사, 용언의 어간과 어미 결합형의 기본 형태소가 3음절·4음절 단위라는 가정에 따르면, 위의 도식이 정격(正格)이다. 그러나 이런 기준 음절 수로 된 고시조는 7% 안팎에 불과하며, 실상은 300여 갈래의 음절 수(음수율)를 보이고 있다.[8]

시조의 정격을 빈도수로만 결정한다면, 위의 정격형은 근본이 흔들린다. 그렇다고 음수율이 무의미한 것은 아니다. 이는 음보의 완급률(緩急律)을 결정하는 자질이기 때문이다.

우리 시의 음보율은 한 시행에서 몇 번 반복되느냐에 따라 결정된다.[9] 우리 시의 음보는 외국 시의 음보 가령, 영시의 foot와 합치되지 않으므로, 굳이 소절(小節, bar)이란 용어를 쓰기도 한다. 이 문제는 문학의 '굴절수용(屈折受容)'이라는 일반 문화 이론에 따를 때 어렵지 않게 풀린다. 우

7 조윤제, 「시조와 본령」, 『인문평론(人文評論)』, 제2권 제3호 (1940) 참조.
8 김흥규, 『한국 문학의 이해』 (민음사, 1986), pp. 148~149 참조.
9 문덕수, 『시론』 (시조 문학사, 1993), pp. 143~144 참조.

리 시의 '음보(音步)'는 세계시 형식의 한국시학적 특성을 드러낸다.[10] 국어 사전에 실려서 공인, 통용되는 한국 시학 용어다. 외국 시의 음보 특성을 기준으로 하여 시조의 음보 성립 여부를 논의하는 것은 외국 문학 종속론이 되기 쉽다.

○ 음보(音步) : 시가를 읽을 때, 한 호흡 단위로 느껴지는 운율 단위. '나 보기가 / 역겨워 / 가실 때에는 / 말없이 / 고이 보내 / 드리오리다'는 3음보의 운율이라고 하는 따위.

(이기문 감수, 『동아 새국어사전』, 1994)

○ 음보(音步) : 시가를 읊을 때, 한 호흡 단위로 느껴지는 운율 단위. 예컨대, '동창이 / 밝았느냐 / 노고지리 / 우지진다'는 4음보의 운율임.

(이희승 감수, 『민중 엣센스 국어사전, 제6판』, 2006)

음보율은 음절량에 따른 완급, 등장성(等長性)에 따른 반복 양식이다.

시조의 율격을 음보율이 아닌 음량률(音量律)을 기본으로, 종장 첫머리 3음절을 고수(固守)하는 혼합 율격으로 보는 김학성의 견해는 경청할 필요가 있다. 특히 동아시아 한·중·일 3국의 율격을 대비하여 설명한 대목이 눈길을 끈다.[11] 도남이 중국 절구와 율시의 5언·7언, 일본 하이쿠의 5·7·5음절 양식을 시조의 경우와 한 무리로 묶어 3·4조 음수율을 정형화한 것을 비판한 대목은 옳다.

시조는 송장 첫머리 3음절만 고정형이고, 다른 곳은 모라(mora) 수만

---

10 김준오, 『시론』 (제4판, 삼지원, 1982/2011), pp. 142 참조.
11 김학성, 『현대 시조의 이론과 비평』 (보고사, 2015), pp. 20~28 참조.

맞게 하면 되는 것으로 말한 '모라'라는 용어의 적절성에 대하여 재고할 필요가 있다.

요컨대, 시조의 율격이 혼합률이라 하는 것은 부인할 수 없으나, 이 때문에 군이 음보율을 음량률로 대체해야 할는지는 의문이다. 앞에서 말하였듯이, 3·4 음수율의 정격 시조는 7% 안팎에 지나지 않는다. 이에 비해 가람(嘉藍) 이병기(李秉岐)는 음절 수의 넘나듦을 당연히 간파하였다.[12]

초장　6~9자　6~9자

중장　5~8자　5~8자

종장　　3자　　5~8자　4~5자　3~4자

이는 가람의 창작 경험칙에 따른 정형 율격의 틀이다. 총음절 수는 최소 38, 최대 55가 된다. 그러나 실제로 40~50음절인 것이 많다.

가람은 노산(鷺山) 이은상(李殷相)이 말한 바 '정형이비정형(定型而非定型)'이라는 주장에 호응하여, 시조를 '정형시(定型詩)'가 아닌 '(整形詩)'라 규정하였다. 이는 필경 시조가 정형시가 아닌 자유시라는 이론으로까지 발전한다.[13] 일찍이 도남은 시조가 3장 12음보 45자 내외로 된 정형시라 하였고, 정병욱의 견해도 다르지 않다. 정병욱은 시조를 3행 6구 45음 1련의 정형시(定型詩)라 하였다.[14] 여기서 '행(行)'은 '장(章)'에 대체되고, '음'은 음절이다. '행'은 현대 시조에서 장이 여러 줄로 나뉘어 배열된 경우에만 해당되는 것이고, 평시조(단시조)에서는 '장'이라는 명칭을 쓰는 것이 타당하다.

---

12 이병기, 「율격과 시조」, 『동아일보』, 1928. 11. 28.~12. 1. 참조.

13 박철희, 『시조론』(일조각, 1978), 오세영, 『한국 낭만주의 시 연구』(일지사, 1980) 참조.

14 정병욱, 『국문학산고』(신구문화사, 1959). p. 163 참조.

종래에 시조 형식 구조에 대해 6구, 8구, 12구설이 있어 왔다. 안확·정병욱 등은 6구설, 이광수·이은상·조윤제·유성규 등은 12구설을 지지한다. 8구설은 이병기 등 소수의 주장이다.

구는 단어·어절에 이은 통사적(統辭的) 의미 형성의 제2차적 최소 단위다. 따라서 6구설이 타당하다. 까닭에 시조의 형식 구조가 3장 12구냐 3장 6구냐 하는 논란은 부질없다. 한국어 문법에서 '구(句)'는 '둘 이상의 단어가 모여 절이나 문장의 일부분이 되는 말'이며, 시조나 시구의 짧은 토막도 이에 해당한다. 사전적 의미다. 시조가 3장 6구인 것은 향가 사뇌가의 6구 3명형의 전통 형식에 접맥된다.

시조의 형식은 고정형(fixed form)이 아닌 정형(整形)이다. 다른 나라 정형시에 없는 유연성이 우리 시조에는 있다. '45음절 안팎'이란 주장은 규정적 정의의 결과다. 통계학적 수치로는 40~50 음절이다. 시조가 이런 유연성을 기반으로 하여 엇시조·사설시조로, 마침내 자유시로 발전한 것으로 볼 수 있다.

다른 나라 정형시와 달리, 시조는 이런 유연성 있는 형식의 절제미(節制美)와 균형 감각으로 현대 전통시의 위상을 확보하고 있다. 시조는 이 같은 유연성 덕에 소위 '언어의 감옥'에서 벗어나 '자유 있는 절제미'를 누리게 된 것이다. 세계 전통시 가운데 시조만이 누리는 장점이다.

시조의 3장은 주역(周易)의 천(天)·지(地)·인(人) 삼재(三才)에 부합되며, 한 음보가 3음절과 4음절을 기본으로 하는 것은 음양(陰陽)의 원리를 취한 바다.

(2) 정격과 변격 시조의 예

정격 시조(正格時調)는 전통적 단시조를 가리킨다.

1) 정격 시조

다음은 현대 단시조다.

> 독설(毒舌)이 한 마당 주먹은 둘째 마당
> 얼씨구 절씨구 선량(善良) 나리 신들렸다
> 하늘이 무너진대도 대한민국 만만세
>
> — 유성규, 「국회 의사당 촌극」

귀한 풍자시조, 단시조다. 3장 6구 12음보 42음절형이다.

> 멧버들 가려 꺾어 보내노라 임의손대
> 자시는 창밖에 심거 두고 보소서
> 밤비에 새잎곳 나거든 날인가도 여기소서
>
> — 홍랑(洪娘)

고죽(孤竹) 최경창(崔慶昌)에게 보낸, 함경도 홍원(洪原) 기생 홍랑의 연시조(戀詩調)임은 다 안다. 3장 6구 12음보 45음절 기본형이다.

3음절의 차이가 있으나, 유성규의 시조는 홍랑의 것과 함께 정격 시조다.

> 외마디 비명이 하늘에 꽂혀 있다.
> 오늘 막 세상을 뜬 사람의 눈빛처럼
> 다시는 만나지 못할 이별 같은 푸른 달
>
> — 유자효, 「초승달」

4음보로 된 서정시조로 정격형이다.

2) 변격 시조

근현대 변격 시조는 여러 양상을 드러낸다. 변이형이다.

• A형

빼어난 가는 잎새 굳은 듯 보드랍고
자줏빛 붉은 대공 하얀한 꽃이 벌고
이슬은 구슬이 되어 마디마디 달렸다

본래 그 마음은 깨끗함을 즐겨하여
정한 모래 틈에 뿌리를 서려 두고
미진(微塵)도 가까이 않고 우로(雨露) 받아 사느니라

— 이병기, 「난초」

고산(孤山) 윤선도(尹善道)의 단가(短歌) 「어부사시사」를 닮은 연시조다.
후렴구는 없다.

• B형

벌 나빈 알 리 없는
깊은 산 곳을 가려

안으로 다스리는

청잣빛 맑은 향기

종이에 물이 스미듯
미소 같은 꽃이여

　　　　　　　　　　　　　　　　　　　　　―이호우, 「난(蘭)」

• C형

다스려도 다스려도
못 여밀 가슴 속을

알알 익은 고독
기어이 터지는 추청(秋晴)

한 자락
가던 구름도
추녀 끝에 머문다

　　　　　　　　　　　　　　　　　　　　　―이영도, 「석류」

• D형

햇빛이
고샅길에
길게 드러누웠네

토담 위
호박꽃도
설핏설핏 조을고

마루엔
코 고는 소리
할머니의 한나절

─천옥희, 「낮잠」

• E형

돌아 돌아올 날
초조로운 기다림에

문 밖 모래톱에
장승으로 버틴 식솔(食率)

안타까운 갈구(渴求)의 세월을
짠 바람에 헹구고

때 언어 소망 이뤄
만선으로 돌아오면
세상이 좋아라고
뜀뛰어 춤에 겹다

바램과 근심의 자맥질
이어지는 생애여!

—이태극, 「어촌 일기」

• F형

모시 적삼 풀 세워
날을 듯 고운 자태
하이얀 가르마는
정절(貞節)이라 곧구나
석류(石榴)가 버는 가슴을 입술에다 옮겼다

—유성규, 「미인도(美人圖)」

• G형

노을이 뚝뚝 지면
너는 또 서러운 문둥이
시메나루 강을 건너
이름 석 자 남겨 놓고
멀건 달 무주 공산(無主空山)에
발가락도 묻어 놓고

어디로 가려 한다
천명(天命)을 가려 한다
눈썹을 빼 간 바람

네가 좋아 사느니
잉잉잉 눈물 말리는
소록도(小鹿島)를 가려 한다

―유성규,「소록도 가는 사람」

• H형

저물 듯 오시는 이
늘
섧은
눈빛이네

엉겅퀴 풀어 놓고
시름으로
지새는 밤은

봄벼랑
무너지는 소리
가슴 하나 깔리네

―한분순,「저물 듯 오시는 이」

• I형

학 없는 유학산(遊鶴山) 밑 전적비는 졸고 있고
이만여 꽃다운 넋 잠 못 드는 한숨 소리

천둥을 압도하려네

날 부둥켜 흔드네

─유만근, 「다부동」

•J형

생각 하나 점을 위해 수직으로 낙하한다

생각 둘 넓이를 위해 흔들리며 내려앉는다

하늘이 모자랄까 봐 가만히 엎드렸다

─최순향, 「가을 숲에서」

•K형

햇살을 가까이하면 정제되는 마음이다
파도의 울음 속에 젖은 등을 말리면서
진실은 낮은 목소리 죽비는 알고 있다
서럽도록 맑은 하늘 피멍 든 감성으로
해초와 어울리던 바다 기억 되살리어
오뉴월 마른 가슴에 적멸(寂滅)을 생각한다
사람이 사는 동네 역한 냄새 넘치는데
들뜬 열 가라앉혀 시리도록 하얀 결정
얼룩진 마음의 상처 말끔하게 헹궈낸다
나를 던져 나를 구한

어머니의 비원처럼

짠맛 하나로 한 생을 버티다가

온 몸에 촉수를 세워 소금꽃을 피우고 있다

―김복근, 「소금에 관한 명상 2」

• L형

귀뚜라미

잠시

울음을

그쳐 다오

시방

하느님께서

바늘귀를

꿰시는 중이다

보름달

커다란 복판을

질러가는

기

러

기

떼

―이해완, 「가을 밤 1」

• M형

고
랐
올
떠
멋
슬
서
치
만
저
은
달
늪
은
끝
모
르
게
슬
쩍
갈
앉
았
다

은근하게 달빛이 늪의 한을 헤집지만
끝모를 그의 깊이는 드러나지 않는다.

—문무학, 「달과 늪」

• N형

바람 불면
나무들은
온몸으로 태질한다

　잔가지는 가볍게 큰 줄기는 무겁게 퍼들쩍 퍼들쩍 온몸으로 태질한
다. 소년의 입술처럼 반짝반짝 반짝이는 잎새들, 한 호흡 한 호흡 호흡
마다 쏟아내는 생명의 아우성, 바람이 불 때마다 화들싹 흩어졌다가
새떼처럼 모여드는 아날로그의 입자들. 그 아픈 순수여. 원시의 하늘
아래 모여 스케이팅 왈츠 추는 나무여. 나무의 무리여. 백마 탄 오월이
월계관을 쓰고 사과 같은 뺨으로 활짝 웃으면 돌들도 일어나서 환성
을 지른다. 호산나 호산나, 야아~ 와아~ 문명의 때를 말끔히 씻어내
고 이제야 드러나는 오월의 속니. 아, 아날로그의 오월, 오월이여.

노래 불러라
빛 무리 되어 부활해라

―이석규, 「아날로그의 오월」

　엇시조의 변이형이다. 초장·종장을 셋과 둘로 행 구분을 했다.
　눈에 띄는 대로 근현대 시조 형식 14가지 유형을 제시했다. 경우의 수
는 이보다 훨씬 많을 것이다. 이것이 시조 형식의 기술적, 현장적 실상
이다.

4. 맺는 말

이 글은 시조의 명칭과 형식 정립을 위하여 역사 원리로서의 지속과 변이, 문학 정의론 전반을 검토하는 데서 시작되었다. 시조 형식의 표준화 요청에 따른 것이다. 시조의 역사를 지속과 변이의 관점으로 볼 때, 창(唱)을 잃은 근현대 '시조시'도 '시조'로 지칭하는 것이 옳겠다는 결론을 얻었다. 노래(음악)로서의 고시조의 변이형이 근현대 시조라는 뜻이다.

시조 형식은 정격(기본형)과 변격(변이형)으로 나누어 살폈다.

고시조나 근현대 시조의 정격은 기승전결의 압축적 완결체로서 초·중·종장 3장에 6구 12음보인 단시조(평시조)이며, 엇시조·사설시조는 변격이다. 6·8·12구설 가운데 한국어 형태소와 의미 단위의 자질로 보아 6구설이 타당해 보인다. 또 김사엽과 정병욱이 주장한 총 45음절론이 규정적 정의로서 통설인데, 이는 통계학적·현장 정의론적 관점과 일치하는 것은 아니다.

'3·4·4·4/3·4·4·4/3·5·4·3' 음수율에 3장 6구 45음절로 된 고시조는 7% 안팎이며, 300여 갈래의 음수율을 보이는 것이 시조 현장의 사실이다. 총음절 수가 대략 40~50(45±5)으로, 다른 나라의 정형시에 비하여 유연성이 있는 절제미(節制美)·균형미(均衡美)를 보이는, 개성 있는 정형시(整形詩)가 우리 시조다. 고정 형식인 외국 정형시에서 보는 '언어의 감옥' 탈출의 여지를 보이는 것이 시조다.

문제는 변격 시조다. 근현대 시조는 단시조 초·중·종장 석 줄짜리 정격 시조보다 정격 연시조나 시행(詩行)을 자유시와 방불하게 여러 형태로 배열하는 경향을 보인다. 여기서는 정격 시조의 초·중·종장 개념이 무너지고, 자유시의 연과 행 개념에 편입된다. 이런 현상은 '언어의 감옥' 탈출을 기도하려는 근대적 자유주의 정신이 반영된 것이다. 이것이 근현대 시조의 현장이 보여 주는 시조 형식의 실상이다. 근현대 시조에서 엇시조와 사설시조는 드물게나마 발견된다.

시조 독자를 중심으로 하는 수용 이론(受容理論)으로 보아도, 변격 시조는 '문학 현상론적 존재 이유'가 있다. 그럼에도 3행식 단시조 기본형을 버리는 것은 자해 행위다.

문제는 세계 전통 정형시와의 교류 과정에서 생기게 된다. 이 경우, 정격 시조형을 전범(典範)으로 표준화하는 것이 타당하다. 앞에서 살펴본 14개 유형의 변격 시조 창작은 시조를 자유시에 종속시키는 패착이기 쉽다. 단시조를 기본으로 하고, 변격(변이형)은 제한적으로 허용하는 것이 좋겠다. 단시조형의 가붓한 변형 문제는 깊이 논의할 과제다. 시조가 아무리 자유로운 변이형을 추구하더라도, 그 기본형의 지표만은 살려야 한다. 옛 엇시조와 사설시조도 시조의 형태적 정체성은 잃지 않았다. '형식의 감옥' 문제로부터 자유로워지기 위한 고심 어린 노력의 일단이다.

근현대 시조의 저 같은 여러 변이형(變異形)을 시조 형식 개념에서 아주 추방하는 것은 문화 폭력이라 비난에서 자유로울 수 없을 것이다. 그럼에도 시조는 시조다운 절제미를 버려서는 안 된다.

끝으로, '음보율'을 '음량률'로 용어 교체를 하자는 주장에는 설득력이 있으나, 사전 용어로까지 등재된 '음보'를 통용하였으면 한다. 아울러, '음수율'은 완급을 조절하는 음보율의 기본 자질이다. 시조의 초장 첫 음보가 3음절로 고정된 것에 착안하여 시조 율격을 '혼합률'로 보는 이론에 굳이 맞설 필요는 없는 것이다.

시조의 정격 원형을 복원하여 표준화하려는 시도는 값지다. 하지만 정격과 변격은 규정적 과제이기에 앞서 선택과 수용의 문제다. '작가-텍스트-독자'간에 이루어지는 문학 현상론적 자유 의지가 중요하다는 뜻이다. 문제는 무절제한 시조 형태 배열로 자유시형과 구분하기 어렵게 하는 데에 있다. 단시조 석 줄형을 기본으로 하되, 외형상 시조임이 드러나는 변격, 변이형을 허용하는 것이 바람직하겠다. 옛 엇시조, 사설시조도 시조의 정격, 기본형을 완전히 허물지는 않았다. 시조의 행 배열을 자유시와 구별하기 어렵게 하는 것은 시조의 정체성을 시조시인 스스로 허무는 어리석은 행위다.

고대·중세의 지중해 문명, 근대 이후의 대서양 문명에 이어 21세기 태평양 문명 시대의 중심축이 될, 동방의 등불인 코리아, 그 간결한 전통시인 시조는 한국 문학 세계화의 총아가 될 것이다.

최근 세계전통시인협회 한국 본부(사단 법인)를 중심으로 시조의 원형 살리기 운동이 일어나고 있다. 고시조 석 줄 단시조형(短時調形)으로 돌아가자는 것이다. 기관지 『시조생활』에는 석 줄형 단시조만 실린다. 시조를 자유시형으로 늘어 놓아 스스로 정체성을 허무는 것은 패착이다. 아리스토텔레스는 너무 작거나 긴 것은 아름답지 않다고 했다. 가령, 하이쿠는 너무 짧다. 종장 석 줄형 단시조가 자유시 콤플렉스에 시달려서는 안 된다. 당당해야 한다.

【참고 문헌】

김준오, 『시론』, 삼지원, 1982/2011.
김학성, 『현대 시조의 이론과 비평』, 보고사, 2015.
김홍규, 『한국 문학의 이해』, 민음사, 1986.
문덕수, 『시론』, 시문학사, 1993.
박철희, 『시조론』, 일조각, 1978.

신웅순, 『한국시조창작원리론』, 푸른사상, 2009.

안 확, 「시조시와 서양시」, 『문장』, 제2권 제1호, 1940.

윤재근, 『시론』, 둥지, 1990.

이병기, 「율격과 시조」, 『동아일보』, 1928. 11. 28.~12. 1.

정병욱, 『국문학산고』, 신구문화사, 1959.

조윤제, 「시조와 본령」, 『인문평론』, 제2권 제3호, 1940.

Han Jauss, "Literary History as a Challenge to Literary Theory," Ralph Cohen,
  New Directions in Literary Theory, London, Routledge and Kegan Paul, 1974.

Paul Hernadi (ed.), *What is Literature*, Indiana University Press, 1978.

Robert Scholes, "Toward a Semiotics of Literature," 1978.

시조 창작의 문학 현상론적 과제

인공 지능이 시를 쓰고, 로봇이 오케스트라를 지휘하는 4차 산업 혁명 시대다. 우리들 호모 사피엔스는 이제 데이터 교도로서 호모데우스, 기술신(技術神)이 되어 간다. 히브리대학 유명 융합인문학자 유발 노아 하라리의 진단이다. 보라, 전자 수신기로 두 귀를 봉쇄한 채 두 눈과 온 심령이 스마트폰에 꽂혀 있는 침묵의 군상들. 지하철 안 현생 인류의 모습이다.

이런 신인류가 '느림의 미학'에 기대는 듯한 시조를 읽겠는가. 이 근본적 물음 앞에 우리는 숙연해질 수밖에 없다. 문학 현상론에 착목하자는 말이다. 문학 현상론이란 '작가-작품-독자'간의 역동적(力動的) 소통 현상에 주목하는 이론이다. 시조 시인이 읽을 사람을 고려하지 않고 제 갈 길만 가는 시조를 써 놓고 자홀감(自惚感)에 도취되는 순간 그 작품은 생명력을 잃고 만다. 작품 창작에도 경제 원리가 작용한다. 생산자·생산품·소비자 간의 대화가 활성화해야 한다는 뜻이다. 이는 문학 현상론적 주요 과제다.

반론이 제기될 수 있다. 당대에 외면받아도 후대에 빛을 보는 예술 작품들이 있지 않았냐는 항변, 그르지 않다. 그것은 초시대적 천재들의 작품에 한정된다. 또 파천황의 이 급변 시대에는 당대에 주목받지 못하면 용도 폐기되기 십상이다.

저 침묵의 군상들이 시조에 관심을 보일 방법을 찾아야 한다. 스마트폰 메시지와 SNS 통신으로 우선 재미있는 시조를 보내는 방법이 있다. 소재는 가장 크게 관심을 보이는 것들에서 취택하고, 제목도 종종 깜찍하거나 탁발(卓拔)한 것으로 붙이는 것이 좋겠다. 잠재적 독자들을 시조 세계에 초대하기 위하여 전통적 엄숙주의의 틈새에 유머를 도입할 필요가 있다. 조선조 시 세계의 이단아였던 김삿갓[金笠]의 시재(詩才)에서 모티브를 얻을 수도 있다.

시조의 은유가 참신해야 할 것은 물론이고, 상징은 낯설더라도 가붓해야 좋다. 지나친 상징은 소통 에너지를 교란시키므로, 난해 상징시의 전철을 밟기 쉽다. 은유와 상징의 이미지는 시조를 현대화하는 요소이면서도 난해성에 빠질 위험성을 품는다.

현대 시조는 자유시가 그렇듯, 삶과 인생의 지혜와 깨달음을 주는 아포리즘을 함축할 때도 잘 읽힌다. 끄덕임을 줄 감동에 현대인은 목말라 있는 까닭이다. 이미지 표상화에 서투를 때 좋은 길잡이가 되는 것이 '터득의 시학'이다. 지혜의 시조, 잠언 시조 창작이 기대된다.

인공 지능·로봇이 시조를 쓴대도, 그것들의 고등수학적 미분과 복잡계의 알고리즘이 인간의 예리하고 섬세한 직관과 풍부한 감성, 초시공적(超時空的) 영성(靈性, spirituality)을 넘어선 수 없을 것이다.

시인의 상상력은 본디 과학자의 그것에 앞선다. 디지털 기술의 귀재(鬼才) 스티브 잡스도 "모래알 하나에서 우주를 보고, 한 송이 풀꽃에서 영원을 본다."고 한 윌리엄 블레이크의 시에서 영감을 받았음을 고백한 바 있다.

우리 시조는 새 시대 독자들을 위하여 새로운 상상력으로 새롭게 창신(創新)되어야 한다. 어린아이의 작은 눈동자에서 비롯하여, 저 별과 별을 넘어 아득한 신비 우주(神秘宇宙)에 이르는 장대한 세계에까지 우리의 상상력은 확산되어야 한다.

최근에 시·소설 자판기가 나왔다 한다. 시조 자판기를 내어 놓으면 어떻겠는가. 별난 세상이 되었다.

앞으로 시조는 남북한과 해외 디아스포라 우리 민족의 문학이 되어야 한다. 나아가 세계인의 사랑을 받아야 한다. 『조선일보』에서 연재 해설하던 시조란을 2017년부터 없앴다. 영문을 모를 일이다. 잘못이다. 우리 문학을 대표하는 우리만의 세계적 장르는 시조뿐이다. 시조는 남북한 통일 문학 장르가 되어야 한다.

인간은 구속 상태에서 자유를 갈구한다. 그 자유가 무한량 확대되어 방종에 이르면, 다시 '자유로부터 도피하여' '절제'를 지향하게 되는 것이 인간이다. 우리가 시조를 만나게 되는 것은 자유와 절제의 어름이다.

시조시의 현대적 지평

1. 현대 시조의 존립 근거

창(唱)을 잃은 근현대 시조는 시조시(時調詩)다. '시조시'는 원론적 명칭이고, '시조'는 통칭이다. 원론이 통설을 추월하지 못하는 경우도 있다. '시조시'란 명칭도 그렇다. 흐름으로서의 문화가 보여 주는 한 특성이다.

형식 논리상 시조는 초시대적 민족시의 지평 위에 있다. 통설을 믿는다면, 시조는 7백 년을 넘어 한국인의 리듬 패턴, 형식 체험으로 향유되어 왔다. 딜타이식 생의 철학적 인식선상에서 포착되는 고대 시가·향가·고속요·가사 문학은 시대적 문학장르로서 생성·성장·난숙·소멸해 갔다. 그런데 시조의 생명력은 지속적이어서 초시대적 장으로서의 가능성을 보이고 있음에 주목하지 않을 수 없다.

문제는 한국 현대 문학사에서 시조가 서구적 충격과 깊이 관련된 자유시에 비하여 상대적 취약성을 면치 못한다는 사실에 있다. 이것은 우리 문화 의식 일반의 서구 종속적 경향 때문인가, 아니면 시조의 내재적 취약성 때문인가? 전자는 문학 외적 문제이고, 후자는 시조시의 본질 문제이다.

이 글의 논점은 후자, 곧 현대 시조의 본질적 취약성을 밝히는 데 있다.

사실, 시조는 주자 성리학적 세계관인 '이(理)'의 질서에 따른 조선 전기의 주요 문학 장르였다. 주자 성리학적 지도 이념이 동요하게 된 조선 후기에 시조의 생명력과 근거가 동요하게 된 것은 필연적인 현상이었다. 사설시조가 출현하여 리듬 패턴·형식 체험·언어 의식이 급격히 긴장을 풀게 됨으로써, 시조의 고전적 형식이 일대 파란에 직면하게 된 것이다.

한 문학 장르는 그 나름의 자율성과 본질적 존재 이유를 내포하나, 당대 사회의 요청과 시대 정신으로부터 절대적 자율성을 누리는 것은 아니다. 새로운 시대 정신을 반영한 사설시조의 출현은 주자 성리학적 지도 이념 반영체로서의 평시조 형식의 결정론적(決定論的) 리듬 패턴이 그 유효성을 상실하였음을 드러낸 한국 문학사적 '사건'이다. 다만 사설시조는 시적 장력(張力, tension)을 잃고 무정부적 난맥상을 보이다가 19세기 반동적 보수성에 밀려 기층(基層)에 잠복했다. 이때 박효관(朴孝寬)·안민영(安玟英) 등의 시조 작가와 시조집과 함께 중세적 문학 장르인 「용담유사(龍潭遺詞)」 같은 동학 가사의 출현을 보게 된 것은 우리 문학사의 퇴영적(退嬰的) 기현상이다. 이 같은 중세 문학의 결정론적 유형 개념이나 교술성(敎述性)이 1910년대까지 주조적(主潮的) 경향으로 잔존(殘存)한 것은 당대 사회가 시대 정신의 방향축(方向軸)을 잃고 과도기적 혼란상을 빚고 있었던 사실과 무관할 수 없다.

19세기에 기층에 잠복하여 있던 사설시조의 형식 체험이 서구 시의 충격을 수용·소화하여 자유시로 창조적 변신을 하기에 성공한 것은 3·1운동 무렵이다. 김억, 황석우, 주요한의 서구적 자유시 실험에 작용한 사설시조의 자설적(自說的) 리듬과 시대 정신이 1920년대 초반 소위 낭만주의 시의 울분과 탄식의 혼돈으로 드러난 것은 우리 자유시 초창기의 불가피한 창조 체험이었다(오세영의 논문 참조). 1920년대 중반 김소월과 한용운을 만난 사설시조의 리듬 패턴은 서구 시의 형식 체험을 내재화하면서 마침 내 「진달래꽃」과 「임의 침묵」이라는 새로운 민족시의 현대적 절창(絶唱) 으로 변용되었다.

근현대 시조 문제는 이 절창의 자유시 출현 시기에 대두된다. 소위 민족문학파의 '시조부흥운동'이 그것이다. 육당(六堂) 최남선(崔南善)·춘원(春園) 이광수(李光洙)·가람(嘉藍) 이병기(李秉岐)·노산(鷺山) 이은상(李殷相) 등이 선편을 잡은 이 운동은 일제가 내세운 '대화혼(大和魂)'의 대척점에서 '조선심(朝鮮心)'·조선혼(朝鮮魂)'을 환기하며 민족 정체성(民族正體性, nation identity) 정립을 시도하며 시작되었다. 이는 또한 카프(KAPF)파의 계급 투쟁적 세계주의와의 '선한 싸움'에 갈음되는 것이었다. 그럼에도 상고사 연구나 역사 소설 창작과 함께 진행된 이들의 노작(勞作)은 송아(頌兒) 주요한(朱耀翰)·파인(巴人) 김동환(金東煥) 등의 민요시 운동과 함께 창조적 전통의 시문학적 실현에 실패했다. 이는 초기의 '바다'를 떠난 육당이 '산'의 문학 정신으로 전환한 '닫힘의 상상력' 때문이었다. 20세기 초 한국 문학의 상상력은 산 표상의 전통 지향성(tradition orientation)과 바다 표상의 근대 지향성(modernity orientation)의 충돌에서 변증법적으로 지양(止揚)된 창조적 에너지여야 했다. 아무튼 노산과 가람의 시조 근대화 노력은 이호우(李鎬雨)·김상옥(金相沃)에 와서 변곡(變曲)의 계기를 지음으로써 현대 시조의 한길을 틔웠다. 그리고 마침내 유성규(柳聖圭)에 와서 결정적 변용을 보인다. 근현대 시조의 발전 과정이다.

다시 처음 이야기로 돌아가자.

노산·가람의 새로운 체험 형식과 이호우·김상옥·유성규의 창조적 변용으로써 거듭난 현대 시조는 초시대적·범세계적 한국 전통시로서 존립할 수 있을 것인가? 이에 응답하기 위해 제기되는 문제는 다음 세 가지다.

첫째, 고시조의 속성이던 창(唱)에 대신할 현대 시조의 창조적 특질은 무엇인가?

둘째, 사설시조의 자설적 리듬이 내발적, 주체적 상상력에 의해 근대 자유시로 변용되었다는 관점이 강한 설득력을 확보한 지금, 현대 시조 존립의 의의는 소멸한 것이 아닌가?

셋째, 우리 시가(詩歌)의 전통 지향성과 자유시의 서구 지향성의 모순을 지양하여, 소월과 만해의 자유시가 초시대적 민족시의 가능성을 열어준 한국 현대 문학사에서 현대 시조의 존립 근거는 무엇인가?

흔히 내세우는 바, 시조는 고유의 민족 정형시라든지, 전통 문화 회복을 위한 수단으로서 시조가 필요하다는 주장은 문학 외적 논의일 뿐, 현대 시조의 본질적 존립 근거일 수는 없다. 존립되어야 한다는 것과 실제로 존립한다는 것은 다른 문제다. 또 현대 시조가 한국 시의 대중적 파급 효과 쪽에서 강점을 드러낸다는 교양 체험적 논의는 딜레탕티즘을 시학 본령의 문제보다 우선시하는 오류다. 현대 시조의 존립 근거는 시조시학 본질론으로 입증되어야 한다.

시조시학의 본질상, 현대 시조에는 몇 가지 강점이 있다. 한국어의 아름다움, 즉 아어체(雅語體)와 우아미(優雅美)의 전통성, 민족 정서의 정체성 계승 등이다. 반면 이 글의 주요 논점이 될 약점은 이들 강점과 표리 관계에 있다. 자연 편향의 소재 전통과 그 표상, 박명(薄明)의 미학과 퇴영적 정적주의(靜寂主義), '출토된 울음'의 정서, 닫힌 세계 인식 등은 현대 시조가 저들 강점 때문에 탈각하지 못하는 현저한 약점들이다.

2. 자연 편향의 소재 전통과 그 표상

현존하는 고시조 모두들 소재의 집합 개념으로 묶으면 10여 수에 지나지 않을 것이다. 매란국죽(梅蘭菊竹)의 사군자(四君子)와 송백(松柏), 청풍명월(淸風明月), 화조월석(花朝月夕), 도리행화(桃李杏花), 북두성(北斗星), 계명성(啓明星), 백구(白鷗), 안진(雁陣), 벽계수(碧溪水) 등이 거의 총목록이다. 이것을 유개념(類槪念)으로 묶을 때 고시조의 소재는 자연, 그것도 주로 식물성 자연의 일률성(一律性)에로 귀착된다.

이는 한문화권(漢文化圈)의 우주론에서 유래한다. 이에 따르면 인간은 천지(天地)의 마음이다. 천지의 마음인 인간이 출현하자 말이 나타나고, 말 곧 글로 쓴 인지문(人之文)은 일월성신(日月星辰)의 천지문(天之文)과 산전초목의 지지문(地之文)에 우주적 통일체를 이루는 것이었기 때문이다. 그것이 이기론적(理氣論的) 합일의 구심적 원리라면, 근대 이후의 인식론은 분수(分殊)의 원리에 따라 원심적(遠心的) 확산 현상을 보이며 상상력의 지평과 우주의 경계를 확대해 왔다. 조선 후기의 시조 형태 붕괴 현상은 바로 이 같은 세계관의 변동과 관련된 것으로서, 사설시조의 발생은 필연이었다.

사설시조는, 기존 관념은 물론 소재 쪽에서도 일대 혁신을 일으켜, 식물성 원시주의와 자연과의 합일성의 세계를 떨치고, 삶의 구체적 현장에서 취재하는 현실 감각의 촉수를 번득이게 되었다. 여기에 대중의 해학이 스며 평시조에 실린 중세적 의식 지향은 충격 체험에 노출되었다. 이는 한국 시가 소재 전통의 분수(分殊), 즉 다양화의 낌새로서, 미학적 수용의 지평 확장을 위한 선명한 단초(端初)였다. 그러나 19세기 한국 정신사가 역방향성을 보이고, 사설시조 또한 시학적 텐션을 잃고 오래도록 자체 혼란을 체험케 되었다. 사설시조는 1910년대 말에 이르러서야 자유시의 새로운 정형미(整形美) 창조의 실체로 거듭났다. 반면, 1920년대 후반의 시조 부흥 운동은 소재 취택, 기법, 주제의 쇄신과 함께 우리 시가 전통의 정체성을 확립을 통하여 시조의 근대적 추동력을 조성하는 수준에 그쳤다.

요컨대, 소월과 만해의 자유시를 기반으로 한 현대시의 민족시적 전통 외에, 시조가 계승해야 할 현대적 몫이 무엇인가에 대한 치열한 고심의 흔적이 현대 시조사에서 제대로 짚이지 않는 것은 문제다.

(가) 두류산 양단수를 예 듣고 이제 보니

　　　도화 뜬 맑은 물에 산영(山影)조차 잠겼어라

　　　아이야 무릉(武陵)이 어디오 나는 옌가 하노라

(나) 시어마님 며느리 나빠 벽바닥을 구르지 마오.

　　　빚에 받은 며느린가 값에 처온 며느린가.

　　　밤나무 썩은 등걸 회초리나니같이 앙살피신 시아버님, 볕 뵌 쇠똥 같이 되종고신 시어마님, 삼년 결은 망태에 새송곳부리같이 뾰족 하신 시누이님, 당(唐)피 같은 밭에 돌피나니같이 샛노란 외꽃 같 은 피똥 뚜는 아들 하나 두고,

　　　건 밭에 메꽃 같은 며느리를 어디를 나빠하시는고.

(다) 담머리 넘어 드는 달빛은 은은하고

　　　한두 개 소리 없이 내려 지는 오동꽃을

　　　가랴다 발을 멈추고 다시 돌아보노라

(라) 찬 서리 눈보라에 절개 외려 푸르르고

　　　바람이 절로 이는 소나무 굽은 가지

　　　이제 막 백학(白鶴) 한 쌍이 앉아 깃을 접는다

(마) 세월의 벼랑길에

　　　송이송이 꽃 된 달빛

　　　그 하얀 마음결

　　　굽이마다 취한 사랑

　　　한 자락 풀어 지평에 걸면

청산도 나도 무아(無我)

위의 (가)는 조선 전기의 은사(隱士) 조식(曹植)의 평시조이고, (나)는 사설시조, (다)는 가람의 근대 시조 「오동꽃」, (라)는 초정(艸丁) 김상옥(金相沃)의 「백자부(白磁賦)」, (마)는 1971년에 등단한 유준호의 최근작이다.

다섯 시조 가운데 현실의 삶에서 취재한 것은 사설시조 (나)뿐이고, 나머지 넷은 동아시아적 이상향을 그린 관념 산수화 자체다. 시중유화(詩中有畵), 시 속의 그림이다. (가)는 도연명의 무릉도원을 타설적(他說的) 어조로 패러프레이즈한 것이고, (다) 역시 한국 시가의 전통적 분위기인 박명(薄明)의 무대 설정 효과로서 동원된 달빛과 오동잎, 그 정적미를 표출했다. (라)는 백자라는 민족 미술품을 소재로 하고, 소나무와 백학 등의 자연 상관물을 동원했다. (마) 또한 달밤을 소재로 했는데, 청산(靑山) 지향의 자연 서정에 머물렀다. (가)는 불우헌(不憂軒) 정극인(丁克仁)의 가사 「상춘곡(賞春曲)」의 경우와 같은 세계 인식을 품었고, (다)는 조지훈의 자유시 「승무(僧舞)」에 설정된 무대와 다르지 않다. (라)의 「백자」는 전통 미학의 숨결이 스민 민족 문화 정체성의 표상이다. 이 시조의 백자가 도예(陶藝)나 회화(繪畵)의 그것처럼 우리 예술의 정화(精華)로서 당당한 모국어 예술의 지위를 확보할 수 있겠는가? 현대 시조에 수용된 백자의 사실성, 현대 한국화적 미의식과 시조시학의 미의식은 동가(同價)의 것인가? 이것이 문제로 남는다.

(마)의 작가는 시조의 현대화를 위해 고심의 흔적을 보인다. 시조가 고정형(固定型, fixed form)으로서의 정형시(定型詩)가 아니라 유연성 있는 3장 6구 12음보의 정형시(整形詩)라는 것을 체득한 작가의 시조다. 문제는 자유시와 행 배열 형태가 잘 구분되지 않는 것이다. 또 '세월의 벼랑길'이나 '지평에 깔 사랑' 같은 수사의 탁월성, 물리적 대상 인식을 뒤엎는 가

진술(假陳述, peudostatement)을 구사한 자설(自說) 갈구의 몸짓 또한 값지다. 그러나 이 역시 취재의 관점과 주제 의식이 관습적 타설(他說)의 언어 체계로부터 자유롭지 않아 보인다. (나)에서 번득인 현실 감각의 촉수가 다른 네 작품에서는 가뭇없다.

1988년 한국시조시인협회가 엮은 『한국시조대표작집』에 실린 3백여 편 중 2백3십여 편 근현대 시조의 소재가 자연에서 취택되었다는 것은 범상한 일이 아니다. 한국인의 전통시는 시조이고, 시조의 소재는 자연에서 취택된다면, 3단 논법에 따라 한국 민족시 시조는 자연 가운데서도 식물성 자연을 노래해야 한다는 결론이 도출된다.

서정시는 체험을 예각적으로 제시한다는 정설에 우리는 동의한다. 그래서 서정시는 이념적 형식으로는 부적합한 면이 있다. 더욱이 완결된 체험을 제시하는 서사 장르와는 사뭇 다르다. 그렇다고 하여 서정시의 소재가 자연에 편향되어야 한다는 시론은 설득력이 없다. 마찬가지로, 우리 고전 시가가 그랬다 하여 그것을 답습하는 것이 바로 전통 계승의 정도(正道)라거나 민족시 정통성 확립의 본령이라는 주장도 지나치게 소박한 전통시론, 민족문학론일 뿐이다.

이 같은 전통적 자연 지향성이 현대 사회에서 환경 생태미의 복원에 기여할 수 있다는 것은 강점이다. 이 경우에도 자연 편향의 퇴영적 정적주의의 닫힌 세계관, '출토(出土)된 울음의 미학'에 매몰되는 것은 경계해야 한다.

문학의 소재는 자연, 인간사, 인간 본성, 사회와 역사, 관념 내지 초월적 세계의 어느 것이어도 좋고, 작가는 이를 광범위하게 수용할 수 있어야 한다.

3. 박명(薄明)의 미학과 퇴영적 정적주의

한국 고전 시가의 미학적 주요 결정소(決定素)는 박명의 분위기와 퇴영적(退嬰的) 정적주의(靜寂主義)라 할 수 있다. 한국 시가의 기본 소재가 식물성 자연이고, 천체 미학적 소재 전통의 주종(主種)은 달이다. 「정읍사(井邑詞)」·「원왕생가(願往生歌)」 등 고대 시가는 물론이고, 민요·시조·가사(歌辭) 작품들도 달을 노래한 것이 대다수다. 한국 시가의 정조(情操)와 분위기 형성의 핵심 요소인 달의 심상(心象) 효과는 박명성(薄明性), 정적미, 부드러움이다. 달의 박명성은 황혼의 그것과 함께 소멸하는 것의 아름다움을 표상하기에도 적합하다. 달빛 속에서는 일체의 역동적(力動的) 이미저리가 정적(靜寂)에 묻힌다. 가령, 만월야(滿月夜)의 밤 개 짖는 소리마저도 그 놀라운 정적을 교란하지 못한다. 달빛이 유독 길과 유랑의 미학과 결합할 때, 한국인의 현존(現存)과 삶의 미래적 지평은 닫히고, 과거의 시공(時空)으로 회귀하는 원환적(圓環的) 인생관에 매인다. 선시(禪詩)에서처럼 역설적(逆說的) 초극의 시공(時空), 무(無)와 허적(虛寂)의 세계에로 멸입(滅入)하는 바 형이상학적 차원을 넘보는 경우는 극히 드물다.

아무튼 달은 한국 문학의 소재 전통에서 정조(情調)와 분위기를 조성하는 결정적 지배소(支配素, dominant)로서, 향가 작가 '월명사'의 '월명(月明)'에 보듯이, 시인의 필명에마저 달 지향 의식이 녹아 있다. 달은 자주 관습적 소재인 이화(梨花)나 은하(銀河)와 결합하여 인정과 한, 곧 정한(情恨)의 정서 표출에 기여한다. 이 같은 정서 표춘의 전형(典型)이 인구(人口)에 회자(膾炙)된 바 있는 이조년(李兆年)의 시조다.

이화(梨花)에 월백(月白)하고 은한(銀漢)이 삼경인 제
일지 춘심(一枝春心)을 자규(子規)야 알랴마는

다정도 병인 양하여 잠 못 이뤄 하노라

소재인 달, 배꽃, 은핫물이 빚어내는 자연 서정의 분위기에 인간사의 알레고리로서 자규가 개입하여 정적미와 정한의 극치를 이룬 것이 이 시조다. 달과 은하수의 천지문(天之文)과 이화와 자규의 인지문(地之文)의 합일체에 자규의 알레고리가 개입하여 인지문(人之文)이 창출되는 동아시아 고전 미학의 서정적 절조(絶調)를 이룬 작품이다. 이는 한국 전통 서정시의 압권(壓卷)이요 전범(典範)으로서, 한국 시인들의 창작 무의식으로 깊이 작용해 왔다.

그러나 이화, 월백, 촉 자규(蜀子規)의 관습적 '용사(用事)'는 시인의 창조적 직관과 상상력으로 '신의(新意)'를 얻어 거듭나야 한다. 모든 개별 작품은 존재적 유일성을 얻을 때에만 생명력을 얻는다. 한국 시가사(詩歌史)의 불행은 '신의'로써 거듭나야 할 창조 행위의 취약성이다.

자연 서정과 정한의 미학을 본질로 하는 한국 시가의 박명성은 근현대사의 동요와 동시에 현저히 계승되어 있고, 전통 지향의 자유시 또한 이 틀에서 벗어나지 않는다. 윤재근이 엮은 『청소년애송시집』(현대문학사, 1985) 3권에 실린 고금(古今)의 시를 보면, 이 점이 확연해진다.

한국 시가의 박명성은 서양 가곡에 비유컨대 이탈리아적 「오 솔레미오」풍이 아닌 독일적 「로렐라이 언덕」풍에 친근하다. 한국 시가사에서는 찬란한 태양이 좀체로 떠오르지 않는다. 한국 시가 소재로서의 태양은 지는 해요 저녁 놀이요 황혼 빛이다. 성삼문의 절명시(絶命詩), 정철의 시조, 박목월 시의 배경·분위기·정조는 지는 해나 저녁놀, 황혼이 빚어낸다. 박두진의 해는 기적적 예외에 속한다.

이러한 박명(薄明)의 시학적 특성을 계승한 대표적인 근현대의 문학 장르가 동요, 동시, 현대 시조다.

청자 빛 고운 숨결
둥두렷 달로 뜨면

망제혼(望帝魂) 전설 흩던
어느 오월 보름 밤 내

온 누릴 설운 봇물로
그득 채운 휘몰이

육성혈(六姓穴) 저마다
혀 끝에 잉태하여

사군자 대숲 위로
날오른 은빛 소리

천만 근 설핏한 애모(愛慕)
댕기 끝에 비껴 든다

새 세대 시조시인 김옥중(金玉中)이 쓴 작품이다. 이 작품의 소재 역시 청자, 달, 망제혼, 사군자다. 미학적 거리(aesthetic distance)를 유지하려 애 쓴 자취가 역연히 응결되어 있으나, 소재 취택은 관습성을 떨치지 못히 였다. 그러나 언어 표출 기법은 사뭇 현대화하였다.

소재의 관습적 취택, 상투어의 활용 그 자체가 곧 작품의 흠결로 드러 난다고 볼 수는 물론 없다. 시인의 창조적 직관에 의해, 관습적인 소재는 진부한 관습적 인식의 틀을 깨고 창조적 실체로서 새 지평에 떠올라야 한다. 고전 시가의 경직된 부분 집합이 아닌 한 창조물로 '존재해야' 한다. 「대금 산조(大笒散調)」라 한 이 시조는 현대인의 감수성을 켕기게 하는 데 사뭇 먼 자리에 놓이지 않았는가? 망제혼이나 사군자·대숲·댕기 끝이 현대인의 감수성에 포착되려면, 인식과 수사 장치의 혁신, 새로운 의미론적 탐색 작업이 요청된다. 관습적 수사나 말의 성찬(盛饌), 회고적 정서의 관습적 재현, 즉 '출토(出土)된 울음'의 미학만으로는 현대 독자들의 강조한 감수성의 구현을 켕기게 하기 어렵다. 이를 극복하는 것은 물론 지난(至難)한 과제다.

행여나 다칠세라 너를 안고 줄 고르면
떨리는 열 손가락 마디마디 에인 사랑
손 닿자 애절히 우는 서러운 내 가얏고여

둥기둥 줄이 울면 초가 삼간 달이 뜨고
흐느껴 목메이면 꽃잎도 떨리는데
푸른 물 흐르는 정(情)에 눈물 비친 흰옷자락

통곡도 다 못 하여 하늘은 멍들어도
피맺힌 열두 줄은 굽이굽이 애정인데
청산아 왜 말이 없이 학처럼만 여위느냐

중진 시조시인 정완영(鄭椀永)의 「조국(祖國)」이다. 정한(情恨)의 표출 쪽에 착목할 때, 이 작품은 절창(絶唱)임에 틀림없다. '출토된 피울음' 수준에서 한국 시가사상 정상급에 올랐다. 그러나 이 작품의 제목이 「조국」인 바에, 만약 한 신인이 이 작품을 귀감 삼아, 차탄(嗟嘆)의 공간에 퇴영적으로 유폐시켜 이 같은 어조와 정한에 찬 조국애를 표출한다면, 조국의 실체는 극한으로 왜소해지고 말 것이다. 한국 문학의 공허한 영탄조 울음의 미학은 1930년대에 일찍 청산되어야 했다. 아어체 수사와 한탄조 비애미의 주관적 표출만으로 험난한 역사의 파란 속에 선 조국을 어떻게 부지할 수 있겠는가. 하기야 이 작품은 오래전 1962년 조선일보 신춘 문에 당선작이다. 서럽고 청승 맞은 감상적 낭만풍의 이 시조가 그 시대니까 일약 스타덤에 오를 수 있었고, 고등학교 교과서에도 실렸다. 그 출토된 울음, 지금은 아니다.

역사란 주관과 객관이 교차하는 좌표에서 포착되는 엄숙성을 본질로 하며, 문학의 인식과 형상은 이 같은 역사의 실체를 현실태로서 수용할 때에만 실감으로 직핍해 드는 법이다. 감상적 낭만은 엄숙한 역사적 명제의 핵심을 놓치기 일쑤다.

여기서 비판한 시조의 자연 편향성과 퇴영적 정적주의는 현대의 환경 생태학적 관점에서 긍정적 측면으로 새로이 부각될 수도 있을 것이다. 문제는 편향성에 있다.

4. 편협한 세계 인식과 의식의 지평

시는 의식의 등가물이 아니다. 문학은 형상과 인식의 통합체다. 즉 의식의 언어적 형상이 문학이다. 음악은 형상과 인식의 거의 완벽힌 융합 현상을 보이는 예술의 대종(大宗)이다. 모든 예술이 음악의 상태를 지향한다는 말은 그러기에 옳다. 시가 음악의 상태를 지향한다고 할 때, R.릴케식으로 말하여 그것은 의식과 형상이 분리되지 않는 용해된 기록의 결정태(結晶態)를 뜻한다.

예술 지상주의·순수시론·모더니즘에 착목하자. 이들의 주장처럼 예술은 오로지 예술이어야 한다는 자율성(autonomy) 이론의 극단은 인간 존재의 화석화(化石化)를 불러온다. 상식이지만 인간은 생각하는 갈대다. 팔다리와 머리가 없는 인간은 생각할 수 있어도, 생각이 없는 인간은 상상조차 할 수 없다고 한 파스칼의 인간론은 인간 존재에 대한 우리들 최후의 소망이라야 한다. 여기서 '생각'을 '가치관'으로 치환하면, 인간은 가치 지향적인 존재다. 예술과 학문의 가치 중립(Wertfreiheit)이란 기본 자세이며 고고한 이상(理想)이다. 극단의 형식주의자들이 제시하는 '절대시'라는 것의 절대적 순수주 그 자체가 가치 지향적인 것이 아닌가.

문학에 수용된 가치관, 의식의 위상(位相)은 넷으로 구분된다. ① 개인 의식의 형이상학적 지향, ② 사회(공동체) 의식의 형이상학적 지향, ③ 사회의식의 형이하학적 지향, ④개인 의식의 형이하학적 지향이 그것이다.

서정시는 본디 1인칭 서정적 화자(話者)의 독백 방식으로 세계를 자아화하는 문학 장르이므로, 완결된 체험을 제시하기는 어렵다. 그럼에도 현대의 시·시조 독자는 서정적 화자가 사회적 자아, 역사적 자아이기를 바란다. 이는 문학의 비인간화, 삶이나 역사와 절대적으로 분리된 예술 행위에 대한 도전 반응이며, 독자의 당위론적 요청이다. 현대와 시·시조가 각각, 정서, 사유(思惟)의 언어 미학적 통일체이기를 요구할 때, 거기에 사회 의식·역사 의식·문명 비판적 어조와 언어 장치가 동원되어야 하는 것은 이 때문이다.

현대 시조가 이러한 현대시학적 요청을 외면하는 것은 치명적 약점이다. 현대 시조의 문학 의식은 대체로 ① 위상에 편재(偏在)한다.

숨결도 다소곳이 설레이는 가슴 둘레
지그시 눈 감으면 꿈속에서 밤은 깊어

그린 정 은하 흐르듯 소근대는 나의 별

　중견 시조시인 이기반(李基珏)의 「별이 뜨는 마음 밭에」다. 이 시조의
서정적 화자는 자폐적(自閉的)이다. 자연 서정의 정적주의(靜寂主義)에 편
향된 한국 시의 관습 때문이다. 독자와의 교감력이 극히 미약하다.
　이 같은 창작 무의식은 실존적 통고(痛苦)를 수반하는 전란이나 아픈
신앙 체험을 소재로 한 작품마저도 피상적·정적인 묘사, 관망의 수준에
머무르도록 만든다.

　뺏고 또 뺏긴 서러운 옥빛 능선
　차마 발 들이기 죄스러운 마음으로
　보독솔 양지에 앉아 귀를 주어 봅니다.

　이강룡의 「다부동에 쓰는 편지」다. 다부동 전투는 6·25전쟁 최대 격전
이었다. 낙동강 전선을 경계로 하여 한국군·유엔군과 북한군이 사생 결
단의 각오로 교전하며 주검이 산을 이루었던, 그야말로 시산혈하(屍山血
河)의 피어린 전투였다. 그 치열한 격전지의 역사적 사실에서 취재했으면
서도, 그 전투의 구체적 실상과, 삶과 죽음의 경계선(borderline)에 처한 개
별 인간의 실존적 상황에 대한 의미 천착의 에토스적 어조는 전혀 감지
되지 않는다. 파토스적 감상 제시에 그쳐 치열성이 결여되어 있다. 우아
미, 비애미의 아름다움에 편향된 우리 시가 전통의 빛이요 그림자다. 석
줄 12음보 45음절 안팎의 짧은 모국어로 저 엄청난 격전의 실상과 의미
를 녹여 담아야 할 영예가 우리 시조시인들에게 짐지워져 있다. 6·25전
쟁의 참상을 치열한 어조로 표출한 구상의 자유시 「초토(焦土)의 시」는 시
조시인들에게 영감의 큰 원천이 될 것이다. 구상 시인은 시적 신현실주의

(neo-realism)의 체현자다.

한낮에
광란했던
저 목숨의 절규를

깊은
발자국마다
부신 빛을 남기고

타고 간
흰 구름 위에
내 마음 고이 얹어

두 손을 모으고 앉아
바라보는 십자가

김상형의 「십자가 앞에서」다. 삶과 죽음, 영원한 삶의 치열성을 함축한 그 역설의 십자가가 이 시조에서는 전혀 '체험'되어 있지 않다. 시인은 관객이 되어 대상과 분리되어 있다. 시인이 신앙의 현실이나 표상인 대상을 '대상화의 상태'에 머무르게 한 좌표에서는 종교 체험, 신앙 체험이 불가능하다.

앞에서 제시했던 의식의 위상 중 ④는 통속 문학으로 전락하기 쉽고, ③은 유물론적 세계관에 몰입하기 십상이다. 우리의 꿈은 ③이 ②를, ④가 ①을 지향하되, ①과 ②가 조화를 이루어, 시조로 하여금 ①~④가 민족적이면서도 인류 보편적인 가치의 정점에서 만남의 시학으로 거듭나게 하는 것이다. 이를 위해 우선 현대 시조가 ①뿐 아니라 ②의 위상으로 관심의 영역을 확대해야 한다.

붕어빵 뜨고 있는 여인이 있습니다
손가락 데었는가 귓불을 만집니다
어쩌나 애처로운지 가다 말고 섰습니다

한 점 죄도 없이 바지런히 살아가는
가난한 영혼에게 고운 별 돌리시고
자정(子正)의 귀갓길에는 찻길 인도하소서

반반한 집도 한 채 거느리게 하시고
구수한 차 한 잔쯤 마음놓고 들게 하시고
어쩌다 물놀이까지 허락하여 주옵소서

유성규의 「나의 기도」다. 독자를 울컥하게 만드는 무욕(無欲)의 축원이요 공동선(共同善)의 실마리다. 질박한 진술 속에 예각적 사회 현실이 구체적으로 제시되었다. 문학은 구체적 실상을 제시한다는 것을, 이 시조는 웅변 이상으로 보여 주고 있다. 이는 시조의 풍속을 일신할 새 소식에 갈음된다.

북관(北關)에 눈 내리고 선구자는 달린다
목메인 두만강에 달이 잠겨 흐르는데
조국의 부름을 받고 불덩이가 달린다

말갈기 휘날리며 북간도를 달린다
한 번 죽어 두 번 살자 맹세한 사나이가
달빛이 동강나도록 내리치던 칼바람

유성규의 「선구자」다. 일제 강점기 만주 벌판에서 풍찬노숙하며 독립
투쟁을 하던 선구자의 기개를 비유적 이미지로 표상화했다. 어조가 웅
혼, 격렬하며 생동감이 넘치는 시조다. '달빛이 동강나도록 내리치던 칼
바람'의 역동적 이미지는 부드러움과 날카로움, 연성(軟性)과 경성(硬性)
의 절묘한 결합력을 보여 준다. 금속성 이미지가 이런 표출력을 과시하
기는 쉽지 않다. 이미지 표상의 정점에 놓이는 절창이다.

노을이 뚝뚝 지면 너는 또 서러운 문둥이
시메나루 강을 건너 이름 석 자 남겨 놓고
멀건 무주 공산에 발가락도 묻어 놓고

어디를 가려 한다 천명(天命)을 가려 한다
눈썹을 빼 간 바람 네가 좋아 사느니
잉잉잉 눈물 말리는 소록도를 가려 한다

유성규의 「소록도 가는 사람」(전반부)이다. 천형(天刑)이라는 한센병 환
자의 통고 체험(痛苦體驗)을 형상화했다. 소재 취택의 탁월성이 돋보인다.
귀하게, 식물성이 아닌 동물성에 착목한 시조다. '버드나무 밑에서 지카
다비를 벗으면/ 발가락이 또 하나 없어졌다'던 한센병자 한하운의 자유
시 「전라도 길」과 짝을 이룬다. 1930년대에 취택했다가 좌절한 미당(未
堂)과 청마(靑馬)의 동물성 소재, 생명 문제가 유성규 시조에 도입된 것은

한국 시조시사를 밝히는 새 소식이다.

시천(柴川) 유성규(柳聖圭)는 시조의 현대적 지평 확대를 선도하고 있다.

5. 현대적 지평

시조는 중국이나 서구의 정형시(定型詩)와 달리 리듬의 정형성을 추구하는 정형시(整形詩)다. 근현대시는 고시조의 속성이었던 창(唱)을 잃었으므로, 원론적으로는 시조시(時調詩)다. 다만 통칭(通稱)의 '시조' 명칭과의 길항 관계 조성은 바람직하지 않으므로 통칭을 따르기로 한다.

시조는 본디 주자 성리학적 이(理)의 질서에 따른 조선 전기의 주요 문학 장르였다. 이의 질서가 동요하게 된 조선 후기에 시조의 존재 근거와 생명력이 동요하게 되면서 사설시조가 발생했다.

사설시조가 서구 자유시의 충격과 실험기인 1920년대에 들어 새로운 규칙형으로 거듭난 것이 한국 현대시다. 한국 현대시의 초시대적 민족시의 틀로 정점에 오른 것이 소월(素月)의 「진달래꽃」과 만해(萬海)의 「임의 침묵」이다. 이 시기에 일본 정신과 카프파의 계급주의에 맞선 국민문학파가 시조 부흥 운동을 일으켜 사위어 가던 조선 전기 시조형을 되살렸다. 노산과 가람을 중심으로 한 형태와 기법의 근대적 변용으로 시조는 새 지평을 향하여 발돋움하게 되었다. 이어 이호우, 김상옥 등을 정점으로 하여 시조의 형태와 기법은 일층 세련미를 띠게 되었디. 현대 시조에는 고도의 은유와 상징은 물론 반어와 역설, 가진술 등 모더니즘 기법까지 도입되어 고시조와 창이 결별한 자리를 메우고 있다.

남는 문제 둘이 있다. 소월이나 만해 등의 자유시가 초시대적 민족시의 가능성을 연 전범이라면, 시조의 초시대적 고유성은 무엇인가 하는 것이 문제다. 또 한 가지 문제는 현대 시조에 취택된 소재와 의식의 편협성, 울음의 미학, 우아미·비애미 편향성 등이다. 이는 전통성과 고유성의 의미를 편협하게 인식·수용한 결과이며, 창조적 혁신이 요청되는 문제가 아닌가?

첫째 문제에 대한 응답은 이렇다. 즉, 현대 시조는 현저히 규칙성을 드러내는 문학 장르다. 「진달래꽃」이나 「임의 침묵」류보다 두드러게 규칙적인 형태미를 보인다. 또 자유시보다 단형(短形)이다. 이 점이 전통성은 물론 시조 작가나 독자 확보를 위한 강점으로 작용할 수 있다. 다만, 시조 형식이 '언어의 감옥'이라는 독자의 인식을 상쇄할 유효한 장치의 고안이 요청된다. 둘째 문제는 이 글의 주요 논점으로 상세히 논의되었다. 자연에 편향된 소재 취향을 인간사, 사회 공동체, 국가, 세계, 인간 존재, 신앙과 초월의 세계 등으로 확대해야 시조는 거듭날 수 있다. '출토(出土)된 울음'의 정한(情恨) 표출에 기운 서정의 풍토를 혁신해야 한다. 우아미·비애미의 고운 전통을 계승하되, 치열성과 역동성을 결여한 자폐적(自閉的) 피동성은 극복해야 한다.

현대 시조의 이 같은 약점을 극복하고 시조 창작의 풍속을 일신해 온 시조시인이 시천 유성규다. 그는 개인의 서정 체험, 이 땅 전통미의 찬탄에 머무르지 않는다. 아픈 사회 현실을 예각적으로 포착하여 구체적 진상(眞相)을 제시하며, 공동체를 향한 축원의 어조를 가늠한다. 그는 비유와 상징의 어법, 웅혼·장쾌한 어조, 생동감 넘치는 이미저리의 향연으로 현대 시조의 지평을 확대하고 있다.

현대 시조는 우리 전통 미학을 창조적으로 계승하되, 피동적·자폐적인 식물성을 떨치고 소재의 다변화, 정서와 어조의 현대시학적 조율, 기법의 혁신, 사유(思惟)의 고도화를 모색·실현함으로써 광활한 새 지평을 열 수 있을 것이다.(『시조생활』, 1990, 가을, 평론 당선작)

소통 문화의 혁명과 시조의 진운進運

1. 실마리

새 천년이 열리고 지식·정보화 사회의 여러 변혁이 지금 이 땅에서 일어나고 있다. 컴퓨터는 세계 제2차 대전 직후에 발명되었고, 기업에서 쓰이기는 30년 가량 되며, 최근 10년 동안 세계는 소통 체제의 일대 격변을 겪었다. 인터넷 '디지털 커뮤니케이션' 시대의 대변혁은 인간의 삶의 구조에 결정적인 변화의 충격파를 일구었으며, 이것은 수천 년 인류 역사상 초유의 변이 양상으로 기록될 일이다.

세상은 참으로 많이 변했다. 지금 각광을 받는 것은 언론인·변호사·회계사·광고인·증권 전문가·출판업자 등인데, 본격 문학의 출판이나 광고 종사자는 대체로 제외된다. 인문학의 위기가 경고가 아닌 현실로 나타나고 있어, 철학과 사학은 설 자리를 찾기 어렵게 되고 본격 문화도 빛을 잃을 지경에 이르렀다.

우리의 외환 위기 이후 아시아적 가치는 폄훼(貶毁) 당하고, '경쟁'이 최고의 가치로 숭앙(崇仰)되는 신자유주의가 미국을 중심으로 그 절정을 구가하게 되었다. 실로 동양학 위기의 시대다. 한국학도 예외가 아니다.

이 도도한 정보 문화의 물결, 영상 문화의 소용돌이 속에서 시조는 시로서 그 좌표를 확고히 할 수 있겠는가? 시조시학도나 시조시인 모두에게 이 문제는 초미(焦眉)의 긴급 과제가 아닐 수 없다.

2. 현황

전통적인 종이 신문과 종이책은 지금 전자 신문, 전자책의 강한 도전을 받고 있다. 소위 N세대에게는 그러기에 '쓴다는 것', '읽는다는 것'의 의미가 달라졌다. 글쓰기와 글읽기가 종이 신문, 종이책과 함께 인터넷 통신과 전자책의 화면을 통하여 이루어지기 때문이다. 지금은 인터넷 이 메일(e-mail)이 소리와 동영상(動映像)까지 전하여 주는 비디오 이 메일로 발전한 경이로운 시대다. 심지어 인공 지능 시대까지 도래하여, 인간의 창조적 기능과 그 정체성 문제에 대한 논란까지 예상되는 변혁의 시대에 우리는 살고 있다. 인간의 지식을 컴퓨터에 주입시키는 인공 지능의 퍼지 기술과 전문가 시스템은 컴퓨터로 하여금 인간과 거의 유사하게, 상황에 따라 적절한 생각과 판단을 할 수 있도록 만들기에 이르렀다.

종이 신문과 종이책 대신 전자 신문과 전자책이 새 천년의 소통 문화를 주도할 것으로 보인다. 최첨단 정보 통신 국가인 미국에서는 1999년 말에 소설 10권 분량의 '로켓 전자책'을 비롯한 '에브리북', '밀레니엄 리더', '소프트북' 등 전자책이 시중에 나왔다. 일본의 경우 140여 개의 출판사와 정보 통신업체가 참여한 '전자책 컨소시엄'을 구성하고 전자책 상용화 실험에 이미 성공을 거두었다.

우리 나라의 전자책 출판 소식도 만만치 않다. 민음사·한국 프뢰벨 등

7개사가 컨소시엄을 구성한 '에버북 닷컴'을 필두로 하여 여러 출판 모임이 이루어지고 있다는 소식을 한국 출판 문화 연구소는 전한다. 삼성출판사·창작과 비평사 등의 '와이즈북 닷컴', 현대문화사의 바로북 닷컴, 김영사의 '김영 닷컴', 현암사의·한길사를 비롯한, 백여 출판사의 '북토피아' 등의 전자책 출판 활동이 활기를 띠게 되었다.

전자책은 글쓰기와 글읽기의 풍속도를 바꾸기 시작했고, 문학계의 유통 구조에도 큰 변혁을 불러올 기세다. 산림 자원을 많이 훼손해야 하는 종이책과는 달리, 환경 친화적 장점이 있는 전자책은 지식·정보를 신속하게 전달할 수 있어 이 시대 독자들에게 우선 환영받는다.

사이버 문학, 전자책 문학은 신인의 진출이 자유롭고 쉬워서 작자층이 훨씬 두껍다. 그만큼 창조성이 탁월한 작품 출현의 가능성이 높아지는 한편, 수준 이하의 태작(駄作)들도 속출하게 될 것이다. 장면 전환의 신속성이 요청되는 사이버 문학, 전자책은 찰나성과 경박성을 면치 못할 것이다. T.S.엘리어트 같은 지성파 시인이 기대하는바 문학 작품의 '위대한 정신적 지주(支柱)' 같은 것을 이들 문학에서 기대하기는 어렵다. 또 사이버 문학 또는 전자책은 아무데서나 읽을 수가 없고 PC 단말기가 있어야 한다는 한계성도 있다. 전자책의 저장과 소통이 요구하는 엄청난 노고와 비용은 어찌할 것인가 하는 난제가 대두되는 것도 사실이다.

3. 문제점

문제는 하이퍼텍스트(hypertext)다. 하이퍼 텍스트 문학은 '컴퓨터 문학, 통신 문학, 키보드 문학, 페이퍼 프리 문학' 등의 명칭과 함께 사이버 문학의 주요 관심거리다. 수용 미학(受容美學) 이후 작가·작품·독자를 연계하는 역동적(力動的) 문학 현상론(文學現象論)의 관점은 이 하이퍼텍스트의 '생산 이론'에 접맥(接脈)된다.

디지털 커뮤니케이션의 소산인 하이퍼텍스트는 최초의 한 작가와 다수의 독자가 사이버 공간(cyber space)에서 소위 '텍스트 생산'에 함께 참여하는 양방 소통적 제작의 결실이다. 특히 서사 문학의 경우 하이퍼텍스트는 종이책에 쓰인 텍스트와 사뭇 다른 특성을 드러낸다. 우선 선조적(線條的)인 종이책의 서사(敍事)와는 달리, 이야기 줄기(story line)가 다기(多技)해질 수 있다. 서사의 이야기 줄기가 전개되는 과정에서 독자들은 각기 저 나름의 선호하는 이야기 줄기를 접속시킬 수 있다.

까다로운 등단 절차와 상관 없이 등장한 다수의 작가들이 독자들과 수평적 관계에서 쌍방 소통을 함으로써, 줄거리 생산과 비판에 자유롭게 참여하는 다수의 독자들과 대화할 수 있게 된다. 이런 협동적 창작 과정은 문학의 '대중적 공유'라는 민주적 장치이면서 아울러 창작의 본질에 대한 중요한 반론을 불러일으킨다. 이런 식으로 '생산된 텍스트'가 과연 누구의 '작품'이며 그것이 과연 창작품인가 하는 논란이 예상된다.

하이퍼텍스트는 전통적인 서사의 한계성을 극복하는 데 도움이 된다. 이 점은 무시할 수 없는 장점이다. 하이퍼텍스트에서 등장한 수많은 이야기 줄기를 다양하게 접속시켜 읽음으로써 종이책의 고정된 이야기 줄거리의 한계성을 극복할 수 있게 하는 것은 읽기의 내포를 확충하는 데 기여한다. 이 같은 하이퍼텍스트의 장점을 활용하면, 서사의 여러 스토리 라인을 독자들의 요구에 맞추어 제공하고, 이를 자료로 하여 토론함으로써 비평과 문학 교육에 실질적인 도움이 될 것이다. 또 시와 시조의 창작과 비평 및 교육에도 물론 원용될 수가 있다.

남는 문제가 더 있다. 사이버 문학, 전자책 문학은 찰나성·경박성을 속성으로 하며, 객관적 검증이 안 된 아마추어 작가들이 출몰(出沒), 명멸(明

滅)하는 가운데 퇴폐성, 폭력성이 개입하기 쉽다. 인간의 가장 원초적인 욕망의 대상인 노출된 성(性)과 폭력이 난무하는 저속성을 드러내기 쉽다는 뜻이다.

4. 전망

시조시(時調詩)는 고시조의 속성에서 소리 미학으로서의 창(唱)이 소거(消去)된 우리 고유시의 잠정적 명칭이다. 이 영상 미학의 사이버 문학, 전자책 시대에 시조가 놓일 자리가 있는가? 아시아적 가치가 바닥으로 추락한 이 즈음, 이미 소멸하여야 할 민족 장르로 보는 측에서는 새 천년에도 시조가 살아남으리라는 생각은 일찍이 접은 바 있다.

도남(陶南) 조윤제(趙潤濟)식 문학사관으로는 시조야말로 그 생명을 다하여야 옳다. 딜타이식 생의 철학은 한 문학 장르를 생성, 성장, 난숙, 소멸의 유기체로 보므로, 영속하는 장르란 존재치 않는다. 그런 문학사관은 설득력이 있다. 중국의 당시(唐詩)·송사(宋事)·원곡(元曲)과 명(明)나라의 소설(小說)이 이를 증거한다. 우리도 신라 향가, 고속요, 시조·소설·판소리·창극이 시대별 고유성을 드러내며 생멸(生滅)하였다. 이렇게 보면, 시조는 개화기 말에 이미 소멸했어야 한다.

소멸할 뻔했던 시조가 되살아나 지금 우리가 그 소생(蘇生)을 위해 모이고 외친다. 시조 소생의 제1차적 공격은 1920년대 후반 국민 문학파에게 있다. 일제의 탄압이 교묘해지고, 프롤레타리아트의 계급주의 문학이 극성한 시대에 그들은 '시조부흥운동'의 기치를 들었다. 민족 문학 정체성(正體性) 위기의 때에 시도된 저항 민족주의의 발로였다.

지금 시조 생활화 운동은 그야말로 지난(至難)한 안간힘이다. 제2차 시조 부흥 운동을 하자는 것이다. 따라서 이 운동은 길 더위잡기를 바로해야 한다.

우선 초·중·고·대학생을 중심으로 한 어린이, 젊은이층에 시조를 보급해야 한다. 이를 위해 컴퓨터 사이버 문학, 전자책을 활용하는 것이 좋겠다. 우선 인터넷 통신으로 N세대를 공략하는 것이 주효(奏效)할 것이다. 낭송과 동영상까지 동원한 인터넷 통신, 하이퍼텍스트의 양방 소통 체제를 이용하여 시조의 공동 창작을 하는 데 지혜와 힘을 모아야 할 것이다.

또한 당대의 사회성, 시대성을 외면한 문학 작품은 살아남지 못함을 알아야 한다. 시조의 소재와 주제가 사회 현실로 직핍(直逼)해 들어야 독자를 얻는다. 고향 회복, 무릉도원(武陵桃源) 지향의 자연 낙원(Greentopia)의 이미지를 살린 서정적 시조와 함께 사회시, 생태시(生態時)로서의 시조를 창작, 보급하는 것이 중요하다.

이를 위해 생명적 문화 수호의 가치관과 거시적 사관(巨視的 史觀)의 정립이 시조시학도와 시조시인에게 요청된다.

디지털 통신의 사이버 문학, 전자책 문학 시대의 시조 살리기의 길은 이같이 만만치 않다.

시·시조와 소통 지연 장치

1. 처음

시민의 언어와 시인의 언어는 다르다. 시민의 언어는 기교가 단순한 공통어여서 소통의 시간이 단축된다. 이와 달리, 시인의 언어에는 '소통의 지연'을 위한 미학적 장치가 수반된다.

시의 미학적 장치는 율격, 감각, 정서, 상념과 수사적 기교다. 이 둘이 융합하여 화학적 변용을 보이는 시점(時點)에 감동 소통이 이루어진다. 수사적 기교 중에서 영탄, 알레고리[allegory, 우유], 직유·은유의 소통 난도(難度)는 높지 않다. 시의 수사가 아이러니(irony, 반어), 패러독스(paradox, 역설)·고도(高度)의 상징이나 초현실의 세계를 지향할 때, 이는 감성이나 의미의 소통 지연을 위한 미학적 장치에 갈음된다. 이런 시를 속독(速讀)의 대상으로 삼는 것은 무모하다. 이처럼 시는 C.브룩스와 R.P.워렌이 『시의 이해』 제4판에서 말하였듯이, '말하기의 방식'을 달리한다.

더욱이 현대시는 자주 가진술(假陳述, peudostatement)로 표출됐다. "개가 떡을 먹었다."고 하면 시적 진술이 아니고, "떡이 개를 먹었다."고 하면 시적 진술이 된다는 것이다. 여기서 필시 난해시(難解詩) 문제가 대두된다.

시의 이미지도 서술적, 비유적, 상징적, 초현실적인 기법 가운데 어느 수준의 것인가에 따라 소통 지연의 차등을 보인다. 또 시어(詩語)의 함축성이나 난해성이 소통을 지연시키기도 한다.

여기서 생각해 볼 문제는 이 소통 지연 장치의 활용을 자유시에 국한한 것으로 볼 것인가, 아니면 시조 창작에도 도입할 것인가 함이다.

2. 중심

가장 난해하다는 초현실주의 시부터 보기로 한다.

(1) 나의아버지가나의곁에서조을적에나는나의아버지가되고또나는나
    의아버지의아버지가되고그런데도나의아버지는나의아버지대로나
    의아버지인데어쩌자고나는자꾸나의아버지의아버지의아버지……
    아버지가되니나는왜나의아버지를껑충뛰어넘어야하는지나는왜드
    디어나와나의아버지의아버지와나의아버지의아버지노릇을한꺼번
    에하면서살아야하는것이냐.

    —이상, 「시 제12호」

(2) 거울속에는소리가없소 / 저렇게까지조용한세상은참없을것이오 //
    거울속에도내게귀가있소 / 내말을못알아듣는딱한귀가두개나있소 //
    거울속의나는왼손잡이오 / 내 악수를받을줄모르는―악수를모른왼
    손잡이오 // 거울때문에나는거울속의나를만져보지못하는구료마
    는 / 거울아니었던들내가어찌거울속의나를만나보기만이라도했겠

소 // 나는지금거울을안가졌소마는거울속에는늘거울속의내가있
소 / 잘은모르지만외로된사업에골몰할게요 //거울속의나는참나
와는반대요마는 / 또꽤닮았소 /나는거울속의나를근심하고진찰할
수없으니퍽섭섭하오.

— 이상, 「거울」

(3) 벌판한복판에꽃나무하나가있소.근처에는꽃나무가하나도없소.꽃
나무는제가생각하는꽃나무를열심으로생각하는것처럼열심으로꽃
을피워가지고섰소.꽃나무는제가생각하는꽃나무에게갈수없소.나
는막달아났소.한꽃나무를위하여그러는것처럼나는참이상스러운
흉내를내었소.

— 이상, 「꽃나무」

이상의 시 (1)~(3)은 정신 분석학적 해석을 필요로 한다. 또한 그의 개
인사(personal history)도 살펴보아야 한다.

이상은 아주 어린 시절에 백부의 양자로 갔다. 친부모와의 아픈 이
별이 있었다. 이로 인해 이상은 무의식적 분리 불안(分離不安, separation
anxiety)에 시달렸다. 친아버지와 백부 사이에서 부대끼는 자기 정체성
(self identity)의 혼란이 그를 괴롭혔다. 이 같은 무의식적 분리 불안은 '만
남'에의 불안으로 표출되었다.

(1)은 자기 정체성의 혼란, 같거나 비슷한 말을 계속 반복하는 정신병
적 음송증(吟誦症)을 보인다. (2)는 만남의 좌절을 표출한다. '내'가 오른
손을 내밀 때, 거울 속의 사람(자아)은 악수할 수 없는 손을 내민다. 만남
의 불능 현상이다. (3)은 존재의 소외를 표상한다. 혼자일 수밖에 없는 자
아의 소외 현상, 이 역시 만남의 좌절이다.

이 시편들의 소통을 위하여 독자는 시인의 개인사와 그의 정신 분석학적 실체까지 파헤쳐야 한다. 소통이 쉽지 않다.

(4) 새벽에 두 손 벌려 다가오는 / 알몸뚱이 / 내 침실에 찬물 쏟고 / 지느러미의 칼날 같은 피동에 / 햇빛으로 부딪쳐 토막난다. / 관능의 이 물체들은 / 때묻은 자세로 춤추다가 / 하이얀 해변에서 숨죽인다. / 음악과 철학이 난파하여 / 하부 구조부터 변질한다는 / 그 해변이다. / 조각조각 밀려오는 난파물들은 / 모래톱을 지나 / 해일과 더불어 / 뭍으로 침범의 기회를 엿본다. / 두개골 사이의 뇌장(腦漿)은 / 변질의 구조를 거역하고 / 알코올의 공급만 기다리다 지쳐 / 목이 긴 사슴이다. / 바람이 부는 날 / 뇌장은 사랑으로 침몰된다. / 수평선이 흐려지면 / 추상화가들이 몰려와 / 물감을 자유로 이겨 창작하고 / 넓은 아틀리에서 커피도 마시며 / 잠도 잔다. / 번쩍이는 예지의 눈초리는 / 이 날에도 / 갈라지는 바다를 응시하고 / 낮달이 걸린 가교 위에는 / 어두운 그믐밤이라도 / 태양 아래라도 / 갈라지는 순간 / 표정을 잃어버린다. / 진실을 잃어버린다. / 증오도 희열도 …… / 흔들거리는 가교의 그림자도.

—양왕용,「갈라지는 바다」

번득이는 감성과 절제된 지성이 혹은 충돌하고, 혹은 화해한다. 예리하고 역동적(力動的)인 시각적 이미저리, 그 거칠 것 없을 듯한 기세가 결코 헤풀어질 수 없는 강도(强度)에서 수습된다. 지성의 절제력 때문이다. 시가 시종일관 가진술로 되어 있다. 비일상적인, 비관습적 상상력이 빚어내는 연쇄적 의사 진술들은 모두 소통 지연 장치의 구조적 요소들이다.

시 읽기의 체험에 익숙한 독자들에게 이 시의 전반부는 크게 어렵지 않게 해독을 허용한다. 새벽부터 낮까지 해변으로 밀려와 '햇빛으로 부딪쳐 토막나고, 춤추다 하얗게 숨죽이'는 파도의 시각적 이미지가 참신하다. 부딪쳐 토막나는 주체는 파도 자체이고, 토막나게 하는 것은 햇빛이다. 여기서 파도는 활물(活物)인데, '관능'이란 시어(詩語)로 보아 의인화한 기색이 짙다. 이 파도의 부분들은 음악과 철학을 환기한다. 음악과 철학이 난파한 파도의 무리들은 해일져 오며 뭍을 침범할 기세다. 이 정도의 소통에는 큰 무리가 없어 보인다.

문제는 느닷없이 덤벼드는 '두개골'과 '뇌장(腦漿)'의 구조적 의미이고, 그 이하 시 후반부의 해독에 대해 다수의 독자는 난감해 할 수밖에 없다. 소통 지연의 장치가 견고한 까닭이다. 독자는 이 장치의 상징들을 풀어야 한다.

이 대목에서 '변질의 구조를 거역한' '두개골 사이의 뇌장'은 고독한 사슴이다가 마침내 '사랑'으로 침몰한다. 바람 불어 너울진 파도가 높고 구름이 끼여 수평선이 흐려진 시간, 바다는 추상화인 양 다채롭게 변환(變幻)한다. 수평선이 흐려진 바다 위의 구름의 여러 동태(動態)가 연상된다. '번쩍이는 예지'의 눈초리는 자못 심각하게 '갈라지는 바다'를 응시한다. 상기 감성은 손잡고, '흔들흔들' 불안정하게 걷고 있다. '갈라지는 바다'는 어둠이나 빛 어느 것 아래서건 갈라지는 순간, 표정·진실·증오와 희열·가교의 그림자, 그 모두를 상실한다. 이렇게 가까스로 소통을 시도해 보았다. 그러나 시어의 내포와 외연의 탄탄한 긴장미, 곧 텐션(tension)의 강도에 압도당한 독자는 감수성과 의미의 신문화에 성공하기 어려운 난해시다.

이 시는 김광균의 감성과 박남수의 지성이 통합되고, 나아가 이상의 초현실주의적 속내를 엿보이기도 한다. 이 작품에서는 시인의 천재성이 감지되며, 까닭에 발표 당시 시단과 평단에 작지 않은 파문을 일으킨 바 있다(『시문학』, 1965년 7월호).

이 시의 의미를 푸는 데 이처럼 긴 시간과 노력이 필요했던 것은 난해한 은유와 의인화·상징, 강도 높은 텐션 때문이다.

다음은 초현실주의적 난해성을 극복한 같은 시인의 작품을 더 살펴보기로 한다.

(5) 나의 시는
　　불 꺼진 도회의 앞 바다에서
　　죽은 내 친우의 머리칼이다.
　　육지를 향해 증오의 나팔을 불다가
　　끝내 바다로 엉금엉금 기어간
　　친우가
　　죽도록 기원한 땅에는
　　아직도 라일락이 피지 않은 채
　　도회의 밑으로 흐르는
　　내장 속에서 그 머리칼이 자라고
　　더욱 아래는 다른 바다가
　　쿵쿵 쇠망치로 도회를 흔들고 있다.
　　나의 시는 그 굉음 사이에서도
　　발아를 기다리는 라일락 씨앗이다.
　　도회가 무너지고
　　바다가 그 도회처럼 검어져도
　　나의 시는
　　그 속에서 일어나는

친우의 금빛 머리칼이다.

그 칼보다 더 빛나는 친우의 증오다

　　　　　　　　　　　　　　　　　　　— 양왕용, 「나의 시 8」

　바다에 관한 양 시인의 상상력이 여기서도 빛을 발한다. 자신의 시의 개성을 네 개의 은유로 규정하였다. 은유의 매개어(vehicle)는 죽은 친우의 머리칼, 라일락 씨앗, 황금같이 귀한 머리칼, 칼보다 더 번득이는 증오, 그 머리칼이 겨누는 증오의 대상은 무엇인가? 그것은 라일락이 피지 않은 땅(도회.육지)이다. 특히 목이 터지도록 증오하고, 죽도록 기원하기도 한 땅, 도회에는 5월이 와도 라일락, 생명의 꽃이 피지 않는다. 바다가 도회를 닮아 검은 빛을 띠더라도 시인의 시는 그 속에서 일어서는 소망의 금빛 머리칼이다. 도회를 흔드는 굉음 속에서도 발아(發芽)를 기다리는 씨앗이다.

　이 시는 「갈라지는 바다」보다 덜 난해한 편이다. 소통 지연 장치가 다소 느슨해졌다. T.S. 엘리엇의 「황무지(The Waste Land)」와 닮은 주지시(主知詩)다. 엘리엇이 고도의 패러독스로써 부활의 소망이 절멸(絶滅)한 현대 기계 문명을 질타(叱咤)한 것이 「황무지」다. 양 시인의 이 시는 소망을 포기하지 않는 자아의 집요한 의지를 품었으므로, 「황무지」보다 한걸음 더 나아갔다. 원형 비평(原型批評)의 관점으로 보면, 바다(물)는 죽음(죽은 친우)과 소생·부활(라일락 씨앗)의 상징으로 풀 수 있다.

　(6) 아침과 저녁
　　　바늘 끝으로 삶아 먹는다.
　　　기워도 기워도 덮이지 않는 강물
　　　모래에는 60년의 땀방울
　　　꿈틀거리고

수염 사이의 술 냄새는
고래의 물보라에 실려
바다로 나간다.
쉴새없이 갈라지는
손놀림 뒤편의
하구(河口)는
도회(都會)를 뱉어내고 있는데
알몸으로 다가오는 어둠
손가락 불을 켠다.
　　　　　　－양왕용, 「하단(下端) 사람들－그물 깁는 노인」

　낙동강 하류 하단의 고기잡이 노인, 그물 깁기의 의미를 캐어본 시다.
시인의 말하기 방식은 "아침과 저녁 / 바늘 끝으로 삶아 먹는다."는 가진
술에 기대고 있다. 바늘로 해진 그물코를 기워 가며 생계를 꾸려 가는 늙
은 어부의 노동 현장이 제시되었다. 아무리 기워도 강물의 고기를 다 잡
을 수 없는 그물의 한계, 그것은 늙은 어부의 한계이기도 하다. 노인의 실
존은 도회를 '뱉어 내는' 강의 하구, 바다로 이어진다. 나신(裸身)으로 다
가오는 어둠에도 노인의 불을 켜듯 한 노동 의지는 꺾일 수가 없다.

　(7) 대천 앞바다 수평선 일자(一字)로 / 바다를 들고 일어서 천막을 쳤다. /
　　파도로 줄줄 흘러내리는 바다 / 벽을 이루고 길을 낸 홍해 / 목이
　　잘린 양 한 마리 / 빨간 피가 줄줄 흘러내리고 있었다. / 냄비에서
　　끓고 있는 가자미의 / 흰 뱃살도 붉어지고 / 종이배 하나 목을 까
　　딱까딱 / 떠서 흐르는 실개천. 내 얼굴도 벌겋게 취하고 있었다.
　　　　　　　　　　　－최진연, 「황혼의 바다」

(8) 한 벌거숭이가 제 남근을 쏙 빼닮은 / 북한산 노적봉을 뿌리째 뽑아 허리띠로 묶어 시내 거리고 질질 끌고 다니다 / 룩소르의 오벨리스크처럼 묶여 토글토글 굴러가다 / 시테 섬을 감은 파리의 방사선 원심 도로를 몇 번 돈 끝에 / 루브르 미술관 앞뜰에 거뜬히 세우고 있다.

> — 문덕수, 「백남준에게」에서

(9) 콩 심은 콩밭에서 팥을 더 추수한다. // 백새가 황새를 앞질러서 날고 있다 // 인삼 밭에는 민들레가 더 무성하다. // 통쾌한 21세기 / 팥으로 메주 쑤고, 황새보다 뱁새, 인삼보다 민들레래.

> — 유안진, 「운명, 조롱당하다」

(10) 까마귀 / 울음 두 점 떨구고 간 된서리 하늘 아래 // 꽃필 가망 전혀 없는 구절초 봉오리 / 위에, 떡갈나무 잎 떨어졌다, 빗나갔다 / 또 한 잎 떨어졌다, 또 빗나갔다 / 다른 잎이 떨어져 반만 덮었다 / 또 다른 잎이 떨어져도 덜 덮었다 / 어디선가 한 잎 날아와 다 덮었다 / 도토리 빈 깍지, 저도 뛰어내렸다 / 바람 불어도 날아가지 않겠다.

> — 유안진, 「미완에게 바치는 완성의 제물」

(11) 수도원장이 한 수도사만 편애했다. 다들 불만을 토로했지만, 원장 신부는 오히려 당당했고, '그 까닭'을 알고 싶다고 요구하자, 식당에 가서 기다리라고 했다.

사과 한 광주리를 끌고 온 원장은, 한 개씩 나눠주며 아무도 안 보는 데 가서 먹고, 사과 속 숭텡이를 갖고 오라고 했다. 다들 사과

한 개씩을 들고 나가서 먹고 돌아와 자리에 앉았는데, 원장이 편
애하는 그의 자리는 비어 있었다. 한참을 기다리게 하고서야 나타
난 그의 손에는 사과는 그대로 들려 있지 않은가.

원장 신부가 물었다 "형제는 왜 그대로 가져왔소?"

그가 대답했다. "아무도 안 보는 데가 아무데도 없어서요."

만족한 표정의 원장 신부가 힘줘 말했다.

"내가 저 형제를 편애하는 까닭을 알겠지요?"

— 유안진, 「아무도 안 보는 곳」

(12) 사랑은 끝나고 사람만 있다 / 귀뚜라미 목청껏 몇 옥타브 올라갔
고 / 밤하늘 젖은 별들 또랑또랑 영글고 / 까실까실 바람 끝도 날
을 세운다 // 어둠으로 무르익은 여름밤 사랑아 / 아무것도 달라
지지 않았는데 / 변하지 않은 것은 아무것도 없다 / 보냄과 떠남
을 구태여 구별 말자 / 네가 가지 않았다면 나를 보냈을 게다.

— 유안진, 「가을 역」

(13) 비트겐슈타인만큼 펄펄 끓는 정오 / 켄터키 프라이드 인간이 되는
중이다 / 메밀베개 베고 엎어졌다 일어났다 / 시원해질까 하고 /
메밀꽃 메밀꽃 하는데 / 이효석의 메밀밭이 제 발로 달려온다 /
까만 세모꼴 속에 시침떼고 들어앉은 / 동그랗고 하얀 알갱이까
지 / 메밀국수 메밀묵 메밀나물까지 군침 돌더니 / 이마머리 자욱
편 메밀꽃밭으로 / 비트겐슈타인의 '오리-토끼'가 뛰어온다 / 삼
복 여름 메밀밭

— 유안진, 「둥근 세모꼴」

(7)은 황혼, 놀 진 서해 바다의 정경이 낯선 가진술과 이미지로 표출되었다. 바다를 세워 파도를 흘러내리게 하고, 갈라지는 모세의 홍해 바다와 희생양의 피로 표상되는 붉은 놀 빛, 냄비의 가자미 흰 뱃살에도 붉게 물들었다. 실개천의 종이배 하나, '나'의 얼굴빛도 놀을 탄다.

(8)은 기상천외한 상관물들이 인과성(因果性) 없이 출몰한다. 벌거숭이의 남극과 북한산 노적봉, 이집트 룩소르의 오벨리스크, 시테 섬, 루브르 박물관이 한 시공(時空)에 병치된다. 이것이 백남준 예술의 혼재(混在)하는 영상을 연상시킨다. 하이퍼시의 선구자다운 시다.

(9)~(13)은 유안진 시인의 최근작들이다. 서정성에 깊이 호소하던 그의 옛 시들에 비해 사뭇 낯설다. 역설과 지혜의 시편들이다. 가진술로 진실에 도달하려는 그의 역설과, (11)과 같은 설화체로 지혜를 깨치는 구도자(求道者)의 경지를 엿본다.

(10)은 완성을 위한 부단한 시도를 보여 준다. (12)는 사랑이라는 실재(實在)와 사람이라는 가상(假象)의 문제에 착목해 있다. (13)에서 까만 세모꼴 메밀 알갱이를 주목하는 시계(視界) 안으로 느닷없이 비트겐슈타인과 이효석이 개입한다. 이 느닷없는 상관물들도 진실에 도달하는 데는 필요조건이다.

다음은 유안진 시집 『둥근 세모꼴』의 서문이다.

나는 야생 시인이다. (중략) 늘 거짓말로 참말 하려 하고, 부정함으로써 긍정하려 하고, 패배함으로써 승리하고 싶고, 넘어짐으로써 일어나려 하고, 나약하기 때문에 강인해지고 싶고, 어리석음이 지혜라고 믿고 싶고, 게으름이 중요한 일 하는 거라고 믿고 싶고, 꿈꾸는 것이 행동하는 것이라고 믿고 싶은 자가 아닐까 한다.

이 서문이야말로 유안진의 노숙한 시학의 진수를 보게 한다. '둥근 세 모꼴'이라는 의사 진술은 이러한 역설적 진리 터득의 유효한 시법(詩法)이다. (11)을 제외하면 소통 지연 장치가 만만치 않다.

(14) 별에다 입술을 대어보아라. / 서로 사랑하다 말하지 않게 된다. / 당신의 문패가 지구 아래로 호올로 툭 떨어져 내릴 때 / 서로 미워한다 말하지 않게 된다. / 사랑에 기대어 사는 사람들이 / 슬픔을 만든 산에 가 보아라. / 서로 사랑한다는 말만 쌓이어 / 흰 산새 등 위에 슬픔은 엎드린다. / 사랑한다 사랑한다 말하는 사람들은 / 별이 보이지 않아 산을 만든다. / 홀로 있는 당신이 여럿 있어도 / 별에다 가슴을 대어 보아라. / 당신의 가슴이 사과 한 알로 떨어질 때 / 서로 사랑하라 말하지 않게 된다.

— 정호승, 「옥중서신(獄中書信)」

(15) 목숨을 풀어서 / 목숨도 한층 열뜬 여인의 목숨을 풀어서 / 능금빛 저무는 날에 / 원추리꽃으로 지고 있네 // 허물을 벗는 나의 간절한 욕망 / 한 가닥 감기는 어지럼병 / 마음속 누구를 안고 산다는 것은 / 소금을 갈아서 부비는 일 / 핏빛 노을을 감아서 / 온통 불지르고 싶다 // 하늘을 물들이고 / 내 마음까지도 물들이다가 / 송두리째 부서지는 사람이여 // 저문 해가 다시 나를 흔드는구나 / 그대 머물다 간 자리에 / 아프게 쌓이는 무게의 낙화(落花)

— 전원범, 「노을」

(16) 사랑하는 나의 하나님, 당신은 / 늙은 비애다. / 푸줏간에 걸린 커다란 살점이다. / 시인 릴케가 만난 / 슬라브 여자의 마음 속에 갈

앉은 / 놋쇠 항아리다. / 손바닥에 못을 박아 죽일 수도 없고 죽지
도 않는 / 사랑하는 나의 하나님, 당신은 또 / 대낮에도 옷을 벗는
어리디어린 / 순결이다. / 삼월에 / 젊은 느릅나무 잎새에서 이는
연둣빛 바람이다.

—김춘수, 「나의 하나님」

(17) 우리가 물이 되어 만난다면 / 가문 어느 집에선들 좋아하지 않으
랴. / 우리가 키 큰 나무와 함께 서서 / 우르르 우르르 비오는 소리
로 흐른다면 / 흐르고 흘러서 저물녘엔 / 저 혼자 깊어지는 강물
에 누워 / 죽은 나무 뿌리를 적시기라도 한다면 / 아아, 아직 처녀
인 / 부끄러운 바다에 닿는다면 // 그러나 지금 우리는 / 불로 만
나려 한다 / 벌써 숯이 된 뼈 하나가 / 세상의 불타는 것들을 쓰다
듬고 있나니 / 만리 밖에서 기다리는 그대여 / 저 불 지난 뒤에 /
흐르는 물로 만나자 / 푸시시 푸시시 불 꺼지는 소리로 말하면서
/ 올 때는 인적 그친 / 넓고 깨끗한 하늘로 오라.

—강은교, 「우리가 물이 되어」

(18) 슬픔의 진원지에서 불려 나온 / 사무치는 정화(情火) // 그 뉘를 사
모하기에 / 애태워 피는가 // 허공을 향해 뒹구는 / 가다가 흩을
서러운 사랑아 // 한 가슴에 그토록 많은 걸 품고 / 휘어 울고 엎
드려 울고 / 울 만큼 울어서 눈끼지 부신 온빛 디럭들 // 곫지 않
다는 / 늙지도 않는다 / 거저 기울 대로 기울어 // 환상처럼 날으
는 목숨의 표류 / 지향없는 쓸쓸함의 오르가즘이여 // 다음해 다
시 올 지키지 못할 약속 / 바람에 바치는 저 마지막 헌신

—임솔내, 「은억새」

(19) 아롱진 동경(憧憬)에 지즐대면서 / 지식(知識)의 바위숲을 헤쳐 나오다 / 천 길 벼랑을 내려 구울던 / 전락(轉落)의 상흔(傷痕)을 어루만지며 // 강이 흐른다. // 틔어진 대지(大地) 위에 / 백열(白熱)하던 낭만과 // 늪 속에 잠겨 이루던 고독(孤獨)과 기도(祈禱) / 오오, 표박(漂迫)과 동결(凍結)의 신산(辛酸)한 기억들을 / 열망(熱望)과 수치(羞恥)로 물들이면서 // 강이 흐른다(중략) // 이제 무심(無心)한 일월(日月)의 조응(照應) 속에서 / 품에는 어별 권속(魚鼈眷屬)들의 자맥질과 / 등에는 생로(生路)와 환락(歡樂)의 목주(木舟)를 얹고 / 선악(善惡)과 애증(愛憎)이 교차(交叉)하는 다리 밑으로 / 사랑의 밀어(密語)와 이별(離別)의 노래를 들으며 / 생사(生死)와 신음(呻吟)과 원귀(寃鬼)의 곡성(哭聲)마저 들으며 / 일체(一切) 삶의 율조(律調)와 합주(合奏)하면서 / 강이 흐른다, (중략) // 샘에서 여울에서 폭포에서 시내에서 / 억만(億萬)의 현존(現存)이 서로 맺고 엉키고 합해져서 / 나고 죽어가며 푸른 바다로 흘러들어 새로운 생성(生成)의 바탕이 되어 / 곡절(曲折)로 가득 찬 역사(歷史)의 대단원을 지으려고 // 강이 흐른다.

— 구상, 「그리스도 폴의 강」에서

　(14)는 쉬운 말로 써서 언뜻 시민의 언어 같으나 깊이 생각하게 하는 정호승의 시다. 별은 진정한 사랑의 상관물이고, '사랑한다'는 사람들의 말은 산으로 쌓여 슬픔을 줄 뿐이라는 게다. 가톨릭 신자 정호승 시인은 좀체로 '사랑'이란 말을 쓰지 않는데, 이 작품은 예외다. '사랑'이란 말 하나 쓰지 않고 사랑의 시를 쓰는 사람이 정호승이다. 차원 높은 크리스천 시인이다.
　(15)는 소통 지연 장치가 중층적인 시가 아니다. '노을'을 이렇듯 절절한 사랑의 정화(情火)로 불태운 시인은 드물다. 감수성이나 의미의 산문

화가 비교적 쉬운 작품이다.

(16)은 '나의 하나님'이란 원관념에 다섯 개의 참신한 매개어를 배열한 수작(秀作)이다. 하나님의 이미지를 묵중하지 않으면서 이렇듯 신선한 감각과 상념으로 형상화한 시가 또 있는가.

(17)은 물과 불의 이미지로 그리움과 만남을 노래한 시다. '가문 어느 집', '아직 처녀인 부끄러운 바다', '만리 밖에서 기다리는 그대' 등으로 엮인 이 절창(絶唱)은 강은교를 높은 시인의 반열에 오르게 하기에 충분하다. 소통 지연 장치가 적절한 수준에서 그 문을 연다. 새삼 가스통 바슐라르의 '불의 정신 분석'까지 끌어오지 않아도 되겠다.

(18)은 은빛 억새 떨기의 애절한 정념은 임솔내 시인의 이 「은억새」에서 정점에 이른다. 어렵지 않게 소통된다.

(19)는 필자 생각에 우리 근현대 시사(詩史)에서 최고의 절창이 아닌가한다. 율격과 의미가 이렇게 잘 어우러진 웅대(雄大)하고 의미 심장한 시는 흔치 않다는 뜻이다. 구상 시인이 일생에 걸쳐 고치고 또 고쳐 남긴 연작시(連作詩) 「그리스도 폴의 강」의 일부다. 독자들의 한자어 해독력이 소통의 과제로 남는다.

시조는 어떤가?

(20) 설월(雪月)이 만정(滿庭)한데 바람아 부지 마라.
　　　예리성(曳履聲) 아닌 줄은 판연(判然)히 알건마는
　　　그립고 아쉬운 적이면 행여 건가 하노라.

(21) 장하던 금전벽우 찬 재 되고 남은 터에
　　　이루고 또 이루어 천년을 보이도다.

흥망이 산중에도 있다 하니 더욱 비감하여라.

— 이은상, 「장안사」

(22) 빼어난 가는 잎새 굳은 듯 보드랍고
　　자줏빛 굵은 대공 하이얀 꽃이 벌고
　　이슬은 구슬이 되어 마디마디 달렸다.

— 이병기, 「난초」에서

(23) 찬서리 눈보라에 절개 외려 푸르르고
　　바람이 절로 이는 소나무 굽은 가지
　　이제 막 백학(白鶴) 한 쌍이 앉아 깃을 접는다.

— 김상옥, 「백자부(白瓷賦)」에서

(24) 지그시 눈을 감고 입술을 축이시며
　　뚫린 구멍마다 임의 손이 움직일 때
　　그 소리 은하(銀河) 흐르듯 서라벌에 퍼지다

— 김상옥, 「옥저[玉笛]」에서

(25) 보드라운 살결이라 먼 하늘이 내려앉고
　　참한 날 불에 구워 첫소리를 얻은 날에
　　솔바람 학의 울음이 함께 내려앉았도다

— 유성규, 「청자(靑瓷)」에서

(26) 갈대밭을 흔들다가 / 깃발도 흔들다가 / 칼칼한
　　학의 목을 / 적시어도 주다가 / 광화문 다락에

올라 / 국풍(國風)을 헹구는 바람

― 유성규, 「바람 전시관(展示館)」에서

(27) 의문의 파장(波長)으로 그려낸 그래프에
시간과 공간이 조용히 물러나자
종지부(終止符) 찍혀 나왔다 아무도 울지 않았다

― 유성규, 「제3병동 2」에서

(28) 더러운 피울음 되고 어쩌다 노을로 타는 강
공단 12월은 무거운 산달[産月] 같다
달동네 질러 가르는 시베리아 아린 바람

― 유성규, 「공단(工團)의 여인」에서

(29) 편 갈라 앉고 나면 아양 떨다 방귀 뀌고
콩이요 팥이요 하다 장군이면 멍군 하고
막판에 주먹다짐 독설(毒舌)들이 신난다

― 유성규, 「어느 나라 의사당」에서

(30) 아직은 밉지 않은 밭두렁을 베고 누워
불개미떼 따돌리고 다시 쩔룩 고개 너머
천형(天刑)을 등에 업고서 쩔룩쩔룩 남도(南道) 간다

― 유성규, 「소록도 가는 사람」에서

(31) 동구 밖 흰옷 자락 / 흔적 없이 사라지고 // 미루나무
끝가지에 / 놀 한 쪽 걸렸다 // 시집간 / 누나가 띄운 /

엽서 한 장 같구나

— 유성규, 「저녁놀」에서

(20)은 지은이를 모르는 고시조다. '설월이 만정한데'는 '이화(梨花)에 월백(月白)하고'와 유(類)가 같은 우리 고시(古詩)의 절묘한 이미지, 그 표상이다. 다른 판본에는 '설월이 만창(滿窓)한데'로 되어 있어, 그 이미지 변환의 멋이 엿보인다. '예리성'을 '신발 끄는 소리', '가죽신 끄는 소리', '발자국 소리'로 치환했다가는 시정(詩情)이 단박에 헤풀어진다.

시각, 청각의 형상화가 가히 절륜의 경지를 넘본다. 우리 한시나 우리 고시가의 이런 감성 소통은 정독(精讀)을 통하여 이루어질 것이다.

(21)은 '금전벽우(金殿碧宇)'에 소통의 열쇠가 물려 있다. 우리 가곡으로 불리던 시조다. 이런 시조는 영언(永言), 곧 읊거나 노래하기에 좋다.

(22)는 시조에 시각적 이미지를 도입하는 데 선편(先鞭)을 잡은 작품이다. 노래하기에는 적합하지 않다. 이은상 시조가 수많은 노래로 불린 것과 대조가 되는 것이 이병기의 작품이다.

(23)과 (24)는 시화일체(詩畵一體)를 추구한 시조다. 청각적 이미지도 유장(悠長)하다. (22)~(24)의 이 같은 이미지의 기능적 의의를 체화(體化)해야 제대로 소통이 된다.

(27)~(30)은 노래를 지향하는 영언(永言)의 시조가 아니라 뜻을 담는 언지(言志)의 시조다. 각각 '죽음 / 노동의 아픔 / 정지판 / 풍자(해학) / 천형(天刑)의 실상'이 아픈 의미로 다가온다. (25)·(26)·(31)은 사물시(事物詩)인데, 각각 적확(的確)한 이미지로 형상화한 걸작들이다. 우리 근현대 시조에 사회성, 역사성을 지성적으로 도입한 선구자가 시천(柴川) 유성규 시인이다. (28)은 사회적 형이상학을, (27)과 (30)은 삶과 죽음의 형이상학을 지향한다.

3. 끝

자유시와 시조 31편을 읽었다. 둘의 대화가 긴요할 것이다. 자유시 작가들은 시조에서, 시조시인들은 자유시에서 배울 것을 찾아야 한다.

시의 소재는 자연, 삶, 인생, 마음과 영혼의 파문과 세계의 실상(實相)에서 취택된다. 삶에는 개인적 삶과 집단적 삶이 있다. 우리의 고전 시가는 자연(특히 뭍의 것들)과의 합일을 최고의 경지에다 두었다. 동아시아인들 의식 지향의 일반적 양상이다. 우리의 시가 전통에서 해양 문학이 희소(稀少)한 까닭이 여기에 있다.

미(美)의 극치란 압축이 빚어낸 절정에 놓인 것이라면, 음악과 시는 그 전형(典型)이다.

시인은 언어의 구도자(求道者)다. 혼신을 다하여 절차탁마(切磋琢磨)하면 보석이 된다. 그 보석 중의 보석이 시다. 그것이 지나쳐 내허외화(內虛外華)로 한갓 '기어(綺語)'가 되어서는 안 되나, 시인의 사명은 언어를 갈고 닦는 데서 시작된다. 이어 정신의 연마, 영성(靈性)의 계발이 뒤따라야 한다.

시인은 설명하는 사람이 아니라 만들어내는 사람, 곧 창조자다. 시인은 관념의 감각화에 우선 성공해야 한다. 그러기 위하여 시인은 내면 세계를 연소하여 사유(思惟)를 농익히는 노작(勞作)의 고통을 이겨내어야 한다.

김상옥(金相沃)은 시인이란 절통(切痛)할 인욕(忍辱)의 날, '거짓 투성이의 세상에서 따로 누리는 조고만 푸른 하늘' 같은 진실을 밝히는 사람이라 했다.

지금 시조시인들에게 요구되는 것은 감수성을 벼리고, 관념을 내면에서 연소하여 이미지화하는 노력이다. 사유(思惟)의 깊이와 예리한 감성이 화학적으로 융화하여 전통 율격과 어우러질 때 좋은 시조가 탄생할 것이다.

또 현대 자유시가 보여 주는 여러 '소통 지연 장치'를 가붓이 원용(援用)하는 것도 시조시인에 주어진 주요 과제다. "예술 작품이란 그것이 무엇인가 생각하게 하는 그것이다." 프랑스 비평가 생트 뵈브의 말이다.

아무튼 시조는 독자와의 소통에 유리하다. 21세기는 시조에겐 기회다.

시조의 생활화

문학의 장르는 대체로 유기체의 경우와 같이 생성·성숙·절정·쇠멸의 길을 걷는다. 한국 문학 사상의 장르 교체 현상도 예외가 아니다. 구비문학·고시가·향가·별곡·고속요·시조·가사·고소설·한시·한문 소설·한문 수필·한문 평론은 19세기까지만 문학사에 남는다.

20세기에 들어 신소설(개화기소설)이라는 새 장르가 등장하나, 그 역시 고소설의 연장선상에 있다. 소재에 새로운 시대상이 반영되어 있으나, 인물의 정형성, 권선징악의 주제, 구성의 편면성 등 고소설의 관습을 그대로 잇고 있다. 1917년에 발표된 춘원 이광수의 「무정」에서 근대소설의 실마리를 찾게 되며, 이후 본격적인 근대소설이 출현한다. '설화 → 고소설 → 근현대 소설'의 맥락이 이어진 것이다.

또 하나, 시조 장르는 20세기 초엽에 들어 육당 최남선이 그 명맥을 살려냈었고, 1920년대 후반에 들어 국민문학파의 최남선, 정인보, 이병기 등이 '시조부흥운동'을 일으키며 근 현대 시조의 창작이 본격화되었다. 이는 일제가 우리 민족에게 강제 주입하려던 소위 '대화혼(大和魂)'에서 맞서 '조선혼(朝鮮魂)'을 되살리려는 저항 문학적 동기를 저변에 깔고 있다. 조운(월북)·이은상·이병기 등이 시조 중흥의 몫을 다하고, 이호우·이영도·정완영·유성규·김월준·이근배 등의 걸출한 시조시인이 근현대 시조의 현대화에 성공하였다. 이제 문단 활동을 하는 시조시인이 1,000명을 헤아릴 만큼, 시조는 양적 성장을 과시하기에 이르렀다.

내재적으로는 사설 시조의 전통을 이으며, 외적으로는 서구 자유시의 영향을 받아, 1920년 전후에 형성된 우리의 자유시는 지금 소설과 함께 세계 문학사에 당당한 기세로 합류하게 되었다.

그럼에도 IT시대 첨단 미디어에 휩쓸린 독자 대중이 경제 제일주의 같은 편향된 실용주의에 이끌려 인문학을 외면하게 된 것은 풀기 어려운 과제가 되었다. 첨단 영상 매체와 영합한 판타지 문학이 세계의 독자를 열광케 하는 이 현상 앞에 '정통 문학의 위기'는 불가항력의 현실이 되고 말았다. 21세기에는 정통 문학이 소수의 동호인끼리 향유하는 양상으로 위축될 것이라고 한 20세기 미래학자 앨빈 토플러의 예견이 적중하게 되었다고 볼 수 있다. 특히 정통 자유시는 기법의 난해성 때문에 독자 없는 창조물로 버림받을 심각한 위기에 처하였다.

이런 현실을 직시하고, '작가(시인) → 작품 → 독자 ⇄ 작가' 간의 문학적 대화를 하는 문학 현상에 활력을 불어넣을 방도는 없는 것일까? 이에 대한 응답으로 '시조의 생활화' 문제를 제기하고자 한다.

우리 민족은 계층을 구분하지 않고 시가를 즐겨 향유한 전통이 있다. 지식인은 물론 일반 대중도 시가를 짓고 읽으며 함께한 것이 한 풍속으로 자리 잡았었다. 혼인 예식 때의 '동상례(同床禮)'에 시가 빠지지 않았고, 크고 작은 의식(儀式) 때의 축시(祝詩)나 조시(弔詩)는 시의 생활화, 그 전범(典範)이 된다고 하겠다.

설날 처음 만난 자리, 돌·회갑·고희(古稀)·희수(喜壽)·산수(傘壽)·백수(白壽)나 입학·졸업·합격·위문·격려· 등 여러 생활 현장에서 시조는 감성 소통의 훌륭한 매체(媒體)가 될 것이다. 일본 사람들의 하이쿠, 중국, 네팔 등의 전통시와 함께 시조는 시의 생활화에 매우 적합한 장르라 할 것이다. 2013년 10월 『시조생활(時調生活)』지 출신 시조시인들이 중심이 된 제1차 세계전통시인협회의 총회(회장 유성규)는 우리 전통시의 외연을 확장하는 데 크게 기여한 것으로 자리매김 될 것이다. 2016년 6월 중국 취푸(曲阜)에서 열린 제2차 총회에 그 기반이 다져졌고, 2019년 6월 영국에서 열린 3차 총회 전통시 세계화 확산의 계기를 맞이하게 되었다. 시조 세계화의 길은 블루 오션이다.

1989년부터 유성규(柳聖圭) 시조시인이 앞장선 '시조생활화운동'은 국내에서 널리 꽃을 피우고, 나아가 세계 전통시 세계에까지 그 향기를 피우는 단계로까지 발전하였다. 앞으로 『시조미학』・『현대시조』・『시조사랑』・신춘 문예 출신 시조시인들도 이에 동참하여 이 운동이 내포를 충실히 하고 외연을 넓혀 인문학의 대중적 향유에 이바지하기를 바란다.

예술 시조는 물론, 생활 시조도 우리의 삶 속에서 향기를 발하며, 창(唱)을 잃어버린 현대 시조를 가곡으로 작곡하여 널리 함께 노래 부르는 세상이 되었으면 좋겠다.

전통시 시조 쓰기와 주는 세계화에 대하여

1. 첫머리

맹자님은 '천하의 영재를 얻어서 교육하는 것(得天下英才而教育之)'을 인생의 세 가지 즐거움 가운데 하나라고 하였습니다. 여러분 같은 영재들을 가르치시는 이돈희(李敦熙) 교장 선생님을 비롯한 이 학교 선생님들은 모두 행복하신 분들입니다. 나 역시 오늘 여러분 앞에서 시조 쓰기의 의의에 대하여 말씀드리게 된 것이 한없이 기쁩니다.

이 학교 교문 앞에 다산(茶山) 정약용(丁若鏞) 선생과 충무공(忠武公) 이순신(李舜臣) 장군의 동상을 모신 것을 보았습니다. 이분들이야말로 여러분이 계승하여 마땅한 우리 정신사적 전통의 표상입니다. 이분들은 『역사의 연구』를 지은 아널드 토인비의 그 '창조적 소수(creative minority)'에 속하는 민족의 선도자(先導者)입니다.

이순신 장군의 역사에 대한 탁월한 예견력과 창조력은 그의 『난중일기(亂中日記)』에서 어렵지 않게 발견됩니다. 가령, 임진 왜란이 터진 1592년 4월 13일 하루 전인 12일 일기에 거북선을 앞세워 군사 조련을 한 내용이 기록되어 있습니다. 조정이 정파 싸움으로 편안한 날이 없을 때, 이순신 장군은 외로이 닥쳐올 전란에 대비하는 용의주도(用意周到)한 면모를 보이고 있습니다. 더욱이 '거북선'이라는 전함을 활용하여 46전 46승을 거둔 이순신 장군은 세계 고금 전쟁사의 천재로 불리기까지 합니다. 장군은 우리의 전통 속에 이어져 온 조선술, 화약 사용법, 병법 등을 창조적으로 계승·발전시킨 명장이었습니다.

정약용 선생 또한 마찬가지입니다. 조선 전기의 지도 이념이었던 주자학 근본주의를 근대 정신에 비추어 개혁하여 개신유학(改新儒學)을 체계화하였습니다. 18년의 귀양살이를 이 같은 창조 행위를 통하여 역설적으로 빛내었던 것입니다.

민족 사관 고등 학교 학생 여러분은 이순신 장군이나 정약용 선생같이 우리 전통을 창조적으로 계승하여 세계에 빛내는 창조적 소수가 될 자질을 타고 났으며, 또 그런 역량을 기르고 있는 사람들입니다.

내가 이제 여러분에게 우리의 '우리 전통시인 시조 쓰기와 주는 세계화'에 대하여 이야기하게 된 까닭이 여기에 있습니다.

2. 중심

어제 우리 조선일보와 중국 인민일보의 사장들이 만난 자리에서 소동파(蘇東坡)와 두보(杜甫)의 시로써 인사말을 주고받는 것을 신문에서 보았습니다. 소동파와 두보의 시는 동북아시아 고급 문화의 정화입니다. 그런 고급 문화로써 언론계의 지도자끼리 인사를 나누는 것이 보기에 아름답고 품격이 있었습니다.

7백 년 전통을 자랑하는 우리 시조도 본디 고급 문화에 속하였습니다.

감칠맛 나는 우리 말을 갈고 닦아 정형화(整形化)한 우리 시조는 풍부한 상상력과 함께 상당한 품격을 요구합니다. 이 품격이 성가셔서 북한에서는 아예 시조를 버리고 말았습니다. 북한 젊은이들은 근현대 시조가 무엇인지 알지 못합니다. 그만큼 북한 문학은 거친 면이 있습니다.

우리 대한민국 문학사에서 시조도 한때 소멸할 위기에 처한 때도 있습니다. 그러나 최남선·정인보·이병기·이은상·김상옥·이호우·유성규 등 여러 선배 문인들이 기울인 각고(刻苦)의 노력에 힘입어 시조는 생명력을 되찾았고, 오늘날 수많은 시조시인들이 주옥(珠玉) 같은 작품들을 써 내고 있습니다.

그럼에도 불구하고 영상 문화·인터넷 문화가 위세를 떨치는 가운데 외래 문화가 범람하는 이 시대에 들어 우리 전통 문화의 기세는 심각하게 외면당할 위기에 처하였습니다. 지금이야말로 우리 전통시인 시조의 제2차 부흥 운동을 해야 할 시기라고 할 것입니다.

이러한 제2차 '시조부흥운동'은 1989년에 시작되었습니다. 이 일에 앞장서신 분이 오늘 이 자리에 함께하신 시조시인 유성규(柳聖圭) 박사이십니다. 우리는 이 유 박사님을 중심으로 '시조생활화운동'을 펼치고 있습니다. 계간지 『시조생활(時調生活)』도 발간하고, 초·중·고교 학생들과 일반인을 망라한 시조 백일장도 해마다 열고 있습니다. 이 백일장에는 수천 명이 모여 성황을 이룹니다. 또 오늘처럼 각급 학교를 방문하여 시조 쓰기를 위한 특강을 하고 백일장도 열어 시상(施賞)합니다. 이것이 전국에 메아리치고 있는 '시조생활화운동'의 모습입니다.

민족사관고(民族史觀高) 학생 여러분.

시조는 케케묵어 곰팡내 나는 폐물이 아닙니다. '글 시(詩)'가 아닌 '때 시(時)' 자를 쓰는 시조는 그 시대의 소재와 가락과 시대 정신을 담은 우리 고유의 시입니다. 시조에는 우리가 살고 있는 이 시대의 노래로서 우리의 일상 생활 속에 깊이 스며들 만큼 친근한 우리의 전통 문화의 속성이 깃들여 있습니다. 일찍이 시조는 현대 작곡가의 힘을 빌려 우리 가곡으로 널리 불리어 왔습니다.

삭풍(朔風)은 나무 끝에 불고 명월(明月)은 눈 속에 찬데,
만리 변성(萬里邊城)에 일장검(一長劍) 짚고 서서
긴 파람 큰 한 소리에 거칠 것이 없어라.

조선조 세종 임금 때 4군 6진을 개척한 김종서(金宗瑞)의 시조입니다. 무인(武人)의 호방하고 거침없는 기개가 펼쳐지도록 곡이 붙여졌습니다. 정인지와 함께 『고려사』를 편찬하기도 한 문신(文臣) 김종서는 무인의 기개도 품고 있었습니다. 여진족이 살던 함경도 지방에 육진을 개척하여 압록강·두만강 이남을 우리 땅이 되게 한 탁월한 리더였습니다. 고시조를 현대화하되 창작 당시의 어조와 분위기를 살린 게지요. 근대 시조 중의 하나를 보기로 합니다.

장하던 금전벽우(金殿碧宇) 찬 재 되고 남은 터에
이루고 또 이루어 천년을 보이도다.
흥망(興亡)이 산중(山中)에도 있다 하니, 더욱 비감(悲感)하여라.

근대 시조시인 이은상(李殷相) 선생의 「장안사(長安詩)」입니다. 깊은 산중의 옛 사찰을 보고, 모든 존재하는 것의 변할 수밖에 없는 운명과 역사의 무상감을 노래했습니다. 한국인 특유의 비애미(悲哀美)가 서려 드는 가곡입니다. (위의 두 시조 노래는 저자가 직접 불러 시범을 보임.)

시조는 본디 고급 문화로서 출발하였으나, 조선 후기에 들면서 엇시

조·사설시조가 생겨나서 일반 민중의 일상 생활 속으로 파고들었습니다. 고급 문화와 대중 문화가 섞이고 위치바꾸기까지 하는 포스트모더니즘(postmodernism) 시대인 지금, 시조는 우리의 생활 속에 교양 체험과 놀이 문화로 자리잡을 수 있게 되었습니다. 결혼식이나 돌잔치, 회갑연 등 경사스러운 자리에서 시조 한 수쯤 읊을 수 있는 문화가 정착되어야겠습니다. 약 반세기 전까지만 해도 우리 민속에 그런 문화가 전래되고 있었습니다. 신랑·신부가 배우자의 마음에 들어서기 위한 통과 의례(通過儀禮)로서 시조나 시 한 수(정 어려우면 한자 파자破字)를 쓰게 된 '동상례(東床禮)'의 풍속이 그 예가 될 것입니다.

3. 끝

일본 사람들은 새해를 맞이하면서 '하이쿠' 한 수쯤은 써서 서로 나누며 인사를 하는 전통을 이어오고 있습니다.

- 도둑이
  들창에 걸린 달은
  두고 갔구나.

- 여름 소나기
  잉어 머리를 때리는
  빗방울.

- 저 세상이

나를 받아들일 줄

미처 몰랐네.

이것이 하이쿠입니다. 짧막한 시구에 예리한 감수성의 촉기가 번득이지 않습니까? 예각적 체험의 정수(精粹)를 보여 주는 일본의 5·7음절 단위 정형시(定型詩)입니다.

한국의 시조, 일본의 하이쿠, 영국의 소네트(sonnet) 같은 정형시의 교류가 필요한 것이 바로 세계화 시대인 21세기입니다.

우리는 지난 세기에 지나치게 '받는 세계화'에 의존하여 살아 왔습니다. 이제는 세계에서 받아들였던 것만큼 또는 그 이상으로 세계인들에게 우리 것을 베푸는 '주는 세계화'의 시대를 우리 스스로 열어야 합니다. 이것이 과거 '받는 세계화'의 시대에 우리에게 많은 것을 전수하고 베풀어 주었던 세계인들의 은공에 보답하는 길이기도 합니다.

역사는 지속(持續,duration)과 변이(變異,variation)의 흐름입니다. 강물의 흐름과 같은 우리 전통 문화의 역사를 칼로 자르듯 단절시킬 수 없습니다. 우리 민족의 '창조적 소수'로서 우리 나라를 이끌어 갈 민족 사관 고등학교 영재 여러분이 우리 전통을 창조적으로 계승하여 갈고 닦아 빛내며, 나아가 세계인들에게 이를 전하여 주기 바랍니다.

민족 문화의 꽃인 시조를 쓰고 다듬어 새로이 진경(進境)을 열며, 세계 문학사 속에서 향기를 뿜으며 사랑받도록 합시다.

여러분의 앞날에 큰 성취가 있기를 축원하며 오늘 이야기는 여기서 맺기로 합니다.

감사합니다.(2004. 4. 28. 민족사관학교 강연 내용)

제 **2** 부

시조의
한국 문학사적 위상

時調

한국 문학의 특성과 창조적 과제

1. 서언(緖言)

함수에 상수(常數)와 변수(變數)가 있듯이, 문학사의 흐름에도 변하지 않는 것과 변하는 것이 있다. 1968년 이후 탈(脫)모더니즘의 바람이 불면서 문화 전반에 걸쳐 상대주의가 절대화하기에까지 이르렀다.

문화는 '흐름'의 맥락으로 파악하는 것이 당연하며, 그 흐름은 '단절'이 아닌 '지속(持續)'과 '변이(變異)'의 관점에서 보아야 옳다. 전통(傳統)의 단절을 주장하는 상대주의는 극복되어야 한다.

우리의 전통적 정형시(整形詩)인 시조(時調)의 지속과 변이를 위한 고심(苦心)은 우리 시사(詩史)의 중요한 과제라 할 것이다. 이 문제를 풀기 위하여 한국 문학의 특성과 그 창조적 과제를 모색하는 작업이 선행되어야 할 것이다.

2. 한국 문학의 특성

한국 문학은 우리 한국인의 감각과 정서와 사상과 삶의 모습을 표상한다. 한국 문학은 우리의 말과 글로 표현된 한민족의 문학이다. 그러므로 한국 문학에는 한국인의 독특한 개성이 스며 있고, 풍속과 사회 배경, 역사의 파란(波瀾)이 아로새겨져 있다.

우리나라 역사의 큰 흐름은 작게 분열된 상태에서 크게 통합된 상태에로 발전되어 왔다. 한국 문학도 이와 같이 통합과 확대의 길을 걸어 왔다. 처음에는 작은 씨족 사회의 구비문학(口碑文學)으로부터 부족 국가, 다수의 군장(君長) 국가, 군주 국가, 통일 군주 국가, 근대 민주 국가의 기록 문학으로 통합, 확대의 길을 걸어 온 것이다.

한국 문학은 통합과 확대, 지속과 변이의 모습을 보이면서 독특한 개성을 형성해 왔으며, 아울러 다른 민족 또는 다른 나라의 문학과 만나 서로 영향을 주고받으면서 내용이 더욱 풍부해졌다.

다시 말하면, 한국 문학은 그 독특한 개성, 고유성의 바탕 위에 시대의 요청에 따라 다른 나라나 민족 문학의 특성을 받아 들여 더욱 풍부한 우리 문학으로 꽃피워 온 것이다. 그러므로 외래 문화를 송두리째 거부, 차단한 국수주의(國粹主義)의 눈으로는 한국 문학의 특성이 제대로 파악되지 않는다. 마찬가지로 우리 문학의 고유성을 무시한 채 외래 문학의 일방적인 영향을 강조하는 문화 종속 이론(從屬理論)으로써도 한국 문학의 특성은 파악되지 않는다. 따라서 한국 문학과 외래 문학과의 관계에 비추어 한국 문학의 특성을 파악하기 위하여는 문학 일반의 영향 관계를 지배하는 다음의 두 원리를 알아야 할 것이다.

첫째, 서로 다른 문화는 통째로 우열의 관계에 있다기보다 차이(差異)의 관계에 있다.

둘째, 영향 관계에 있어서, 한 문화는 다른 문화에 그대로 옮겨 심어지는 것, 즉 이식(移植)되는 것이 아니라, 그 문화의 바탕에 맞도록 변용(變容)을 일으키며 받아들여진다. 즉, 굴절 수용된다. 받아들이는 쪽의 문화 전통이 오래되고 그 바탕이 두꺼울수록 굴절, 변용의 정도는 더욱 커진다.

한국 문학은 다른 문학보다 통째로 우수하지도 열등하지도 않다. 다른 나라 문학과 다를 뿐이다. 한국 문학은 고대에는 중국 문학을, 근대에는 서구 문학의 영향을 받았으나, 외국 문학을 그대로 이식(移殖)하지 않고 우리의 시대적 요청에 따라 우리 문학의 풍토에 맞도록 받아들였다. 그리고 우리의 고대, 중세의 문학은 일본 문학에 크게 영향을 주었으며, 앞으로의 한국 문학은 전세계 문학과 교류함으로써 다른 나라 문학에 영향을 줌과 아울러 한국 문학의 내용을 더욱 풍부하게 가꾸어 나갈 것이다.

한국 문학의 독특한 개성은 세계 문학이 드러내는 보편성과 만나서 더욱 풍부하고 폭넓은 세계관을 표상하게 된다. 이러한 개성은 한국 문학으로 하여금 온 세계인에게 오래도록 읽히는 생명력 있는 문학이 되게 한다. 훌륭한 문학은 짙은 개성과 함께 모든 지역과 민족을 넘어서는 보편성과 시대를 넘어 애호받는 항구성(恒久性)을 내포한다.

한국 문학의 특성은 대강 다음과 같이 정리해 볼 수 있다.

(1) 자연 친화와 관조의 미

한국 문학의 상상력은 자연에서 촉발되어 자연으로 돌아간다.

한국인의 삶의 근원이 자연이므로 한국인의 삶의 표현인 한국 문학도 자연에서 배태(胚胎)되고 성장해 왔다.

서구인들은 자연을 사람 아래 두고 정복의 대상으로 삼아 왔고, 한국인을 비롯한 동아시아인은 대체로 자연과 사람을 동등하게, 또는 사람을 자연의 일부로 보아 왔다. 한국인의 이러한 자연관이 한국 문학의 뿌리를 자연에 두도록 하였으며, 그것이 작품에서는 다음과 같이 실현되었다.

첫째, 한국 문학에서 비유의 매개물, 곧 상관물은 대체로 자연이다. 「황조가(黃鳥歌)」의 꾀꼬리, 향가 「찬기파랑가(讚耆婆郎歌)」에서의 잣나무, 시냇물, 조약돌, 달, 설화에서의 해와 달, 고려 속요인 「정과정곡(鄭瓜亭曲)」의 접동새 등 온갖 꽃과 푸나무, 날짐승 들과 산천이 그 예이다. 매화[梅], 난초[蘭], 국화[菊], 대나무[竹]의 사군자(四君子)와 소나무는 물론이고, 복숭아꽃, 살구꽃, 배꽃, 철쭉꽃 등은 한국 시가 문학에서 빼어 놓을 수 없는 소재요, 비유의 상관물이다. 날렵하고 맵시 있는 여인은 '물찬 제비'요, 여인의 정절(貞節)은 '송죽(松竹)같이' 굳다.

자연의 빛깔인 적(赤)과 홍(紅)과 황(黃)·청(靑)은 상서(祥瑞)로운 기운이나 즐겁고 화목한 것의 상징이요, 검은빛은 침울과 불길의 징조이다. 흰 구름은 무상감(無常感)과 탈속(脫俗)을, 검은 구름은 간교한 세력을 표상한다. 초목(草木)은 충실과 번창을, 나물 캐는 것과 나무 베는 것은 먹는 것, 굶주리는 것과 함께 애정과 관련되고, 강변과 언덕은 만남과 헤어짐 또는 놀이의 장소이며, 강물을 건넌다는 것은 이별이나 애정에 대한 어떤 굳은 결의를 상징한다.

둘째, 한국 문학에는 자연 귀의에 대한 욕구가 강하게 나타난다. 이는 정극인(丁克仁)의 가사 「상춘곡(常春曲)」은 물론이고, 많은 시조 작품에서도 그러하다. 현대 문학 작품에도 이런 진동은 이어져서 1960년대까지 한국의 시는 자연 서정(自然抒情) 쪽에 크게 기울어 있었다. 현대시의 소재는 말할 것도 없고, 산문이나 극문학에서도 자연을 소재로 하거나 비유의 매개체로 동원한 것이 많다. 이것은 모두 한국인의 자연 귀의욕(自然歸依慾), 곧 낙원 의식(樂園意識)과 관련된다.

그러므로 한국 문학에 나타나는 자연은 복숭아꽃, 살구꽃, 자두꽃이
핀 이상향(理想鄕)으로서, 중국 진(晉)나라 도연명(陶淵明)의 「도화원기(桃
花源記)」나 「귀거래사(歸去來辭)」와 맥을 같이 한다.

정극인의 「상춘곡」에 나오는 자연이야말로 서양의 사회주의 이상 사
회인 유토피아와는 다른 동양의 이상향이다.

그래서 한국 문학의 작가들이 전원(田園)으로 돌아가는 것은 단순한
현실 도피나 은둔(隱遁)이라기보다 이상향을 향한 회귀욕(回歸慾)의 실현
이다. 한국 문학이 관조(觀照)의 미학(美學)을 바탕으로 하는 것은 이 때문
이다. 곧 한국인의 자연관은 대결과 정복이 아닌 합일(合一)을 지향하므
로 한국 문학에서 작가의 시선은 자연히 관조의 자세에 머무른다.

(2) 인종과 지절의 인간상

한국 문학 인물들의 겉모습은 대개 소극적이고 정적(靜的)이다. 모순된
현실에 맞서 투쟁하고 이를 개혁하려기보다는 기존 질서와 화해하여 안
주하거나 이상향을 찾거나 종교적 초월을 시도한다. 사회의 모순을 타
파, 개혁하려는 혁명적 의도가 숨겨져 있는 것으로 보이는 「홍길동전(洪
吉童傳)」도 율도국(硉島國)이라는 이상 사회를 제시함으로써 끝난다.

그러나 이들 인물의 내면 세계에는 끈질긴 인종(忍從)과 의리(義理)와
숭고한 지절(志節)의 정신이 줄기차게 잠복하여 흐른다. 「치술령곡(鵄述領
曲)」, 도미 처(都彌妻) 이야기, 가실(嘉實) 이야기, 아들을 묻으려는 부부 이
야기, 「정읍사(井邑詞)」, 「청산별곡」, 「가시리」, 성삼문(成三問)이나 황진이
(黃眞伊) 등의 시조, 「심청전(沈淸傳)」의 주인공이 모두 그러하다. 또한 이
광수의 「사랑」에 나오는 석순옥, 김동리(金東里)의 「저승새」에 등장하는
만허 대사, 황순원(黃順元)의 「움직이는 성(城)」에 등장하는 준태, 최인훈

(崔仁勳)의 「광장(廣場)」에 나오는 명준, 오영수(吳永壽)의 소설에 등장하는 모든 주인공과 소월(素月)의 「진달래꽃」과 「가는 길」, 서정주(徐廷柱)의 「귀촉도(歸蜀道)」와 「국화 옆에서」와 「신부(新婦)」, 박목월(朴木月)의 「나그네」 등의 서정적 자아(화자,話者)도 마찬가지이다.

이것을 한(恨)과 인정과 체념이라는 말로 나타내기도 하여, 극복해야 할 점과 계승해야 할 점을 동시에 내포한 것으로 보기도 한다. 이는, 인간 관계와 삶의 문제를 대결과 투쟁이 아닌 인정과 화해로 조화시키는 장점이 있는 반면에, 도전해 오는 삶과 역사의 문제를 현실적으로 타개해 나아가는 데는 약점을 노출하는 듯이 보이기 때문이다.

아무튼 이러한 인간상을 그린 작품은 여운의 아름다움이나 그립고 아쉬운 정서의 표출에는 성공했으나, 소설이나 극 작품의 결말을 안이하게 처리함으로써 작품의 구조상 긴장미(緊張美)의 이완(弛緩)과 극적 효과의 격감을 초래하기도 하였다.

(3) 무속 신앙, 동물 숭배 사상과 범신론

한국 문학의 사상적 바탕은 무속 신앙과 동물 숭배 사상 내지 범신론(汎神論)이다.

한국의 원시 문학은 노래나 춤과 마찬가지로 무속(巫俗)을 기반으로 한 종교적 제의(祭儀) 형식으로 출발하였다. 「구지가(龜旨歌)」, 「해가(海歌)」, 「원가(怨歌)」, 「제망매기(祭亡妹歌)」 등에 무속 신앙에서 나타나는 주술(呪術)의 힘이 작용하고 있는 것이 그 현저한 예이다.

또, 단군 신화, 고구려와 신라의 건국 신화 등에 나오는 범, 곰, 개구리, 말, 닭 등을 중심으로 한 동물 숭배 사상은 우리의 신화, 전설, 민담 등 구비 문학(口碑文學)과 소설의 사상적 배경이 되어 있다.

무속 신앙과 동물 숭배 사상을 기저로 한 한국인의 문학 사상은 범신론과 결부된다. 만유(萬有)가 곧 신(神)이라고 보는 이 범신론은 지금도 한국인의 집단 무의식으로 작용하고 있다.

　무속 신앙은 교리가 없으므로 다른 사상과 만나 쉽게 습합(襲合)한다. 이 같은 무속 신앙과 동물 숭배 사상은 중국을 통하여 전래된 불교의 인과 응보(因果應報), 윤회 전생(輪廻轉生), 정토 사상(淨土思想) 등과 습합하여 한국 전통 문학의 정신적 지주가 되었다. 무속 신앙은 도선(道仙) 사상과도 습합되었고, 충(忠)과 효(孝)와 열(烈)을 근간으로 하는 유교 사상과도 깊은 관련을 맺게 되었다. 뿐만 아니라, 근대 서양에서 들어온 기독교 사상에도 이 무속 신앙은 깊이 침투하여 한국 문학의 정신적 배경이 되어 있다. 김동리의 「무녀도(巫女圖)」와 「을화(乙火)」는 이 두 사상의 대결상을 엿보게 하며, 「사반의 십자가」는 오히려 범신론적 인간주의의 승리를 다루고 있으며, 황순원의 「움직이는 성(城)」은 이 두 신앙의 한국 문학에의 수용(受容)문제를 제기하고 있다.

　한국 현대 문학의 줄기를 전통 지향적인 것, 서유럽 문학의 사상과 기법을 받아들인 것, 동유럽 문학의 사상을 받아들인 것으로 나눈다면, 전통 지향적인 것의 '전통'은 대체로 이 무속 신앙을 기반으로 한 각종 종교 사상에 깊이 관련되어 있다. 불교적 무상관(無常觀)을 이야기한 신라의 설화 「조신몽(調信夢)」은 이광수의 「꿈」에 이어져 있고, 김만중의 「구운몽(九雲夢)」에는 유·불·선(儒彿仙) 사상이 용해되어 있다. 김동리의 「역마(驛馬)」는 '역마살(驛馬煞)'이라는 무속 신앙을 주제로 한 작품이며, 서정주(徐廷柱)의 시에도 무속적인 요소가 습합(襲合)되어 있다.

(4) 비극 없는 결말

한국의 고전 문학에는 비극이 거의 없다. 고소설(古小說) 「운영전(雲英傳)」이 드물게 비극적이고, 조선 후기의 전설의 구조를 골격으로 한 민중적 영웅 소설 몇 편을 제외하면 대개 행복하게 끝난다. 고소설은 대부분 민담(民譚)의 구조를 닮아 행복한 끝맺음을 보이고, 주제는 권선징악(勸善懲惡), 선인선과(善因善果) 그대로이다.

문학 작품이란 현실 그 자체가 아니라 지은이와 읽는이가 만나는 창조된 인생의 무대라 볼 때, 한국 문학 작품은 인간의 흥망성쇠와 부귀공명에의 염원을 문학 작품에 담아 착한 사람의 현실에서의 승리와 행복한 삶을 표현한 것이라 볼 수 있다.

현대 문학에서는 비극형의 소설과 극문학 작품이 흔히 보이나, 우리 문학의 전통으로 물려받은 비극 부재(不在)의 미학은 그 밑바탕에 여전히 깔려 있게 마련이다.

따라서, 우리의 전통 미학은 비장미(悲壯美)가 주된 정조를 이루는 경우에도, 숭고미(崇高美), 우아미(優雅美), 비애미(悲哀美)가 주류를 이루고, 서민의 골계미(滑稽美)가 이와 더불어 나타나는 것이다.

(5) 변형과 창조

한국 문학의 인간상을 소극적, 정적이리고 하나, 그러한 인간상을 변혁하려는 노력이 곳곳에서 나타난다. 미완성에 그치긴 했으나 사설시조에 보이는 개성 해방에 대한 적극적인 욕구, 연암(燕岩) 박지원(朴趾源)의 「허생전(許生傳)」에 보이는 적극적인 현실 타개욕, 탈춤의 현실 풍자와 극적(劇的) 역동성(力動性) 등 변형(變形)과 창조의 모습이 보인다.

한국 문학에는 은근과 끈기, 한(恨)과 인정(人情), 유장(悠長)한 가락과 질긴 여운 등의 전통적 정서와 가락이 스며 있으나, 그것은 한국 문학의 한 측면일 뿐, 또 다른 측면과 함께 새로운 변형을 꾀하면서 한국 문학은 미래를 열고 있는 것이다.

3. 맺는 말 또는 창조적 과제

21세기는 디지털 소통의 격변기다. 핸드폰 문자 메시지로 쓴, 소위 '엄지 소설'이 베스트 셀러가 되는 세계화의 시대다. 탈자연(脫自然)과 포스트 모더니즘의 이 디지털 세계화 시대에 우리 문학, 특히 시조의 지평(地坪)을 열 방도는 무엇인가?

이 시대의 통신 매개체를 최대한 활용하고, 소재의 확대와 사유(思惟)의 심화(深化), 새로운 기법의 모색이 시급히 요청된다.

우리 전통 사상과 시가 문학

― 시조의 미래적 지평 열기와 관련하여

1. 여는 말

진부한 말이나, 문학은 사상(思想)의 등가물(等價物)이 아니다. 그럼에도 문학의 위대성을 결정하는 것은 그 배경 사상이다. 문학을 인식과 형상의 복합체라 할 때, 그 인식의 내용은 사상적 배경에 기대고 있다. 영국의 시인이요 비평가인 T. S. 엘리엇은 문학을 문학이게 하는 것은 문학적 요소이나, 그것의 위대성은 문학적 기준만으로 규정되는 것이 아니라고 했다. 위대한 문학 작품 속에는 위대한 정신적 지주(支柱)가 있다는 것이 그의 지론이다. 일제 강점기의 3대 시인으로 공인된 한용운·이육사·윤동주의 시에는 각기 선불교(禪佛敎), 유교의 지절 정신(志節精神), 기독교의 속죄양 의식(贖罪羊意識)이리는 정신적 지주가 뒷받치고 있지 않은가.

근대 문학사는 문학이 철학과 역사에서 분리되어 자율성(自律性)을 쟁취하려는 갈등의 역사였다고 할 수 있다. 권위와 주체가 해체되는 포스트모더니즘 문화 현상이 지배하게 된 20세기 후반 이후의 문학사는 더 말할 것도 없다. 본디 철학보다 음악 쪽에 더 친근했던 시가 사상과 융화하기는 쉽지 않다.

우리 고유의 전통시인 시조의 위대성은 사상의 위대성과 무관한 것인가? 전통의 지속과 창조의 사명이 내재된 현대 시조의 '위대한 행로'를 더위잡기 위하여, 우리 시가(詩歌)와 전통 사상과의 관계 문제를 되짚어 보는 것은 무익(無益)한 일이 아닐 것이다.

2. 우리 전통 사상의 층위와 집단 무의식

흔히 우리 고유의 전통 사상은 무속 신앙(巫俗信仰)이라 한다. 그 연원은 시베리아에 있어, 우리 나라 중부 이북은 시베리아 샤머니즘과 크게 다르지 않고, 중부 이남에서는 변이(變異), 전승되었다. 다시 말하여 우리의 무의식과 의식, 나아가 사상의 텃밭은 무속 신앙이다. 유교, 불교, 도교, 기독교 사상 등 외래 사상은 모두 이 무속 신앙의 텃밭에 그 씨가 뿌려져서 성쇠(盛衰)의 양상을 보여 왔다. 따라서 우리의 의식, 사상은 혼합주의(syncretism)적 특성으로 우리의 삶과 문화 전반에 작용한다. 우리 문화를 '비빔밥'에 빗대는 것은 그러기에 무리가 아니다.

불교 사찰의 대웅전 뒤쪽 언덕에 자리한 칠성각(七星閣)은 원래 무교(巫敎)의 것이다. 불교가 무교와 습합(習合)하여 개인의 발복(發福)을 비는 기복 신앙(祈福信仰)으로 격하되었다. 유교가 무교를 폄하하면서도 이의 틈입을 막지 못하였고, 기독교 역시 무교와 습합하여 폭발적인 신장세(伸張勢)를 보이는 동시에 광신(狂信)과 이단(異端)을 낳기도 하였다.

요컨대, 샤머니즘(무속 신앙)은 우리의 집단 무의식을 지배하여, 긍정적으로는 창조적 응집력으로 발현된다. 반면에 광기(狂氣)와 극한 대결의 부정적 양상으로 드러나기도 한다. 3·1 운동, 새마을 운동과 단기간의 산업화, 88 올림픽과 2002 월드컵 대회의 성공적인 개최, 외환 위기 때의 금 모으기, 2008년 세계 금융 위기의 조기 극복 등은 긍정적 현상이다. 남북 분단과 극한 대결, 민주화 과정의 혼란, 국회 의원의 광란, 비극적 사회 현상에 대한 비이성적 대응과 빠른 망각 등은 부정적 측면이다.

2002년 월드컵 축구 대회 때의 우리 붉은 응원단의 기세는 세계 언론의 토픽 거리였다. 그 일사불란한 응원의 열기는 세계 어느 나라에서도 찾아볼 수 없을 만큼 경이로운 것이었다. 그러나 그 이면을 냉정히 바라보면, 그 속에 나라의 존립을 뒤흔들 수도 있는 섬뜩한 광기가 잠복해 있음을 투시할 수도 있다. 2008년의 광우병 공포에 휘둘린 촛불 시위가 그 현저한 예다. 미국 치매 환자 중 최대 65만 명이 광우병으로 죽었다는 거짓 논문을 쓴 농림식품부 장관 출신 모 교수의 거짓 주장, 24개월 미만 된 소의 고기만 먹는다는 재미 교포 한 여인의 거짓 선동조차 학문적·논리적으로 반박하는, 제대로 된 학자나 언론인도 보기 어려웠다.

우리는 감정(Pathos)에 편향되어 있어, 윤리(Ethos), 논리(Logos)에 놀랄 정도로 취약성을 드러낸다. 샤머니즘적 집단 무의식 때문이다.

문학은 예술이므로 물론 감수성의 몫이다. 그러나 감수성이 자홀감(自惚感)의 극단을 치달을 때, 문학은 언어 예술의 질감(質感)을 훼손당할 수밖에 없다. 이때 인식의 내용으로서의 사상 문제가 대두된다. 여기서 우리의 고유 사상 이야기가 화두로 등장하고, 필경 무속 신앙이 그 정채(精彩)인 양 회자된다. 이것이 문제다. 가령, 무당의 입무 과정(入巫過程)을 그린 김동리의 장편 소설 「을화(乙火)」의 경우를 보자. 노벨 문학상을 겨냥하여 번역본까지 내었으나, 심사 위원들의 관심을 끌지 못하였다. 세계적 보편성(universality)이 없다는 것이 큰 이유였다. 좋은 작품은 개성(particularity), 항구성(permanence)과 함께 보편성이 있어야 하는데, 「을화」는 그 요건을 충족시키지 못하였던 것이다. 런던대학교 한국학과의 스킬렌드 교수는 런던대학 그의 연구실에서 저자와 만난 기회에 윤흥길의 「장마」가 더 낫다고 했다. 서정주의 무속적 귀기(鬼氣) 서린 신라주의도 그런 의미에서 실패했다. 전통적 배경 사상으로 보아, 김동리의 「등신불(等身佛)」, 이문열의 「금시조(金翅鳥)」야말로 수작(秀作)이 아닌가. 로고스와 종교적 감성과 믿음이 합일을 이룬 구상, 정호승의 시들이 성공한 것도 큰 시사점(示唆點)을 던진다.

한국 전통 사상의 기층(基層)은 무속 신앙이 터잡고 있으며, 중층(中層)은 유(儒)·불(佛)·도교(道教) 사상, 상층(上層)은 서양 근현대 사상(인본주의·민주주의·마르크스주의·기독교 신앙)이 자리해 있다. 우리 문학도 이와 단절된 자율성을 누린 것으로 볼 수 없다.

3. 우리 전통 사상과 시가 문학의 관련 양상

우리의 전통 시가(詩歌)는 무속, 불교, 유교, 실학(實學) 사상적 배경과 밀착되어 있다.

(1) 무속과 우리 시가

무속 신앙이 낳은 시가, 곧 무당이 부르는 노래가 무가(巫歌)다. 무가는 굿이라는 의식(儀式)의 중심에서 무당이 주체가 되어 불리어진다. 굿은 노래와 춤과 시가가 한데 어우러진 원시 종합 예술의 형태로 행하여진다. 굿은 오구굿과 별신(別神)굿으로 나뉜다. 오구굿은 개인의 가제(家祭)로서, 죽은 이의 영혼을 비는 것과 살아 있는 사람의 사후(死後) 극락 왕생을 위해 미리 바친 '산오구굿(生祝祭)'이 있다. 별신굿은 공동체의 구성원들의 실생활, 즉 생업이 흥성하고 재난을 당하는 일이 없기를 바라는 기원제(祈願祭)다.

무당은 고대의 관복(冠服), 군복(軍服), 승복(僧服)을 섞어 만든 무복(巫服)을 입고 춤을 추며 노래한다. 이때 불리는 노래가 무가다. 무가는 고정된 전승 부분과 즉흥적 창작 부분이 있다. 무가는 신통력을 얻으려는 주술성(呪術性), 신과의 소통을 이루려는 신성성(神性性)을 추구한다. 무가에는 오락성도 있어 공동체 구성원들의 '놀이 문화'를 조성한다. 그렇기에 무당은 사제직(司祭職), 예언자직, 의무직(醫巫職)을 수행하며 예술가적 역량도 발휘한다.

무가에는 서정 무가, 서사 무가, 교술 무가(敎述巫歌), 희유곡 무가(戲遊曲巫歌)가 있다. 그 어느 것이든 모두 곡조가 있는 율문(律文) 형식으로 전승된다.

무가는 신들린 무당이 황홀경(ecstasy)에 빠져서 부르는 노래이므로, 서정성이 풍부하여 감정 이입(感情移入, empathy)이 쉬이 이루어진다.

산간에 그늘지고 용 가신 데 소이로다.
소이라 깊소컨만 모래 위마다 서 계우셔
마누라 영검술을 깊이 몰라. (「산마누라 노랫가락」)

서정 무가를 대표하는 '노랫가락'이다. 신을 즐겁게 하기 위한 오신무가(娛神巫歌)의 일종이다.

우리가 주목할 것은 무가에 시조(時調)가 차용되는 경우다.

간밤에 불던 바람
만정 도화 다 지거다

아이는 비를 들고
쓸으려 하는구나
낙화는 꽃이 아니랴
쓸어 모아 (「산마누라 노랫가락」)

이것은 『악학습령(樂學拾零)』과 『청구영언(靑丘永言)』에 실려 있는 선우협(鮮于浹)의 시조다. 마지막 3음절이 탈락된 것은 무가의 곡조에 맞춘 까닭이다. 시조창도 그렇다. 시조의 민요 기원설, 16세기 형성설과 더불어 더 연구할 과제다.

천지현황 생긴 후에 일월성신 되었에라. 만물이 번성하여 산천이 개탁시에 곤륜산 제일봉은 산악지조종(祖宗)이요, 황하수는 섬유백이라. 백두산 주산이요, 한라산이 남산이라.

우주 창조와 이 나라 산천의 형성을 말하고 있다. 인물의 활동이나 인간의 개입이 배제되어 있으므로 서사 무가(敍事巫歌)는 아니다. 교술 무가의 내용은 대체로 역사나 무의 준비 과정의 기술(記述), 신의 강림을 비는 청배(請拜), 강림한 신이 말하는 공수, 신을 실감나게 묘사하여 실재(實在)를 확인시키는 찬신(讚神), 인간의 소원을 신에게 말하는 축원(祝願) 등이다.

삼신 자손 유도 식신 동해 용왕 새암 솟듯 남해 용왕 새암 솟듯 한 가운데 사실 용왕 용춤같이 솟아나서 먹고 남고 짜고 남게 도와 줍소사.

교술 무가의 핵심이 되는 부분이다. 기복 신앙(祈福信仰)의 전형이 된다.

서사 무가는 완결된 이야기 구조를 갖추고 있다. 전국에서 수집된 서사 무가는 100여 편이다. 이에는 바리공주형(型), 제석(帝釋)본풀이형, 강림도령형, 연명(延命)설화형, 군웅(軍雄)본풀이형, 2공(二公)본풀이형, 추양대형, 세민(世民)황제본풀이 등이 있다. 이 가운데 널리 알려진 것이 '바리공주형'이다. 이는 「바리데기」 또는 「오구풀이」라고도 한다. 딸 일곱을 낳은 왕이 막내딸을 버렸으나, 부처님의 명으로 산신(山神)에 의해 성장하여 지옥 체험을 통하여 얻은 영약으로 병들어 죽은 부모(왕과 왕비)의 목숨을 구한다는 서사 무가다. '제석본풀이형'은 부모 승낙 없이 잉태된 아이 때문에 집에서 쫓겨난 딸의 이야기로 '동명왕 신화'와 일치한다. '강림도령형'은 억울하게 죽은 3형제의 원한을 푸는 이야기고, '연명설화형'은 정하여진 수명을 연장하는 내용을 골자로 한다. '군웅본풀이형'은 인간이 용왕을 도와 준 대가로 용왕의 딸과 결혼하는 이야기다. 『삼국유사』의 「거타지 설화」나 『고려사』의 「작제건설화(作帝建說話)」의 내용과 합치된다. 고려 태조 왕건의 조상에 대한 설화인 것으로 보인다. '이공풀이형'은 『월인석보』 제8부 「안락국 태자전」의 줄거리와 같다. '추양대형'은 중국의 「축영대(祝英臺) 설화」를 소재로 한 서사 무가다. 같은 질에서 공부한 양산백과 추양대(남장 여성)의 이루지 못한 비극적 사랑 이야기를 줄거리로 한 것이다.

이처럼 서사 무가는 우리 고소설과 깊은 연관성을 보인다.

희곡 무가는 굿으로 무당의 몸을 빌려 출현한 신과 인간과의 대화 및 지문(地文)으로 이루어져 있다. 우리 연극의 기원을 무속에서 찾는 것과도 깊이 관련된다.

무속이 우리 시가 문학에 구체적 장르 형식을 갖추어 나타난 것은 고시가 「구지가(龜旨歌)」와 향가 몇 편이다.

거북아 거북아,
머리 내어 놓아라.
내어 놓지 않으면
구워 먹겠다.

이걸 남근(男根) 숭배 사상(phallism)이나 거북점의 장면으로 해석하
는 쪽도 있으나, 가야의 왕이 될 인물을 하늘에서 불러내려는 마력(magic
power)을 품은 것으로 푸는 것이 옳다. 신라 수로부인(水路夫人) 이야기에
삽입된 노래에도 주술성이 있다.

거북아 거북아, 네 머리를 내어 놓아라.
남의 아내 앗아간 죄 얼마나 크냐.
네 만약 거역하여 내어 놓지 않으면,
그물로 너를 잡아 구워 먹겠다.

또 「비형랑가(鼻荊郎歌)」도 주술적인 노래다.

성제(聖帝)의 혼이 아들을 낳았구나.
여기가 그 비형랑의 집이다.
날고 기는 잡귀들아,
이곳에 머물지 말라.

비형랑은 신라 진지왕(眞智王)의 혼령과 사량부의 여인 도화녀(桃花女)
사이에서 난 신이(神異)한 사나이다. 이 노래는 「처용가(處容歌)」의 경우처
럼 벽에 써 붙여 귀신을 쫓았던 축사 의식(逐邪儀式)과 관련된다.

향가 가운데도 천지를 울리고 귀신을 감복케 하는 동천지감귀신(動天地感鬼神)의 주술적 노래가 있었다. 융천사의 「혜성가」, 월명사의 「도솔가」 등에 주술성이 있고, 화랑 신충(信忠)의 「원가(怨歌)」는 그 결정편이다.

궁정의 잣나무는
"가을에도 시들지 않으니,
너를 어찌 잊을까 보냐?"
하시던, 높으신 얼굴을 계시오나,
달그림자가 옛 못의 지나가는 물결을 원망하듯
얼굴은 바라보나 세상이 싫구나.

신라 효성왕이 잠저 시절에 후일 왕이 되면 크게 쓸 것이라고, 대궐 뜰의 잣나무를 두고 약속했다. 왕위에 오른 효성왕이 이를 까맣게 잊고 지내자, 신충이 이 향가를 잣나무에 써 붙이자 잣나무가 말라 죽었다. 왕이 이에 늦게 깨닫고 신충에게 벼슬을 주자, 잣나무는 되살아났다. 『삼국유사』에 시가와 관련 설화가 있다.

고려 초 승려 균여(均如)의 향가 「보현시원가(普賢十願歌)」는 병든 이를 낫게 하는 주술력이 있었다. 3년이나 고질에 시달리는 나필급간이란 사람에게 이 노래를 계속 염송케 하였다. 하늘에서 "너는 대성(大聖)의 노래 덕으로 병이 반드시 나을 것이다."는 음성이 들렸고, 마침내 그의 병은 나았다.

고려가 기틀을 잡은 이후 불교와 유교의 기세에 밀려 무속 신앙은 표면화되지 못하고, 무가도 기세를 잃게 되었다. 시가 문학에서 무속성이 심히 약화되었음은 말할 것도 없다. 그러나 무속성과 무가가 우리 시간의 저변에서 무의식적으로 영향을 끼쳐 온 것은 부인할 수 없다.

(2) 불교와 우리 시가

불교가 이 땅에 전하여진 것이 고구려 소수림왕 2년(372)이고, 이후 삼국은 물론 고려 때까지 고승 대덕(高僧大德)을 배출한 불교 융성기였으니, 불교 사상이 우리 문학에 끼친 영향은 지대(至大)하다. 우선 「도솔가」, 「안민가」, 「천수대비가」, 「풍요」, 「원왕생가」, 「도천수관음가」 등 향가의 다수 작가가 승려였고, 그 중 「제망매가(祭亡妹歌)」는 백미(白眉)다.

> 죽살잇길은 예 있음에 두려워하고,
> "나는 갑니다." 말도 못 이르고 가는고.
> 어느 가을 이른 바람에
> 여기저기 떨어질 잎처럼
> 한 가지에 나곤
> 가는 곳 모르겠구나.
> 아으, 미타찰(彌陀刹)에 만날 나를
> 길 닦아 기다리고 있거라.

삶과 죽음의 실존적 의미가 불교적 인과론(因果論)과 소박한 비유로써 형상화되었다. 우리 고시가 중에 사유(思惟)와 형상이 완결성을 이룬 현전(現傳) 최초의 시가라 할 만하다.

삼국 시대 이후 조선 시대까지 불교 시가의 주류를 이룬 것은 염불가다. 현저한 염불가로 고려 때 나옹 화상(懶翁和尚)의 「서왕가(西往歌)」와 「낙도가(樂道歌)」, 조선조 서산 대사(西山大師)의 「회심곡(回心曲)」과 「별회심곡(別回心曲)」(이상 해인사 등 소장판)이 있다. 침굉 화상(枕肱和尚)의 「귀산곡」, 「태평곡」, 「청학동」 같은 서정시가도 전한다. 지영(智瑩)의 「왕생가

「往生歌」 등 수많은 염불가가 한문으로 전한다.

　　나도 이럴 만치 세상이 인재라니, 무상을 생각하니 다 거짓 것이로세. 부모의 끼친 얼굴 죽은 후에 속절없다. 적은덧 생각하여 세상을 후리치고 세상을 하직하고 단표자 일 납의(衲衣) 청려장(靑黎杖)을 빗기 들고 명산을 찾아들어 선지식(善知識)을 친견하여 (중략) 염불하는 중생들아 몇 생을 살려 하고 세사(世事)만 탐착(貪着)하여 애욕에 잠겼는다. (중략) 삼세 제불(三世諸佛)은 이 마음을 알으시고 육도 중생(六道衆生)은 이 마음을 저버릴새 삼계 윤회(三界輪廻) 어느 때에 그칠손가. 어와, 슬프다. 어르신네 이내 말씀 신청(信聽)하여 부지런히 염불하여 서방으로 가옵소서.

　경상도 방언으로 된 염불 가사 「서왕가」다. 목탁을 두드리며 '어르신네' 문전에서 염불하여 불교적 깨달음을 독려하는 내용이다.

　서산 대사의 「회심곡」은 염불가였으나, 뒤에 민간에 유행하여 잡가가 되었다. 이것은 순조 때 최도마(崔多默)의 천주 찬가에 그대로 섞여 불려지기도 했다.

　불교 시가 중 예술적으로 형상화된 것은 게송(偈頌)과 선시(禪詩)라 하겠다. 다음은 「관음게송」의 한 대목이다.

　백의 관음은 말씀 없이 설하시고,
　남순 동자는 듣지 않고 듣는구나.
　(白衣觀音無說說, 南詢童子無聞聞.)

　역설(逆說, paradox)의 기법으로 표출되었다. 한용운 시집 『임의 침묵』은 이런 역설 시법의 보고(寶庫)다. 선불교(禪佛敎)의 십현담(十玄談)이나 『유마경(維摩經)』의 진리를 터득한 후라야 그 진제(眞諦)에 근접해 갈 수 있다. "유마의 한 침묵이 만 개의 뇌성이니라."의 역설 말이다.

물 위에 진흙소가 달빛을 받간다.
구름 속 나무말이 풍강(風江)을 고른다.
위음(威音)의 옛 곡조 허공 저 뼈다귀라.
외로운 학(鶴)의 소리 하나 하늘 밖에 길게 간다.

우리의 선시(禪詩)다. 선시는 대개 얼토당토않은, 언어도단의 가진술(假陳述, pseudo-statement)로 진리를 표출하며, 그 기법은 시각(회화)적 이미지를 조성한다.

물 위에 그림자 지니, 다리 위에 중이 간다.
저 중아, 게 섰거라. 네 가는 데 물어보자.
막대로 흰 구름 가리키고 말 아니코 간다.

성속(聖俗)의 경계선 이미지(border-line image)가 정중동(靜中動)의 이미지와 잘 융화된 시조다. 사유와 율격과 이미지가 융화하여 극치를 이룬, 조선 시조의 걸작이다. 시화일치(詩畵一致)의 전형이다. 정철의 시조다.

한용운 이후 김운학(金雲學), 정현종(鄭玄宗), 김정휴(金正休) 등이 불교 시의 맥을 이었다.

(3) 전통 유교와 우리 시가

유교가 우리 문학과 본격적인 관련을 맺은 것은 조선 시대부터라 할 수 있다. 신라 말의 최치원(崔致遠)이나 고려의 정지상(鄭知常), 이규보(李奎報) 같은 유학자의 명시가 없는 것이 아니나, 유교(학)가 우리 시가의 인식 체계로서 밀착된 것은 조선 시대다.

조선의 국시(國是)는 성리학의 가르침이다. 시가도 본질적으로 교술 장르의 성격을 띤다.

> 글이 도(道)를 싣는 바는 수레가 물건을 싣는 것과 같다. 그러므로 수레를 만드는 자는 반드시 그 바퀴와 끌채(轅)를 꾸미고, 글 짓는 자는 반드시 그 말을 착하게(善) 하는 것이다. (중략) 하물며 물건을 싣지 않은 수레와 도를 싣지 않은 글이 비록 그 꾸밈을 아름답게 할지라도 또한 무슨 소용이 있겠는가.

성리학자 주자(朱子)의 재도설(載道說)에서 따온 것이다. 한마디로, "글은 도를 싣는 것이다(文所以載道也)."는 뜻이다. 동서양 문학의 기능론 중 쾌락설보다 교훈설에 기울었다. 교술(敎述) 장르에 든다는 말이다. 그래서 유교적 시가를 한문학자 최진원(崔珍源)은 '경(敬)·풍류(風流)·상자연(賞自然)'으로 매김한 바 있다.

> 순풍(淳風)이 죽다 하니 진실로 거짓말이
> 인성(人性)이 어질다 하니 진실로 옳은 말이
> 천하에 허다 영재를 속여 말씀할까.

퇴계(退溪) 이황(李滉)의 시조 「도산십이곡」의 한 수다. '순박한 풍속'의 결정소(決定素)가 되는 '인성(人性)의 선(善)'이 주제다.

성리학의 본질을 축약한 산문으로 정태제(鄭泰齊)의 작으로 추정되는 「천군연의(天君演義)」가 있다. "마음은 본디 착한〔善〕 것이나, 자칫 칠정(七情)에 흐르다 보면 허욕(欲)에 빠지기 쉽다. 이 허욕에 빠지지 않기 위하여 늘 언행을 삼가야〔敬〕 한다."는 것이 내용의 요체다.

조선 시대 사대부들의 인성의 지표는 충(忠)·효(孝)·열(烈)이었다. 고려 말 충신 정몽주의 「단심가(丹心歌)」는 한시와 시조로 전하고, 성삼문(成三問)의 절명시(絶命詩)·시조로 이어졌다.

이 몸이 죽어가서 무엇이 될꼬 하니,
봉래산 제일봉에 낙락장송 되어 있어
백설이 만건곤할 제 독야청청하리라.

널리 알려진 사육신 성삼문의 절명시조(絶命時調)다. '낙락장송'과 '백설 만건곤'의 서술적 이미지 형상화 기법이 돋보인다. 정포은의 개념적 서술을 넘어서 구상화(具象化)했다.

북을 쳐서 사람의 목숨을 재촉하니,
서녘 바람에 해는 지려 하는구나.
황천에는 객점이 없으니,
오늘 밤에는 어느 집에 묵어 갈까.

(擊鼓催人命, 西風日欲斜. 黃泉無客店, 今夜宿誰家.)

거열형(車裂刑)을 당하러 끌려 가며 성삼문은 새남터의 북소리를 듣는다. 황천길에 객줏집 없음을 탄식하는 절명 직전의 심경이 가슴 저리게 하는 시다. 비장미(悲壯美)를 띤 희귀한 시다. 이육사의 절명시 「절정(絶頂)」의 비장감을 능가한다. 안중근의 「하얼빈가」는 오히려 장엄하다. 신숙주 찬양론이 기세를 올리는 진보주의 사관(史觀), 인성관(人性觀)과 극명히 대비된다. 절의(節義)란 그리 가볍게 다루어질 게 아니다. 정당을 수시로 바꿔 가며 권력과 재물 앞에 거리낌 없이 '영혼'을 파는 정치인들의 행태에 경종이 됨에는 틀림없다. 교훈과 계몽을 전근대적인 것으로 청산한 현대 문학의 흐름에 상관없이 성삼문의 시 정신은 귀하다. 정의(正義)·신의·우정·사랑 같은 본질적 가치가 상업적 전략이나 기교에 처참히 유린되는 이 시대 사람들에게 가장 빛나는 '거울'이 된다. 교과서에 다시 실려야 할 시조와 시다.

이런 면에서 김상헌(金尙憲)의 '가노라 삼각산아'도 되짚어 보아야 할 시조다. 이상론과 실리주의의 옳고 그름을 따지기에 앞서, '옳다'에 생명을 거는 그 지절(志節)은 기려야 마땅할 것이다.

효(孝)를 위하여 치사(致仕), 귀향하는 신하 유호인에게 준 성종의 시조는 군신(君臣)간의 인간적 정감을 실감케 한다.

있으렴, 부디 갈따, 아니 가든 못할쏘냐.
무단히 싫더냐, 남의 말을 들었느냐?
그려도 하 애도래라 가는 뜻을 일러라.

이긍익의 『연려실기술』은 이 시조의 극적인 배경 설화를 전한다. 말려도 말려도 노모 봉양차 벼슬을 버리고 고향으로 가기 위해 동작 나루를 건너려는 신하 유호인에게 성종이 이 시조를 써서 은쟁반에 담아 전하였다는 것이다.

부모는 천만세요, 성주(聖主)는 만만세라.

화형제(和兄弟) 낙처자(樂妻子)에 붕우유신 하올전정

그 밖에 부귀 공명이야 일러 무엇하리오.

지은이를 모르는 이 시조에 강상(綱常)의 기본이 다 진술되어 있다.

문제는 여인의 정절(貞節)이다. 조선 시대 여성들 가운데 사대부 가문의 여인으로 시문을 남긴 이는 희귀하다. 서양걸의 『중국가족제도사』에 따르면, 문헌에 기록된 중국의 정숙한 여인은 35,829명인데, 이들 중 27,141명이 수절(守節)하였고, 8,688명은 자결하였다. 우리의 경우, 병자호란 때 자결한 여인이 436명이었다고 『연려실기술』은 전한다. 유교 국가인 중국과 조선에서 여인의 정절이야말로 생명과 같은 것이었음을 우리는 안다.

첩실이나 기녀의 시와 시조에서 정절의 기미를 거니챌 수 있다.

요사이 우리 임은 편안하신지,

창녘에 달 밝으니 이 맘 서러워.

꿈 속에 가는 넋이 자취 있다면,

문 앞의 자갈길도 모래 됐으니.

(近來安否問如何, 月到紗窓妾恨多.

若使夢魂行有跡, 門前石路已成砂.)

첩실이었던 이옥봉(李玉峰)의 연시(戀詩)다. 이미지와 과장의 기법을 구사하는 등 서정이 곡진하고 기교가 탁월한 시다.

멧버들 가려 꺾어 보내노라 임의손대

자시는 창 밖에 심어 두고 보소서.
밤비에 새잎곳 나거든 날인가도 너기소서.

선조 때 함흥 기녀 홍랑(洪娘)이 최경창(崔慶昌)에게 준 이별가로 알려진 시조다. 천근성(淺根性) 식물인 '멧버들'이란 상관물로 자아 표상화한 기법 또한 탁월하다.

동짓달 기나긴 밤을 한허리 둘러 내어
춘풍 이불 아래 서리서리 넣었다가
어른님 오시는 밤이어든 굽이굽이 펴리라.

황진이(黃眞伊)의 절창(絶唱)이다. '밤의 한허리'나 '춘풍 이불' 같은 가진술(假陳述)은 현대시의 표현 기법에 비하여도 손색이 없다. 황진이가 왜 탁발한 시조시인인가를 확인하기에 충분한 대목이다.

어저 내 일이야 그릴 줄을 모르던가.
있으라 하더면 가랴마는 제 구태여
보내고 그리는 정은 나도 몰라 하노라

역시 황진이다운 글솜씨가 여지없이 발휘되었다. 중장의 도치법은 당시의 시조시인 누구도 흉내내기 어려운 언어 구사력의 발로가 아닌가.

기녀들의 사랑놀음이 정절과 무슨 관계가 있는가 하고, 혹자는 이들의 시가를 폄훼할 수도 있을 것이다. 그러나 최경창을 찾아와 일생 종부(從夫)하였던 홍랑의 배경 설화만 보아도, 기녀라고 다 타락한 노류장화(路柳墙花)가 아니었음을 알 수 있다. 옛 기녀들은 종합 예술가였다.

이는 성리학 근본주의자의 비난을 받을 수 있겠으나, 고려의 고속요(古俗謠)보다 더 정제(整齊)된 것이라 할 만하다.

조선 시가의 풍류(風流)는 고려의 그것과 차이를 보인다.

- 유령 도잠 양선옹(兩仙翁)의 위 취한 경(景) 긔 어떠하니이꼬.
- 합죽도화(合竹桃花) 고운 두 분 위 상영경(相暎景) 긔 어떠하니이꼬.
- 일지홍(一枝紅)의 비낀 적취(笛吹) 위 듣고야 잠들어지라.

고려 「한림별곡(翰林別曲)」에서 따온 것들이다. 조선의 퇴계 이황은 「도산십이곡 발(陶山十二曲跋)」에서 고려의 이 노래들을 긍호방탕(矜豪放蕩)하다고 비판하였다.

천운대(天雲臺) 돌아들어 완락재(玩樂齋) 소쇄(瀟洒)한데,
만권 생애(萬卷生涯)로 낙사(樂事)이 무궁하여라.
이 중에 왕래 풍류(風流)를 일러 무슴할꼬.

퇴계 이황의 시조 「도산십이곡」의 일부다. 조선조 대유학자의 금도(襟度)가 표명된 '풍류'다. 고려조 유학자들의 자아 도취적인 풍류와는 품격이 다르다. 둘 다 시적 형상화와는 거리가 있다.

이 풍류가 자연 상찬, 곧 상자연(賞自然)의 차원으로 발전하여 예술적 아취(雅趣)를 과시한 것은 문학적 한 성과다.

청산은 어찌하여 만고에 푸르르며,
유수(流水)는 어찌하여 주야에 긏지 아니는고.
우리도 그치지 말아 만고 상청(萬古常靑)하리라.

이황의 「도산십이곡」 일부다. 이황은 그의 다른 시조에서 자연을 사랑하는 마음이 천석 고황(泉石膏肓), 곧 불치의 병이 되었다 하였다.

유학은 서정을 천인 합일(天人合一) 사상에 따라 규정한다. 자연에서 도의를 기뻐하고 심성을 기르는 규범성을 찾으려 한 것이 조선 유학자 문학의 본령이다. '현허(玄虛)를 그리워하고 고상(高尙)을 섬기되 결신 난륜(潔身亂倫)의 방일(放逸)에 흐르는' 노장(老莊)의 자연관을, 유학자들은 배척하였다.

순수한 자연 취향의 진수는 정극인(丁克仁)의 가사(歌辭) 「상춘곡(賞春曲)」에서 읽힌다.

> 홍진(紅塵)에 묻힌 분네 이내 생애 어떠한고. 옛사람 풍류를 미칠까 못 미칠까. (중략) 도리행화(桃李杏花)는 석양리(夕陽裏)에 피어 있고, 녹양방초(綠楊芳草)는 세우 중(細雨中)에 푸르도다.

자연 낙원(Greentopia)을 형상화한 은일 문학(隱逸文學)의 전범(典範)이다. 중국 진(晉)나라 도연명(陶淵明)의 「귀거래사(歸去來辭)」나 「도화원기(桃花源記)」에 연원을 둔 동아시아 자연 낙원의 범주에 든다. 우리 현대 소설에서는 오영수의 「잃어버린 도원(桃源)」이 이를 계승하였다. 이원수의 동요 「고향의 봄」은 「도화원기」, 「상춘곡」의 적손(嫡孫)이다.

> 우는 것이 뻐꾸기가, 푸른 것이 버들숲가.
> 이어라 이어라.
> 어촌 두어 집이 냇속에 나락들락
> 지국총 지국총 어사와
> 맑가한 깊은 소에 온갖 고기 뛰노나다.

고산(孤山) 윤선도(尹善道)의 「어부사시사」 중의 한 수다. 자연 속(어촌)에서 유유자적(悠悠自適)한 삶을 노래했다. 인간과 자연이 합일되어 있다. 윤선도의 「오우가(五友歌)」는 유교적 규범 표상의 우의(寓意, allegory)로 표현되어 「어부사시사」의 예술성에 못 미친다.

꽃 지고 새 잎 나니 녹음이 깔렸는데, 나위(羅幃) 적막하고 수막(繡幕)이 비어 있다. (중략) 원앙금(鴛鴦衾) 베어 놓고 오색선 펼쳐내어, 금자에 견하여서 임의 옷 지어내니, 수품(手品)은카니와 제도(制度)도 갖을시고. 산호수 지게 위에 백옥함에 담아 두고 임에게 보내오려 임 계신 데 바라보니, 산인가 구름인가 머흐도머흘시고, 천리 만리 길을 뉘라서 찾아갈꼬. 니거든 열어 두고 날인가 반기실까.

우리의 전통 정서나 언어 유창성으로 보아, 우리 시가사상 독보적인 좌표에 놓이는 작품이다. 송강(松江) 정철(鄭澈)의 「사미인곡」이다. '임'을 임금으로 치환할 때의 '아첨'과 '청승'이 문제시될 수는 있다. 화자(話者)가 여성인 이 작품은 한국 전통시가의 기본 정서인 정한(情恨)을 품고 있다. 다음 시조와 맥을 같이한다.

이화(梨花)에 월백(月白)하고 은한(銀漢)이 삼경인 제
일지 춘심(一枝春心)을 자규(子規)야 알랴마는
다정(多情)도 병인 양하여 잠 못 들어 하노라.

고려 말 이조년(李兆年)의 시조다. '배꽃·은하수·삼경(三更)'이라는 객관적 상관물에 '다정'과 '전전반측(輾轉反側)'의 정감은 우리 시가 전통의 결정소다. 시조시인 정완영의 「조국(祖國)」은 이 같은 전통을 충실히 이

어 고등 학교 국어 교과서에까지 실렸다. 지금 읽으면 청승맞다. 이제는 옛일이 되었다. 이의 창조적 변이가 요청되기 때문이다.

(4) 개신 유교와 우리 시가

여기서 말하는 개신 유교(改新儒敎)란 실학 사상을 가리킨다. 실학(實學)의 싹은 율곡 이이(李珥) 또는 그 이전까지 소급하여 찾아볼 수 있으나, 역사적 유파로서의 실학파는 18세기 이후 영·정조 시대의 개신 유학파다. 그 이전의 유형원·이수광·한백겸 등이 터를 닦았으나, 본격적인 실학자는 18C 이후 근기(近畿) 지방 출신들이었다.

실학파는 세 부류로 나뉜다. 토지 제도·행정 기구 기타 제도 개혁에 치중하는, 성호(星湖) 이익(李瀷) 등의 경세치용파(經世致用派, 18C 초), 상공업 유통과 생산 기구 등의 기술 혁신을 꾀하자는, 연암(燕岩) 박지원(朴趾源) 등의 이용후생파(利用厚生派, 18C 후반), 경서(經書)·금석(金石)·전고(典故)의 고증을 위주로 하는, 완당(阮堂) 김정희(金正喜) 등의 실사구시파(實事求是派)가 그것이다.

조선 후기에 양반은 늘고 관직은 제한되어 파벌간 싸움이 극렬했다. '인조 계해 반정'과 '숙종 경신 대출척(大黜陟)'은 사대부 계급의 계층적 분화의 결정적 계기가 되었다. 이후 사대부(士大夫)는 세습적 특수 집권층인 '벌열(閥閱)'과 영구 몰락 실권층인 '사(士)'로 양분된 것이다. 선비는 농·공·상의 서민과 다름없는 처지에 놓이면서, 벌열과 서민들의 정신적·실천적 중개자 역할을 하게 되었다. 그들 중 벌열층에 빌붙지 않은 양심 있는 선비들이 비판 의식 있는 실학파였다. 실학파들은 새로운 문명 의식, 권위주의에의 저항, 인간성의 긍정 등을 지향했다.

실학파 가운데 시가와 깊이 관련된 선비는 다산(茶山) 정약용(丁若鏞)이다. 정약용은 기본 관점을 성호학파의 경세치용에 두었으나, 다른 한편으로는 박지원의 이용후생학도 수용했고, 천주교의 영향도 받았다.

까닭에 정약용은 본격적인 사회시(社會詩)를 썼다.

시냇가 헌집 한 채 뚝배기 같고,
북풍에 이엉 걷혀 서까래만 앙상하네.
묵은 재에 눈이 덮여 부엌은 차디차고,
체눈처럼 뚫린 벽에 별빛이 비쳐 드네.
집안에 있는 물건 쓸쓸하기 짝이 없어
모두 다 팔아도 칠·팔 푼이 안 되겠네.
개꼬리 같은 조이삭 세 줄기와
닭 창자같이 비틀어진 고추 한 꾸러미
깨어진 항아리 새는 곳은 헝겊으로 때웠으며,
무너져 앉은 선반대는 새끼줄로 얽었네.

농민들의 극한적 궁핍상이 사실적으로 제시되었다. 다산이 '삶을 위한 문학'의 근대적 선구자임이 여기서 드러난다.

갈밭 마을 젊은 여인 울음도 서러워라.
현문(縣門) 향해 울부짖다 하늘 보고 호소하네.
군인 남편 못 돌아옴은 있을 법도 한 일이나,
예부터 남절양(男絶陽)은 들어 보지 못했노라.
시아버지 죽어서 상복 입었고,
갓난 아인 배냇물도 안 말랐는데,
삼대(三代)의 이름이 군적(軍籍)에 실리다니.

달려가 억울하다 호소하려도
범 같은 문지기가 버티어 있고,
이정(里正)이 호통하여 한 마리 소만 끌려갔네.
남편 문득 칼을 갈아 방안으로 뛰어들자
붉은 피 자리에 낭자하구나.
스스로 한탄하네. "아이 낳은 죄로구나."

다산의 「애절양(哀絶陽)」이다. 세금을 못 이기어 남근(男根)을 칼로 베어
버린 백성의 애절한 사연을 적은 시다. 목불인견(目不忍見)의 사회상이 예
각적으로 표출되었다.

집안에 남은 거란 송아지 한 마리요,
쓸쓸한 귀뚜라미만 조문을 하네.
텅 빈 집안엔 여우·토끼 뛰노는데,
대감님 댁 문간에는 용 같은 말이 뛰네.
백성들 뒤주에는 해 넘길 것이 없는데,
관가 창고에는 겨울 양식 풍성하다.
궁한 백성 부엌에는 바람·서리만 쌓이는데,
대감님 밥상에는 고기·생선이 갖춰져 있네.

나산이 관료·부호 들의 도지 독점과 권리들의 행패, 농민들의 궁핍상
을 아파하며 쓴 시다. 다산의 개신 유학(실학) 사상에 경기도 암행어사 경
험이 결부되어 이런 시가 창작된 것으로 보인다.

다산은 주자학적 태극 개념을 정면으로 반박한 개신유학자요 실천실
학자였다. 그는 세계의 근원을 태극(太極)으로 보는 데는 주자와 견해를

같이한다. 그러나 태극을 초경험적, 선험적, 관념적, 형이상학적 섭리, 추상적 이(理)로 보는 주자와는 달리, 그는 그것을 구체적, 형이하학적인 기(氣)로 보았다. 가령, 임금과 신하·지주와 농민을, 선험 근거인 천리(天理)가 아닌 시대와 조건에 따라 변화하는 상대적, 동적(動的)인 것으로 파악했다. 다산은 선각자였고, 그의 사회시는 선구적인 것이었다.

4. 맺는 말

문학 작품의 결정소는 율격, 감각, 이미지, 형태, 의미, 사상이다. 이 중 위대한 문학을 낳는 것은 위대한 사상이다. 서양의 헤브라이즘과 헬레니즘은 갈등, 교체, 혼효의 양상을 보이면서 위대한 문학을 남겼으나, 마르크스주의(사회주의 리얼리즘)는 결코 위대한 사상일 수 없었기에 위대한 문학을 남기지 못하였다.

우리 집단 무의식의 텃밭이요 고유 사상인 무속 신앙(샤머니즘)은 세계적 보편성과 항구성을 띤 위대한 문학의 정신적 지주가 되지 못했다. 불교와 유교는 동아시아 문학의 보편적 인식 체계로서 '좋은 문학'을 남겼다. 그것이 인류적 보편성을 확보하지 못한 비항구성이 문제점으로 남는다. 주자의 형이상학적, 선험적 태극론을 비판하면서 등장한 18세기 개신유학(실학)자 다산 정약용의 사회시는 사상과 시문학사 쪽에서 선구적 업적으로 남아 영향을 끼치고 있다.

시조는 민요에서 발전했다는 것이 통설이나, 창작의 형식미와 사상적 주요 배경은 유교 사상이었다. 정서는 민요적 어조(tone)로 표출되었다.

지금은 포스트모더니즘 시대다. 의미나 이야기의 선조성(線彫性)이 파괴되고, 판타지 예술이 위세를 떨친다. 인터넷 사이버 문학과 전자책이 주도할 시대가 다가온다. 사상의 주체가 해체된 대중주의의 이 문명사적 흐름 속에서, 시조는 어떤 사상과 정서와 감각에 기대어 새 지평을 열 것인가? 고심해야 한다. 온고이지신(溫故而知新), 법고창신(法古創新)은 이 시대엔 지난(至難)한 과제다. "가장 우리다운 것이 세계적인 것이다."는 말을 국수주의적(國粹主義的), 아전인수적(我田引水的), 복고적(復古的)으로 맹신(盲信)하는 것은 어리석다.

우리의 현실과 세계 문명사의 흐름을 수용하여야 고전 시가의 유일한 적자(嫡子)인 시조가 산다.

【참고 문헌】

〈자료〉

『안서김억전집(岸曙金億全集)』, 한국문화사, 1987.

『김팔봉문학전집(金八峰文學全集)』, 문학과지성사, 1988.

『조선문단』, 『개벽』, 『신민(新民)』, 『조선문학』, 『조선지광』, 『삼천리』, 『신동아』, 『동광(東光)』(1925~1936년분)

『조선일보』, 『동아일보』(1926~1931년분)

〈연구서〉

김윤식, 『한국근대문예비평사연구』, 일지사, 1976.

김용직, 『한국근대문학의 사적 이해』, 삼영사, 1977.

오세영, 『한국낭만주의시연구』, 一志社, 1980.

노산문학회, 『민족 시인 노산의 문학과 인간』, 횃불사, 1982.

임헌영·홍정선 편, 『한국근대비평사의 쟁점』, 서울, 東星社, 1986.

권영민, 『민족문학론연구』, 민음사, 1988.

오세영, 『20세기 한국시 연구』, 새문사, 1989.

이용희, 『한국민족주의』, 瑞文堂, 1977.

한스 콘, 차기벽 역, 『민족주의』, 삼성문화문고 50, 1974.

Peter Alter, *Nationalism*, trans. by Stuart Mickinnon Evans, London, 1989.

국민문학파의 시와 시론

— 시조 부흥 운동을 중심으로

1. 머리말 또는 유파적(流派的) 성격과 범위

한국 현대문학사상 카프파와 국민문학파를 제외한 다른 유파는 합의, 통일된 매니페스토를 창출, 제시한 집단적 조직체의 성향을 보이는 경우가 드물다. 대개 자연 발생적이거나 동인지, 문예지 기타 대중 매체에 공유적 경향의 평론이나 작품을 발표함으로써 일정한 유파적 성격을 띠게된다.

국민문학파는 다소 산발적인 견해 표명으로 1920년대 중반에 대두되어 약 10년 간 존속한 유파다.[1] 3·1운동 실패 후 제2차 민족주의 이념의 실천 운동을 기반으로 한 국민문학파의 지향 목표는 '조선심(朝鮮心)',

---

[1] 국민문학 운동의 싹은 1922년 무렵부터 발견되나 그 기점은 1924년, 5년경이고, 본격적인 논의는 1926, 7년부터다. 대표적인 것은 다음과 같다.
　① 주요한, 「노래를 지으시려는 이에게」, 『조선문단』, 1927. 2.
　② 김기진, 「문예시평」, 『조선지광』, 1927. 2.
　　가프파와의 대타적(對他的) 관점으로 보면 국민문학파의 존속 기간은 1926~1935년임.

'조선의 사상', '조선인의 문학' 등으로 표명되는 '조선주의'다. 일제 강점기의 지상 과제인 '나라 찾기'의 방식으로서, '조선적'인 것을 발굴, 재조명하여 민족의 정체성을 확인하며, 특히 시조와 민요를 중심으로 한 민족 문학 양식의 부흥, 역사 소설과 국토 예찬의 시문(詩文) 창작, 한글 운동, 국사 연구와 고전의 발굴 및 정리를 통한 민족 정신의 탐구와 고취 등에 국민문학파는 몰두했다.

3·1운동의 좌절 체험을 극복하고 '나라 찾기'의 비전으로써 분기한 국민문학파의 정신적 지주인 저항 민족주의[2]는 세계사의 보편적 역사 인식 논리로 무장한 카프파의 기본 강령인 계급주의와의 이념 논쟁이 불가피했다.[3] 카프파는 문학을 표방하며 정치 운동을 했고, 국민문학파는 이념을 내세워 문화 운동 자체에 침잠해 들었던 것이다. P. 앨터가 말한 '문화적 민족'의 민족주의적 특징[4]을 드러낸 것이 국민문학파의 성향이었다.

카프파의 팔봉(八峰) 김기진(金基鎭)은 국민문학파의 범위를 소극적으로 규정하여, 계급문학파와 그 동반자를 제외한 그 시대의 모든 문인들을 이에 포함시켰으나,[5] 이것은 그 범위가 막연하여 실체 포착을 어렵게 한다. 김용직은 최남선·이광수·김억·주요한·김동인·변영로·정인보·손진태·이병기·이은상·염상섭·박종화·양주동·김영진·정노풍·김성근·조운 등을 국민문학파 구성원으로 열거하고 있으며,[6] 오세영은 김소월·홍사용·유도순의 이름을 추가한다.[7]

2 이용희, 『한국민족주의』, 瑞文堂, 1977, pp. 20~29 참조
3 이는 국민문학파의 형성 계기가 카프파에의 대타의식에 있다는 논의와는 다른 이야기임.
4 Peter Alter, Nationalism, trans. by Stuart Mckinnon Evans(London, 1989), pp. 14~28 참조.
5 김기진, 「조선 문학의 현재적 수준」, 『신동아』, 4권 1호 동아일보사, 1931. 1. 참조.
6 김용직, 「국민문파의 평가」, 『한국 근대 문학의 사적 이해』, 삼영사, 1977, p. 44 참조.
7 오세영, 「20년대 한국 민족주의문학」, 『20세기 한국시 연구』, 새문사, 1989, p. 81 참조.

2. 연구사와 관점

국민문학파의 성격[8]을 문학사적 관점에서 정리한 선구자는 백철과 조연현이다. 백철은 문예사조의 관점에서 조연현은 문단사에 치중하여 진술했다. 백철은 가치론을 배제한 채 국민문학파의 실상을 객관적으로 제시했고, 조연현은 카프파와의 논쟁적 국면을 부각시키며 가치 평가를 내리고 있다.

근래 김윤식과 권영민이 한국 민족 문학 전반을 정리하는 과정에서 국민 문학 운동의 성격을 언급·검토했고, 국민문학파의 문학을 비교적 심도 있게 학문적 시각으로 연구한 공적은 김용직과 오세영에게서 발견된다.[9] 그러나 이들의 논의는 모두 이론적 측면에 기울었을 뿐, 문학 작품에 대한 분석적 이해나 이론과의 연계성 문제를 다룬 것은 아니다. 더욱

---

8 국민문학파가 카프파에의 대타의식에서 출발했다는 주장은 백청·조연현·김용직·권영민의 진술에서 한결같으나, 오세영은 이에 반론을 편다. 국민문학파 문학은 KAPF 결성 이전에 대두했다는 사실을 지적하면서 소위 '태타의식' 동기설을 부인한다. 이 문제는 1920년대 문학사의 전개 과정을 고찰함으로써 어렵지 않게 풀린다. 20년대 중반에 이르러 이 땅지성은 초기 울분과 탄식의 서정시가 보여 준 '虛華'의 시공에서 땅의 현실로 복귀, '나라찾기'의 문학적 비전을 모색한다. 이같이 제2기 민족주의의 국민문학파와 계급주의의 카프파의 형성 동기는 보다 본질적인 데서 포착된다. 카프와의 논쟁은 국민문학파의 민족주의문학운동을 활성화하는 촉매 작용을 했던 것이다. 다음 문헌들을 참조하자.

① 백철, 『신문학사조사』, 신구문화사, 1983, pp. 359~372.
② 조연현, 『한국현대문학사』, 인간사, 1968, pp. 448~458.
③ 김윤식, 『한국근대문예비평사연구』, 한얼문고, 1976, p. 119.
④ 김용직, 앞의 책, p. 26.
⑤ 오세영, 앞의 책, pp. 75~78.

9 ① 김윤식, 「한국 민족 문학의 전개 과정」, 『문학사와 비평』, 일지사, 1975, p. 82 참조.
② 권영민, 「국민문학파의 민족문학론」, 『한국민족문학론연구』, 민음사, 1988, pp. 129~143 참조.
③ 김용직, 앞의 책 참조.
④ 오세영, 앞의 책 참조.

이 이 글이 의도하는 국민문학파의 시 작품과 시론의 통합적 연구 업적은 전무하다. 이들의 공통된 견해는 국민문학파의 민족주의적 문학론이 한민족 자아 발견의 소생 의지를 심어 준 반면, 당대의 상황 인식과 새로운 민족 문학 창조에 실패했다는 것이다.

이 글의 의도는 국민문학파의 시와 시론의 분석을 통하여 양자간의 관련성을 검증하고, 아울러 일제의 국토·주권 침탈과 카프파의 도전에 대한 응전 방식(應戰方式)의 타당성 여부를 검증함으로써 1920년대 한국 민족주의 시와 시론의 특성과 그 문학사적 의의를 밝히는 데 있다. 따라서 이 글의 주요 논의 대상은 최남선·이광수·김억·주요한·정인보·이병기·이은상·조운·변영로·홍사용·김소월 등의 시조·민요시·자유시와 이와 관련된 평론상의 쟁점이 될 것이다. 이를 위한 보조 자료로 국민문학파의 총체적 논의를 개진한 염상섭·김영진·양주동·정노풍 등의 평론이 취택될 것이다.

3. 국민문학파의 시와 시론

이 글의 의도가 국민문학파의 시와 시론의 특성을 구명하는 데 있으므로, 민족 문학 장르 선택의 논리, 시조·민요·자유시의 성격을 밝히는 순서에 따라 논의를 펴기로 한다.

(1) 장르 선택의 논리

국민문학파는 민족주의 이념 실현을 위한 서정적 장르로서 우선 시조와 민요를 택한다. 시조가 최우선 장르이고, 민요는 동반자적 중요성을 띠고 강조된다.

민족 문학 장르로서의 시조 부흥 운동의 선편을 잡은 이는 최남선이
다. 육당의 「조선 국민 문학으로의 시조」(1926)의 내용은 다음과 같이 요
약된다.

① 조선 국민문학으로서의 시조는 그 본체가 조선 국토, 조선심, 조선
  어, 조선 음률을 통하여 표현된 필연적인 일 양식으로서, 향토성 짙
  은 조선아(朝鮮我)의 그림자요 조선 문화, 예술의 정핵이다.
② 시조는 구조(句調), 음절, 단락, 체제의 정형을 이룬 유일한 성형 문
  학(成形文學)이다.
③ 아득한 원류에서 발하여 연연(涓涓), 곤곤히 흘러 내려온 정신 생활
  의 유일한 계류(溪流)인 시조에 대하여 경의를 표하고, 그 장래를 북
  돋우는 것이 조선인의 특권이요 의무이다.[10]

육당의 시조 옹호론은 국민문학파의 장르 선택의 동기를 밝힌 글의 대
종(大宗)이며, 국민문학파의 거듭되는 자기 방어적 발언이나 카프파의 비
판에 대한 응전의 논리도 여기서 크게 발전된 것이 아니다. 그는 이 글에
서 국수적 민족주의를 물론 표방하지 않는다. 인류적 유의식(類意識)으로
서의 '세계성(보편성)'과 '향토성(특수성)'을 이해하고 있다. 시조는 '조선
인의 손으로 인류의 운율에 제출된 시형(詩形)'임을 강조하면서 육당은
'조선심의 방사성(放射性)'과 조선어의 섬유 조직이 가장 압착된 상태에서
표현된 공든 탑'이며 우리의 정체를 남에게 알리는 '유일 최고의 준적(準
的)'이 된다고 했다. 민족주의자 육당의 시조 우상화는 극한에 달해 있다.

---

10 최남선, 「조선 국민 문학으로의 시조」, 『조선문단』, 60, 조선문단사, 1926. 5. p. 4 참조.

육당의 이 같은 선도적 제안을 계기로 하여, "조선으로 돌아오라."는 논조의 글들이 잇달아 발표된다. 『신민』·『동광』·『동아일보』 등에 발표된 염상섭·양주동·김억·김성근 등의 평문(26. 1.)이 대표적인 것들이다.[11] 이에 대하여 카프파의 팔봉은 격렬한 반론을 편다. 시조는 귀족 계급의 예술이므로 반민중적이며, 민요의 향토성이라는 것도 교통 기관이 발달해 가는 현시대성에 걸맞지 않다는 것이 팔봉의 주장이다. 또 그는 국가 형태나 생활 조직의 변천과 함께 민족성이라는 요소도 문학적 중요성을 잃게 마련이라고 본다. 민족적 개성이란 생리, 생활 환경, 지리적 차이가 조성한다는 것이 그의 이론적 토대다.[12]

팔봉은 인류의 계급적 통성(通性)에 편향된 시각 때문에 민족성, 향토성에 기초를 둔 민족 집단의 개성을 인위적으로 부정하려 든다. 계급주의의 당위론을 합리화하기 위해 민족적 개성의 존재적 현실 자체를 부인하려는 극단에 자리해 있는 것이다. 그러나 그가 근대 문화의 '시간' 개념을 수용하여, '변화'의 관점으로 문학사와 문학의 장르를 파악한 것은 국민문학파에서는 한 각성제에 갈음된다고 하였다.

이 무렵 『신민(新民)』지는 시조 부흥 문제에 대한 12인의 견해를 싣고 있다. 이 중 시조의 부흥에 편드는 쪽은 이병기·염상섭·주요한·손진태·권덕규·양주동·이은상·이윤재·정지용·최남선 등이고, 민태원·이성해는 유보적 태도를 보인다.[13]

시조 부흥론자의 견해 중 민족 자아상 회복의 소극적, 정적 이론에 속

<hr>

11 특히 다음을 참조하자.
　① 염상섭, 「조선문단의 현재와 장래」, 『신민』, 1926. 1. p. 84.
　② 김억, 「밝아질 조선시단의 길」, 『동아일보』, 2723, 4호, 신년 문예란.
12 김기진, 「문예시평」, 앞의 책 참조.
13 『조선지광』, 1927. 3. pp. 76~89 참조.

한 이는 최남선·염상섭·이병기·이은상 등이고, 주요한·손진태·양주동·정지용 등은 변형의 미학, 창조적 전통 계승론을 펴고 있다. 후자의 견해가 물론 소중하다. 뒤에 이병기는 창조적 전통 계승론을 편다. 이 점은 뒤에 살피기로 한다.

이 무렵 김기진의 「문예 시평(文藝時評)」을 비판한 김영진의 「국민 문학의 의식(意識)」(27. 3.)에서 국민문학의 외연(外延)을 '시조와 민요'에 국한해서는 안 된다고 한 진술은 시사하는 바가 크다. 어느 장르건, 부르주아 문학이건 프롤레타리아문학이건, 조선인의 개성으로 창작되었으며 조선 민중의 심금을 깊이 울려 줄 작품이면 조선의 국민 문학으로 추천될 수 있다는 것이 그의 견해다.[14]

김기진이 내세운 생리·생활 환경·지리론에의 대응 논리로 H. 텐(Taine)의 인종·환경·시대론을 맹신한 데 문제점이 있으나, 국민문학의 내포와 외연을 확장한 것은 새로운 비전을 보인 것으로서 의미가 있다.

그런데 시조 부흥론에 대해 정면으로 반격을 가한 글은 김동환의 「시조 배격 소의(時調排擊小議)」(27. 6.)다. 시조는 위시가(僞詩歌)·부패 문학·귀족 문학이며 사문학(死文學)이라고 극언을 하며, '신시형(新詩形)'을 창조해야 할 즈음에 괴물 같은 시조가 암영을 던지며 '신시인(新詩人)'의 두뇌를 압살하기까지 한다고 파인은 비난한다. 시조는 충효, 예의 따위의 관념을 3행의 틀에 집어넣어 '고담무미(枯淡無味)한 관(棺)'이 되게 한 과거의 예술이므로 버려야 한다. 이 죽은 시형을 지금 답습하라 함은 '바늘 구멍에 소 들어기리는 것 이상의 무리한 제약'이요 '무쇠탈' 같은 것이다. 목후이관(沐猴而冠) 격의 수치인 시조에서 벗어나는 것이 급선무다. 이것이 그 요지다. 논리와 감정이 혼효된 강경론이다.[15] 그러나 시조 부흥론에

---

14 위의 책, p. 10 참조.

대한 본격적인 비평이라는 데 강점이 있는 글이다. 시조를 배격한 파인이 민요시 창작에 열을 올린 것은 그의 민중 문학론 때문이었다. 이 시기에 파인이 스스로 서사시라 명명한 「국경의 밤」(24), 「승천하는 청춘」(25), 「우리 4남매」(1925)와 최서해의 계급주의 소설 「홍염(紅焰)」(27)이 발표된다. '나라 찾기'의 대일 응전 방식으로는 사뭇 타당성을 확보하는 문학적 사건이다. 이럴 즈음 시조 부흥 운동의 의의는 과연 어떤 것이었을까? 이런 물음에 대한 문학 사회학적, 장르론적 대안을 국민문학파는 적극적으로 제시하는 데 실패했다. 이 점은 카프파의 논리에 압도당한 당시 국민문학파 문학론의 심정적 수준과 깊이 관련되는 부분이다. '민족혼', '민족성', '민족 의식', '민족 이념', '조선 의식' 등으로 진술된 '조선주의'는 서재필·안창호·이광수로 이어지는 점진주의를 복선으로 한 정감적 차원의 민족주의 문학 정신이었다.[16]

민요의 채집, 부흥 및 민요시 창작 운동은 시조의 경우보다 한층 더 무자각(無自覺), 자연발생적이었다. 1923~1930년 간 『개벽』·『금성』·『조선농민』·『별건곤』·『한빛』·『신생』·『신민』 등을 중심으로 민요 부흥 운동이 집중적으로 전개되며, 파인(巴人)·안서(岸曙)·송아(頌兒)·노작(露雀) 등이 민요시를 창작했다.

민요는 일제의 억압 통치로 인한 암울한 국민 감정의 카타르시스에 공헌하였고, 그 풍자성·해학성·한(恨)의 정서 등은 민족적 감수성의 동질

---

15 『조선지광』, 1927. 6. 참조.
16 이러한 내용을 담고 있는 평문으로 대표적인 것은 다음과 같다.
　① 이광수, 「민족 개조론」, 『개벽』, 23호, 1922. 5.
　② 이광수, 「여의 작가적 태도」, 『이광수전집』, 10, 우신사, 1979.
　③ 양주동, 「문단여시아관(文壇如是我觀)」 1, 『신민(新民)』, 1927. 5.
　④ 정노풍, 「조선 문단 건설의 기초」, 『조선일보』, 1929. 10. 23.
　⑤ 김성근, 「조선 문학은 어디로」, 『동아일보』, 1930. 1. 1.
　⑥ 염상섭, 「조선 문학의 정의」, 『삼천리』, 76, 1936. 8.

성 회복에 기여했다.[17] 민요시파의 문학관은 음악과 시를 혼동할 만큼 소박하며 복고적이었다.[18]

염상섭은 민요와 시조가 원시 농업 시대, 가내 공업 시대, 가부장 시대, 봉건 군주 시대의 골동품에 불과하다는 카프파 팔봉의 지적에 반론을 편다. 그는 민요의 내용이 도피적, 투안적(偸安的), 우상 숭배적이었음을 시인하며, 형식과 리듬의 민족적 특성을 강조한다.[19]

노산은 민요를 '시의 시'라 했고[20] 주요한은 R. 번즈, W. 휘트먼 등의 영향으로 민중시로서의 민요의 가치를 입증하려 했다.[21] 전통의 참다운 지속은 시대 정신에 민감한 창조적 변형을 통해서만 가능하다는 사실의 인식과 실천에 국민문학파는 둔감하였던 것이다.

(2) 국민 문학으로서의 시조

국민문학파 문인 중 시조 창작을 한 이는 최남선·이광수·주요한·정인보·이은상·김영진·이병기·조운·유도순 등이다.

이들 중 본격적인 시조론을 편 이로 이병기를 능가할 이가 없으며, 노산이 새로운 형식을 모색하고 실천한 공적을 남긴다. 가람은 사실적 기법으로 '시조시(時調詩)'[22]의 창조적 전통 계승의 가능성을 열었고, 조운은 탁월한 감수성과 참신한 문체 감각으로 한국 시조시의 미학적 위상을

---

17 오세영, 앞의 책, pp. 31~33면 참조.

18 이광수, 「민요 소고」, 『조선문단』, 3, 1924. 12. 참조.

19 염상섭, 「시조와 민요-문예만담에서」, 『동아일보』, 1927. 4. 3면 참조.

20 이은상, 「청상 민요 소고」, 1926. 11. p. 33 참조.

21 주요한, 「노래를 지으시려는 이에게」, 앞의 책 참조.

22 음악적 요소인 창(唱)과 결별한 근대 시조는 '시조시'로 불리는 것이 타당하다는 주장을 수용한 장르 명칭임.

격상시켰다.

국민문학파는 그 성향을 보아 복고적 민족주의파와 창조적 전통 계승파로 구분된다.

1) 복고적 민족주의파

육당·춘원·횡보의 민족주의적 시조 부흥론과 육당·춘원·송아·위당·노산·유도순 등의 시조는 복고적 정서와 분위기를 탈피하지 못하고 있다. 육당의 『백팔번뇌(百八煩惱)』(동광사, 1926), 춘원·송아·파인의 『삼인시가집(三人詩歌集)』(1929), 노산의 『노산시가집(鷺山時調集)』(한성도서주식회사, 1932), 위당의 『근화사(槿花詞) 삼첩(三疊)』과 「자모사」(『신생(新生)』, 1925) 등이 모두 그렇다.

일찍이 「조선 국민 문학으로의 시조」에서 시조를 '문장 유희의 구렁텅이에서 건져내어 엄숙한 사상의 용기(容器)'로 만들어 보겠다던 육당은 시조시집 『백팔번뇌(百八煩惱)』에서 이를 실현한다. 여기에 취택된 제재는 묘향산 단군굴, 강서 삼묘, 석굴암, 만월대 등 우리의 사적(史蹟)과 지리산 천왕봉, 금강산 비로봉, 압록강, 대동강, 한강, 금강(웅진), 낙동강 등 조국 산하가 핵심을 이룬다.

아득한 어느 제에
님이 여기 나립신고

벌어난 한 가지에
나도 열림 생각하면

이 자리 안 찾으리까

멀다 높다 하리까

　육당의 「단군굴(묘향산)에서」의 첫 수다. 잊혀질 역사와 대자연을 되찾는 것은 '나라 찾기'의 '문학적 민족주의'의 한 방식이다. 그가 쓴 「불함문화론(弗咸文化論)」(1925)을 비롯하여 「단군론」, 「아시조선」, 「심춘 순례」, 「백두산관찰기」, 「조선유람기」, 「금강예찬」, 『조선역사』, 『삼국유사해제』, 『국난극복사』 및 고시조집 『시조유취(時調類聚)』의 정신에 접맥된다. 춘원은 시보다 소설에 능한 작가다. 『새별』(1913)에 발표한 자유시 「말 듣거라」 이후 「붓 한 자루」(『조선문단』, 1925), 「님네가 그리워」(『조선문단』, 1925), 「비둘기」(『조광』, 1936) 등과 파인·송아와 함께 낸 『삼인시가집』의 작품들이 모두 예술성보다 교술성에 기운 소박한 것들이다.

　국민문학파 중 노산은 다작가(多作家)이다. 『노산시조집』에는 창작 시조 740여 수 중 300수만 실었노라고 서문에다 썼다. 그의 시조는 가곡풍이어서 민족 정감의 금선(琴線)을 울려 대중성을 확보하는 데 성공했다. 「고향 생각」(1923), 「봄 처녀」(1925), 「옛 동산에 올라」(1928), 「장안사」(1930), 「금강(金剛)에 살어리랏다」(1930), 「그리움」(1931), 「가고파」(1932) 등은 그야말로 주옥에 비길 우리 가곡, 민족의 노랫말로 살아 있다. 이들 가곡풍의 시조는 「봄 처녀」의 새 소망, 「금강(金剛)에 살어리랏다」의 초속성(超俗性)을 제외하면, 대개 우리의 고유한 정서적 특질인 애상성, 무상감을 기조로 하고 있다.

　　장하던 금전벽우(金殿碧宇) 찬 재 되고 남은 터에
　　이루고 또 이루어 오늘을 보이도다
　　흥망이 산중에도 잇다 하니 더욱 비감(悲感)하여라

노산의 시조 「장안사」다. 「옛동산에 올라」와 함께 짙은 무상감을 표출한 노산의 대표작 중의 하나이다. 고시조의 "산천은 의구하되 인걸은 간데 없네."조의 회고와 탄식을 계승했다. 한 평자의 지적처럼, 구체성이 결여된 시어, 평민적 서술성, 가곡조의 가사, 사상성의 배제 등으로 하여 노산의 시조는 대중의 가슴과 무상감의 시공(時空)에 머무르게 한다. 노산 시조의 배경인 강·바다·산은 방랑객의 여수(旅愁)를 달래주는 애상에 찬 것들이다. 「압록강」, 「구담」, 「창벽」 등에 특히 그런 빛이 짙다. 고시가의 「세우청강(細雨淸江)」, 「낙조청강(落照淸江)」, 「연파강상(煙波江上)」, 「석양강두(夕陽江頭)」, 「일의대수(一衣帶水)」의 전통적인 강이요 산하(山河)다.[23] 의고적(擬古的), 고전적 회고의 시풍과는 달리 노산은 「시조 창작 문제」에서 시조시형의 개혁을 주장, 이를 시험했다. 그는 양장 시조, 4장 시조의 창작을 시도했고, 종장[24] 첫구도 음악적 단위로 보아 3음절에 고정되지 않고 음절수 가감론을 폈다. 양장시조의 줄과 연 구분에 단조롭고 기계적인 흠이 있으나 변형을 위한 시도인 것은 의미가 있다. 그러나 작품의 길이가 너무 짧거나 길어서는 안 된다고 한 아리스토텔리스의 플롯 이론을 경청할 필요가 있다. 다만, 종장 첫 음보의 3음절을 시조시형의 절대적 기준치로 삼을 것인가의 문제에 이론을 제기한 유일한 시조시인이 이은상이다.[25]

요컨대, 민족애·조국애를 주제로 한 노산의 시조는 과잉된 어조와 무상감, 애상미, 수난의 성찬으로 내허(內虛)의 흠이 있으나, 기원의 어조, 유·불·노장 사상, 고어의 현재화, 일상어의 시어화(詩語化), 직유·은유·열거·반복의 수사, 회화적 이미지의 결정이라는 가능성을 내포하여, 국

---

23 김동준, 『시조문학론』, 진명문화사, 1974, pp. 256~258 참조.
24 노산에 따르면, 이 명칭도 '셋째줄 제3행'로 고쳐 불러야겠음.
25 김동준, 앞의 책, p. 250 참조.

토와 민족에 대한 심오한 종교시적 영향력과 민족시로서의 명맥을 잇는
데 공헌한 것은 사실이다.[26]

　　1920년대 국민문학파의 시조가 노산의 후기 전쟁시 「너라고 불러보는
조국아」의 어조마저 멀리한 것은 애석하다.

　　　　너라고 불러보는 조국아.

　　　　너는 지금 어드메 있나.

　　　　누더기 한 폭 걸치고,

　　　　토막(土幕) 속에 누워 있나.

　　　　네 소원 이룰 길 없어

　　　　네거리를 헤매나.

　　이 같은 노산의 사회적 미학, 시상의 구체성이 드러난 것은 일제 강점
기가 아닌 1950년대였다.

---

26 대표적인 노산론은 다음과 같다.
　　① 임선묵, 「노산론(鷺山論)」, 『민족 시인 노산의 문학과 인간』, 횃불사, 1982.
　　② 김상선, 「노산 시조의 형태론」.
　　③ 김상일, 「기원(祈願)의 수사」.
　　④ 김해성, 「노산 작품에 나타난 불교 사상과 유교 사상」.
　　⑤ 구인환, 「노산의 문체론」.
　　⑥ 백철, 「역사와 시」.
　　⑦ 신동한, 「시집 '기원(祈願)'에 나타난 민족 사상」.
　　⑧ 임헌도, 「노산 시조에 나타난 애국·애족관」.
　　⑨ 최일수, 「노산 문학과 민족 사상」
　　⑩ 황희영, 「노산 시조의 문장 구조적 특성」
　　　이상 같은 책.

2) 창조적 전통 계승자

이미 말한 바 있듯이 시조의 전통을 혁신하여 시조의 시적 위상을 격상시킨 이는 가람과 조운이다.

가람은 시 형태, 시어, 제재와 내용의 혁신론을 부르짖고 이를 실천했다.

가람의 시조론은 「시조란 무엇인가」(1926) 이후 「시조 창작가와 창」(1957)에 이르기까지 15편을 능가한다. 그 중 국민문학과 시조시학의 본령에 드는 대표적인 것에 「시조란 무엇인가」, 「시조와 그 연구」(1928), 「시조의 현재와 장래」(1929), 「시조원류론」(1929), 「시조는 혁신하자」(1932), 「시조의 발생과 가곡과의 구분」(1934), 「시조의 감상과 작업」(1936), 「시조의 개설」 등이다. 가람의 시 형태론은 충격적이다. 그는 「시조의 개설」에서 시조를 '정형적(整形的) 자유시'라 했다.[27] 시조의 융통성 있는 음수율을 '변체(變體)'(이광수), '정형이비정형(定型而非定型), 비정형이정형(非定型而定型)'(이은상), 자여가(字餘歌), 자부족가(字不足歌)'(조윤제)라 하여 불완전 정형시로 보던 것보다 진일보한 견해이다. 가람은 우리 시조 음수율의 자유 영역은 이웃나라의 한시나 화가(和歌)에 비길 바 아니라 했다. 그에 따르면 시조시형의 작은 갈래는 300여 가지나 될 만큼 자유스럽다.

시조는 세계적 정형시와는 그 형식이 다르다. 정형시의 보편적 특성에 이질적이다. 음악적 단위를 음수율로 볼 때 더욱 그렇다. 세계의 어느 정형시 형태에 시조의 음수율처럼 '불규칙한 정형'이 있는가? 음위율, 음성율의 변별적 자질을 갖지 못한 시조의 유일한 정형시적 자질인 음수율마저 일정치 않은 바에, 그 정형성은 음보율로써 지탱될 수 있을 뿐이다.

또한 가람은 주제의 통일성을 전제로 한 연시조론을 폈고, 실제로 그는 연시조를 썼다. 가람의 시조 형태론은 현대 자유시 시대에도 시조가

---

27 『가람 文選』, 신구문화사, 1974, p. 279 참조.

공존할 수 있는 근거가 될 수 있다. 가람이 보여 준 기품(氣稟)의 미학, 사실적인 기법은 시조에 감수성의 혁신은 가져온 기념비적인 것이다.

가람은 물론 고전주의자다. '정제(整齊)·조화(調和)·통일(統一)의 미(美)'를 으뜸으로 친다. 시조를 '우리 민족의 심혈(心血)의 고백'이라고까지 한다.[28] 가람의 이 같은 고전주의는 문체상 아어체를 빚는다. 가람의 아어주의(雅語主義)는 N. 하르트만의 미학적 갈래로는 우아미를 형성하고, 그의 우아미가 조성하는 분위기는 한국적인 '멋'이다. 그의 멋은 노랫가락, 판소리, 탈춤의 멋이 아니라 높은 교양 취미가 유지하는 '기품'이다. 김윤식의 가람론에 따르면, 이 기품을 기품이게 하는 것은 '난(蘭)'이다. 고아(高雅), 담박(淡朴), 개결(介潔)의 심상·격조의 고급 문학적 속성은 문학사적 '지속(持續)'이라는 성과이자 한계성의 징표이기도 하다. 그러나 가람의 기품이 조선 전기 시조의 4군자적 관습에 접맥되면서도 그것을 뛰어넘는 것은 그의 '생신(生新)'한 '사생법(寫生法)' 때문이다.[29]

> 빼어난 가는 잎새 굳은 듯 보드롭고,
> 자짓빛 굵은 대공 하이얀 꽃이 벌고,
> 이슬은 구슬이 되어 마디마디 달렸다.
>
> 본디 그 마음은 깨끗함을 즐겨하여
> 정한 모래 틈에 뿌리를 서려 두고
> 미진(微塵)노 가까이 않고 우노(雨露) 받아 사느니라
>
> ─「난초 4」

---

28 이병기, 『시조개설(時調槪說)』, 위의 책, p. 278 참조.
29 이병기, 「시조의 현재와 장래」, 『신생(新生)』, 1929. 6.

제1수는 '사생', 제2수는 의미의 형상화를 꾀했다. 앞의 것은 탈도덕적이고, 뒤의 것은 주자학적 도덕 전통을 창조적으로 형상화했다. 고시조의 그것이 도덕성에 의해 연역적 창조 질서로 구성된 것이라면, 이 작품의 경우는 사생의 결과 '기품'을 구축한 점이 다르다. 존재 자체의 진실 그것이야말로 가람이 정립한 시조시학의 근대성이다.

가람은 시조 혁신론을 펴며 실감 실정(實感實情)의 표현, 용어의 혁신, 격조의 변화, 연작 등과 함께 취재의 범위 확장을 주장한다.[30]

제재, 주제를 기준으로 고시조 41,431여 수(『고시조대전』)를 집합 개념으로 묶으면 10수 안팎에 불과하다. 가람은 이를 혁신하려 했다. 그러나 가람 시조의 제재는 난초·매화·수선 등 식물적 자연에 편향되어 있다. 우리가 갈급해 하는 '나라 찾기'의 사회적 미학, 그 리얼리티의 표출은 '농인(農人)의 말' 등 해방 후의 작품에서 나타날 뿐 국민문학파 시절에는 가뭇없다. 그의 자연이 고시조의 그것과 다른 점은 존재론적 사실과 인격성이다. 가람 시조의 자연은 곧 인격의 표상이다.

가람은 삶과 역사에의 아픔을 특유의 절제의 미학으로 제어했다. 그 생생한 증거는 그의 일기에서 역력히 드러난다. 가령 1920년 8월 13일의 최익현(崔益鉉) 선생 창의(倡義) 사실은 물론, 8월 29일 조부의 영결식마저 철저히 사실만 제시하는 냉정, 간결한 문체로 기록되어 있다. 가람의 문체는 현실의 사실 명제와 '감정과의 거리 유지'라는 기본 노선 위에서 세련미를 더한다. 모더니스트의 주지적 경향을 연상케 한다.

필명을 '운(雲)'이라 했던 조주현(曺柱鉉)(1989~?)은 전남 영광 출신으로 1925년 2월 『조선문단』에 「한 줄기 소리나마」, 「법성포」을 발표하면서 등단했고, 1947년에는 『조운시조집』을 내었다. 그는 1926년 무렵부터

---

30 이병기, 「시조는 혁신하자」, 『동아일보』, 1932. 참조.

국민문학파의 입장에서 시조 부흥 운동을 전개했다. 해방 후 문학가동맹에 가담했다가 1948년 가솔을 이끌고 월북, 1956년 이태준과 함께 숙청당했다가 재기하여 북한 공산당 최고 인민회의 상임 위원까지 지냈다.

조운 시의 제재는 보수적이다. 그의 시조집에 실린 시조 75수 중 자연을 대상으로 삼은 것이 34수로, 43%를 차지할 만큼 소재면에서는 전통지향적이다. 그러나 그의 시조는 단순한 자연시가 아니다. 시조 제재로서의 조운의 자연은 자아의 투영체로서 어떤 '실존적 계기(實存的 契機)'를 머금는다. 이미지스트의 그것처럼 정서 도피적인 자아와 한국인 특유의 파토스적 초려(焦慮), 자아 간의 치열한 내적 갈등과 아픔의 변증법적 통일체로 피어난 영혼의 정화라 할 만하다.

　　우두머니 등잔불을 보려고 앉았다가

　　문득 일어선 김에 밖으로 나아왔다.

　　옥잠화
　　너도 입때껏
　　자지 않고 있느니.

　　가다가 주춤
　　머무르고 서서
　　물끄러미 바래나니

　　산뜻한 너의 맵시
　　그도 맘에 들거니와

널 보면 생각하는 이 있어

못 견디어 이런다.

—「야국(野菊)」

자연을 제재로 한 조운 시의 발상법은 고시조에 접맥되어 있다. 매죽헌의 낙락장송, 면앙정의 황국(黃菊), 고산의 수석송죽(水石松竹)과 발상법의 원천은 상통한다. 과연 한국인의 시다. 대자연이 도덕성의 알레고리였던 고시조의 연상 체계를 실존적 자아상으로 혁신시킨 데서 조운 시조 미학의 근대성은 확보된다. 가람의 시조가 사실성과 기품으로 근대성에 접근했다면, 조운의 경우는 자연을 관조와 갈등의 실존적 영상으로 재창조하고 있는 점이 감동적이다. 가람의 시조가 독자에게 '기품'으로 수용된다면, 조운의 그것은 '한산섬'의 초려(焦慮), '동짓달 기나긴 밤'의 '그립고 아쉬운 정'의 '감격'으로 읽힌다. 그럼에도 그는 한산섬과 동짓달 밤의 '말하기의 방식'[31]과는 달리, '보여주기의 방식'[32]으로 근대성에 도달한다. 또한 조운 시조의 형태 역시 근대성을 지향한다. 자유시에서 시조로 전환한 그답게 줄과 연의 배열이 자유시적 형태를 보여 준다. 그럼에도 시조의 기존 음보를 파괴하는 일은 없다. 마침내 그는 자유시보다 시조에서 성공했다.

그러나 그의 시의식이 주로 개인적 정감에 편중되어 있어, 평론 「병인년의 시조」를 써서 국민 문학 운동에 동조하고, 일제의 탄압으로 옥고까지 치른 그에게 기대되는 사회 의식의 시가 아쉽다. 「수영(水營) 울돌목」, 「고부(古阜) 두성산(斗星山)」 등에 저항 의식이 다소 표출되어 있을 뿐이

---

31 C. Brooks가 *Understanding Poetry* 제4판에서 설정한 'the way of saying'에서 따온 말.
32 C. Calwell이 말한 'to show'에 유의.

다. 그럼에도 1920년대에 그같이 탁월한 감수성을 절제된 고유어로 형상화한 시조를 쓴 조운의 존재는 귀하다.[33]

(3) 민요시와 자유시

1) 민요시

국민문학파는 시조와 함께 민요 부흥론을 편다. 이에 대하여 카프파 김기진은 민요와 시조가 원시 농업 시대, 가내 공업 시대, 가장 가족 시대, 봉건 군주 시대의 골동품에 불과하다고 공격한다. 국민문학파 염상섭은 민요의 내용이 도피적, 투안적(偸安的) 우상 숭배적이었음을 시인하나, 형식과 리듬의 민족적 특성을 강조한다. 팔봉의 계급주의적 시각은 민족 예술의 기층적 요소까지 부정하는 오류를 빚었고, 횡보의 형식과 리듬의 민족적 특성론에는 타당성이 있다. 다만 횡보의 옹호론이 민요시의 창조적 계기와 관련성이 희박하다는 것이 한계다.[34]

노산도 「탄가(嘆歌)」, 「12월가」 등 '청상 민요(靑霜民謠)'를 고찰하는 글에서 민요 가사의 순박성과 율조의 단순성을 지적하며, 거기서 우리 역사·국토·민족을 향한 애정과 경건한 마음을 갖게 된다는 정체성 이론을 편다.[35]

3·1 대저항운동 이후 1923년부터 1929년까지 『개벽』, 『금성』, 『조선농민』, 『별건곤』, 『한빛』, 『신생』, 『신민(新民)』 등을 중심으로 민요 채집 운동이 활발히 전개된다. 민족적 집단무의식의 원형인 기층 의식(基層意識)

---

33 조운론의 주요 목록은 다음과 같다.
　① 한춘섭, 「운(雲) 조주현 시인집」, 『시조문학』, 11, 시조문학사, 1977. 8.
　② 한춘섭, 「조운 시인론」, 『시조생활』, 2, 시조생활사, 1989. 가을.
　③ 정옥종, 「시조시인 조운의 세계와 그 인간」, 『시조생활』, 6, 1990. 가을.
34 염상섭, 「시조와 민요 – '문예만담'에서」, 『동아일보』, 1927. 4. 3면 참조.
35 이은상, 「청상 민요 소고」, 『東光』, 1926. 11. p. 33 참조.

을 품고 있는 민요는 M. 엘리아데의 말대로 문학을 통한 '민족적 성현(聖賢, herography) 체험'을 가능케 한다.[36] 민족 정체성과 민요의 문학적 성현 체험은 밀접한 관련성이 있는 것이다.

민요에 대한 단편적 언급은 1924년경에 발견되며, 체계적인 민요론은 1928년 무렵부터다. 노작·파인·안서 등의 민요론이 이를 대표한다. 민요는 민중의 자연 발생적 집단 창작에 의해 구비 전승(口碑傳承)되는 적층문학(積層文學)으로 민족성과 향토성이 짙다는 것이 이들의 주장이다.[37]

송아·안서·소월·노작·파인 등 민요시파 시인들과 대체로 음악성의 탐구, 민족주의 이념 추구, 민중시론, 자연 탐구 및 옹호의 시론과 실천적 특성을 드러낸다. 안서에게서는 민족주의 이념이, 소월에게서는 민족주의 이념과 민중 의식이, 노작과 파인에게는 자연 탐구의 시론이 결여되어 있다.[38]

민요시파 송아는 시집 『아름다운 새벽』(1924)을 낸 이후 '민중시'를 주창하면서 민족주의 문학 운동에 가세하며, 『3인시가집』(1929)에서는 전통 지향의 시와 시조를, 「봉사꽃」(1930)에는 시조를 주로 싣고 있다. 송아에 따르면 우리의 전통 시가 한시·시조·민요 중 민요가 국민적 정조를 잘 나타내므로, 가장 예술적인 것은 '민요와 동요'다.[39]

---

36 Mircea Eliade, *The Sacred and Profane*, trans. by Willard R. Trask. N. Y., Harcourt, 1959, pp. 21~24 참조.
37 대표적인 민요론은 다음과 같다.
　① 김안서, 「밝아질 조선 문단의 길」, 『동아일보』, 1927. 1. 2~3.
　② 김안서, 「'조선 시형에 관하여'를 듣고서」, 『조선일보』, 1928. 10. 18~24.
　③ 주요한, 「시평(詩評)」, 『동광(東光)』, 2권 4호, 1927. 4. 1.
　④ 김억, 「잃어진 진주」, 김용직 편, 『김억작품집』, 형설출판사, 1977.
　⑤ 홍사용, 「조선은 메나리 나라」, 『별건곤』, 12, 13, 1928. 5.
38 오세영, 『한국낭만주의시연구』, 일지사, 1980, pp. 23, 42~59, 151 참조.
39 주요한, 「노래를 지으시려는 이에게」, 『조선문단』, 창간호, 1924. 10. p. 47 참조.

뒷동산에 꽃 캐려

언니 따라 갔더니

솔가지에 걸리어

다홍치마 찢었습네.

—「부끄러움」에서

2(4)음보 민요 율격에 우리의 전통 정서가 아롱진다.

송아는 비어·향토어·산문어 등을 써서 시어(詩語)를 해방하려 했으나, 화석화(化石化)한 과거의 삶을 단순 복원하려는 탈역사적 퇴행(退行)의 문학 행위로써 조국이나 조선심을 회생시킬 수는 없었다.[40]

이른바 '격조시(格調詩)' 모음인 『안서시집』(1929)은 안서 민요시집의 결정체(結晶體)다. 그러나 안서의 민요시는 자연에의 소박한 관상이나 무상감 짙은 환상의 세계를 노래하는 탈현실, 탈역사의 서정시다. 그의 주관적 서정의 세계는 객관적 민족사, 구체적 삶의 현실과는 만날 수가 없었다. 안서의 한계성, 그 미해결의 과제는 소월에게로 넘겨졌다.[41]

소월은 안서의 민요시, 격조시의 외형률을 내면화했다. 율격뿐 아니라 삶의 근원적인 모순의 지양과 초월을 위한 역설의 자리에 직핍해 들었다. 안서의 관상적(觀想的), 환상적 수사를 주체와 대상 사이에 파동치는 모순 감정 속에 용해시켜 재창조했다. 그것은 '한(恨)'으로 집약되는 삶의 실상으로서의 슬픔이며 한국인의 전통적 감정 양식이다. 「초혼(招魂)」의 '하늘과 땅 사이'니 「산유화(山有花)」의 '저만치'는 주체(순간자)와 초월자(영원자) 간에 조성된 한의 거리를 극복하지 못한 소외와 고독의 감정을

---

40 ① 『아름다운 새벽』, 서문 참조.

　　② 김봉군 외, 『한국현대작가론』, 민지사, 1985, p. 32 참조.

41 김안서, 「시론(詩論)」, 『대호(大湖)』, 5, 1930. 8. 참조.

환기한다. '임'과 '자연'과의 거리로 하여 빚어지는 한의 감정 양식을, 내면화된 민요적 율격으로 승화시킨 소월의 민요시는 민족적 감정 양식의 원형으로서 '국민시'의 자리를 확보한다.

그러나 궁극적으로, 존재론적 세계의 모순을 영원자의 실체로 인식되는 자연을 통하여 지양, 초월하려 했던 소월의 한은, 자연 그것이 시간적인 존재의 표상임에 그칠 때 그 한이야말로 극한으로 치닫는다는 감정 양식을 뜻하는 것이다.

소월은 일제 강점기의 차단된 부성(父性)과의 거리를 현실 미학으로 극복하려 했으나, 그것에마저 좌절한 채 유명을 달리했다. 「인종(忍從)」, 「우리에게 보섭 대일 땅이 있었다면」 등은 소월 시의 사회적 미학의 가능성, '나라 찾기'의 시적 발상법을 암시하기에 족한 작품들이다. 그러나 그와 함께 소월의 에스프리는 소멸한다.

자유시 「나는 王이로소이다」의 시인 노작(露雀) 홍사용(洪思容)은 세칭 백조파 시인이다. 그러나 노작 시의 핵은 「각시골」, 「새악시 마음」, 「비 오는 밤」, 「이한(離恨)」 등 민요시에 있다. 노작은 그의 평론에서 '민요적 리듬'[42]을 중요시하며 우리는 "민요국의 백성이라고 할 만큼 메나리를 많이 가졌다."[43]고 민요(메나리)에 애착을 보인 민요파 시인이다.

노작의 자유시나 민요시는 꿈·죽음·동심 추구·한(恨)의 목록으로서 심리적 퇴행 현상의 표현이며, 민요시 창작은 국민 문학 이념의 구체화였다.

경향파 시인, 애국 시인, 친일파 시인 등의 복합적 지성, 소설, 수필, 희곡, 평론 등 입체적 문학가인 김동환은 민요 시인이며 서사 시인이다. 앞

42 홍사용, 「육호잡기(六號雜記)」, 『백조(白潮)』, 2호, 1922.
43 홍사용, 「조선은 메나리 나라」, 『별건곤』, 12, 13, 1928. 5.

에서 본 바와 같이 파인은 카프 문학에 경도되어 '귀족 문학'인 시조를 배격하고 '피치자군(被治者群), 피압박군(被壓迫群)', '학대 받는 사회 민중 일단의 공통한 노래'인 민요를 우상화했다.[44]

파인은 민요에 무지했다. 우리 민요의 특질을 '낙천적', '별리의 비애', '연애의 절망적 상황' 등 모순된 어구로 규정해 놓고, 그것을 무산자 대중의 계급성과 결부시키는 견강부회의 논리를 편 이가 파인이다. 우리 민요는 물론 세계 민요사는 민요를 계급적 소산으로 보지 않는다. 민요에는 서정 민요·노동요·뱃노래·발라드·자장가·놀이요·종교적 찬가 등 다양하며, 그것이 모두 계급성을 의미하지도 않는다.[45] 카프 문학을 옹호한 평론 「애국 문학에 대하여」(27)[46]와 비슷한 시기에 발표된 파인의 민요시 「웃은 죄(罪)」를 보자.

> 지름길 묻길래 대답했지요
> 물 한 모금 달라기에 샘물 떠 주고
> 그러고는 인사하기 웃고 받았지요
>
> 평양행에 해 안 뜬대두
> 난 모르오
> 웃은 죄밖에

이 작품은 계급 문학적 관점이나 민요 시론과는 상관이 없다. '피압박

---

44 김동환, 「조선 민요의 특질(特質)과 그 장래(將來)」, 『조선지광』, 80, 1929. 1.
45 ① A. Preminger(ed.), *Princeton Encyclopedia of Poetry and Poetics*, p. 285 참조.
　② 오세영, 앞의 책 참조.
46 『朝鮮文壇』, 1927. 5. 12.

자의 감정'이나 '만인의 가슴에 불을 붙이'거나 '유(儒)·불(佛)의 질곡(桎梏)한 도덕률(道德律)'에 반항하거나 '사회적 사건을 풍자한 비평'을 한 흔적이 없다.[47] 그의 계급 문학적 민요론은 시조 배격론과 함께 관념의 차원에 머물렀다.

2) 자유시

수주(樹洲) 변영로(卞榮魯)의 시집 『조선의 마음』이 나온 것은 국민문학 운동이 기동하던 1924년이다. 시집의 「서 대신에」에는 '조선심'을 향한 관심이 절절하게 나타나 있다.

> 아, '조선 마음'을 어대까지 찾아볼까, '조선 마음'은 지향할 수 없는 마음, 설운 마음!

역시 애상적이다.

애송되는 「논개」는 그의 시집에 실린 28편 중 압권이요 민족주의 시로서도 명편이다.

> 거룩한 분노는
> 종교보다도 깊고
> 불붙는 정열은
> 사랑보다도 강하다.
> 아, 강낭콩 꽃보다도 더 푸른
> 그 물결 위에

---

47 『朝鮮文壇』, 1927. 1.

양귀비꽃보다도 더 붉은
그 마음 흘러라.

  비교·대조의 색채적 심상으로 형상화되는 등 1920년대 시로서는 성공적이다. 가람식으로 말하여 낭만적 영탄과 어우러져 '조선의 영(靈)'이 표출된 국민 문학 작품이다.
  무애(无涯) 양주동(梁柱東)은 카프파의 프롤레타리아트 개념을 민족의 개념으로 포용하려 한 절충주의자로 알려져 있으나, 그의 기본 사유는 국민 문학 정신이다. 시집 『조선의 맥박』(1932)에는 1922년 이후 10년간의 시 53편이 실려 있다. 무애는 영탄과 직설과 웅변풍의 고조된 감정을 직설적으로 토로하는 흠이 있으나, 시상이 밝고 강건하며 어조가 웅혼하다. 한국 서정시의 애상과 좌절을 딛고 일어서는 의지와 기백의 시로서 가능성을 보인다.

이윽고 새벽이 되어, 훤한 동녘 하늘 밑에서
나는 희망과 용기가 두 팔을 뽐내일 때면
나는 임의 기관(氣管)이오 그의 숨결이오라.
나의 조선의 소생된 긴 한숨을 듣노라.
—「조선의 맥박」에서

  과연 '니리 찾기'의 정열, '조선심'과 '조선혼'을 일깨우는 소리다.

아아 그러나 비바람 몰아오는 이 세기의 밤에
조선아, 너는 잠귀 무딘 이리가 아니냐
그렇다, 너는 번개 한 번 번쩍이는 때라야

비로소 성나 날뛰며 울부짖을 이리가 아니냐

―「이리와 같이」에서

조국의 이미지를 '사나운 이리'를 매개어로 하여 표현한 것은 한국시사의 한 파격이다. 그러나 무애의 시적 상상력이 여기서 정지한 것은 애석한 일이다. 무애가 부르고 탄식하던 '임', 그 조선은 이 시가 나온 1929년 그때 아직도 깊은 잠 속에서 뒤척이고 있었다.

4. 맺음말

한국문학사상 대부분의 유파와 마찬가지로, 1920년대 후반에 주로 활약한 국민문학파는 자연 발생적인 공유 의식으로 '나라 찾기'의 방식인 민족주의 문학 운동을 전개했다. 이 유파 문인들의 정신적 지주는 '조선주의'이며, 그 실천적 과제는 시조·민요 부흥 운동, 한글 정리·보급, 역사 소설 창작, 고전 연구 등이었다. 이들의 '나라 찾기' 방식은 도산의 점진주의, 준비론의 실현 과정으로서의 의미를 띤다.

이들의 점진적 저항 민족주의 이념은 신채호의 급진적·폭력 투쟁적 저항 민족주의 쪽의 비난과, 계급 투쟁이라는 세계사의 '보편적 인식 논리'로 무장한 카프파의 도전을 감당해야 했다. 이 글의 관심사인 시조와 민요 및 자유시와 그에 관한 시론의 문제도 국민문학파의 준비론적, 점진적, 문화적인, 이른바 제2기 민족주의의 정신사적 맥락 속에서 파악될 수밖에 없다.

시조와 민요시 창작 및 그 이론적 측면을 중심으로 볼 때 국민문학파의 문학사적 공적은 다음과 같이 지적될 수 있다.

첫째, 3·1운동 좌절 체험의 극복 방법을 민족 문학 정신사 내면의 '지속적' 맥락 속에서 찾으려 한 자세는 바람직하다.

둘째, 말살되어 가는 민족 정체성을, 민족의 상층 문화 양식인 시조와 기층 양식인 민요에서 확인·보급함으로써 카프파의 편향된 '나라 찾기'의 도전에 효과적으로 대응할 만한 기틀을 마련했다.

셋째, 광복 후 전통 문화와 국학 발전의 경우와 같이, 불멸의 국민시라 할 소월의 민요시의 존재와 활발한 현대 시조 운동을 가능케 한 국민문학파의 결정적 역할은 기억되어야 할 부분이다. 특히 1920년대 그 당시 근대적 감수성으로 거듭난 가람과 조운의 시조를 출현시킨 것은 의미 있는 일이다.

그러나 국민문학파의 약점 또한 적지 않다.

국민문학파의 '조선주의' 시론과 시조·민요시·자유시 모두의 실체는 신화적, 퇴영적, 현실 도피적이며 주관적 관념에 유폐되어 현실성이 희박하다. 가람, 조운 등의 시조와 소월의 민요시가 근대성에 접근한 것을 제외하고는, 대다수 국민문학파의 시가 퇴영적, 복고적이다. 창조적 변형의 미학적 실체를 보여 주지 못했다. 일제 탄압의 극한 상황에서 국민문학파가 실천 가능한 객관적 정치 논리를 정립하지 못한 것은 치명적 약점이다. 일제의 민족주의자의 소재 파악과 탈진, 고사(枯死) 전략에 휘말려 필경엔 친일이라는 통한의 늪에 함몰된 빌미가 된다.

역사는 '주관적 객관의 만남'의 탄탄한 논리적 기반을 필요로 한다. 문학사적 사실도 이에서 자유롭지만은 않다.

지금 유성규(柳聖圭) 시인이 중심이 되어 펼치는 전민족시조생활화운동은 제2의 '시조부흥운동'으로서 그 의의가 크다. 이는 1920년대 후반 국민문학파의 유산에서 많은 시사점(示唆點)을 얻어야 할 것이다. 문제는 '민족'이라는 용어다. 정치사적으로 3·1운동 시기에 정립된 '민족'은 실

체 이전의 허구적 용어다. 다가올 세계 국가 시대에는 '민족'보다 '나라'
개념이 더 중요해질 것이다.

【참고 문헌】

〈자료〉
변영로, 『조선의 마음』, 평문관, 1924.
김소월, 『진달래꽃』, 매문사, 1925.
최남선, 『백팔번뇌』, 동광사, 1926.
김억, 『안서시집』, 한성도서주식회사, 1929.
이광수·주요한·김동환, 『삼인시가집』, 한성도서주식회사, 1929.
양주동, 『조선의 맥박』, 문예공론사, 1932.
이은상, 『노산시조집』, 한성도서주식회사, 1932.
이병기, 『가람시조집』, 문장사, 1939.
조주현, 『조운 시조집』, 조선사, 1947.

〈전집〉
『육당최남선전집』, 현암사, 1913.
『수주변영로전집』, 한진출판사, 1981.
『담원정인보전집』, 연세대학교 출판부, 1983.

제 3부

근·현대
시조사의 거인들

時
調

최남선의 저항민족주의와 시조 부흥 운동

1. 머리말

육당(六堂) 최남선(崔南善, 1890~1957)은 사학자·출판인·문화 운동가·사회 교육자이면서 시인이요 수필가다. 그는 『삼국유사해제』를 비롯한 한국의 신화·문학에 관한 많은 저술을 남겼으며, 신문관·동명사·시대일보 등의 저널리즘에 종사하며 『소년』·『청춘』·『붉은 저고리』·『아이들 보이』 같은 잡지를 발간하고, 조선광문회(朝鮮光文會) 등의 단체를 결성, 운영하였다. 이를 통하여 민족의 문화 유산을 발굴·소개·보급함과 아울러, 세계 문명사의 진상을 알리고 계몽하는 일에 전심전력하였다. 그는 춘원(春園) 이광수(李光洙)와 함께 20세기 초반 한국 문명사의 진운(進運)을 예단하고 그 에너지를 조율하는 이 땅의 '창조적 소수'요 선도자였다.

그는 독립 「선언서」를 썼고, 「경부 철도가」 같은 창가와 신체시 「해(海)에게서 소년(少年)에게」를 비롯한 많은 시가와 「백두산 근참기」·「심춘순례」 등의 기행문과 수필을 발표했다.

이 글은 문인으로서의 육당의 여러 업적 가운데 '시조부흥운동'의 문학사적 의의를 저항 민족주의의 관점에서 논의하려는 데 목적이 있다.

(1) 육당의 근대 지향성

육당은 박학강기(博學强記), 다문박식(多聞博識)한 선각자로 정평이 났다. 그는 총명과 박학과 명쾌한 비판력을 겸비한 석학이었다. 한국사에 대한 그의 식견은 말할 것도 없고, 일본사를 비롯한 동양사는 물론 서양사까지 섭렵하였다.

그의 학력은 매우 소박하다. 5세 때(1895)부터 글방에 다녔고, 12세에 경성학당에 입학하였다. 14세 되던 1904년 10월 황실 유학생으로 일본으로 건너가 동경부립제일중학교에 입학하였다가 석 달만에 자퇴, 귀국하였다. 1906년 3월 사비생(私費生)으로 일본에 가서 와세다 대학(早稻田大學) 고등사범부 지리역사과에 입학하였으나, 그해 6월에 자퇴, 귀국하고 말았다. 이 대학 모의국회에서 한국을 모독하는 장면이 보이자, 이에 격분한 우리 유학생들이 동반 퇴학하였던 것이다. 육당의 저항민족주의적 응전력(應戰力)은 여기서부터 싹튼 것으로 보인다.

육당은 일찍이 세계 문명에 눈떴다. 신동(神童)답게 10세에 그는 「춘향전」 등 한국과 중국 고전은 물론 신구약 성서와 『천로역정(天路歷程)』, 『시사신론(時事新論)』, 『태서신사(泰西新史)』 등을 탐독했고, 『황성신문(皇城新聞)』, 『독립신문』에서 세계 문명사의 흐름에 접하게 되었다. 그가 쓴 이 땅 최초의 신체시 「해에게서 소년에게」는 이 같은 배경 사상의 소산이라 할 수 있다.

> 처…ㄹ썩, 처…ㄹ썩, 척, 쏴…아.
> 때린다, 부순다, 무너 버린다.

태산 같은 높은 메, 집채 같은 바윗돌이나

요것이 무에야, 요것이 무에야,

나의 큰 힘, 아느냐, 모르느냐, 호통까지 하면서,

때린다, 부순다, 무너 버린다.

처…ㄹ썩, 처…ㄹ썩, 척, 튜르릉, 꽉,

―제1련

처…ㄹ썩, 처…ㄹ썩, 척, 쏴아.

저 세상 저 사람 모두 미우나,

그 중에서 또 하나 사랑하는 일이 있으니,

담 크고 순정(純精)한 소년배들이

재롱처럼 귀엽게 나의 품에 안김이로다.

오너라 소년배, 입맞춰 주마.

처…ㄹ썩, 처…ㄹ썩, 척, 튜르릉, 꽉

―제6련

18세 된 육당이 1908년 11월 『소년』지를 발간하면서 그 창간호에 발표한 시다. 형태상 20세기 한국 근대시의 모태(母胎)가 되었다는 문예미학적 의의와 함께 주의 깊게 보아야 할 점은 이 작품에 내포된 의식(意識)의 지향성(指向性)이다.

육당의 이 시는 바다와 육지의 기호학적 대립을 보인다. 서양이라는 단어가 보여 주듯이, 그 시대의 바다는 '근대화'의 설레는 꿈을 환기하는 '서양'의 표징이었다. 다시 말하여, 이 시의 바다는 근대 지향성(modernity orientation), 육지는 전통 지향성(tradition orientation)의 표상으로 읽힌다. 이 시가 와세다 대학을 자퇴한 채 윤전기를 사 가지고 돌아와 그가 발간한 『소년』지 창간호에 실린 것은 우연이 아니다.

그는 일본의 심장부에서 번영을 과시하는 서구적 근대화의 동양적 전형(典型)을 보았다. 그리고 그의 눈은 현해탄을 넘어 태평양·인도양·대서양으로 뻗어나가는 한바다 대양(大洋)의 세찬 물길과 기운을 느꼈다. 그는 그 기운과 기세를 시「해에게서 소년에게」에다 실었다. 19세기까지 한국인의 의식 지향은 대륙의 동아시아적 보편주의였다. 그러나 20세기의 보편주의를, 그는 서구의 근대 문명사에서 찾아보려 했다. 동아시아적 보편주의의 표상인 '태산'·'바윗돌'·'진시황'·'나폴레옹'을 서구적 근대 보편주의의 표상인 '해(海)' 곧 바다가 패퇴시키는 의식 지향성을 '해(海)에게서 소년(少年)에게'는 품고 있다.

육당의 이 같은 의식 지향성은 국초(菊初) 이인직(李人稙)의 「혈(血)의 누(淚)」, 춘원(春園) 이광수(李光洙)의 「무정(無情)」 속에도 공통적으로 나타나는 '받는 세계화'의 정신적 에너지다. 이는 거대 담론으로 말하여 찰스 다윈의 생물 진화론과 허버트 스펜서의 사회 진화론적 의식 지향의 연장 선상에 있다. 서구 지향의 역사적 진보주의에, 당시의 육당의 의식은 기울어 있었다는 뜻이다.

2. 육당의 조선주의

육당의 이 같은 '바다 지향의 상상력'이 '뭍(육지) 지향의 상상력'으로 바뀌기까지 그리 오랜 시간을 필요로 하시 않았나. 육당은 필경 바다에서 산으로 돌아왔다.

육당의 『소년』기 시는 의식 면에서 '바다'와 '산'의 두 가지 지향성을 보였다. 바다 지향성은 「해에게서 소년에게」를 비롯하여 「가을 뜻」, 「가는 배」, 「천만 길 깊은 바다」, 「삼면 환해국(三面環海國)」 등에서, 산(뭍) 지향성은 『소년』지에 실린 '태백산 시집'의 여러 시편들에서 드러난다.

　　나의 배에 실은 것은 다른 것 없어
　　사면에서 얻어 온 바 새 소식이니,
　　두문동 속 캄캄한데 코를 부시는
　　산림학자 양반들께 전하려 하오.

—「가을 뜻」에서

　　나는 간다 나 간다고 슬허 말아라.
　　너 사랑하는 나의 정(情)은 더욱 간절테,
　　나는 용(龍)이 언제든지 지중물(池中物)이랴,
　　자유 대양(自由大洋) 훤칠한 데 나가 보겠다.

—「가는 배」에서

　여기서 바다는 근대화된 새 문명 세계, 이땅의 소년들에게 새로운 희망을 안겨주는 동경의 세계를 표상한다. 두문불출하며 열린 세계를 등진 산림학사의 국수주의(國粹主義)에 도전하는 '열린 마음'이 표출된 시다.

　　머리에 인 흰 눈은 억만 년 가도
　　변하거나 녹음이 결코 없나니,
　　순결하고 영원한 마음과 정성
　　속으로서 밖으로 드러남이라.

—「태백산가」에서

　　한 줄기 뻗친 산이 삼천리 하여

살지고 아름답고 튼튼하게 된

이러한 꽃세계를 이루었으나

우리의 목숨 근원(根源) 이것이로다.

―「태백산과 우리」에서

육당은 『태백산시집』에 실린 일련의 시편에서 우리 민족 생명의 근원
인 태백산의 유구성을 찬양하며, 그 위용(威容)을 세계사적 지평에 크게
부각시킨다. 국권을 잃기 전인 1910년 2월의 작품이다.

국권을 잃기 전 『소년』에 실린 '바다'와 '산'은 민족사의 근원과 현실,
지속(持續)과 변이(變異)의 생태 역학적(生態力學的) 필요충분조건의 관계
에 있다. 20세기 초반 민족 정체성(民族正體性)과 국권의 위기에 대한 창
조적 소수 지성인의 한 응전 방식(應戰方式)이 이 시에서 감지된다.

1910년 8월 일제에게 국권을 상실한 후 육당은 바다를 포기하고 산으
로 회귀한다. 전통 지향성을 보이며 민족 정체성 지키기에 신명을 걸게
된다. 그는 한국 고대사와 고전 문학의 탐구에 열정을 쏟으며 출판·문화
운동으로써 이를 보급, 계몽하기에 진력한다. 『조선역사통속강화(朝鮮歷
史通俗講話)』, 『삼국유사해제(三國遺事解題)』, 「불함문화론(弗咸文化論)」, 「단
군신전(檀君神殿)의 고의(古義)」 등의 논문과 신문관(新文館)·동명사(東明
社) 등의 출판사와 『시대일보(時代日報)』로 대표되는 언론사, 조선광문회
(朝鮮光文會)·계명구락부(啓明俱樂部) 등의 단체를 통하여 우리의 고대사와
고대 문화에 대한 논문·논설·수필을 발표하고, 고선 소실(육선 소실)의 보
급에 힘썼다. 특히 '조선심(朝鮮心)', '조선혼(朝鮮魂)'을 강조하며, 『역사
일감(歷史日監)』, 『고사통(古事通)』 등을 저술한다. 육당의 저항 민족주의적
응전력은 이 같은 지적 성과로써 입증된다.

이 글의 중심 논제인 시조 부흥 운동은 그가 발간한 『청춘(靑春)』지 등에

서 싹을 보였고, 1920년대 후반에 들어 본격화된다. 육당은 1926년 2월 6일 『동아일보』 사설 '조선심(朝鮮心), 조선어(朝鮮語)'에 이어, 『조선문단(朝鮮文壇)』에 시조 「낙랑의 꿈자취」와 평론 「조선 국민 문학으로의 시조」를 발표한다. 그리고 우리 시조시사의 획을 긋는 중요한 업적은 1926년에 나온 육당의 시조집 『백팔번뇌(百八煩惱)』다. 이는 육당이 처음 시조를 발표한 지 23년 만에 거둔 큰 결실이다. 여기에는 「동청나무 그늘」(36수)·「구름 지난 자리」(36수)·「날아드는 새」(36수) 등이 실려 있다.

봄꽃의 이슬 속에
임의 낯을 뵈오리다

가을 숲 바람결에
임의 소리 들으련만

임의 손 보드랍마는
어이 만져 보리오.

—「떠나서」에서

세계 문학의 보편적 주제인 '임에의 그리움'을 시조 형식에 담았다. 고시조의 형식과 표현 방법을 답습한 시조로서 그 정서와 주제와 기교가 복고적(復古的)이다.

그러나 육당이 시조시집 『백팔번뇌』로써 시조 장르를 부흥시킨 것은 한국 문학사상 한 주요 사건이다.

다음 글을 보기로 하자.

무엇에든지 절대가 있지 아니한 것처럼 시적 절대(詩的絶對)가 시조에 있을 리는 본래부터 만무할 것이다. 그러나 시조가 인류의 시적 충동, 예술적 울읍(鬱悒)이 유로 선양(流露宣揚)되는 주요한 일 범주―시의 본체가 조선 국토, 조선인, 조선심, 조선어, 조선 음률을 통하여 표현한 필연적 양식(중략)인 것은 아무도 앙탈할 수 없는 일이요….

―「국민 문학으로의 시조」에서

여기서 육당은 '조선 국토, 조선인, 조선심, 조선어, 조선 음률'을 강조함으로써 민족 정체성을 수호하려는 의지를 드러낸다. 그는 한국 민족이 인류학상 내관적 인종(內觀的人種)이 아니라 유태인 같은 외선적 인종(外宣的人種)이며, 회화적이 아니라 음악적인 특성을 보인다고 했다. '내관'과 '음악성'이 이 시조 양식에 내포되어 있다는 것이 그의 견해다.

그의 시조집 「백팔번뇌」는 제목 그대로 불교적 상상력에 그 모티브가 있으나, 그보다 더 중요한 것은 시조가 국민 문학의 양식으로서 민족혼을 내포하고 있다는 그의 관점이다.

아득한 어느 제에
임이시여 나리신고

뻗어난 한 가지에
나노 얼림 생각하면

이 자리 안 찾으리까
멀리 높다 하리까

―「단군굴(묘향산)에서」에서

옛 사람 일들 없어
예 와 눈물 뿌렸단다.

천지(天地)도 업이거니
왕업(王業)이란 무엇이니,

석양에 만월대(滿月臺) 터를
웃고 지나가노라.

—「만월대에서」에서

우리 민족의 국조(國祖) 단군의 자취를 찾고, 고려의 도읍지 개성의 만월대에서 옛 역사를 회고하며 체념적 어조로 관망하는 자아의 모습을 드러낸다. 치열성은 보이지 않는다.

가만히 오는 비가 낙수 져서 소리하니,
오가지 않은 이가 일도 없이 기다려져,
열릴 듯 닫힌 문으로 눈이 자주 가더라.

—「혼자 앉아서」에서

육당의 대표작 중의 하나로 손꼽히는 작품이다.

유한정적(由閑靜寂)의 전통 정서, 정적미(靜寂美)를 드러낸다. 복고적일 뿐, 창조적 상상력은 가뭇없다. 이것이 한계다.

그럼에도 육당을 필두로 한 이은상·정인보 등의 국민문학파 시인들의 시조 부흥 운동은 소멸 단계에 든 시조 장르를 항구한 민족시, 국민시로 되살리는 데 공헌하였다.

3. 맺음말

　20세기 초 민족사와 민족 정체성이 극한적 위기에 처하였을 때, 한국의 지성이 감당해야 할 두 가지 중대 과제는 근대화와 민족 정체성의 수호였다. 육당 최남선은 춘원 이광수 등과 함께 창조적 소수요 민족의 선도자로서 우선 근대화의 길에 나섰다. 그것이 신체시 「해에게서 소년에게」·「가는 배」 등 바다의 상상력이 빚은 서구적 근대 지향성으로 표출되었다. 그러나 일제 강점이 결정적 단계에 돌입한 단계에서 육당은 『태백산 시집』의 산의 상상력으로 귀착한다. 그것이 1920년대 후반 이은상·정인보 등과 함께 펼친 시조 부흥 운동으로 꽃피게 되고, 1926년에 발간한 그의 시조시집 『백팔번뇌』에서 결정(結晶)된다.

　단군굴·만월대 등 한국사의 텃밭과 인연 및 그리움의 근원을 노래한 『백팔번뇌』는 소멸기에 든 시조 장르를 20세기의 민족시, 국민 문학으로 되살린 문학사적 공적을 남긴다. 또한 KAPF의 계급주의 문학의 도전에 대한 응전력의 근거로서도 의의가 크다.

　육당이 민족 문화 정체성이 위기의 극한에 처한 20세기 초반, 그 극복의 방법으로 취택한 시조 부흥 운동의 공적은 결코 작은 것이 아니다. 그 선도적 좌표 위에 20세기 초반 우리 민족 문학사, 민족사를 선도한 국민 문학파 시조의 복고적 조선주의는 창조적 상상력의 결여라는 한계성을 띤다. 이후 이병기·김상옥 등의 근대화 작업을 거쳐 시천(柴川) 유성규(柳聖圭)를 중심으로 한 '제2차 시조부흥운동'에 심시워진 문학사적 사명이 큰 까닭이 여기에 있다.

　육당이 처하였던 민족 문화 정체성 위기의 20세기 초반, 그 보다 더 심각한 위기의 시대인 새천년 들머리인 지금 유성규의 소명 의식은 값진 것이다. 이제 시조시인 유성규는 육당이 펼친 시조 부흥 운동의 기본 정신과 그 한계를 긍정과 부정의 양면으로 계승하여야 할 필연성을 요청받고 있다.

육당이 '바다'에서 '산'으로 극단적 방향 전환을 한 것은 그의 한계성을 보인 것이다. 산은 '바다'의 원심력을, 바다는 산의 구심력을 필요로 한다. 이것이 20세기 초반 한국 문화 생태학의 원리였다. 그는 바다로 나가는 문을 닫고 뭍으로 숨었다. 그것이 그의 한계였다.

이은상 시조의 전통성과 창조성

1. 실마리

한국의 현대시는 전통시, 리얼리즘시, 모더니즘시의 세 줄기 큰 흐름을 이루어 왔다. 시조는 물론 전통시로, 현대시사에 계승된 유일한 우리 옛 시다. 유구한 문학사를 통하여 문학의 여러 장르는 대체로 각각 그 시대별 특성을 띠고 생성, 성숙, 소멸의 양상을 보인다. 시조는 문학 장르의 이런 숙명성을 이기고 살아남은 희귀한 민족시의 갈래다.

시조가 이같이 우리 현대 문학사에 살아남게 된 공로는 국민문학파에 돌려야 옳다. 1920년 대 후반 국민문학파 문인들은 조선 프롤레타리아 예술가 동맹(KAPF)파 사람들의 전투적 계급주의 문학 운동에 맞서 '시조 부흥운동'을 벌였다. '소선심(朝鮮心)', '조선혼(朝鮮魂)'을 되살려 민족 정체성(nation identity)을 수호하려 했다. 그들은 훈민정음이 반포된 병인(丙寅) 회년(回年)인 1926년에 '가갸날'을 제정하고 민족 정기를 드높이기도 하였다.

노산(鷺山) 이은상(李殷相 1903~1982)은 이 시조 부흥 운동으로 우리 겨레

의 가슴에 '조선심', '조선혼'을 아로새긴 국민 문학파 시인이다. 그는 대
중성을 널리 확보하여 카프파 리얼리즘시의 영향력을 압도했다. 전통시
의 자연 친화력·비애미·그립고 아쉬운 민족 정서, 서술적 문체를 계승
한 노산의 시조는 변형(變形)의 미(美)·밝고 소망에 찬 시상(詩想)으로 하
여 창조성에 값한다.

2. 이은상 시조의 전통성

이은상의 시조는 강한 전통 지향성(tradition orientation)을 띤다. 자연과
의 합일, 비애미, 상실·탄식·초려(焦慮)·은근·향수·지절(志節)과 그립고
아쉬운 정서, 서술의 문체 등이 그 목록이다.

(1) 자연 지향의 어조

동양인의 사유 경향은 직관적, 통합적, 비변증법적이다. 천·지·인(天·
地·人) 삼재(三才)의 합일이야말로 존재론적 이상 상태이다. 글쓰기의 원
리도 이에서 벗어나지 않는다. 일월성신(日月星辰)의 천지문(天之文), 대
지·산천·초목의 지지문(地之文), 인간의 창조물인 인지문(人之文)의 합일
상태는 동양인 문사(文士)들의 꿈이다. 이는 분석적, 대립적, 변증법적인
서양인의 경우와 다르다.

동양인은 대지와의 합일을 추구하고, 서양인은 땅과 뭍의 분리를 시도
했다. 아스라한 옛 시절 동양인은 서북으로 히말라야 산맥에 막히고, 동
으론 왕양(汪洋)한 태평양 큰 물결에 밀려 뭍으로 돌아와 하나가 되었다.
이에 반해 그리스 앞바다 에게해, 로마 제국의 물기슭을 침식하던 지중

해의 순한 바람과 물빛은 서양인들로 하여금 항해의 욕망을 부추기기에 충분했다. 그들은 뭍과 바다를 분리하기 시작했고, 분석·대립의 인지 체계(認知 體系)로 사물을 인식하게 되었다.

이은상은 동양적 정서와 상상력의 시인으로 전통주의자다.

거닐다 깨달으니
몸이 송림에 들었구나.
고요히 흐른 달빛
밟기 아니 황송한가.
그늘져 어둔 곳만을
골라 딛는 이 마음.

— 「이 마음」(1931. 10. 18.)

이 시조에서 '몸'은 서정적 자아의 주체이고, '송림'과 '달빛'은 자연이다. 자아는 대자연의 순수를 절대시하는 순응의 어조(tone)를 보여 준다. '송림'의 소나무는 매·난·국·죽(梅·蘭·菊·竹) 4군자 중의 하나다. 심근성(深根性)의 소나무는 전통시에서 고고(孤高)한 지절(志節)의 표상으로 노류장화(路柳墻花) 표상의 천근성(淺根性)인 버드나무와 대립상을 보이는 소재다. 여기서 '솔숲'은 개결(介潔)한 심성의 표상이며, '달빛'은 전통적인 박명(薄明)의 이미지를 표출한다 '달빛과 고요' 그 적요(寂寥)의 정조(情調)를 조성한다. 서양인의 '자연 위의 사람'이 아닌, 동양인나운 '사연 속의 사람'을 표상한다. 특히 '달빛'의 색조는 전통적이다. 우리는 아침의 시, 해의 시보다 황혼이나 달빛의 색조에 친근하다. 낮과 밤의 경계선 이미지(borderline image) 중 밤 쪽에 인접해 있다.

(2) 비애미

N. 하르트만은 그의 저서 『미학』에서 예술적인 아름다움을 숭고미, 우아미, 비장미, 희극미 등으로 나누어 설명했다. 우리의 전통미는 여기에 비애미를 추가하고, '희극미'를 '골계미'로 고쳐 명명함으로써 해명될 수 있다.

한국 시가의 기본 정서는 우아미, 비애미가 주류를 이룬다. 비애미의 바탕이 되는 것은 감상성(感傷性,sentimentality)이며, 이는 한국 시가의 기본 정서다. 한국인에게 감상성은 단순한 슬픔 그 자체가 아니다. 한국인의 정서에게 그것은 기쁨과 표리 또는 융화의 관계를 이루기도 한다.

> 장하던 금전벽우(金殿碧宇)
> 찬 재 되고 남은 터에
> 이루고 또 이루어
> 오늘을 보이도다
> 흥망(興亡)이
> 산중에도 있다 하니,
> 더욱 비감(悲感)하여라.
>
> —「장안사(長安寺)」(1930. 7. 20.)

창건이 아닌 붕괴의 슬픔을 주제로 한 시조다. 회고와 탄식, 그 비애미가 서렸다. 시간 의식의 지향점은 과거다. 미래 지향의 창조적 지평은 가뭇없다. 이것이 한계성이다.

이은상 시조의 마지막 장은 '눈물어린 향수(鄕愁)'로 메워진다.

내 고향 남쪽 바다
그 파란 물 눈에 보이네
꿈엔들 잊으리오
그 잔잔한 고향 바다.
지금도 그 물새들 날으리
가고파라 가고파

(중략)

물 나면 모래판에서
가재 거이랑 달음질하고,
물 들면 뱃장에 누워
별 헤다 잠들었지.
세상일 모르던 날이
그리워라 그리워.

— 「가고파」(1932. 1. 5.)

일찍부터 인구(人口)에 회자(膾炙)되어온 「가고파」다. 유년의 고향을 향한 그리움이 벅차 오르는 이은상의 대표작이다.

나는 울면서 가도
내가 가야만 웃음 필 나라.
내 발로 내 손으로
가꾸어 기름질 나라
가서 내

살고 싶은 곳.

거기는 또 내 묻힐 곳.

—「가서 내 살고 싶은 곳」(1935. 9. 2.)

이은상의 비애미가 눈물로 결정(結晶)된 작품이다. 눈물의 감상성을 현대시는 배제한다. 모더니즘시가 특히 그러하고 사회주의 리얼리즘시는 '부르주아지의 값싼 감상성'이라 하여 이를 타매한다. 그러나 눈물은 때로 가장 순수한 인간 심성의 발로일 수가 있다. 김현승이 그랬듯이, 눈물은 인간의 내밀(內密)한 곳에 감추어진 맨 마지막 순수 자체인지도 모른다. 차가운 이성(理性)만이 요구되는 현대인의 냉혹한 마음자리에 정감(情感)의 파문을 일굴 눈물의 감동력을 우리는 외면해서 안 된다. 다만 그것이 이은상의 시조나 1920년대 한국시에서처럼 노출되거나 과장의 몸짓을 보여서는 안 된다. 1930년대 한국 모더니즘 시인 정지용, 장만영 들은 이 같은 한국인의 정서를 주기적(主知的) 기법으로 잘 소화해 낸 시인들이다.

(3) 그립고 아쉬운 민족 정서

이은상의 시조는 상실과 탄식, 초조와 애태움, 향수, 지조(志操)와 절의(節義), 그립고 아쉬운 전통 정서를 띤다.

내 놀던 옛 동산에

오늘 와 다시 서니,

산천(山川) 의구(依舊)란 말

옛 시인의 허사(虛辭)로고

예 섰던 그 큰 소나무
베어지고 없구려.

—「옛 동산에 올라」(1928.6.11.)

상실과 차탄의 정서를 바탕으로 한 시조다.

'옛동산'은 유년(幼年)의 애환(哀歡)이 서린 고향이요, '산천'과 '소나
무'는 불변(不變, timeless)의 염원이 투영된 상관물이나, 그것 또한 변이(變
異)와 소멸(消滅)의 시간(time) 내적 존재임을 깨달은 서정적 자아의 차탄
을 표출한 것이다.

오늘은 길나그네
빈 손으로 올랐더니,
두견이 날 대신
피리 불듯 울어 준다.
내 피리 소리야 말로
피가 괬지 뭐냐.

—「취적암(吹笛岩)」(1935.7.)

두견 또는 자규(子規)의 울음과 서정적 자아의 피리 소리가 동일시되어
있다. 뻐꾸기의 애잦은 울음 소리처럼 애타는 심경을 서술체로 토로한
것이다. 초려(焦慮)의 정서가 아로새겨졌다.

이화(梨花)에 월백(月白)하고 은한(銀漢)이 삼경(三更)인제
일지춘심(一枝春心)을 자규(子規)야 알랴마는,
다정(多情)도 병(病)인 양하여 잠 못 들어 하노라.

고려 말 이조년(李兆年)이 쓴 것으로 알려진 고시조다. '이화 월백', '은한 삼경', '일지 춘심', '자규', '다정의 병'은 우리 고시가의 기본 소재다. 이은상의 시조는 고시가의 기본 소재를 그대로 동원했다.

덩그렁 울릴 제면
더 울릴까 맘 졸이고,
끊인 젠 또 들리라
소리나기 기다려져
새도록
풍경소리 데리고
잠 못 들어 하노라.

—「성불사(成佛寺)」(1931.8.19.)

한국인 특유의 극적 초려(劇的焦慮)의 상태를 보여 준다. 애태움, 마음졸임은 한국 문학에 편재(遍在)하는 극적 플롯의 한 요소다. '기차가 지나가 버리는 마을', '놓친 기차가 더 아름답다' 등이 다 이에 속한다.

이는 먼
해와 달의 속삭임.
비밀한 울음.

한 번만의 어느 날의
아픈 피 흘림.

먼 별에서 별에로의

길섶 위에 떨궈진

다시는 못 돌이킬
엇갈림의 핏방울.

펼칠 듯 일렁이는
사랑의 호심(湖心)아.

박두진의 「꽃」에서 따온 것이다. '아픈 피흘림'과 '다시는 못 돌이킬', '엇갈림의 핏방울'의 초려(焦慮), 미진(未盡), 엇갈림은 한국 문학의 극적 상황을 함축한다.

이은상의 시조는 이 같은 전통시 맥락의 주조(主調)에 갈음된다.

수줍어 수줍어서
다 못 타는 연분홍이
부끄러워 부끄러워
바위 틈에 숨어 피다.
그나마 남이 볼세라
고대 지고 말더라.

— 「진달래 1」(1932. 3. 6.)

은근하고 수줍은 전통적인 소녀상, 여인상을 형상화했다. 되바라진 자기 과시형이나 공격적 전투형이 아닌 은근한 유한적정(幽閑寂靜)의 여인상을 그렸다.

(4) 서술체(敍述體)

이은상 시조는 전통 정서에 짙게 접맥되어 있다.

  대숲에 바람 부는 소리
  한밤에 눈 지는 소리

  백운산 찬 달 아래
  거닐다 문득 서서

  대처럼
  굽히지 말자
  다짐하던 옛 기억

— 「대」(1970. 6. 19.)

지절(志節)의 전통성을 띤 이은상의 근대시조다. 소재는 4군자의 대나무다.

이은상은 시조를 대개 서술체로 썼다. 서정의 표출 방법에는 서술, 영탄, 묘사의 셋이 있다. 이은상의 시조는 낭만성을 주조(主調)로 하므로 주로 서술에 의거했다. 그가 영탄의 수사를 극복한 것은 한 성과다. 지금까지 우리가 읽은 이은상의 시조가 거의 다 그러하다.

3. 이은상 시조의 창조성

(1) 전통 지향성

이은상의 시조는 전통 지향적이다. 기본 율격은 살리면서 배열의 형태를 조성하여 틀(型)을 바꾸었다. 현대 자유시형으로 배열 형태를 변형해 보임으로써 '자유'를 추구하는 현대인의 성향에 부응하려 했다. 정형시의 고정 형식(fixed form)의 틀을 벗어나 자유시의 유기적 형식(organized form)에 투합하려는 시 독자의 반응을 배려한 것이다.

이은상은 양장 시조를 썼다. 짧은 민족시의 대중화, 생활화를 꾀한 듯하다.

> 참새같이 날아갔기에 잊으려 했던 옛 기억
> 이따금 휙 돌팔매처럼 가슴 안으로 날아든다.
>
> ―「독백(獨白)」(1935. 10.)

이 양장 시조시형은 독자들의 호응을 얻지 못하였다. 일본의 와카(和歌)를 연상케 한다.

(2) 밝은 시상(詩想)

앞에서 이은상의 시가 비애미를 주조로 했음이 밝혀졌다. 그러나 그는 한편으로 밝고 소망에 찬 시를 쓰기에 힘썼다.

봄 처녀 제 오시네
새 풀 옷을 입으셨네
하얀 구름 너울 쓰고
진주 이슬 신으셨네
꽃다발 가슴에 안고
뉘를 찾아 오시는고

— 「봄 처녀」(1952. 4. 18.)

시상이 밝고 소망에 차 있다. '봄처녀', '새풀옷', '오시는고'가 모두 생성력(生成力)을 표상한다. 상실, 소멸, 비애와 대조적이다.

(3) 이미지 형상화

C.콜웰은 말하였다. 현대 문학은 '들려 주지 않고 보여 주는 것(not to tell but to show)'이라 했다. 이은상의 시조 중에는 시각적 이미지를 제시하며 현대성을 추구한 것이 없지 않다.

고요한 오월 창머리
실바람 불어 들고,
방안엔 난초 한 분
처마 끝엔 제비 한 쌍.
향내에 눈 돌리면
생각나는 이 있다.

— 「난초」(1964. 5. 20.)

난초와 제비 부분이 시각적 이미지로 제시되었다. 이은상 시조에서 희귀하게 시도된 이미지 형상화의 이 기법이 가람 이병기의 시조에서는 어떻게 발전했는지가 우리의 관심을 새삼 환기한다.

4. 맺음말

이은상의 시조는 1920년대 후반 국민문학파가 벌인 시조 부흥 운동의 일환으로 창작, 발표되었다.

그의 시조는 자연 지향의 어조, 비애미, 애상, 탄식, 초려(焦慮), 지절 정신(志節精神), 은근, 그립고 아쉬운 민족 정서, 서술적 문체 등 전통 시가의 특질을 계승했다. 그리고 비교적 자유로운 시행 배열, 양장 시조 등 변형의 미, 밝고 소망스런 시상(詩想)에 시각적 이미지 형상화의 흔적을 보인 것은 이은상 시조의 창조적 특질이라 할 수 있다.

다만, 그의 시조가 드러내는 애상(哀傷)과 탄식의 어조는 그 순수 자체로서 의의가 있으나, 그 직설적 표출 현상은 극복되어야 할 과제다. 그의 작품에서 엿보이는 이미지 형상화의 시도는 감상성 극복의 문제와 함께 가람 이병기 이후의 시조에서 기대해 볼 민족시의 과제라 하겠다. 자연 지향, 자연 합일의 시학 또한 인간 존엄성의 상상력으로 재창조되어야 할 것이다.

이병기의 시조시학

— 가람 탐구

1. 실마리

가람(嘉藍) 이병기(李秉岐, 1891~1968)는 시조인이며 시조시학자요 국문학 연구가다. 연구와 이론과 실제는 엇먹기 십상인데, 이 세 방면에 고루 출중한 데에 가람의 성가(聲價)가 있다.

가람의 첫 시조시론은 1926년 10월 11일자 동아일보에 발표된 「시조란 무엇인가」이다. 이것은 소위 '국민문학파'가 전개하는 민족주의 문학 운동의 실천 과제인 시조 부흥 운동의 선도적 발언으로서, 김윤식 투로 말하여 1920년대 문학의 '의미강(意味綱)' 곧 한국 현대문학사의 벼리로서 의의가 있다.

3·1운동의 좌절 직후 한국문학사는 자연과학 콤플렉스에 걸린다. 메이지유신(明治維新)의 일제가 우리 국토를 강점한 것은 서양의 과학이 아니었던가. 해서, 자연과학 콤플렉스에 사로잡힌 우리의 집단무의식은 서양의 자연주의 문예 사조, 그 중에서도 프랑스의 환경 결정론적 인간상, 패배와 파멸의 상황 논리에 복종했다. 김동인의 서정 장르적 성격의 자

연주의 단편 소설들이 이를 대표한다. 진정한 의미의 민족 소설이 출현하지 못하였다. 장르 이론상으로 이 무렵 우리의 문학사는 예각적(銳角的) 탄성(歎聲)에 편중된 서정시가 난무할 수밖에 없었다. 피상적으로 볼 때 서구의 19, 20세기를 응축시켜 살아야 했던 이 땅 지성인들은 1925년을 전후하여 비로소 개인사(個人史)와 민족사(民族史)의 전망을 모색하게 되고, 그 대척적 실천 운동 유파로서 좌파인 카프파와 우파인 국민문학파가 각각 비판적 리얼리즘 내지 사회주의적 리얼리즘과 민족주의 문학 사상을 내걸고 논쟁적 전개 양상을 보인 것이다. 다시 말하여 '나라 찾기'의 방법으로서 1920년대 중반 이후 약 10년 간 한국문학사는 계급주의와 민족주의의 문학 운동으로 특징지어진 것이다.

이 때문에 가람의 문학사적 좌표는 시대적 특수성 때문에 그의 시조미학과 함께 바로 이 '나라 찾기'라는 이념적 형식과의 관련선상에서 찾아져야 할 것이다.

국민문학파의 '나라 찾기'는 '시조부흥운동'으로 표출되었다고 할 때, 육당(六堂)이 시조 부흥의 선편을 잡았고, 가람과 노산이 중흥의 효장으로서 역량을 다했다고 흔히들 말한다. 물론 이러한 평판에서 월북 시인 조운(曹雲)의 이름도 다시 거론되어야 하겠으나, 이는 논제가 아니므로 여기서는 가람의 시조시학에 관해서만 살펴보기로 한다.

2. 가람의 시조시학

가람의 시조론은 1936년대 「시조란 무엇인가」 이후 1957년의 「시조 창작과 창」에 이르기까지 15편을 헤아린다. 그 중 본령에 드는 것은 「시조와 그 연구」(『학생』, 1928. 12. 30.), 「시조의 현재와 장래」(『신생』, 1929. 4. 6.),

「시조 원류론」(『신생』, 1929. 1. 6.), 「시조는 혁신하자」(『동아일보』, 1932. 1. 7.), 「시조의 발생과 가곡과의 구분」(『진단학보』, 권1, 1934. 11.), 「시조의 감상과 작법」(『삼천리』, 1936), 「시조의 개설」(『가람文選』, 1974) 등이다.

여기서는 이들 평문(評文)을 중심으로 하여 가람의 시조 형성론, 시 형태론, 시어론, 제재론 등을 파악, 비판하기로 한다.

(1) 시조 형성론

종래의 시조 기원설은 다양하다. 한시(漢詩)·송사(宋詞)·불찬가(佛讚歌)에서 왔다는 외래시 수용설과 무당의 노랫가락·민요·향가·고속요에서 변형되었다는 고유 시가 기원설이 있다. 가람은 "시조와 그 연구"에서 향가 기원설을 주장한다. 『삼국사기』·『삼국유사』·『균여전』에 기록된 '사내·시뇌·사뇌(思內·詩惱·詞腦)'가 곧 시조였으리라고 본다. 심지어 『청구영언』 등에 실린 을파소(乙巴素)·성충(成忠)의 작품을 기록된 대로 신뢰한다. 그러나 「시조의 발생과 가곡과의 구분」에서는 이를 부인한다. 「고려사」 열전 김원상조(金元祥條)와 『삼국사기』 악조의 '신조'나 『고려사절요』의 '신성(新聲)'이 모두 시조는 아니며. 그 기원은 영조 때 신광수(申光洙)의 『석북집(石北集)』 관서악부에 보이는 '시조(時調)'에서 찾는 것이 옳다고 했다. 이는 곡조로서의 시조의 명칭을 찾은 것이지, 시가 형태, 문학 장르로서의 시조의 기원을 해명한 것은 아니다. 가람은 이 점을 놓치고 있다. 그는 고려 중엽에 발생하여 고려 말에 형태가 완성되었다는 통설에 동조하는 듯한 발언을 할 뿐 명확한 논의를 유보했다. 가람은 시조가 중종조 16세기 이현보, 이황에 와서 형성되었다는 최근의 논의(김수업 「시조의 발생 시기에 대하여」) 같은 것은 상상치 못하였던 것이다.

가람의 탁월한 직관력은 한국 고전 문학에 관한 눈부신 업적을 남겼

다. 그럼에도 학적 탐구에 있어 그는 직관의 한계성을 여러 곳에서 노출
시킨다. '시조'와 '사내'를 같은 형태로 보고, 또 '놀애'를 '놀개'의 'ㄱ'
탈락으로 보지 못하고 '놀'과 '애'의 결합형으로만 이해한 것(「시조 원류
론」) 등이 그 예다. 학문을 하는 데는 직관적·학문적 기반이 결합되어야
한다는 것을 입증하는 본보기다.

(2) 시 형태론

가람은 『시조의 개설』에서 시조를 '정형적(整形的) 자유시(自由詩)'라 했
다. 탁견(卓見)이다. 가람은 시조의 형태별 갈래를 평시조, 엇시조, 사설시
조로 3분하고, 그 기본 구조를 다음과 같이 3장 8구로 본다.

초장: 초구(6~9자) / 종구(6~9자)
중장: 초구(5~8자) / 종구(6~9자)
종장: 초구(3자) / 2구(5~8) / 3구(4, 5자) / 4구(3, 4자)

시조를 3장 6구로 보느냐 12구 또는 8구로 보느냐의 문제보다 중요한
것은 시조의 음수율을 융통성 있게 보았다는 점이다. 이를 '변체(變體)'
(이광수), '정형이비정형(定型而非定型), 비정형이정형(非定型而定型)'(이은상),
'자여가(自餘歌), 자부족가(字不足歌)'(조윤제)라 하여 불완전 정형시(不完全
定型詩)로 보던 것보다 진일보한 견해다. 시조는 정형성(定型詩)가 아니다.
세계 정형시의 보편적 특성에 이질적이다. 이러한 이질성은 시조의 율격
을 음수율(음절률)로 볼 때 더욱 두드러져 보인다. 세계의 어느 정형시도
음절 수가 들쭉날쭉하는 법은 없다. 음위운(音位韻), 음성률(音性律)의 변
별적 자질을 갖지 못한 시조의 유일한 정형시적 자질인 음수율마저 일정

치 않은 바에 그 정형성의 자질은 음보율(音步律)로써 지탱될 수 있을 뿐
이다.

가람은 우리 시조의 융통성 있는 음수율은 이웃나라의 한시나 와카(和
歌)에 비길 바 아니라 했다. 가람에 따르면, 시조의 소시형(小詩形)은 300여
가지로 갈래지어지는 자유스러움을 보인다. 이 같은 시조의 정형성(整形
性)은 현대 자유시 시대에도 시조가 당당히 공존할 수 있는 근거가 된다는
것이다.

가람의 시조 향태론은 일면 타당성이 있다.

(3) 시어론(詩語論)

가람은 고전주의자다. 균제, 조화, 통일의 미(美)를 으뜸으로 친다. 그의
문학관을 집약적으로 제시한 「시의 진리」의 한 대목을 보자.

> 미(美)란 세포의 미, 정제(整齊)의 미, 조화의 미, 통일의 미가 있다.
> 이러므로 서시(西施)의 눈에다 양귀비(楊貴妃)의 코를 옮겨 놓았자 아
> 니 된다. 고급 양주에 냉수 한 방울만 타도 그 맛이 변한다. 그 도가 높
> 으면 높을수록 그 어그러짐도 더욱 크다.

가람의 고전주의는 문체상의 아어체(雅語體)를 낳는다. 가람의 아어주
의는 N.하르트만의 미학 체계상 우아미를 형성하고, 그의 우아미가 조성
하는 분위기는 한국적인 '멋'이다. 그의 멋은 노랫가락, 판소리, 탈춤의
멋이 아니라, 교양 취미가 유지하는 '기품(氣稟)'이다. 김윤식의 가람론
에 따르면, 이 기품을 기품이게 하는 것은 '난(蘭)'이다. 난이 표상하는 고
아(高雅), 담박(淡朴), 개결(介潔)의 심상(心象)-이것은 가람의 문학사적 성

과이자 한계성의 징표이기도 하다. 가람의 기품은 조선 전기 시조의 매·난·국·죽·송(梅·蘭·菊·竹·松)의 '난(蘭)'의 것을 계승했으면서 조선 전기 것을 뛰어 넘는 것은 탈도덕적 사생적(寫生的)의 기법 때문이다. 그는 "시조의 현재와 장래"(『신생』, 1929. 4. 6.)란 글에서 '사생법(寫生法)'을 강조한다. '진실하게 보고 느끼는 바'를 '생신(生新)'하게 쓰자고 한다. 이 점에 관한 한, 그는 이론과 실제의 합일에 도달해 있다. 그가 주장한 '생신(生新)'한 '사생법'은 한국시조사상 '감수성의 혁명'에 갈음될 만한 쾌소식이다. 명편(名篇) 둘을 보자.

(가)

빼어난 가는 잎새 굳은 듯 보드랍고,
자줏빛 굵은 대공 하이얀 꽃이 벌고,
이슬은 구슬이 되어 마디마디 달렸다.

본래 그 마음은 깨끗함을 즐겨하여
정한 모래 틈에 뿌리를 서려 두고,
미진(微震)도 가까이 않고 우로(雨露) 받아 사느니라.

—「난초 4」

(나)

들마다 늦은 가을 찬바람이 움직이네
벼이삭 수수이삭 으슬으슬 속삭이고
밭머리 해그림자도 바쁜 듯이 가누나.

무배추 밭머리에 바구니 던져 두고,

젖 먹는 어린 아이 안고 앉은 어미 마음

늦가을 저문 날에도 바쁜 줄을 모르네.

―「저무는 가을」

인구에 회자되는 (가)에서 첫째 수는 '사생(寫生)', 둘째 연은 의미의 형상화에 해당한다. 첫째 수는 탈도덕성(脫道德性)을 보여 주고, 둘째 수는 주자학적 도덕 전통을 창조적으로 형상화한다. 고시조의 그것이 도덕성에 의해 연역적 창조 질서로 구성된 것이라면, 이 작품의 경우는 사생의 결과 '기품'을 구축한 점이 다르다. 고시조의 그것은 당위(Sollen)라면, 이것은 존재(Sein) 그 자체에서 출발한다. 이 점이야말로 가람이 정립한 시조 시학의 근대성이다. 20년대 초반의 감상(感傷)을, 가람은 감수성의 혁신과 사생적 기법에 의한 '기품'의 미학으로써 극복한 것이다. 가람의 절제와 기품의 고전주의적 시학은 모더니스트의 지성의 시학과 함께 결과적으로 현대시학 형성에 공헌했다.

그렇다고 가람이 모더니스트인 것은 아니다. 가람의 시어(詩語) 의식(意識)은 모더니스트(이미지스트)의 반생명적 경성(硬性) 이미지(dry-hard image) 지향의 그것과는 다르다. 가람은 시어의 마력적 정감의 미를 숭상한다. 아래 고시조를 일러 '조선어의 영(靈)이 있는 본질적인 미'와 결부된 것이라고 호평(好評)한다.

설월(雪月)이 만정(滿庭)한데 바람아 부지마라

예리성(曳履性) 아닌 줄은 판연(判然)히 알건마는

아쉽고 그리운 정이면 행여 건가 하노라.

무명씨의 이 시조에 대해 가람은 '조선어의 영이 있는 그 본질적 미를 찾아 쓴 것'("시조의 현재와 장래")이라고 하면서, "조선어의 영이란 조선 그 것의 영이다. 이 영에게 잘 느낄 줄 아는 일수록 참된 조선 사람이 될 것이다."고 하여 시어(詩語)의 원초적(原初的) 마력(魔力)에 기대를 건다. 특히 '그립고 아쉬운 정'의 민족적 통서(統緖)를 찬미한다.

민족의 원초적 연상 체계와 절제의 시학이 조화를 이룬 가람의 시어(詩語)는 서구시의 텐션 이론과도 상통한다. 가람의 시 의식은 1920년대에 있어서도 사뭇 선구적이다.

또 가람은 현대성에 편입될 만한 의고체(擬古體, archaic style)에 대해 호감을 보인다. 가령 정송강의 장시조(長時調)에 쓰인 시어 '누른 해·흰달·굵은 비·가는 눈·소소리바람' 등의 의고적인 고유어를 가람은 칭송한다.(『시조와 그 연구』) 과연 가람의 시조는 의고적 시어를 현대화하는 데 자주 성공하고 있다.「대성암(大聖庵)」의 '휘휘한 줄', '성긋이 벌어진 틈' 유의 시어가 그 좋은 예이다.

시어의 선택과 배열 면에서 가람은 탁월한 위상을 차지한다. 시골 서당과 한성사범학교 등 학교 교육에서 체험한 모국어 학습상의 심각한 결손 체험을 가람은 어떻게 하여 극복한 것인지가 의문이다. 아마도 ① 주시경 선생의 조선어 강습원을 수료한 것(1912), ② 고전 읽기와 주해, ③ 고향인 전북 익산의 감칠맛 나는 사투리, ④ 천부적인 언어 구사력 등이 가람의 시어를 이같이 빛낸 것이리라. 특히 국문학 고전의 주해와 학문적 연구 과정은 가람의 시어 체득(體得)을 위해 가장 중요한 결정소(決定素) 구실을 했을 것이다.『역대시조선』(1940),『인현왕후전』(1940),『의유낭일기』(1948),『근조내간선』(1948),『요로원야화기』(1949),『역대조선여류문집』(1950),『국문학전사』(공저, 1957),『국문학개론』(1961)이 모두 가람의 업적들이다.

또한 '월침삼경(月浸三更)'이니 '만정도화(滿庭桃花)' 따위의 진부한 투어(套語, trite words)를 배격하자는 시어 혁신론(「시조는 혁신하자」)이 그의 작품에 그대로 실현되어 있음은 주목할 만하다.

(4) 제재 및 내용론

가람은 시조 혁신론을 편다. 「시조는 혁신하자」에서 가람은 다음 6가지 대안을 제시한다.

① 실감 실정의 표현
② 취재의 범위 확장
③ 용어의 수삼(數三)
④ 격조의 변화
⑤ 연작(連作)
⑥ 쓰는 법, 읽는 법

이 중 취재의 범위 확장 문제는 현대 시조시인들에게도 한 경종이 된다.

> 옛 시조 가운데에는 그 내용이 서로 비슷한 것이 많다. 그리하여 그 양으로는 많은 듯하되 그 질(質)로는 적다. 이는 그 취재(取材)의 범위가 넓지 못하던 탓이다. (중략) 옛 시조에서나 어느 시가(詩歌)에서 보던 산수화조(山水花鳥)를 그대로 머리 속에 넣어 두고는, 어느 산수화조를 보든지 한 모양으로 하여 그게 그게라 해서는 아니 된다. '부물지부제물지정야(夫物之不齊物之情也).'한 말과 같이, 무슨 물체이든지 그것마다의 다른 성격이 있다. 이 다른 성격을 보고 아는 사람은 곧 시인일 수 있다. (중략) 그야말로 한 송이 꽃에서도 천국을 보고, 한 찰

나 사이에서도 무한을 가질 줄 알아야 한다. 그러므로 우리가 그러한 안목과 역량이 없을망정, 그 재료가 부족한 건 아니다. 그 재료만은 어디든지 쌓여 있다. 과연 미국 시인 휘트먼이 "천지사방은 자기 소유이다."함도 이 의미를 가르침이 아닌가.

1932년의 시조관으로는 탁월하므로 장황하게 인용해 보았다. 러시아 형식주의자들의 서사적 모티브 이론을 원용(援用)하여 말하면 '낯설게 하기(defamiliarization)의 시학'에 해당하고, 수사학상으로는 참신성(freshness)을 강조한 것이며, 예술 일반론으로는 창조적 직관(creative intuition)의 문제가 된다. W. 블레이크의 '순수의 전조(前兆)'나 W. 휘트먼의 국민시론의 편린까지 인용한 가람의 이 글은 시조 창작론으로서도 선구적이다.

고시조는 소재(재료), 제재부터 일정한 대상에 국한되어 있었다. 사군자, 백학(白鷗), 도리행화(桃李杏花), 화조월석(花朝月夕), 부운(浮雲), 낙엽 등 자연 상관물에 거의 국한되고, 주제 또한 충성·효제(孝悌)·우의(友誼)·탄로(嘆老)·별리지한(別離之恨)·무상(無常) 등 관습성의 울안에 구금되어 있었다. 고시조 4만여 수는 집합 개념으로 보아 10수가 될까말까 한 수효였다. 가람은 이 같은 관습성을 혁파하자는 것이다.

정지용(鄭芝溶)은 『가람시조집』(1939) 발문(跋文)에서 "시조 제작에 있어서 양과 질로써 가람의 오른편에 앉을 이가 아직 없다."고 극찬한 후, '바야흐로 밀림을 헤쳐나온 코끼리의 보법(步法)'에 가람의 시조 연각을 비유하면서 송강(松江) 후 으뜸이라 했다.

더욱이 확호(確乎)한 어학적와 토대의 고가요의 조예가 가람으로 하여금 시조 제작에 힘과 빛을 아울러 얻게 한 것이니, 그의 시조는 경건하고 진실함이 이를 읽는 이가 평생 교재로 삼을 만한 것이요, 전래 시조에서 찾기 어려운 자연과 리얼리티에 철저한 점으로서는 차라리 근대적 시 정신으로써 시조 재건의 열렬한 의도에 경복(敬服)케 하는 바 있다.

본디 평설(評說)에서 극히 절제된 언어를 구사하기로 정평 있는 모더니스트 정지용이 가람을 이같이 극찬한 것은 놀랍다. 가람은 그만큼 역량 있는 시조시인인 것이다.

여기서 정지용이 말하는 '리얼리티'가 김동준의 말대로 '사회적 미학'(『시조문학론』, 1974)인지는 모르나, 가람을 비롯한 현대 시조시인 모두에게 기대하는 바는 '사회적 미학'에의 관심이다.

물론 『가람시조집』은 우리의 이러한 기대와는 사뭇 먼 자리에 머문다. 이 시조집의 5항 72제(題)의 제재는 산이 10, 꽃과 난초 14, 기타 자연류 2, 일상사 12, 추모류 12, 희제(戲題) 4개다. 현실성에 기초한 사회적 미학과는 거리가 멀다. 국민문학파 가람 이병기의 민족주의적 문학 운동, '나라 찾기'의 방식은 '조선어의 영적 유산'과 난초·매화·수선화의 '기품' 찾기, 새롭히기에 국한되는가?

(다)
손에 이아치고 바람으로 시달리다
곧고 급한 성결 그 애를 못 삭이고,
맺었던 봉오리 하나 피도 못한 그 매화.

(라)
등(燈)에 비친 모양 더욱이 연연하다

웃으며 수줍은 듯 고개 숙인 숭이숭이

하이얀 장지문 위에 그리나니 수묵화(水墨畵)를.

시조 (다)는 '매화', (라)는 '수선화'를 제재로 했다. '기품'에 '조선어의 영(靈)'이 서린 작품이다. 민족 정체성(正體性)의 핵일 수도 있겠다.

그러나 우리는 가람 시조의 사회적 미학, 그 리얼리티에 대한 기대로 갈급해 한다.

가람의 사회적 미학은 그의 후기 작품에서 발현된다.

(마)

지루한 고통보다 차라리 자살이 쾌하다

그 전쟁 끝에 강도는 자주 나고,

해마다 풍년은 들어도 주려 죽게 되었다.

—「농인(農人)의 말」

(바)

팔리긴 팔린다 해도 배꼽이 배보다 크다

왜물(倭物) 양물(洋物) 등 화장품 나일론으로

한종일 분주하면서 주판(珠盤)은 아니 맞는다.

—「상인(商人)의 말」

시조 (마)와 (바)는 「하소연」이란 제목 아래 쓰인 생활시다. (마)는 다산(茶山)의 '기민시(飢民詩)'를 연상시키나 사실적 강렬성의 정도로는 그에 사뭇 못 미친다. (바)에 투영된 시대성은 값지다. 역사성까지 띠기에는 비판적 사실성의 기미가 너무나 미미한 것이 문제다. 더욱이 시어가 개념의 외연에 기울고 함축의 내포가 박(薄)하여 텐션이 풀려서 가람의 시학으로 한 파탄의 징조를 보인다.

그럼에도 가람의 시조는 가능성의 진경(進境)을 개척했다. 음풍농월의 자연 서정을 위한 아어체(雅語體), 우아미의 편협한 계곡에만 웅크리던 폐풍을 탈피하여 가람의 후기 시조는 삶과 시대성을 노래함으로써 현대 시조로 거듭날 가능성을 보인 것이다.

문학이 예술이냐는 미학자들의 논의가 없지 않듯이, 문학은 본디 철학·역사와 예술의 튀기가 아닌가? 서사 문학 곧 서사시와 소설이 철학과 역사 쪽에 가장 가깝고, 서정시는 물론 예술 쪽에 보다 친근한 게 사실이다. 그렇다 해도 서정시 역시 언어 예술이다. 언어 예술이 철학성, 역사성을 완벽하게 탈각할 수 있는가? 그런 시를 무의미, 절대시니 하나, 무의미 자체가 결국 의미일 수밖에 없는 것이 문학의 운명성이다. 문학은 인간의 감각, 정서, 사상의 내용을 담게 마련이고, 삶과 절연한 자리에서 홀로 서는 것은 불가능하다.

시조가 자연을 노래하는 것은 아름답다. 그러나 자연만 노래하는 것이 시조가 아니다. 시조는 궁극적으로 인간의 삶과 역사의 의미를 노래할 수 있어야 한다.

가람의 후기에도 매화·수선·난초는 집요히 추구된다. 매(梅)·수선(水仙)·난(蘭)을 제재로 한 시조도 전기의 경우와 크게 다를 바 없다. 개아적(個我的) 삶의 자세만 잠깐 엿보인다.

> 영하 십오도의 대한도 다 지내고,
> 잦았던 눈도 어제부터 다 녹이고,
> 뜰앞의 매화 봉오리도 볼록볼록하고나.

한참 자고 나면, 꿈만 시설스러웠다.
이 늙은 몸에도 이게 벌써 봄 아닌가.
일깨어 손주와 함께 뛰어 놀고 하였다.

한 분 수선(水仙)은 농주를 지고 있고,
여러 난(蘭)과 혜(蕙)는 잎새만 퍼런데,
호올로 병을 기울여 국화주를 마셨다.

가람은 삶과 역사에의 아픔이 없었는가? 사회적 자아, 역사적 자아는
깊은 동면(冬眠)에 들었는가? 아니면 그런 무명(無明)의 세계를 초속(超俗)
한 것이 가람의 경지인가?

1920년 일기를 보자.

8. 13. (전략) 최익현 선생이 창의(倡義)를 하여 이 귀암사(龜岩寺)에
둔병(屯兵)을 하는데, 행장 소매나 바지 골마리에 고춧가루나 돌자갈
을 담아 오고, 벌통을 짊어져 오고 들어가는 문간 양쪽에는 총구멍을
뚫고 두어 의병을 지붕 위에 올려 파수를 보게 하고, 최익현 선생은
아직 당도도 않고 그 부하들만 둔취(屯聚)하여 옥실득실하다가 동구
밖 파수병의 첫 총소리를 듣고 놀래어 도망하였다. 석전(石顚) 스님은
아니 오고, 그 문도(門徒)들이 이런 재미스러운 이야기를 들려 주었다.

9. 29. 구름 끼고 춤다. 닭이 두 차례 울 때 밥을 시키고 일꾼을 깨우
다. 밥을 먹고 나니 벌써 해가 천호산 머리에 두어 발 솟았다. 발인하
다. 할아버지, 할아버지께서 마지막 우리 집을 떠나신다. 절을 올리고
제복 입은 채 말을 타고 따랐다. 상여 둘, 가마 넷, 말 여덟 바리, 요여
(腰輿) 하나, 명정(名旌) 둘, 공포(功布) 둘, 상여꾼 스물다섯, 교꾼이 열

넷, 요여꾼 둘, 명정 공포 든 이 넷, 마부 열여덟, 향로 병풍 진 이들, 수레 하나, 소 한 바리, 복인이 마흔. (중략) 윗생골 홍관일이가 불온한 말을 한다. 현창 씨가 성을 내어 꾸짖었다. 저녁 상식 겸 초우(初虞)를 지내다.

이것이 가람의 문체다. 일체의 감정을 거세하고, 그가 주장하듯 대상과 사실을 실감나게, 직관적으로 그리며 보고하는 데 그쳤다. 최익현 선생의 창의(倡義) 대목에 이르러서도 의분 한 줄기 짚이지 않고, 조부의 발인과 초우제의 과정에서도 감정의 굴곡을 전혀 찾아 볼 수 없다. '감정의 거리'를 철저히 유지한 객관적인 문체다. 화자(話者)는 개입할 여지가 없다. 이것이 가람 시문의 문체다. 감정의 절제, 이것이 극한에 이르렀다.

가람은 시조의 제재와 내용을 확대하고자 했다. 고시조에서 창(唱)을 제거한 자리를 절제의 미학으로서의 '기품'과 사회적 미학으로서의 '현실에의 감수성'으로써 메우려 했다. 그러나 그의 과도한 절제와 탈역사적 감수성 때문에 시어의 텐션을 해체할 위기감 노출의 수준에 머물렀다.

그럼에도 가람의 현실 감각은 현대시조의 지평(地平) 확대를 위한 가능성을 암시한 공적을 남긴다.

3. 맺는 말

가람 이병기는 시조 근대화의 실질적 선봉이다. 육당과 춘원이 전개한 당위론적 '시조부흥운동'을 존재론적 실체로서 창작, 제시한 이가 가람 이병기다. '나라 찾기' 또는 민족 정체성 회복의 방법으로서 제기된 시조부흥 운동의 첫 결실은 사실상 가람이라는 거목에서 거두어진다. 육당과 춘원의 복고조는 시조의 문학사적 연속성을 확인시키는 수준에 머물렀고, 노산(鷺山)의 시조가 국민 가곡으로 애창되는 '노래하는 시'로서 대중적 수용력(受容力) 획득에 성공했다면, 가람의 시조는 '보는 시'로서 근대 문학사에 시조의 새 좌표를 확보한 것이다.

가람 시조에 취택된 난초·수선·매화의 소재 전통은 전통 시가에 접맥되면서도 현대적 감수성으로 재창조된 '기품'으로 표출되고, 천부적인 절제의 미학은 이미지스트의 그것에 가까운 사실성을 보이며 현대시의 대열에 영입된다.

그러나 그의 지나친 절제의 기품은 정감을 철저히 거세함으로써, 시조의 생명력을 훼손한다. 뿐만 아니라, 사회적 미학으로 체재를 확대한 경우에도 가치 지향적 존재로서의 인간다운 본성마저 절제함으로써 시조의 의미 확대를 제약한다.

그러나 가람이 개척한 시조시학과 창작의 기법은 한국근현대시사의 기념비적 공적으로 남는다.

김상옥 시조의 시조사적 좌표

1. 여는 말

시조는 19세기 이전의 장르다. 문학의 장르는 생명적인 것이어서, 발생·성숙·소멸의 길을 걷는 것이 순리라는 뜻이다. 그 순리를 거스르고 20세기 이후에도 살아남은 한국 문학 유일의 장르가 시조다. 32개의 우리 고전 문학 장르 중에서 시조만 현존한다는 뜻이다. 1920년대 후반 국민문학파의 '시조부흥운동'이야말로 꺼져 가는 시조의 불씨를 되지핀 결정적 계기다. 그 중심에, 근대 지향의 '바다'에서 전통 지향의 '산(뭍)'으로 회귀한 최남선의 에너지가 잠복하여 있다. 그것이 '조선심(朝鮮心)', '조선혼(朝鮮魂)'으로 언표화한 국민문학파의 정신적 지주(支柱)였다.

오늘날의 글로벌 정신으로 볼 때, 이 운동의 방향추는 '열림'이 아닌 '닫힘'의 정신 질서를 가리키는 것이었다. 이는 해일과도 같은 '열림'의 기세에 궤멸의 위기를 직감한 자기 정체성 수호를 위한 필연이었다. 최남선·정인보 등의 터닦기에 이어 이은상의 '그리움과 비탄(悲嘆)의 서정'이 분출하였고, 이병기가 그 감정 분출의 열기 식히기에 나섰다. 이은상의 탄식과 울음에 민족애·조국애를 가다듬어 절제된 감수성으로 근대적 미학의 모색과 실천에 임한 것이다. '들려 주기의 시학'을 '보여 주기의 시학'으로 창조적 변혁을 시도한 것이다.

이러한 변혁의 시조시학사의 흐름 위에 초정(艸丁) 김상옥(金相沃)의 시학이 자리한다. 김상옥 시조의 새로움, 그것의 정체는 어떤 것인가? 우리가 궁금해 하는 것은 지속(持續)과 변이(變異)의 양상으로 파악되는 김상옥 시조의 시조시사적 의의다.

2. 김상옥 시조의 좌표

김상옥은 『문장』 출신이다. 1940년에 천료된 작품이 시조 「봉선화」다. 같은 『문장』 출신 조지훈의 「봉황수」, 「고풍 의상」과 함께 우리 전통 또는 '멸망해 가는 것의 아름다움'을 재현한 작품이다.

> 누님이 편지 보며 하마 울까 웃으실까
> 눈앞에 삼삼이는 고향 집에 그리시고
> 손톱에 꽃물 들이던 그날 생각하시리

시조 「봉선화」의 둘째 연이다. 작품의 소재가 된 봉선화 이야기는 동아시아 설화 문학의 주요 모티프이고, '누님'과 '고향집'은 농경 시대의 삶터와 가족 관계로 맺어져 '존재의 근거'를 표상하는 상관물들이다. 이 데뷔작은 김상옥 시조의 맥을 이루는 원초적 상상력과 깊이 관련되는 것으로 보인다. 또한 그의 첫 시조집 『초적(草笛)』(1947) 제1부의 표제를 '잃은 풀피리'로 한 것 또한 우연이 아니다. 그는 애초에 '잃은 것'이나 '잃을지도 모르는 것'에 대한 짙은 애착을 보이고 있다.

아닌 게 아니라, 풀피리 소리는 유년(幼年)의 고향을 향한 그리움을 애잦게 환기(喚起)하는 절묘한 상관물이다. '어디서 일성 호가는 나의 애를 끊나니'의 이순신, '방랑의 기산하(幾山河) / 눈물의 언덕을 지나 / 피르 널느리'를 노래한 한하운의 그 풀피리는 한국 시가사상 애잦은 향수(鄕愁)의 절정을 지향한다. 이런 풀피리 소리로 비롯되는 김상옥 시조시학의 상상력과 서정의 곡절(曲折)이야말로 그의 시사(詩史) 전반을 지배한 존재의 끈, 삶의 벼리[綱]다.

　　송아지 몰고 오며 바라보던 진달래도
　　저녁 노을처럼 산(山)을 둘러 퍼질 것을
　　어마씨 그리움 솜씨에 향그러운 꽃지짐

시조 「사향(思鄕)」의 제2연이다. 송아지·진달래·저녁노을·어머니·꽃지짐 등은 농경 시대 고향의 정경을 제시하는 상관물들이다. 그의 토속적 정서, 정신 지향성과 함께 모더니즘(주지주의)적 기교를 여기서 소박하게 만난다.

김상옥을 지칭하는 시(詩), 서(書), 화(畵), 도예(陶藝)의 '사절(四絶)'(송화선)이나, '대자재(大自在)의 시인' (이원섭)이라는 말은 이 농경 시대의 자연과 가족을 중심으로 한 삶의 터전, 자연 낙원(自然樂園)에 대한 애착으로 귀결된다. 농경 시대의 고향에 대한 그의 '관심의 언어'(N. 프라이)가 확장된 것이 민족이며 그 문화다. 그것의 상관물이 청자·백자·추천(鞦韆)·옥저[玉笛]·십일면관음·다보탑·촉석루·선죽교·포석정 등이며, 그것은 '멸망의 위기'에 처한 우리 문화재다. 그의 시는 이같이 우리 문화 정체성 훼손의 위기감에서 비롯된다. 그가 시조뿐 아니라 서예·한국화·도자

기에서까지 애착을 보인 것은 모두 이 같은 위기감의 '승화'와 관련된다
고 하겠다.

① 휘영청 버들가지 포롬히 어린 빛이
　눈물 고인 눈으로 보는 듯 연연하고
　몇 포기 난초 그늘에 물오리가 두둥실

—「청자부」에서

② 찬 서리 눈보라에 절개 외려 푸르르고
　바람이 절로 이는 소나무 굽은 가지
　이제 막 백학(白鶴) 한 쌍이 앉아 깃을 접는다.

—「백자부」에서

③ 의젓이 연좌(蓮坐) 위에 발돋움하고 서서
　속눈썹 조으는 듯 동해(東海)를 굽어 보고
　그 무슨 유서 깊은 일 하마 말씀하실까

—「십일면관음」에서

④ 지그시 눈을 감고 입술을 축이시며
　뚫린 구멍마다 임의 손이 움직일 때
　그 소리 은하(銀河) 흐르듯 서라벌에 퍼지다.

—「옥저」에서

위의 ①～④가 모두 우리 시조사의 '거듭나기'에 관련된다. 가람 이병
기의 시조가 노산 이은상의 비탄과 애상(哀傷)을 씻는 거듭나기의 선구적

좌표에 놓인다면, 초정 김상옥의 시조는 이병기의 묘사적 기법을 창조적으로 계승한 데다 노산의 비탄의 어조를 맑혀 거듭나기를 완성한 공적을 남긴다. 화자(話者)의 어조가 시 텍스트 자체를 지향하는 '심미적(審美的) 실존(實存)'의 자세를 취한다. 시인과 독자가 심미적 소통의 차원에서 만나게 되는 예술시다. '백로'는 충신, '까마귀'는 간신이라는 식의 우유(寓喩, 알레고리)의 소통 방식을 관습으로 하던 전근대적 화법을 청산하였다. 직설이나 영탄에 의존하기보다 여러 상관물을 동원한 묘사의 기법으로 서정의 분출을 절제한 근대적 기법이 탁월성을 확보한다. 본격적인 비유나 상징을 도입하지는 못한 채 주로 서술적 이미지에 의존하였으나, 유한정적(幽閑靜寂)의 전통미를 역동적(力動的) 이미저리로 되살리고 있다. '물오리가 두둥실', '바람이 절로 이는', '앉아 깃을 접는다', '발돋움하고 서서', '입술을 축이시며', '임의 손이 움직일 때', '은하 흐르듯 서라벌에 퍼지다' 등의 정적(靜的)인 미동성(微動性)은 가위 절조(絶調)를 지향한다. '눈물'이라는 비애의 상관물이 등장하나, 그것조차 비탄에 그치지 않는 '맑은 비애미(悲哀美)'를 표출한다. N. 하르트만이 말한 우아미(優雅美)가 우리 전통 미학의 정수(精髓)라 할 때, 그 정수가 김상옥의 시조에 결정(結晶)되어 있다.

김상옥의 시조는 이같이 전통미의 지속과 변이에 성공하고 있다. 형태도 예외가 아니다. 3음보의 율격과 초·중·종장의 음수율과 길이의 규칙형은 두 차례 변형을 시도한다. 근대 자유시의 세계를 넘나든 그의 시 세계는 시집 『삼행시(三行詩)』(1973)를 거쳐 『느티나무의 말』(1998)에서 결산된다.

김상옥 시업(詩業)의 단초는 자유시였다. 동인지 『맥(貘)』에서 자유시 「모래알」·「다방」(1938)을 썼고, 동아일보에 당선된 「낙엽」(1939), 『문장』에 추천된 「봉선화」(1939)는 시조였다. 그는 시조의 '닫힌 서정'을 '열린 형태미'로 극복해 보려는 노력의 지향점을 자유시형에 두었다. 그가 『초적』을 '시조시집'이라 한 것부터 이 같은 지향성과 무관치 않아 보인다. '창(唱)'과 결별한 20세기 시조의 빈자리를 무엇으로 채울 것인가를 두고 고심한 것이다.

김상옥의 『삼행시』에는 전통적 음수율을 계승한 것과 변형을 시도한 것이 섞여 있다.

> 나목(裸木) 가지 끝에 서성이던 머언 소식
>
> 퍼얼펄 쏟아지게 함박눈 내리는 날
>
> 어디에 아련한 길로 문이 한 채 열린다.
>
> —「강설」에서

전통적인 4음보에 3·4(5)·4·3 음수의 완급률(緩急律)을 그대로 이은 시조다.

> 아무리 굽어봐도 이는야 못물이 아닌 것을
>
> 그날 그리움으로 하여, 그대 그리움으로 하여
>
> 내 여기 살도 뼈도 혼령도 녹아내려 질펀히 괴었네.
>
> —「아가」에서

시주 형태로는 파격이다. 시조의 전통 율격이 심히게 요동쳐 완급률'싱의 편차를 드러낸다.

> 한 장의 무색(無色) 투명한 거울이 수직(垂直)으로 걸어온다. 맞은편에서도 꼭 같은 무색(無色) 투명한 거울이 수직으로 걸어온다. 이 두

장의 거울은 잠시 한 장의 거울로 밀착(密着)되었다가, 다시 둘로 갈라져 제각각 발뒤축을 사뿐 들고 뒤로 물러선다.

─「과학 비과학 비과학적 실험」에서

산문시다. 주지주의 쪽의 모더니즘 시를 지향한다. 매우 이질적인 작품이다. 서정의 '가슴(heart)'과 지성의 '머리(brain)' 사이에서 김상옥의 상상력은 심각한 갈등상을 드러낸다. 그런 갈등과 고심의 결산이 시조집 『느티나무의 말』이다.

⑤ 여윈 숲
마른 가지 끝에
죽지 접은 작은 새처럼,

물에 뜬
젖빛 구름
물살에 밀린 가랑잎처럼,

겨울 해
종종걸음도
창살에 지는 그림자처럼

─「근황」에서

⑥ 숨쉬지 않는
잠이 있나요?
─ 바로 저런 겁니다.

잠자지 않는

꿈이 있나요?

― 바로 저런 겁니다.

꿈꾸지 않는

넋이 있나요?

― 바로 저런 겁니다.

―「돌」에서

⑦ 바람 잔 푸른 이내 속을 느닷없이 나울치는

해일이라 불러다오.

저 멀리 뭉게구름 머흐는 날, 한 자락 드높은

차일이라 불러 다오.

천년 한눈 깜짝할 사이, 우람히 나부끼는

구레나룻이라 불러 다오.

―「느티나무의 말」

위의 시 ⑤와 ⑥은 배열 형태로 '규칙형'이다. 전통적 배열 형태를 3행씩의 3편 형식으로 변형하였다. ⑥은 동어 반복, ⑤아 ⑦은 이어 반복(異語反復)의 형식을 취하였다. 음악의 반복과 변이, 균형과 대조의 기법을 원용한 것이다. 이 밖에 산문시 한 편이 있을 뿐 그의 말기 시는 이같이 절제와 균형의 미학으로 거듭나 있다.

김상옥이 붙인 '시조시'·'삼행시'라는 용어에 대한 비판(임선묵)은 재

고해 볼 필요가 있다. '창'을 비워 버린 현대 시조는 '시조시'일 수 있고, 세계 시의 보편성을 볼 때 시조는 삼행시다(조동일). 그러나 '시조시'는 독자가 통용해야 살아남을 수 있고, '삼행시'는 시조의 정체성을 해칠 수 있어 마땅치 않다.

3. 맺는 말

김상옥은 바다에서 산으로 회귀한 최남선의 전통 지향적 에너지, 정인보 등 국민문학파의 시조 부흥 운동에 호응한 이은상의 회고·비탄·그리움의 정서, '들려 주는 시'를 '보여 주는 시'로 변용한 이병기의 시조 미학을 창조적으로 계승한 시인이다.

그는 '멸망해 가는 것', 민족 정체성의 위기에 직면하여 이에 '현존성'을 부여하기 위해 고심에 고심을 거듭했다. 이화 월백(梨花月白)·설월 만창(雪月滿窓)·이화우(梨花雨)·만중 운산(萬重雲山)의 이미지, 유한적정(幽閑寂靜)·전전반측(輾轉反側)의 초려(焦慮)·별리(別離)와 그립고 아쉬운 추회(追悔)와 정한(情恨), '애이불비(哀而不悲)'의 전통 정서의 역사성을 두고 고심한 노작(勞作)의 소산이 김상옥의 시조요 자유시다. 삼분인사칠천분(三分人事七天分)이라 하여 그 시적 천분과 영감(靈感)을 극찬한 평설(이원섭·송하선)은 타당하나, 그의 노작은 더욱 값지다. 그는 전통적 서정의 세계에서 고요한 관조의 시조로, 다시 '우주와 생명의 무한한 경지'(김창완)를 추구한 자유시·산문시의 세계로 전이하며 고심하던 그는 만년에 낸 「느티나무의 말」에서 다시 절제와 균형의 시조시학을 완결지었다.

초정은 노산의 회고·비탄의 정서와 가람의 묘사적 '보여 주기' 시학을 지양·통합한 공적을 남긴다. 그의 시조·자유시·산문시에는 맑은 비애, 우아한 회화미, 반복과 변이의 형태미, 우주와 인간 존재에 대한 탐구 등 고심의 자취가 역연하다. 모국어의 아름다움을 위한 절차탁마의 노고는 물론, 불립문자(不立文字)·기어(綺語)의 죄에서 자유롭고자 한 선적(禪的)·노장적(老莊的) 언어 의식은 경이롭기까지 하다.

초정 김상옥은 분명 한국 시조사상 그 혁신의 분기점에 자리한다. 독학과 직업 편력, 역사의 파란 같은 통고(痛苦)의 체험밭에서 변용된 맑은 정서, 개결한 품격, 회화적 이미지, 열린 형식미와 세계관의 끊임없는 모색은 큰 공적으로 남는다. 다만, 통영시 남한동에서 출생한 그의 시에 바다의 정서와 이미지가 가뭇없는 까닭은 무엇인가? 같은 통영 출신 김춘수의 바다 이미지와의 대비 연구가 필요한 부분이다.

유성규 시조의 특성과 시조사적 의의

—『시천유성규시조선집』을 중심으로

1. 들머리말

예술 작품의 창작이란 감각, 정서, 사상에 예술적 형식을 부여하는 행위다. 이 두 가지가 화학적으로 절묘(絶妙)하게 융화할 때 최고의 예술 작품이 탄생하는 법이다. 까닭에 예술 장르의 최고봉에 음악이 자리하고, 그 다음 자리를 시가 차지하는 것은 당연하다. 모든 예술이 음악의 상태를 지향한다는 말이 나온 것도 이 때문이다. 시가 음악보다 아랫자리에 놓일 수밖에 없는 것은 그 매재(媒材)가 '소리'가 아닌 '언어'라는 데서 연유한다. 아무리 감각의 촉수를 번득인다 해도, 언어는 사회성에서 자유롭지 못하다.

시조(時調)는 노래였다. 음악성을 지향하였다.『서경(書經)』을 인용하여, 시조집『청구영언(靑丘永言)』이 '시언지(詩言志), 가영언(歌永言)'이라 했듯이, 시조는 뜻을 노래로 표출해 온 민족 문학의 정수(精粹)다. 문제는 '언지', 곧 '뜻을 말하기'에 있었다. 주자학적 말하기의 고착된 방식이 문제였다는 뜻이다. 그럼에도 순수한 자연 서정과 '그리움'과 '사랑'으로 요

약되는 개인적 정서 표출의 전통도 끊이지 않았다. 자연 서정은 소위 '음풍농월(吟風弄月)'로 관습화되었다.

노래인 '창(唱)'이 소거된 20세기 시조는 새로운 형식과 사상, 정서, 상상력을 필요로 하게 되었다. 최남선·정인보는 전근대성에서 자유롭지 못하였고, 이은상의 조율(調律)을 거쳐 이병기·김상옥에 이르러 근대 시조는 바른 좌표에 자리매김되었다. 이른바 '전통의 창조적 계승'이 이루어졌다. '창'을 잃은 자리를, 이병기는 시각적 감수성, 김상옥은 '시화일치(詩畵一致)' 전통의 창조적 형상성을 통하여 치환(置換)하기에 성공하였다. 시천 유성규 시조의 시조사적 위상은 어디에 놓이는가?

시천(柴川) 유성규(柳聖圭) 박사는 1958년 정부 주최 전국시조백일장에서 장원으로 뽑히면서 시조시단에 화려하게 등장하였다. 이어 한국일보 신춘 문예와『자유문학』에 시조로 등단하면서 시조시인으로서의 기반을 다졌다. 시력(詩歷) 60여 성상이다. 1964년 한국시조시인협회 창립을 주도(主導)했고, 1989년 이후 20년 동안 전민족시조생활화운동에 혼신의 힘을 쏟아 왔다. 그의 시조 창작은 분명 '시조시인'의 사적(私的) 영달(榮達)의 차원을 넘어서는 자리에 있다. 이는 그의 시조가 내포한 특성과 역사성을 떠나서 설명되지 않는 부분이다.

2. 시천 유성규 시조의 특성과 시조사적 의의

2002년에 나온『시천유성규시조선집』에는 모두 209수의 시조가 실렸다. 성인 시조 180수에 동시조(童詩調) 29수다. 이를 중심으로 하여 유성규 시조의 특성을 6가지 관점에서 살펴보기로 한다. 1985년에 출간된 그의 시조집『동방영가(東方靈歌)』또한 보조 텍스트로 쓰인다.

(1) 지성과 감성의 융화

시조에서 주지시적 감수성을 접하는 것은 희귀한 일이다. 현대 시조도 그렇다.

시천의 시조 중 빈도가 가장 높은 것은 물론 개인 의식을 표출한 작품들이다. 이런 부류의 시조들은 대개 영탄이나 직설적 감정 표출에 치우치기 쉽다. 이것이 근현대 시조의 관습이다. 시천의 시조는 이런 관습을 과감히 떨쳤다.

고향은 호수
백조 한 마리가

너울대며 몸 사르고
승천(昇天)하는 밤이다

그 살결
부리로 받든
광명(光明)이라 아픈가

―「촛불」

이 작품의 제목이 '촛불'임을 알면서도 독자는 쉬이 그 의미에 직핍해 들지 못한다. 고향과 호수와 백조 한 마리라는 객관적 상관물이 조성하는 특유의 상황이 촛불을 지성적으로 형상화하였다. 직설적 감정 표출은 '아픈가' 한 단어로 매김했을 뿐이다. 독자로 하여금 '생각하게 하는' 아픔이다. 아픈 감성이 지성미(知性美)로 표출되었다.

해 저문 산 그림자 깃 빠진 멧새 울음

골물에 돌돌 말려 내 귀에 든다 치자

그 밤은 나의 영혼이 얼마나 젖을 거냐.

불러도 떠나버린 애처로운 별이 있고

촛대에 할딱이는 불춤이 있다 치자

그 밤은 나의 영혼이 또 얼마나 젖을 거냐.

—「나의 시」

　시천의 시는 어떤 것인가? 2연으로 된 시조인데, 각 연의 종장은 반복
과 변이(變異)의 형식을 보인다. 객관적 상관물을 동원하여 주지적(主知
的)으로 형상화한 초장·중장의 기법은 시천 시조의 탁월성을 과시한다.
'멧새 울음'과 '별'·'불춤'이 빚어내는 지적인 상황 분석이 요청된다. 직
설적 감정 표출은 '애처로운'이 홀로 맡고 있다. 우리 시조시사(時調詩史)
에서 이런 주지적 시조를 찾아보기 어렵다는 것은 이미 말한 바 있다. 시
천 시조의 선구적인 양상이다.
　시천의 이 같은 지적 감수성의 원천은 어디에 있는가? 두 작품만 뽑아
본다.

산마을 큰애기

허리춤에 뽀얀 살

할머니 마실 가고

고양이는 조을고

심심한
바람을 만나
알밤 하나 뚝 진다

─「적(寂)」

큰애기, 할머니, 고양이, 알밤이 객관적 상관물이다. '알밤'이 결정적 구실을 한다. 어떤 감정 표출도 끼어들 틈이 없다. '고도로 절제된 언어의 감성'이 '뚝 진다'에 응축, 귀착된다.

풋풋이 기립(起立)하는
저 기약(期約)을 보라

말초(末梢)로 다스리는
팽팽한 가슴 둘레

퉁기면
하르르 하르르
꽃잎 벌까 두렵네

─「소녀 K」

에로스적 감성을 절제한 시적 자아의 안간힘이 짚이는 대목이다. 지성과 통속성의 경계를 훌쩍 뛰어넘는 품격은 시인의 지성에서 온다. 낭만적 감정 표출의 위기가 감지되기 직전의 예술성이 값지다.

(2) 사회적 상상력

주자학적 수직의 윤리 체계가 붕괴된 20세기 우리 시조는 대체로 한(恨)과 인정(人情), 자연 서정의 언저리를 맴돌았다. 그걸 전통이라 했다. 틀린 건 아니다. 전통은 시간의 폭풍에도 살아남아야 한다. 이를 위해 산고(産苦)에 방불한 창조적 변이의 진통을 감내해야 한다. 역사란 지속과 변이의 끊임없는 흐름의 다른 이름이다. 지금 우리 시조는 이 같은 흐름의 질적 변이에 무심하다. 시천의 시조는 질적 변이, 시대의 목소리에 귀를 연 선구적인 작품이다.

> 더러는 피울음 되고 어쩌다 노을로 타는 강
> 공단(工團) 십이월은 무거운 산달[産月] 같다
> 달동네
> 질러 가르는
> 시베리아 아린 바람
>
> ─「공단의 여인」 3수 중 제1수

70년대의 작품으로 유추된다. 지난 반세기 동안 이 땅의 산업화와 압축 성장에는 '그늘'이 있었다. 그늘에서 곤고(困苦)한 노동에 종사하는 서러운 소녀를 제재로 했다. 시천의 사회적 자아는 이를 놓치지 않았다. 제2수에서 그는 그 공녀(工女)의 삶에 '풋보리 고개를 트는 은잔 같은 인생'이란 비유적 이미지를 동원했다. 제3수에서 그녀의 작은 소득에 '한 줌 햇살'이란 은유를 끌어왔다.

그래도 시천의 시조는 1970~1980년대에 기세를 떨친 사회주의 리얼리즘의 계급주의 시와는 거리가 멀다. 비판적 리얼리즘의 기미가 잠복한 모사적(模寫的) 리얼리즘의 시적 형상화다.

> 어쩔 거여 묵정밭을
> 큰애기는 팔려 가고
> 시름시름 오금께로
> 찬 바람 돌아가고
> 새는 날
> 혹시나 하던
> 그 소식도 끊어지고
>
> —「달동네 서설」 2수 중 제1수

　가난에 찌든 '달동네' 식구의 이산(離散)이 아프다. 그걸 시천 특유의 지성으로 다독이고 있다. 사회주의적 리얼리즘 문학의 투쟁·증오·저주·살의(殺意) 같은 격정을 곰삭인 시인의 연륜이 읽힌다. 제2수 '처마 밑 낮은 가락을 길들이는 산번지(山番地)'의 '낮은 가락'은 그런 연륜이 빚은 성숙한 목소리다.

　성수(聖水) 다리 폭삭 지하철은 와르르 물기둥 불기둥 다투어 일어선다.

　대구 사람 어제 죽고, 서울 사람 오늘 죽고, 타 죽고, 빠져 죽고, 깔려 죽고, 삼풍(三豊)은 양념 치듯 누런 이빨 드러내고, 하늘도 미쳤나 부다

　질금질금 비나 흘리고, 눈물 범벅 콧물 범벅 쓰린 가슴 앞에 두고,

동서남북 잘라먹자 날름대는 혓부리들. 우라질놈의 세상 봤나, 내 목숨이 모질구나.

　　요로콤 잘난 놈들 등살에 남산 허리 동강날라
　　나무아미타불! 퉤.
―「우라질 놈의 세상」

　현대판 사설시조다. 사회시인데, 직설적 고발에 풍자시풍으로 진술되었다. 1990년대 소위 문민 정부 시절에 폭발한 사회사적 난맥상이 집약적으로 분출되었다. 어처구니없는 사회적 부조리와 변고 앞에서는 시천의 지성도 격분을 다독이지 못한다. 제목부터가 노골적이다.

　　한수 일러 주랴, 요놈의 주변머리야, 귀를 쫑긋 들어 보렴.

　　끝발 센놈 골라잡아 살랑살랑 꼬리치다
　　알맞게 추켜세워 가려운 데 긁어 주고
　　되로 주고 말로 받아 한 밑천 챙기거든
　　후닥닥 양줏골에다 금싸라기땅 잡아 두라니, ― 힝
　　조조 같은 놈을 골라 회칼잡이 앞세우고
　　등치고 간 빼먹고 쓸개 빼어 상전 주고
　　먹고물은 아랫것들 핥아먹게 놔두게.
　　(중략)
　　동네방네 한 표 줍쇼 납죽납죽 아양떨 때
　　거짓말 잘잘 깔아 앞선 놈들 씹어 먹고
　　건건찝찔한 사람 술 한 사발 앵겨 주고 국수 말아 아낙 주고

수건 끝에 이름 박아 골목골목 돌려 보렴.

구린 배지 납시오 — 군자는 대로행이라.

몰랐제, 어리석기는. 용용 죽겠네. — 힝. 힝. 끝.

—「춘추 별곡」 전문

투기, 폭력, 사기, 위선이 판을 치는 경제, 정치, 사회의 관행과 구조적 부조리를 고발한 풍자 시조다. 역시 조선 후기 사설시조의 형식과 어조를 현대적으로 계승하였다.

너 죽고 내가 죽고 이판사판 정치판

주먹다짐 개판에다 멱살잡이 난장판

줄줄이

죽을 판이다

개코 같은 선량판

돈 놓고 돈 먹기 살판났다 노름판

고도리는 작은판 정선에선 카지노판

빈주먹

알거지판이다

얼름판에 코 박아라.

—「판타령」

폭력이 난무하는 의사당, 사술(詐術)이 합법화한 노름판을 고발하는 어조가 타령조를 띠었다. 이제 이쯤서 멈추어야 한다. 이보다 더한 격정 분출은 시천 시조의 예술성에 균열을 빚는다.

그럼에도 시천 시인의 공적은 시조에 사회성을 도입한 것으로 시조사에 현저히 기록될 것이다. 시천의 사회 시조는 대충 헤아려도 23수가 넘는다. 그 백미(白眉)는 다음 작품임이 확인된다.

붕어빵 뜨고 있는 여인이 있습니다
손가락 데었는가 귓볼을 만집니다
어찌나 애처로운지 가다 말고 섰습니다.

한 점 죄도 없이 바지런히 살아가는
가난한 영혼에게 고운 별 돌리시고
자정(子正)의 귀갓길에는 찻길 인도하소서.

반반한 집도 한 채 거느리게 하시고
구수한 차 한 잔쯤 마음놓고 들게 하소서
어쩌다 물놀이까지 허락하여 주옵소서.
— 「나의 기도」 전편

프랑스 비평가요 철학자인 자크 라캉은 말하였다. 욕망의 주체는 나그네, 길은 사막, 대상은 신기루라고 한 게 그의 『욕망 이론』의 요지다. 여기 등장하는 여인에게는 어기찬 욕망 같은 게 없다. 그녀에게 탐욕이 있다면, 그의 길은 사막일시 분명하다. 귀갓길이 평탄하고, 그저 반반한 집 한 채와 물놀이할 짧은 여가만 있으면 된다. 그걸 이 시조의 화자(話者)는 말하고 있다. 소박하나 간절한 기도다. 우리 할머니, 어머니 들이 정화수 떠 놓고 빌던, 그 소박한 무욕(無慾)의 축도(祝禱)와 닮았다. 이것이야말로 고등 종교에서 말하는 '공동선(共同善)'의 실마리다. 이런 시 앞에서 기교를 말하는 것은 사치다. 소박한 진술 그대로가 좋다. 깊은 감동을 환기하는 명작이다.

지금 우리 시조의 소재와 주제는 심히 편협하고 안이하다. 과거의 인습에 젖었다. 20세기 사상적 거인이었던 구상 시인이 설파하였듯이, 우리의 실존 자체가 무한한 비극과 모순과 불안으로 체험되며, 삶의 현장·인류 역사의 벽과 맹점(盲點)에 직면한 현대 시인이 '홀로 안주(安住)의 돗자리'를 펴는 것은 역사에 대한 무책임이요 수치다. 특히 시조시인들의 분발이 요청된다. 시조는 '시대의 노래'다.

시천 유성규 박사의 시조는 이러한 시대적 요청에 부응한 선구적 공적을 누린다. 사회시·정치시의 '웅변떼'식 말하기의 위기를 어떻게 극복했는가를 우리는 주목해야 한다. 존 스튜어 밀이 말했듯이, 웅변은 듣는 것이요 시는 엿듣는 것이다.

(3) 역사적 상상력

시천 시인의 조국과 겨레에 대한 애정은 자별하다. 그가 민족 고유의 정형시(整形詩)인 시조로 등단하고, 수십년을 한결같이 '전민족시조생활화운동'에 혼신의 힘을 기울여 온 것은 민족 문화는 물론, '조국과 겨레 사랑'이라는 항심(恒心)의 징표다.

북관(北關)에 눈 내리고 선구자는 달린다
목메인 두만강에 달이 잠겨 흐르는데
조국의 부름을 받고 불덩이가 달린다

말갈기 휘날리며 북간도를 달린다
한 번 죽어 두 번 살자 맹세한 사나이가
달빛이 동강나도록 내리치던 칼바람.

—「선구자」

일제 강점기 만주 벌판에서 풍찬노숙하며 독립운동을 하던 구국(救國)의 선구자들 모습을 비유적 이미지로 형상화했다. 선구자 독립군이 '불덩이'에 비유되었다. '달빛이 동강나도록 내리치던 칼바람'의 이미지는 부드러움과 날카로움, 연성(軟性)과 경성(硬性)의 절묘한 결합력을 보인다. 금속성 이미지가 이런 표출력을 과시하기는 쉽지 않다. 이미지 형상화의 정점에 놓이는 표현이다.

내 새끼야 내 새끼 한밤중에 어딜 갔나
푸른 물에 홀딱 반해 풍덩 빠져 버렸다구
시커먼
오열로 남아
바위섬이 됐다구.

—「독도」 3수 중 제1수

절해고도 독도를 '내 새끼'라 육친화(六親化)했다. 독도를 제재로 한 글들이 적지 않으나, 이같이 단 한마디로, 절절한 애칭을 함축한 표현을 찾아보기 어렵다. 시작(詩作)의 경륜과 수준을 족히 가늠케 하는 시조다.

피맺힌 바위 서리 달빛 새어 흐르고
철조망 구멍 새로 도라지꽃 피었다

허공을 겨눈 총구가 세월보다 아픈 거.

―「휴전선」 3수 중 제1수

국토 분단의 비극, 그 현장이 생생히 제시되었다. 철조망 구멍과 허공을 겨눈 총구, 도라지꽃의 생명력이 달빛의 조명을 받으며 대비되어 보인다. 낙동강 전투를 회상한 「단장(斷腸)」, 6·25전쟁 때의 군가를 인유한 「전우여」 등이 동류의 작품이다.

> 북관(北關)을 치달리는 고구려의 말발굽 소리
> 낙화암의 삼천 궁녀 꽃잎 되어 흘러가고
> 삼국이 하나가 되어 신라 금관 빛났도다.

―「겨레여, 겨레여」 전9수 중 제4수

서정성이 짙은 서사 시조다. '백두산 솟던 날에 닭의 움을 들렸으랴'에서 비롯되는 민족 국가 창건과 역사의 흐름을 되짚어 보인 작품이다.

> 비로소 장한 하늘이 백두산을 얻었나니
> 신단 무어 놓고 뜻을 모은 겨레여
> 그 영가(靈歌) 거룩하리라 백의(白衣)를 찬(讚)하라 (제1수)

> 일장기 밑에서 성도 잃고 살았네라
> 남산의 솔바람은 가난한 물렛소리
> 통한(痛恨)이 광복을 타고 덩실덩실 울었네라 (제9수)

> 낙동강 물굽이에 떠흐르는 육·이오

멀건 보리죽이 허기를 달래던 날에

그 목숨 조국에 바친 피의 강이 흘러라 (제10수)

여기는 복지(福地) 우리 이제 광화문을 보나니

혈흔(血痕)의 능선을 타고 통일이여 어서 오라

환호여, 이 땅에 있으라 노래 노래케 하라 (14수, 끝)

—「동방 영가」 발췌

1985년에 출간된 시천의 첫 시조집 『동방영가』에 실린 작품이다. 그의 민족사에 대한 서사적 상상력이 응축되어 있다. 한민족 5천 년 역사의 영욕(榮辱)을 압축적으로 제시한 장면마다에 환희와 탄식과 비원(悲願)이 서렸다. 주지적 상황 설정과 이미지 제시에 탁월한 시천의 서정적 자아도 우리 역사의 파란에 찬 곡절에 접하여서는 격정의 어조를 숨기지 못한다. 그의 역사적 상상력은 특유의 치열성을 보인다. 사회와 역사 문제에 대한 준열한 시 의식이 표출된 것이다.

고이 접어서 학이어라

맵시 있는 원무(圓舞)여라

솔바람이 새침한

하늘을 이고 앉아

청산(靑山)을 닮아서 좋을

이 겨레가 있노니.

—「조국」 전6수 중 전반부

초장은 학과 원무를 매개어로 한 은유적 이미지로, 중장을 솔바람과 하늘을 매개어로 한 서술적 이미지로 차분히 형상화하고, 종장의 '청산' 표상으로 매김하고 있다. 시천이 비로소 그의 시적 본령으로 귀환한 장면이다.

> 일찍이 닭이 울고
> 백마(白馬) 탄 이 나타나
> 삼국은 한 물에 놀고
> 신라 금관 빛났거니
> 항아리 고운 항아리
> 하늘빛을 닮은 나라. (제1수)
>
> 핏물로 펄럭이는
> 깃발 한번 장한 아침
> 어려서 서러분 이여
> 풋풋이 일어서라
> 새는 날 극동(極東)을 날
> 밉지 않은 새 한 마리. (3수, 끝)
>
> ─「기상도」1 · 3수

조국 역사의 찬란한 시원(始原), 거기에 낙관적 전망이 구상화되었다. 우리는 비극적 수난사(受難史)에 대개 애탄(哀歎)으로 끝맺은 우리 서정시사를 일신(一新)할 기미마저 보인다. 주목할 부분이다.

역사적 상상력이 돋보이는 시천의 시조는 적어도 23수다. 민족의 수난사에 대한 준엄 · 치열한 정면 대결과 낙관적 상상력은 시천 시조의 탁월한 공적이다.

(4) 생태주의적 상상력

굴뚝 산업과 국토 개발로 대표되는 산업주의는 우리에게 물질적 풍요와 평균 수명의 연장이라는 혜택을 안겨 주었다. 아울러 그 부작용 또한 만만치 않아, 원초적 자연을 비롯한 생태계의 파괴라는 재난을 가져 왔다. 이른바 '개발 지향적 문화'가 빚은 인류사 전개의 양면성이다.

시천의 시조에서도 생태주의적 상상력은 곳곳에서 빛을 발한다.

진종일 남았을까 잿빛 하늘 산자락을
너의 산은 온통 침묵으로 가라앉고
이제 막 가지 끝에서 할딱이는 새 한 마리.

광화문 다락에나 쉬었다 올 일인지
그 옛날 풍류에도 귀나 맑혀 둘 일이지
네 목젖 매운 연기가 욱신대고 있구나.

너를 닮은 사람 하나 중랑천에 살던 사람
해소병 도지는 소리 한밤중에 넘겼을까
지구가 앓고 있구나 서울 새가 앓는구나.

ㅡ「서울의 새」 전편

이 시조 3개 수에 생태적 문제가 고루 포진해 있다. 대기와 수질 오염으로 새와 사람의 생태계에 위기의 징후가 또렷하다. 새는 위기에 처한 생태계, 그 생명체의 대유(代喩)일 따름이다. 그러기에 시천은 몽골의 초원과 남빛 하늘의 '순수'(「몽골의 하늘」)에 감격해 한다.

그 옛날 노란 바람
무악재를 넘었거니

한나절 구로 공단
시들시들 황달이네

등소평 몸짓 하나로
왜 우린 코가 아릴까.

　　　　　　　　　　　　　　—「황사 현상」후반부

　중국의 산업화, 목초 지대의 황폐화로 우리 나라에 불어 닥치는 심각한 황사 현상을 제재로 한 작품이다. 생태계를 위협하는 산업화, 거대 도시화가 불러오는 재앙을 경고하는 시조다.

　개발 지향적 문화는 생태계를 교란시키고, 개발 저항적 문화는 빈곤을 낳는다. 인류는 이 모순된 양면성을 지양(止揚), 통합할 지혜를 요구받고 있다.

　시인의 예언자적 직관과 예지가 요청되는 문제다.

(5) 전통미의 재현

　시천의 시조가 전통미의 재현에 무심할 리 없다. 가람이 난초의 품격을, 초정이 백자와 자연 낙원을 시화일치(詩畵一致)의 세계로 격상시켰다면, 시천 유성규 시인은 이 둘의 경지를 통합, 고양(高揚)시킨 좌표에 놓인다. 전통미(傳統美)의 창조적 재현의 차원에서 그렇다는 뜻이다.

모시 적삼 풀세워
날을 듯 고운 자태
하이얀 가르마는
정절(貞節)이라 곧구나
석류가 버는 가슴을
입술에다 옮겼다.

귀밑머리 두어 가닥
맵시로 흘려 놓고
내비친 살결이라
수줍은 치맛자락
태극선 날리는 바람
옥색으로 물든다.

눈은 먼 데 하늘
미소 날려 보내고
이마로 받드는
햇살이 눈부시다
아미(蛾眉)는 떨려서 좋은
그림 속의 여인아.

「미인도」전편

우리 시문학사 전반에 걸쳐 「미인도(美人圖)」에 관한 한 일품(逸品)이다.
이당(以堂)의 논개나 춘향의 초상화를 보는 듯하다. 우리 고미인도가
멸실(滅失)되는 변고에 처한다 해도, 시천의 이 시조 한 수로써 그걸 재현

해 내기에 부족함이 없다. 시행의 배열 형태도 안정되어 있다.

그냥은 아니 된다
핏물 풀어 흙살이 된다
한 모금씩 모자라는
한(恨)을 풀어 빚어야지
고렷적 푸른 하늘에
학(鶴)을 띄워 보내야지.

지글지글 살을 태워
불씨를 얻고 나면
긴긴 기다림과
텅 빈 바람 자리
실눈에 핏줄을 돌려
울음 끝을 찾아야지.

목덜미 고운 살결
살이 붙어 도툼하고
허리께 내린 선(線)은
새침하게 잘록하다
그리고 도공(陶工)의 노래
눈이 멀어버려야지

— 「눈이 머는 도공의 노래」 전편

고려 자기가 찬연한 예술품으로 태어나는 연유(緣由)와 과정을 노래했

다. 한(恨)과 고고(孤高)의 미학이 응결된 절창이다. '뻐꾸기 긴 울음에 귀
가 먹은 흙을 얻어/물 먹이고 짓이겨서 빚어 올린 항아리'(「청자」)는 치열
한 예술혼으로 빚어짐을 이렇게 구상화(具象化)했다.

> 여기는 예지원(禮智院) 스란치마 끌리는 소리
> 사랑으로 물이 드는 아늑한 이 뜨락에
> 거울 속 어머님 같은 이야기가 있습니다.
>
> 솔바람 보탤까요 자장가 같은 나라
> 날렵한 몸놀림에 예절이 몸에 배어
> 낙낙한 햇살을 받아 은잔으로 부십니다.
>
> —「여기는 예지원」 전반부

예지원은 서울 남산 기슭에 자리잡은 전통 예절의 요람이다. 시각과
청각을 동원한 고풍스런 이미지가 정겹다. 시조가 전통을 노래한다고 하
여 그저 목청만 높이거나 격정의 영탄조를 남발해선 그 효과가 절감된
다. 이 시조는 이같이 나긋나긋한 어조와 미적 호소력을 확보한다. 조지
훈의 「고풍 의상」이나 「승무」의 전통미에 접맥된다.

(6) 생명 의식과 순명

문학의 '거울론'과 '램프론'은 리얼리즘과 표현주의로 갈리지만, 연륜
을 오래 쌓은 시인에게는 그런 논의가 부질없을 수도 있다. 시인은 필경
삶의 본질과 존재론으로 귀착되게 마련이다.

노을이 뚝뚝 지면
너는 또 서러운 문둥이
시메나루 강을 건너
이름 석 자 남겨 놓고
멀건 달
무주 공산(無主空山)에
발가락도 묻어 놓고

어디를 가려 한다
천명(天命)을 가려 한다
눈썹을 빼 간 바람
네가 좋아 사느니
잉잉잉
눈물 말리는
소록도(小鹿島)를 가려 한다

            —「소록도 가는 사람」 전반부

  천형(天刑)이라는 한센병 환자의 처절한 생존 현실이 독자의 심령을 아프게 한다. "예술이란 우리로 하여금 아프게 생각하도록 하는 그 무엇이다."고 한 예술 철학자 올드리치의 말을 상기시키는 작품이다. '공동체 의식'까지 환기하는 이 작품은 제재, 주제 모두가 우리 시조시사의 새로운 획을 긋는 한 '사건'의 단서다. 자연 서정이나 그립고 아쉬운 정, 전전불매(輾轉不寐)의 초려(焦慮), 우리 고전 시가의 그런 관습을 창조적으로 혁신한 것이다. 자신이 한센병자였던 한하운의 시보다 더 치열성을 보인다.

솔바람 가꾼 이여 산노을로 타는 이여
말 대신 웃어 보인 백모란 같은 이여
인왕산 달덩이 되어 내 뜨락을 채운 이여

밤에나 한 발자국 훔치듯 다가서는
지밀(至密)한 흔들림이 더욱 고운 여인이여
황홀한 신방(新房) 같아라 잔이 철철 넘쳤다
ㅡ「헌가」 후반부

누구에게 바치는 노래인가? 백년 배필 부인께 드리는 헌사인 듯하다. 노
숙한 인생길 어느 길목에서 이런 헌사를 쓸 수 있는 시인의 삶은 복되다.

방은 썰렁하고 하얀 가운 다녀가고
빨간꽃 한 송이와 할딱이는 생명 하나
목숨이 끊어지려고 코끝이 싸늘했다.

의문의 파장(波長)으로 그려낸 그래프에
시간과 공간에 조용히 물러나자
종지부 찍혀 나왔다 아무도 울지 않았다
ㅡ「제3 병동Ⅱ」 전편

생의 종말, 죽음의 장면이다. 감정을 절제한 시인의 지성적 감수성이
돋보이는 대목이다. 아무도 울지 않은 생명의 종언(終焉), 그걸 이 시조는
보여 준다. 깊은 사유(思惟)마저도 독자에게 맡긴다.

사랑니 내밀 듯이 어느 날 도지듯이

인생은 그런 것을, 그래서 바람 불고

우리는 강물 빛으로 가고 있을 뿐이다

—「인생이란」

　흐름이다. 자연이다. 순명(順命)이다. 인생은 흐름이고, 우리는 그 흐름 속에 강물 빛을 내면서 흘러가고 있을 뿐이다. 시인은 그걸 받아들인다. 끄덕임이다. 생의 달관과 초월의 심서(心緒)가 짙다.『시천유성규시조선집』의 56수 이상이 이런 인생시다. 60수 가까이 되는 개인적 감수성과 지성의 결합을 보인 시의 분량에 근접해 있다. 시천의 2천년대 이후 최근 작은 이 같은 관조적 '인생시'들이다. 모두 단수(單首) 단시조다.

죽음은 환한 나라 진주알 같은 나라

이승의 앞과 뒤를 한 줄에다 꿰어서

내 목에 거는 날이다 훨훨 나는 날이다

—「죽음은」 단수

　죽음의 공포를 초극한 달관의 시조다. 90세, 시천의 인생은 지금 저물녘이다.

　시천은 한때 원광대학교 한의학 교수로, 여항(閭巷)을 구제하는 인술(仁術)의 사도(使徒)로 헌신했다. 그럼에도 시조 쓰기와 시조 연구는 시천의 일생을 꿰뚫어 흐르는 성업(聖業)이었다. 대학 졸업 논문의 표제도「현대 시조의 존속 가부론(可否論)」이었다. 그런 열정으로 지성껏 가르쳐 등단 시킨 시조시인이 250여 명이다. 시조를 위해 살아온 생애였다.

3. 맺음글

　시천 유성규 시인은 1930년 인천에서 출생했다. 서울대학교 국어교육과를 졸업한 뒤 경희대학교에서 한의학 박사 학위를 얻었다. 서울대학교 재학 중에 정부 주최 전국시조백일장에서 장원에 뽑혔고, 이듬해인 1959년 한국일보 신춘 문예에 입선했다. 1962년에 『자유문학』 신인상에도 당선되었다. 이런 학력과 등단 경력은 그의 시어(詩語) 구사력이 반듯하고, 문학적 기반이 탄탄하며, 우리 전통에 대한 관심이 범상치 않음을 입증하는 근거가 된다.

　시조는 서정시다. 시천은 그의 작품에서 서정성을 어떻게 표출할까를 두고 고심한 대표적인 시조시인이다. 그는 서정의 '가슴'을 '머리'로 표출하는 데 성공했다. 지성과 감성의 융화를 이룬 그의 시조시학은 시조의 현대화에 성공한 선구적 업적으로 기록되어 마땅하다. 가람의 시각적 이미지, 초정의 시화 일치의 고전미를 지양·통합하고 노산의 애상(哀傷)마저 훌쩍 뛰어넘었다.

　시천의 시조에서 각별히 주목을 끄는 것은 사회적, 역사적, 생태주의적 상상력의 표출이다. 우리 서정시의 전통이 사회적, 역사적 제재·주제에 무심했던 것이 사실이다. 개인 의식의 형이상학적 지향성을 보이는 것이 관습으로 고착된 면이 있다. 시천의 시조는 그런 관습을 과감히 깨뜨렸다. 특히, 사회 의식이 노골화하여 시적 긴장이 풀어질 대목에서는 풍자나 해학으로 위기를 극복하였다. 우리 역사이 자랑스런 유래나 비극적 수난사엔 강개(慷慨)를 금치 못하나, 마침내 조국의 강고(剛固)하고도 유장(悠長)한 전통미와 낙관적 비전으로 결정(結晶)되는 것이 시천 시조시학의 선구적 공적이다.

　청자나 전통미를 노래하되 역시 주지적(主知的) 상상력과 그런 이미지와 절제미로 완결지었다. 생태주의적 상상력은 문명 비판과 생명 의식으로 이어지고, 필경 생로병사의 준엄성과 섭리에 순명한다.

시천 시조의 이 같은 사상, 정서, 상상력의 표출이 시 형식의 현대적 변이와 융화되어 있다는 점 또한 주목을 요한다. 시행의 정제된 배열, 곧 시행과 연의 대칭적 배열 형식이 사상, 정서, 상상력의 표출과 융화되어 있다는 뜻이다.

요컨대, 시천의 시조는 주지적 이지미, 사회(共同體) 의식, 역사 의식의 도입으로 전통 시학을 현대화하기에 결정적으로 공헌한 걸출한 작품들이다. 자연 서정적 애상이나 음풍농월의 관습을 지양, 격상시킨 좌표에 놓인다. 창(唱)이 결여된 현대 시조의 방향타, 그 선편(先鞭)을 잡은 시조 시인이 바로 시천 유성규 박사다. 다만, 감성주의에 편향되어 가는 포스트모더니즘적 대중주의와 거리를 어떻게 메우느냐 하는 것이 긴급 과제로 남는다.

시천 시인은 지금 중환(重患)으로 신음 중이다. 그런 가운데 시천의 시조는 삶과 죽음의 어름에 자리해 있다. 그의 시적 자아는 현존(現存)과 비현존의 경계선 이미지(border-line image)의 경계에서 초월의 경지로 비상(飛翔) 중이다. 시조 형태도 초·중·종장 석 줄 기본형 단시조형(單時調形)을 회복하자는 견인차 구실을 하고 있다.

시천 시인은 2007년 세계전통시인협회를 창립하여 세계 각국의 시인들과 전통시 교류에 진력해 왔다. 시조를 세계화하고, 이로써 세계 시민들과 만나고자 하는 것이다. 2019년 6월에는 영국에서 제3차 총회를 연 바 있다.

어린이부터 시조를 읽고 쓰게 하자는 유성규 박사의 동시조와 '동시조 보급운동'에 대한 논의는 다음 기회로 미룬다.

제4부

시조 창작의
길잡이

時調

체관體觀과 절제節制, 기쁨의 시조시학

— 유온규론을 위한 단상(斷想)

1. 처음

언지(言志)의 시가 있고, 영언(永言)의 시가 있다. 말을 읊는 '영언'의 시는 노래가 실리므로, 뜻의 높이를 꼬느고 깊이를 가늠하는 '언지'의 시와는 달리 율조(律調)에 친근하다. 노래와 춤사위의 곡절(曲折)을 싸안고 휘도는 요(謠)와 속성을 공유하기에, 영언의 시는 언지의 시가 함축하는 시상(詩想)과 그 표상성(表象性) 쪽에선 취약성을 보인다.

유온규의 시조는 영언의 시로, 가위(可謂) 절창(絶唱)이다. '그 소리 내 소리'의 소릿결에 마음결이 갈리고 조여듦은 유온규의 시어 구사력이 범상치 않기 때문이다.

빗소리는 그의 소리 바람까지 제 소리.
낙엽 지는 그 소리는 하늘 문에 닿는 소리.
내 소린 빛깔도 없이 작은 울림뿐이다.

소리를 추적하는 감수성이 하늘 끝에 닿았다. 이 정도의 감수성이면 가히 우주적이다. 빗소리, 바람 소리, 이 만유(萬有)의 존재성을 드러내는 음향의 울림 속에 축소되어, 오롯하기 그지없다. 그것은 색채도 없어 더없이 소박한 소리지만, 우주적 감수성의 주체이므로 소리 곧 존재의 중심이 된다. 빗소리, 바람 소리, 낙엽 소리의 위대성을 한없이 축소된 내 소리의 비소성(卑小性)은 넘지 못한다.

유온규의 시적 감수성은 '영언의 시'가 난감해 하는 존재론적 높이에 어느새 접근해 있다. 이는 길(道) 찾기에 정진하는 시혼(詩魂)의 울림, 그 극한에서나 듣는 한국 여인의 요적(謠的) 절조(絶調) 그것이다. 소리 연쇄의 수사가 엮어 내는 집요한 추구욕은 '내 소리'의 비소성으로 하여 무욕(無慾)으로 울림하는 역설을 낳는다. 비범한 감수성과 언어 구사력의 결실이다.

2. 중심

유온규의 서정적 자아는 농경 시대의 전형적인 이 땅 여인이다. 유한정적(幽閑靜寂)의 고요 속에 인고(忍苦)의 세월을 교직(交織)하는 베틀 위, 논두렁, 채마밭 아낙의 자태가 고즈넉하다.

　　우리네 사는 길은 채마밭 같은 거다.
　　쑥갓 냄새 그 하나로 시장기도 달래 놓고,
　　마지막 햇살 받고서 트는 싹을 매만진다.

유온규의 「우리네 사는 길은」의 첫째 연이다. 삶의 중량감과 연륜이 감지되는 시다. 현장에서 체득된 삶의 예지가 눈부시다. 인고(忍苦)의 깊이와 곡절, 그 삶의 이랑이랑을 넘어 수많은 설레설레와 끄덕임의 연륜을, 내치고 또는 다독이며 어루만져 왔던가. 그 무수한 생채기 자국과 눈물 어룽마저 지우고 고이 지워 버린 연륜의 기나긴 사래밭이 읽는 이의 눈길에는 끝없이 아슴하다. 고운 시다.

이런 삶은 체념이 아닌 제념(諦念)에서 온다. 깨달음의 진제(眞諦) 그 지혜의 바탕에서 터득되는 바 삶의 원리가 동방적 제념이다. 그것은 소극과 도피가 아닌 더한 도전이요 생의 승리행일 수 있다. 마지막 햇살에 '트는 싹'이야말로 우리 아낙의 밝디밝은 소망이다.

> 헌 집이 무너진다, 먼지 기둥 인 자리에.
> 설계도 내가 하고 내 손으로 다시 지어,
> 달빛이 가득한 곳에 울도 담도 치지 말자.

다른 한 작품 「새집을 지어」의 첫째 연이다. 그의 제념은 새로운 '획득'을 잉태하는 '포기'이다. 헌 집은 무너뜨릴 수밖에 없고, 새집은 일구어야 한다. 유온규의 서정적 자아는 이처럼 도전적, 적극적, 창조적이다. 이것이다. 유온규의 시조를 전통이면서도 이 시대의 것이게 하는 것은 바로 이 창조적 자아의 역동적(力動的) 표상 때문이다.

유온규의 서정적 자아는 무너진 헌 집, 멸망한 옛 성터에서 '출토(出土)된 울음'에 도취하는 청상(靑孀)이 아니다. 그는 자연의 섭리를 종교인 양 섬기는 순명(順命)의 여인으로서 자유인이다. 「새 집을 지어」의 둘째 수를 보자.

> 하늘을 끌어들여 제비 떼 돌게 하고,

미꾸라지, 피라미 떼 눈을 맞출 연못하며,
창가엔 담쟁이덩쿨 제멋대로 뻗게 두자.

이런 '자연'은 유온규의 시 도처에서 볼 수 있다.

포장마차 속에도 행복이 있나 보다.
찢어진 틈 사이로 햇빛 찾아들고,
의자엔 책 읽는 소리, 창문 활짝 열렸다.

생활 시조다. 이 생활 시조에도 자유의 시공(時空)을 드러워 놓는 여유,
그것은 소외, 갈등, 저주, 싸움의 구라파적 변증법으로는 결코 터득되지
않는 소중한 우리 유산이다.

유온규의 시적 자아는 농경 시대의 우리 아낙이라 했다. 그 아낙은 유
한정적의 표상을 떨치고 일어나 이젠 당당하고 어기차기까지 하다.

어둠을 밀어내며 홰를 치는 수탉이다.
또 한 번 해가 뜨면 소매 걷어붙이고서,
오늘은 있지 싶은 것, 호미 끝이 번쩍인다.

여기에는 한(恨)과 울음이 없다. 한과 자탄(自嘆)과 회오(悔悟)의 눈물은
번쩍이는 호미 끝에서 소실되고 만다. 하고한 설레설레와 끄덕임의 언륜
이 안겨 준 예지의 발로다. '출토된 울음'을 울음으로만 되삭이는 인습
의 여울을 건너 이만한 삶의 예지가 무르익기까지, 우리의 농경 사회 그
소담한 마을의 물레방아는 천년을 돌고 또 돌아야 했던가. 회환과 초려
(焦慮)란 창조를 회잉(懷孕)한 진통이 아니고선 허무를 위한 되풀이에 지

나지 않는다. 창조적 역동성을 싸안은 유온규의 시간은 천년 물레방아의 원환적(圓環的) 헛돌기가 아닌 직선의 물길을 타고 있다. 동방적 제념이 만나 빚어내는 바, 우리 서정 세계의 한 기적이다.

유온규 시조의 이 같은 기적은 표피적 역동성이나 언어 기교, 소리 찾기의 한갓 '재주'에서 느닷없이 표출된 것인가? 그렇다면 그건 생명력 있는 시적 에스프리와 사뭇 인연이 먼 기교의 경박성과 표리 관계에 있지 않은가? 그건 아니다.

어느 시인의 명시집 『기쁨이 슬픔에게』가 그렇듯이, 기쁨은 슬픔의 집이고, 슬픔은 기쁨의 집일 수 있다. 우리네 삶은 기쁨과 슬픔의 끊임없는 대화이고 또 그래야 한다. 작품에 투영된 유온규의 실존은 슬픔과의 대화로 아로새기어 있다.

소리치고 싶다가도 귀가 멀어 버리는 소리.
밀물로 일어서다 풀 꺾인 나의 소리.
님이여, 이런 날들의 되울림을 듣는가.

앞에서 인용한 절창 「그 소리 내 소리」의 둘째 수다. 인고(忍苦)와 초려와 체념의 자아 표상이 가장 적절히 부각되었다. 그의 어기찬 삶과 창조적 역동성에 위기감이 서린 장면이다. 그러나 그는 이 작품을 다음과 같이 맺고 있다.

부시시 돌아앉아 말끝 사뭇 흐리더니,
뼛속을 녹여 대는 그 소리도 알고 보면,
무늬에 결을 얹어 논 저녁놀 같은 거다.

황진이식으로 말하여 '보내고 그리는 정'의 그 안타까움, 망설임, 풀꺾임의 '되울림'은 '뼛속을 녹여 대는' 극한을 치닫는다. 그런 극한이 문제다. 거기에 우리네 서정의 분기점이 있는 까닭이다. 이때 우리 서정의 전통은 어슴프레한 '박명(薄明)'의 색조인데, 그것은 여명의 새빛보다 황혼녘에 훨씬 친근하다. 이는 우리 민족 느낌의 집단 무의식적 고향이 '죽음에의 소망'에 기운 탓일 게다. 한국인 유온규의 시조에도 황혼의 놀빛은 역연하다. 저녁놀은 슬프다. 그런데 '무늬에 결을 얹혀 논 저녁놀'은 아름답다.

유온규의 시조에 스며든 슬픔이 회한이나 비탄을 떨친 아름다움이 되는 것은 기쁨과의 부단한 대화를 통하여 체득한 그의 관조(觀照)와 절제(節制)의 품격 덕이다.

3. 끝

유온규의 슬픔이 기쁨과 대화하여 마침내 기쁨과 빛의 역동적 시학을 수놓게 된 기적은 '님'의 실재를 만날 수 있어서다.

　　그대를 알고부터 걸음이 달라졌다.
　　말수 줄어든 한나절이 너그럽다.
　　불 밝힌 자리를 골라 자욱 내고 씨 뿌리고.

시조 「그대를 알고부터」의 첫째 수다. 여기서 '그대'는 물론 '님'이다. 그 임에 눈뜨고선 '골목'도 넓어지고 '풀잎의 흔들림'도 헤아리게 됐다. '바람이 쉬어 간 곳의 향기'도 맡게 되었다. 그 임이 있어, '치마폭 바람치

도록 달려갈 곳'이 있어서 더없이 좋다. '님(그대)'이 있으므로 '달려갈 곳'이 있는 그의 자아는 실로 비탄, 미움, 허무, 회한에서 구원된 실존이다.

시조시인 유온규의 영혼을 휘어잡는 '님'의 실체는 무엇일까? 그것은 그의 하고한 연륜의 크나큰 곡절에서 만남을 연분지은 경이로운 '눈뜸'과 관련된다. 그는 그의 시에서 그 눈뜸의 계기를 암시할 뿐, '님'의 표상은 감춘다. 그것은 그의 비밀에 속한다. 그럼에도 영성(靈性)의 귀와 눈을 열고 그의 시혼(詩魂)과 만나는 지점에서, 우리는 그의 시의 지평이 영원(永遠)을 향해 길을 트고 있음을 보게 된다. 그의 '님'은 시간부터 영원까지 임재(臨在)하는 기쁜 실재이다.

유온규의 가람, 이호우, 이영도를 잇는 귀한 시조시인의 도정(途程)에서, '출토된 천년 울음'을 넘어 빛과 기쁨의 시학을 기적처럼 아로새기고 있다. 요적(謠的) 소리 속에 삶의 연륜과 의미의 중량을 가붓이 감당하는 그의 시재(詩才)는 놀랍다.

고향 찾기와 역동적 이미저리

— 박찬구 시조 시론(試論)

1. 여는 말

그리움은 서정시의 광맥이라고 필자는 말한 적이 있다. 그리움과 기다림, 이별과 만남이라는 서정적 계기를 소거한 자리에서 시라는 장르가 얼마나 그 풍요를 구가할 수 있을까.

농경 시대의 고향을 기억하는 시인에게 대체로 그것은 사실적 현장감과 낭만적 향수(鄕愁)의 감정이 교차하는 결곡한 연분의 텃밭으로 실재(實在)한다. 고향에 대한 그리움을 고질처럼 부여안고 살아 온 노년(老年)의 나그네 시인에게 그곳은 필연코 다시 찾아보아야 하고, 어쩌면 돌아가 기대어야 할 영원한 귀의처(歸依處)이기도 하다.

나그네인 인간은 불멸의 향수를 품고 살아간다. 생장한 터전에 대한 향수병과 아직 경험하지 못한 미지의 세계에 대한 노스탤지어에 젖어 살 수밖에 없다. 전통시를 쓰는 시인에게 그런 노스탤지어도 필경 생장한 터전을 향한 그리움으로 귀착된다.

생장한 텃밭 그 고향에는 인고(忍苦)의 모성(母性)과 중후(重厚)한 부성

(父性)이 자리해 있다. 연분의 산야(山野)는 의연히 그리움을 지피고, 시인의 개인사(個人史)와 그 연유를 다시금 다그치게 만든다.

　박찬구 시인의 창조적 상상력의 처음과 길과 끝은 한결같이 이 향수의 상관물과 결부되어 있다. 그의 시조에는 모성과 부성, 고향 산야의 곡진한 연분들이 아로새겨져 있다. 그의 시혼(詩魂)은 아름답게 또는 아프게 하는 고향의 그 곡진한 서정의 광맥들은 어떻게 구상화(具象化)하였는가?

2. 박찬구 시조의 특성

　박찬구 시인 시조의 허두는 귀거래사(歸去來辭)로 시작된다. 박 시인의 고향 찾기에서 종국적인 의미는 도연명(陶淵明)의 그것처럼 '귀착(歸着)'에 있다. 잠시 동안의 귀성이 아닌 정착을 위한 고향 찾기다.

　　이제는 가야 하리 그렇게 떠나야 하리
　　풀벌레 울음소릴 들으러 가야 하리
　　명리(名利)야
　　뜬구름 같은 것
　　저 언덕을 넘어야지

　시조 「귀거래사」의 제3련이다. 도연명의 그것이다. 다섯 말 녹봉 5두미(五斗米)에 허리 굽히는 일(折腰)이 싫어 팽택현령(彭澤縣令) 자리를 미련없이 내던지고, 다섯 그루의 버드나무가 선 고향으로 되돌아오며 쓴 도연명의 「귀거래사」와 닮았다. '명리(名利)야 뜬 구름 같은 것'이 증거다. 일찍이 교육부 정책실장 일을 한 박찬구 시인은 서울특별시 교육위원이다.

그런 것 다 떨쳐 버리고 '곡진한 연분'의 고향 산야로 돌아가 정착하고 싶은 게다. '풀벌레 울음소리'를 들으며 고향의 풍정(風情)에 젖어 살려는 게다. 거기에 실재할 '아버님의 사랑채'와 '어머님의 손때 묻는 부뚜막', '먼 산의 뻐꾸기'가 객관적 상관물로 형상화된다. 이건 낭만적 고향 찾기의 목록이다. 한데, '불씨 묻은 가슴으로 고향을 등진' 까닭, 그런 사실성을 여기서 형상화하기에는 가히 숨찬 일이다.

돌담에 잦아드는
뻐꾸기 울음소리

풍상(風霜)을 원망하랴
화석(化石)으로 남은 인정(人情)

청산이
졸고 있구나
보릿고개 넘던 마을

시조 「고향 소묘」다. 돌담에 잦아드는 뻐꾸기 소리, 졸고 있는 청산은 의연한데, 인정은 화석화했다. 순수한 농경 사회의 풍정은 산업화·정보화의 시간을 거치면서 변하였다. 박찬구 시인은 감정의 곡절을 노출시키지 않고 고이 다스린다. '보릿고개 넘던 마을'의 사실적인 고향 풍정도 잔잔히 어루만지듯, 시인의 정서는 절제되어 있다. '아버님의 헛기침'과 '어머님의 터진 손'에 내재된 사실적 고향의 풍정도 "객지는 유배지였네."(「유배지」) 한 마디에 묻어 두기로 한다.
박찬구 시인에게 고향은 그럼에도 자연 낙원(Greentopia)이다. 도연명의 「도화원기(桃花源記)」의 그것처럼 '복사꽃 하얀 배꽃'이 피는 '초록 언덕'(「봄」)이다. 그래서 매미 소리도 "청산에 살어리랏다."(「매미」)로 들린다. 거기에 '가르마 논길 다라 목매기 울고', '봉숭아 속살 터진 햇살 고운 뜨락'(「하늘」)이 있다.

> 키운 만큼 새빨간
> 그리움의 언저리로
>
> 세월의 실타래
> 넉넉히 풀어내며
>
> 뜨거운
> 설레임 안고
> 영변으로 치닫는다

시조 「진달래 2」다. 진달래 피는 자연 낙원이 그리움의 붉은 광맥을 품고 설렌다.

박찬구 시인의 개인사에도 역사의 피밭이 있다. 낭만적 자연 낙원이 아닌 사실적 고향의 이야기가 숨어 있다. '불씨 묻은 가슴'으로 고향을 등졌던 참담한 아픔의 현장이 곧 고향이기도 하다.

> 우리 집 사랑채도 한밤이 이슥토록
> 나라를 생각하는 저마다의 낱말들이
> 끝내는
> 충혈(充血)이 되어

팽팽하게 맞섰느니라

소백산 낮은 마을 달도 없는 까만 밤을
어느새 빨치산은 바람처럼 왔다 가고
죽창(竹槍) 끝
비명(悲鳴) 소리만
억새밭에 누웠느니라

시조 '억새밭에 누운 바람' 3개 수 중 제1·2수이다. 소백산 아래 작은
산골 마을에도 역사의 바람은 불어 닥치고, 이념의 예각이 언어의 충돌
을 일으키며 죽창이 생명까지 노리는 역사의 울음소리를 이 시는 전한
다. 억새밭에 가로누워 울음 우는 역사의 바람을 형상화한 시다.

상흔(傷痕)이 훈장 같던
내 견장(肩章)은 일등병

총부리가 겨눈 곳은
허연 달이 걸린 곳

한탄강
물 울음소리만
지뢰밭을 적셨거든

시조 「서부전선(西部戰線) 이야기」 4개 수 중의 제 2수이다. 시인의 전선
체험이 총부리·허연 달·한탄강·지뢰밭 등의 상관물로 구상화하였다. 소

백산 아래 작은 낙원을 피밭으로 만들던 개인사는 여기서 서부 전선의 민
족사로 확대되어 있다. 시인의 역사 의식이 우려 비치는 작품이다.

> 아버님 기침소리 불잉걸에 잦아들고
> 쇠스랑 춤을 추며 목줄띠 세우던 날
> 천둥은
> 먹구름 속에서
> 힘을 잃고 울었다

　시조 「빈터 2」의 2개 수 중 제1수이다. 개인사, 민족사는 아픈 가족사
(家族史)의 응어리로 뭉쳐 있다. 아버지의 쇠스랑질과 '목줄띠'는 가족사
의 통고 체험(痛苦體驗)의 표상이다. 박찬구 시인은 그럼에도 원한의 정감
에 매몰되지 않고 '횃불 든/배달 겨레'(「비원(悲願)」)의 미래 지평을 조망
한다. '두 갈래 강으로/핏빛 되어 흐르는'(「다시 3·1절에」) 민족사의 오늘이
그의 지평에 떠오르고, 수난에 찬 국토의 한 점 섬 독도(「독도(獨島)에서」)는
비분의 물결을 돋운다. 우국(憂國)의 시정(詩情)이 무르익었다.

> 그것은 아픔일까
> 묻혀버린 오욕(汚辱)의 역사
>
> 인고(忍苦)의 시공 속에
> 한을 달랜 수면 위로
>
> 무심히
> 물새 두어 마리

평화의 나래 편다

시조 「한강」의 후반부다. 시인은 국토의 젖줄 한강에서 평화의 표상을 지레 본다. 그의 개인사 그 피밭에서 비롯된 민족사의 비원(悲願)은 여기서 이렇게 승화된다.

박찬구 시인의 그리움은 곳곳에서 절창(絶唱)을 가늠한다. 「신혼곡(新婚曲)」, 「사모사(思母詞)」에서 그리움은 사랑 서린 체온처럼 결곡하고, 그것은 구원(久遠)의 맑은 심상으로 아롱진다.

　　내 앞에 사슴으로
　　벌거벗은 사람아

　　그 눈빛 별이 되어
　　사랑 노래 부르는가

　　저 멀리
　　에덴의 동산이
　　농염(濃艶)으로 타고 있다

시조 「그리움」의 후반부다. 투명한 별빛의 심상이 투명하여 아름답다. '그립단 말 한 마디/뼛속 깊이 묻어 둔' '더운 간즌'(「사모(思慕)」)이 여기서는 이렇듯 맑고 곱게 영글어 있다.

이런 그리움은 '강물을 활활 태우는' 저녁노을(「저녁노을」)이나 '풍진 속 찌든 얼굴이 붉어지고 마는' 단풍(「금강산 소묘」) 같은 대자연의 서정에 깊이 안긴다. 그뿐인가.

갈기를 곧추세운
준마(駿馬)의 기상으로

물안개 헤쳐 가며
바다를 건너 뛰며

만삭(滿朔)의
수평선 핏덩이
쓸어안고 웃는구려

시조 「산맥(山脈)」이다. 자연에서 거시적 조망이 역동적(力動的) 이미저
리를 낳고 있다. 김종서·남이·이육사의 호연지기가 활개를 편다. 박찬구
시인의 재기(才氣)가 예서 비로소 응결됨이라 할 것이다.

청아한 너의 소리
태초(太初)에 울리던 날

상제(上帝)님 도폿자락
깃발처럼 날렸거니

긴 여운
질펀히 흘러
우화(羽化)하는 중생(衆生)들

시조 「종(鐘)」의 전반부다. 박 시인의 거시적, 역동적 심상이 형이상학

의 우주에로까지 확산되어 있다. 이것이다. 박찬구 시인의 시적 개성은
이 같은 거시적, 남성적, 역동적 심상에 있다.

3. 맺는 말

서정시의 광맥은 그리움이라는 말로 박찬구 시인의 시조 이야기를 시
작하여 그의 거시적, 남성적, 역동적 이미저리의 얘기로 끝맺으려 하였다.
시인의 실재하는 고향은 낭만적 향수에 못지않게 사실적 현장을 싸안
고 있었다. 노시인이 귀거래사를 쓰며 찾아든 고향은 배꽃과 진달래꽃이
피는 자연 낙원 그것이었다. 또한 그곳은 개인사에서 민족사로 확장되는
역사의 피밭이기도 하였다. 거기에는 인고에 찬 모성이 있었고, 노기 머
금은 부성의 피멍울도 있었다. 그럼에도 박찬구 시인은 민족의 젖줄 한
강에서 평화의 지평을 본다. 그리고 마주치는 이 땅 산하(山河) 도처에서
아름다운 자연을 노래하며 그리움을 아로새긴다.
박찬구 시인의 고향 찾기는 그리운 현장과 사람에 대한 확인 행위며,
땅과 산 곧 이 땅 역사에 대한 사랑 밖의 것이 다는 아니다. 그의 시조는
그리움의 여린 서정의 표출에 그치지 않는다. 거시적, 남성적, 역동적 이
미저리의 형상화의 쪽에서 그의 시는 빛을 발한다. 그러기에 그의 시조
는 김종서·남이·이육사 시의 계보에 접맥된다.
시조시집 『귀거래사』 평설을 줄이며, 그 역동적 이미저리의 시하에 큰
기대를 건다.

역동적 이미저리와 순수의 선언

— 이석규 시조집 평설(評說)

1. 처음

이석규의 서정적 주인공은 자유시와 시조의 경계선에 있다. 그의 자유시집 『당신 없는 거리는 춥다』의 확산적 상상력이 시조집 『아날로그의 오월』에 어떤 양상으로 수렴될 수 있는가? 이석규 시 창조적 변환의 과제가 여기에 있다. 이는 시조와 자유시의 경계선에서 부대끼는 진보주의 콤플렉스와 관련된다. 여기서 잠시 이에 대한 거대 담론이 요청된다.

문화 이론에서 역사적 진보주의는 적신호다. 가령, 향가보다 소월의 시가 우수하다는 판단은 당치 않다. 시조와 자유시는 서로 다를 뿐 우열의 관계에 있지 않다. 두 장르의 형상과 성장의 배경과 연유가 다를 뿐이다. 시조는 유교적 시대 배경 및 연유에 접맥되어 있다. 사대부의 풍류(風流)와 결부된 '시절가조(時節歌調)'라는 유장(悠長)한 곡조 곧 '창(唱)'을 수반한 것이었다. 임진·병자 두 전란 후에 해체 현상(解體現象)을 보이며 사대부의 균형 잡힌 시조 장르 체계가 무너지게 되었다. 사설시조는 이 과정에서 발생한 것이다. 사설시조는 '격조(格調)와 창(唱)'이라는 시조의 속성을 거침없이 파기(破棄)하고 사회적 평등의 산문 정신을 지향한다. 20세기의 우리 자유시 형성의 바탕이 사설시조에 있다는 한 평론가의 지론(持論)은 그래서 공감을 불러온다.

이석규의 『아날로그의 오월』은 역해체(逆解體)의 응전력(應戰力)으로 앞에 선뜻 다가선다. '중심 무너뜨리기'와 '미학적 대중주의'의 포스트모더니즘의 위세 앞에 우리 문화의 정체성(正體性)이 위기에 처한 이 시대의 르네상스적 한 응답으로 제시되어 있다. 받기만 하는 세계화의 이 '가득 찬 빈터'에서.

2. 중심

이석규는 본디 자유시에 익숙하다. 그의 문학적 상상력은 3차원의 시공(時空)을 넘어 가위 우주적이다. 그의 상상력의 반경은 무한하여 실로 천애(天涯)에 미친다. 그의 섬세한 감성과 도도한 현하구변(懸河口辯)은 본질상 시적이다. 그의 좌뇌, 우뇌의 균형과 조화력은 경이롭다. 그의 우주적 상상력과 달변을 45음절 안팎의 모국어 노랫말에 응축(凝縮)시키기에 그는 심히 부대낀다. 그의 균형 감각이 이 갈등을 어떤 양상으로 조절하느냐에 『아날로그의 오월』의 성패가 달려 있다.

이석규는 우선 그 특유의 '천진성'으로 일관된 시정신의 지평을 연다.

산골짝 잔설(殘雪) 위에
토닥토닥 빗소리

가슴 젖은 대지는

세포마다 창을 열고

마른 풀
대궁이 속에
어린 싹 물긷는 소리

—「첫 봄비」

시상(詩想)이 맑고 숫되다. 독자의 감수성이 온통 '소리'에 집중되어 있
다. 세상과 우주에 소리는 많다. 맑은 소리·탁한 소리, 날카로운 소리·둔
중한 소리, 속살거리는 소리·아우성 등, 하고한 소리 중에 시인은 봄이
오는 소리, 생명이 움트는 은밀한 소리를 듣고 있다. 대자연의 안팎이 호
응하는, 평온하고 은밀한 소리는 생성을 알리는 고요로운 환호성에 갈음
된다. 다만, '세포마다'가 '물긷는'을 만나 시적 텐션을 조성한다.

먼 기억의 숲길 찾아
원적지를 클릭하면
은바람 금바람 속에
휘날리는 오월의 갈기
빛나는
신록의 물살
하늘 가득 출렁인다

나뭇잎 잎새마다
재잘재잘 조잘조잘
긴 강(江)의 몸뚱어리

퍼들쩍 구슬이 튄다
생명이
요동질치는
원적지의 들판에는

—「원적지의 오월」

역동적 이미저리(dynamic imigery)가 원색적 표상성을 띠며 출렁인다.
시인은 모더니즘적 절차탁마의 노고를 슬쩍 거스르고 원초적 언어의 질
박성(質朴性)을 취하였다. '은바람'·'금바람', '재잘재잘'·'조잘조잘'은
동심에서 우러나는 '서투름의 시학(詩學)' 또는 퇴영성(退嬰性)으로 보일
수도 있다. 그러나 현하구변인 이석규의 시에서 퇴영성을 운위하는 것은
무의미하다. '휘날리는 오월의 갈기'나 '빛나는 신록의 물살', '긴 강의
몸뚱어리/ 퍼들쩍 구슬이 튄다'의 '요동질치는' 역동적 심상이 이석규
시조의 지배소(支配素, dominant)다. 이것은 오월이 이미지다. 그뿐 아니다.
가을의 심상 또한 예외가 아니다.

봉우리는 빨간 잎을
깃발처럼 흔들어 대고
휘돌아 흰 여울은
옛 노래를 읊조린다
햇살도
환히 내려와
억새 위에 춤을 춘다

—「가을 청량산」에서

이 시는 상승(上昇)·하강(下降)·수평(水平)의 이미저리가 세상의 역동성을 조성한다. '봉우리'·'깃발'·'여울'·'햇살'·'억새' 등이 한 무리의 역동적 심상을 형상화한다.

이석규는 혼자 있지 않다. 늘 더불어 있다. 솔로보다 코러스를 지향하는 것이 이석규의 시조다.

모임과 만남은 그래서 우연이 아니다. '가을의 청량산'에서 시간의 의미가 만남의 시공(時空)에 머물러 있다.

산사의 목탁 소리에
맑은 슬픔 파문 인다
머무르고 싶은 시간들이
다시금 눈을 뜨면
소중한
사람들끼리
손잡고 걷던 산길

이석규 시조의 자아는 종종 슬프다. 그러나 그 슬픔은 맑다. 슬픔을 맑히는 것은 '목탁 소리' 곧 초월의 경지에서다. 초월의 시공에는 과거와 현재, '나와 너'가 있다. '나와 너'는 '영원한 너' 안에서 참으로 만날 수 있다.

이석규 시조의 텃밭은 샘밭골 고향 또는 어머니다. 그의 감성의 촉수는 '연(鳶)'으로 표상되는 어머니와 불망(不忘)의 이미지에 사무친다. 치열하다고 해야 할 그의 역동적 이미저리는 이 어머니 불망 이미지 표출의 에너지와 유관하다.

고향 가는 밤길에

다가서는 산 그림자
하늘 가득 번지는 슬픔
숲만 봐도 가슴이 뛴다
뿌옇게
되살아나는
고향집 그 둘레여

―「고향 가는 길」에서

　이석규의 고향의 이미지는 비애미(悲哀美)에 휩싸여 있다. 이석규에게
어머니는 고향이요 하늘이다. '한 매듭에/ 가지런히/ 세 줄이 매달리는'
'연'의 '세 줄'은 '사랑을 이어주는/ 어머니'의 손(「연」)이요 영원한 그리
움의 표상이다. 그래서 그리움은 늘 비애의 표정을 짓는다. 그러나 그의
맑고 아름다운 슬픔은 그의 우주적이며 수직적인 초월의 상상력에서 온
다. 피다툼으로 점철된 세속사(世俗事)의 티끌 너머에 그의 시적 고향은
고즈넉하다. 그가 늘 하늘을 보는 것은 이 때문이다.

오므리면 한 점이
펼치면 세상 가득

모든 것이 출발이고
도착점도 그곳인걸

아득타
역사보다 깊은
일시무시일(一時無始一)의 푸르름

이석규의 생명적 연유는 하늘에 있다. 그에게 삶과 믿음의 알파와 오
메가는 하늘이다. 극소와 극대, 찰나와 영원, 처음과 끝의 근원이 '하늘'
임을 이석규의 서정적 자아는 말한다. 따라서 그의 자아는 원초적 순수
를 향한 그리움에 목탄다.

별밤을 좋아했지
오지랖이 큰 여인아
숲가에 물 흐르면
경건을 닦고 닦아
풀벌레
울음 안에서만
씨를 받던 사람아

모래톱에 쌓인 세월
강물은 흘러가고
포탄을 먹고 살던
그 하늘도 다 지난 뒤
마지막
공해의 바다에
몸을 던진 사람아

—「국토에게」에서

이석규는 국토의 순수성을 여인의 순결과 생명 잉태의 천리(天理)에 비유

했다. 그에게 순수의 수호는 생명 지키기에 비유될 만큼 절대적인 것이다. '수탉이 울지 않아/ 귀뚜라미가 울지 않아' '지구가 대신 우는'(「지구가 운다」) 이 시대의 부조리를 아파하는 그의 시조는 생태시(生態詩)에 접근해 있다.

3. 끝

자유시의 확산적 상상력과 원심력 지향의 창작 에너지를 시조의 수렴적 상상력과 구심력 지향의 에너지로 전환하기, 여기에 이석규 시의 성패 여부가 달려 있다. 작은 목련꽃 한 송이에서 천애 일방 너머 우주의 한 어름에까지 확산되는 이석규의 창조적 상상력이 45음절 안팎의 시조시에로 수렴되는 한 시금석이 이『아날로그의 오월』이다.

동심과도 같은 이석규 시 정신의 천진성, 원초적 순수성이『아날로그의 오월』에서 '시조시(時調詩)'로 소담히, 그러나 때론 치열하게 꽃피었다. 이것은 이석규로서는 고투(苦鬪)다. 여기서 그가 전경화(前景化)한 지배소는 역동적 이미저리다. 한국 시조의 서정성은 본디 정태적(情態的) 형상이나 서정적 상황 제시 또는 영탄과 직설로 감정을 표출하기의 관습성에 편향되어 있었다. 이에 비추어, 이석규 시조의 역동적 이미저리는 한국 시조의 의미 있는 활로(活路) 트기에 기여할 낭보(朗報)를 함축한다.

이석규 시의 자아가 의지하는 서정적 순수의 밭은 하늘이다. 그의 하늘이야말로 영원의 시공에 연과 여줄의 면면한 이어짐과 같은 '영원의 고향으로서의 어머니'의 표상이다.

이석규의 서정적 지평에 시조시는 그리움의 형상적 실체로서 떠올라 있다. 순수 선언의 새론 격조를 가늠하면서, 그리고 '시조시'의 형태를 개방의 지평에 열어 놓은 것이다.

원초적 그리움과 순수의 시학

— 유지화의 시조 시론(詩論)

1. 처음

우리 서정시에서 '그리움'은 광맥(鑛脈)이다. 그리움은 결별의 먼 세월 너머 이쪽에서 다독이고 잠재워도 뒤척이고 또 설레는 불면(不眠)의 향수(鄕愁)다. 결별은 지극한 아픔의 다른 이름이다. 그 귀하디귀한 통고 체험(痛苦體驗)은 무량(無量)의 시간 켜켜에서, 모성(母性)의 결곡한 손길을 만나고, 그 아름다운 연분의 산하(山河)에서 그것이 그리움이요 절제된 사랑임을 터득하는 것은 실로 경이롭다.

이 메일과 전자책의 정보 통신 시대인 이제 '자연'은 기계 문명의 한갓 '재료'다. 영겁의 시간, 하고한 우여곡절을 머금고 갈맷빛 한려수도 그 청정 해역을 지키던 금모래는 지금 대도회 빌딩의 건축 자재로 숨죽어 있다. 소월이 함께 살자 노래하던 그 '강변'은 가뭇없고, '엄마'와 '누나'는 매연(煤煙) 속의 컴퓨터 학원 언저리를 맴돈다.

오래전 서유럽 사람 루소가 자연으로 돌아가라 했을 때의 그 자연은 '본연성'이었다. 그것은 저들끼리 부대끼고 아귀다툼으로 간악해진 기계론적 인간성에 도전하는 이상태(理想態)에 갈음된다. 여기서 말하는 자연은 인간의 동물적 수성(獸性, brutality)을 제외하는 지칭이다.

한국 서정시의 원형질인 그리움과 순수, 새 천년의 한국인 유지화 시의 화자도 지금 그것을 말하고 있다.

2. 중간

현대 시조는 물론 전통시다. 모더니즘시의 영향권에 있고, 리얼리즘시는 사뭇 낯선 것이 현대 시조다. 유지화의 시조는 전통시의 전형이다. 형태의 변이를 시도할 뿐 시정(詩情)의 텃밭은 갈데없이 한국이다. 유지화 시조가 함축한 전통 서정의 대종(大宗)은 그리움이다. 유지화의 그리움은 필시 우리 전통에 접맥된다. 고려의 고속요(古俗謠)「가시리」·황진이(黃眞伊)·서화담(徐花潭)·홍랑(洪娘) 시조의 전통을 이은 영예에 값한다.

> 바람도 햇살을 섞어
> 들녘을 차고 올라
>
> 묻어 둔 느낌표가
> 소문을 내는구나
>
> 탑 되어
> 우뚝 선 사랑
> 그가 부쩍 보고 싶다.
>
> —「가을 사랑 2」

현대 한국시는 영탄(詠嘆)을 삼간다. 이 어름서 요(謠)와 시가 갈린다. 더욱이 4음보격 노래인 시조에서 정감이 생째로 나뒹구는 건 금기(禁忌)다.

경조부박(輕佻浮薄)은 말할 나위도 없다. 애이불비(哀而不悲)란 이를 두고 이름이다. '묻어 둔 느낌표'야말로 한국 서정시의 본질에 갈음되는 작은 표정이다. '탑 되어 우뚝 설 때'까지 염량(炎凉)을 식히고 가늠한 세월의 두께가 감지된다. 이것이다. 한국의 시조가 품격을 가누며 질기게 생존한 까닭이 여기에 있다. 결결이 여미고 접고 감추었던 그리움, 그것은 희랍식 망각의 강 '레테'에 흘려버릴 그런 것일 수가 없다.

소낙비 떠난 자리
소식 같은 주어(主語) 하나.

이렇게 그리울 바엔
다 말할 걸 그랬지.

천 번도
더 불러본 이름
아람으로 터집니다.

　　　　　　　　　　　　　　　　　　　　　　　　　—「가을 사랑 5」

한국인의 그리움은 이런 게다. 차마 붙들지 못하고 보내는 마음, 있으라 하였으면 아니 갈 임을 보내고 그리는 정, 지는 잎 부는 바람에도 발자취를 더듬고, 멧버들 가려 꺾어 떠나보내는 정황이 아로새겨진 한국 서정시의 '그립고 아쉬운 정'을 유지화의 시조에서 쉬이 만날 수 있다. 차라리 "꿈속에 가는 넋이 자취 있다면, 문 앞의 자갈길도 모래 됐으리(若使

夢魂行有跡, 門前石路已成砂)."의 이옥봉(李玉峰)을 만난다. '천 번도 더 불러 본 이름'은 그리움의 극한이다. 그 극한에서 아람 터지듯 터진 언어가 유지화 시가 기대고 보채는 그리움의 시학이다.

기다림은 '사랑'의 다른 이름이다. 「가을 사랑」을 비롯한 「안개꽃」·「나는」·「봄날」·「하늘만 보는 나무」·「부부」·「달맞이꽃」·「사랑은 천리도 밝힙니다」·「프롤로그」·「아들아」·「회상」·「으뜸음표」 등 그의 시는 온통 사랑 덩어리다. 그가 이제야 펼쳐 보이는 사랑의 시, 그의 절창 하나를 보자.

> 만나지 않아도
> 날마다 만나는 이.
>
> 그대 위해 나는
> 이런 시에 젖을 거야.
>
> 지금도 하늘만 보는 나무
> 사람아 내 사람아.
>
> ─「하늘만 보는 나무」

만나지 않아도 날마다 만나는, 사랑과 만남의 역설(逆說), 그런 역설의 진실을 섭취하며 유지화 시조의 사랑은 긴긴 시간의 바람을 겪디면서 정정한 나무로 서 있다. 일상의 지평으로만 내닫는 세속의 삶 속에서 '높디높은 사랑과 진리의 한 바다' 하늘을 향하여 수직으로 선 나무 같은 실체가 유지화 시조가 섬기는 사랑 이미지다. 수평적 행진과 수직적 초극(超克), 땅의 절규와 하늘의 소리가 만나는 구원(久遠)의 좌표에서라야 비로

소 '사랑'은 영원한 삶의 지표일 수가 있는 것이다.

숨어서 숨어 서서
사랑 하나 키웠네.

별조차 비껴 가는
여리디 겨운 목숨.

사랑을
어떻게 말하나요

달빛에나 고백할까.

— 「달맞이꽃」

이는 은비(隱秘)로운 한국인의 사랑을 형상화한 시다. '이화(梨花)에 월백(月白)하고'의 고전적 사랑의 표상이다. 유지화의 「가을 사랑 2」에서 짚이는 사랑의 동아시아적 화두(話頭) "사랑은 한지에 맥이 배듯 절로 스며드는 거."와 같이 은근한 정서, 되바라지기는커녕 웅숭깊고, 여리디여리면서도 견여금석(堅如金石)의 마음결을 여민, 우리네 그리운 사랑의 실상이다.

팔고(八苦) 가운데 애별리고(愛別離苦)가 있다. 사랑하는 이와 이별하는 고통을 뜻한다. 유지화의 이별과 사랑의 시에서도 애별리고의 '죽음 체험'이 읽힌다.

눈물로는 감당 못 할
산자락에 눈 내리면

해 돋는 언덕에서
그 빛을 고이 받아
아버님
당신을 위해 매화로나 필까요.

—「사부곡(思父曲)」

시조시학의 전통대로 절제(節制)의 미학이 돋보인다. 시조의 언어는 모두 농익었다. 풋기 나는 수식어나 원색적인 야성의 말들은 이 절제의 미 속에서 숨죽이고 만다. "희로애락의 감정이 드러나지 않음을 '중(中)'이라 하고, 나타나되 절도(節度)에 맞는 것을 '화(和)'라고 한 것은 중용(中庸)의 원리다. '중'과 '화'는 천하의 크나큰 근본이요 마땅한 도리이며, 이것이 지켜질 때 천지가 제자리를 잡고, 만물이 생육·번성하게 된다는 것이다. 시조시학의 4음보의 율조와 절제의 미학을 섬긴 근본이 여기에 있다. 유지화의 시조도 이 전통에 맥이 닿았다. 줄을 바꾸고 연을 가르는 등 시 형태의 근대화는 '지속(持續)'과 변이(變異)라는 문화사 흐름의 순조로운 현상이다.

그의 절제의 미학도 '진달래' 앞에서는 한계를 보이는 듯하다.

얼마를 더 추워야
나의 창을 밝히나요

얼마를 더 기다려야
꽃으로 피는지요

진홍의 명찰을 품고

오래오래 울었네.

—「진달래꽃」

이 역시 '인고(忍苦)의 아름다움'이라는 전통 미학의 속성을 떨치지 않았다. 끝줄의 "오래 오래 울었네."의 직설적 정서 표출이 돌발적이기는 하나, '얼마나 더 기다려야'의 극한에서 '아람 터지듯' 터져 나온 끝 울음으로 뜻매김되어 마땅하다.

3. 끝

오늘 우리에게 가장 큰 위안을 주는 것은 '순수'다. 접두사 '숫'의 파생어가 한없이 귀한 오늘 우리의 그 풋풋하던 생명 문화를 옥죄는 단어는 '훼손'이다. '나'만 있고 '너'는 없는 반생명의 광야에 고독한 '나'만 있다. 선한 관계가 절멸한 땅 황무지에 끝없이 그리운 것은 '순수'다.

겨울강 물결 소리
청산 앞에 내가 섰네

그대 사모하며
설렘은 더해가고

오늘은 그대 크신 품속에
산새 되어 앉고 싶네.

—「산(山)」

자연 회귀욕이 표출된 시다. 동양의 자연은 서양의 그것과 다르다. 희랍 철인 탈레스 등이 쪼개고 파헤친 물리, 화학적 실험에 대상이 아니다. 건축에 공헌하는 재료 같은 건 더욱 아니다. 동양의 자연은 통합과 직관의 전일체(全一體)다. 사람이 창조한 인지문(人之文)이 가장 이상적인 상태에 도달하는 것은 산·강·바다·꽃의 지지문(地之文), 해·달·별의 천지문(天之文)과 합치될 때다. 동아시아 문학이 추구해 마지않던 자연과의 합일이란 이런 것이다. 유지화 시조의 창조적 상상력은 이에서 발원(發源)한다.

동아시아 자연은 단순한 물질적 대상이 아니다. 그것은 영원불변의 순수한 전일체다. 유지화의 산과 새는 소재로선 소월의 산과 새다. 소월의 산과 새와 꽃의 '보는 자'는 그들과의 불화로 소외되어 있다. 유지화의 화자는 산과 화해하고 합일되기를 소망하는 순수 지향의 귀한 자아의 표상이다. "앓아서 누워버린/긴 강둑을 베고 눕자."로 말문을 여는 '첫눈'의 순수를 보자.

겨울 밤 역 광장은
허기가 절반이다

어차피 산다는 건
여윈 다리 삐에로

아 나는 또 꿈결에라도
첫눈으로 살고 싶다.

―「첫눈 오던 날」

유지화 시의 에필로그는 바로 이것이다. "잠결에라도 첫눈으로 살고 싶다"는 유지화의 순수 지향욕은 '첫눈' 표상에로 귀결된다. 첫눈은 숫되고 개결하다. 지상의 추하고 사악한 온갖 오욕(汚辱)을 싸안고 세척하는 정화(淨化)의 매개체요 환호와 열락(悅樂)의 사자(使者)다.

유지화 시조의 사랑과 그리움의 정체는 곧 순수에의 열망이다. 다만 전자 신문, 전자책까지 출현한 정보 혁명기의 독자를 위해 격변하는 사회상에의 응전력을 유지화 시는 확보해야 한다. 소재의 확대는 그래서 초미(焦眉)의 과제다.

전통미와 모더니티와의 절묘한 만남

― 하정 최순향 시조집 『옷이 자랐다』 평설

1. 여는 말

철학의 과제는 둘이다. 실재론(존재론)과 인식론 말이다. 정서와 의미 쪽에 친근한 서정시가 철학의 깊이를 가늠하는 것은 난망(難望)이다. 가락이 절묘해야지, 사상이 웅숭깊어서 명시(名詩)가 되는 것이 아니라는 심미론자(審美論者)의 말은 기본적으로 옳다. 이런 심미적 아포리즘도 모더니티와 만날 때 적이 흔다.

산이 거기 있기 때문에 그곳에 오른다고 어느 등산가는 말했다. 실재의 비의(秘義)를 포착하기 위한 부단한 정진이라 할 것이다. 인식의 주체는 실재의 본질에 도달하기 위해 최선의 패러다임을 설정한다. 그럼에도 실재가 그 비의를 감추고 있을 때, 추구할 열정이 있는 이는 정진을 멈추지 않는다. 만년설에 덮인 안나푸르나 영봉 자락 균열진 곳에 몸을 묻은 한 등산가는 산의 실재에 도달했을까? 정신분석학자는 아마도 실재 추구의 투신으로 그의 죽음을 해석할 것이다.

시인은 궁극적으로 실재의 은비(隱秘)로운 뜻과 형상과 소리를 음악가 다음으로, 예리한 감수성으로써 포착하는 영인(靈人)이다. 그는 만유의 영적 징표를 조명할 뿐 아니라, 우주에 충만한 영적 파동에도 감응한다. 악성(樂聖), 시성(詩聖)이란 말은 결코 허튼소리가 아니다.

시조가 본디 성리학적 윤리관에 수렴되는 것이었으나, 정작 오늘에 좋이 읽히는 것은 도교(道教)나 선불교(禪佛教)·자연 서정(自然抒情)·개인 정감(個人情感) 쪽의 서정 시조들이다. 서화담(徐花潭), 황진이(黃眞伊), 윤고산(尹孤山), 독목교(獨木橋) 선승(禪僧)의 시조가 풍기는 아름다움에 우리는 더 공감한다. 그것이 N. 하르트만식의 우아미(優雅美)거나 우리 전통 특유의 비애미(悲哀美)다.

하정(荷汀) 최순향(崔順香) 시조의 아름다움은 이런 전통미(傳統美)에 접맥(接脈)된다. 이에 그친다면, 이 글의 서두가 이 같은 거대 담론을 끌어들이겠는가. 하정 시조의 전통미는 귀하게도 모더니즘과 만나 현대 시조의 정상을 지향한다. 일찍이 가람 시조가 모더니즘의 묘사적 이미지를 만나 거듭났다면, 하정의 시조는 주지적(主知的) 모더니티를 수용(受容)하여 현대 시조시단에 약진(躍進)해 있는 게 아닌가.

2. 하정의 시조미학

하정의 시조집은 표제부터 도발적이다. 기존 시조들 가운데 이 같은 가진술(Pseudo-statement)로 된 것은 드물다. 가진술은 시적인 거짓말이다. 사실의 세계에서는 개가 떡을 먹고, 바위는 굴러온다. 시적 진술에서는 떡이 개를 먹고, 바위는 걸어올 수 있다. 모더니티 발현의 한 예다.

이 시조집의 편집 방식은 특이하다. 소재나 주제별로 묶지 않고, 한글 자모 순으로 엮었다. 어떤 의미가 있을까?

(1) 길 밖에 길이 있음을

음악이 예술 장르의 정점에 있는 것은 내용과 형식의 불가분리성(不可
分離性) 때문이다. 하정의 시조미학은 '사유와 이미지와 정서와 형식의
어울림'이라는 시학(詩學)의 난제(難題)를 풀었다.

생각 하나 점을 위해 수직으로 낙하한다

생각 둘 넓이를 위해 흔들리며 내려앉는다

하늘이 모자랄까 봐 가만히 엎드렸다

—「가을 숲에서」

점, 면, 공간이 보인다. 수직, 수평이 공간으로 확대된다. 시인의 서정적
자아는 면과 하늘 사이에 있다. 천(天), 지(地), 인(人) 삼재(三才)의 합일이
다. 생각 하나는 하늘에서 낙하하여 지평을 넓힌다. 그 지평이 입체가 되
어 하늘을 채울까 저어하여 엎드린다. 사람(인, 서정적 자아)도 보는 자[見者]
로서 비켜나 있다. 노자(老子)의 무위(無爲)다. 시조가 소재의 상태를 완전
히 탈각(脫却), 변용되었다. 창신(創新)이다. 법고(法古)는 잊지 않았다. 점
하나가 우주로 확대되는 시학적 기적(奇蹟)이다.

시인의 서정적 자아가 이 기적의 좌표에 자리한 것은 에초에 어염(閻
閻)의 통고 체험(痛苦體驗)을 탈속(脫俗)한, 원초적 자연 서정 몰입의 시공
(時空)에 서 있음을 뜻하지는 않는다.

감당한 무게만큼 닳아버린 뒤축하며

조이느라 다 해진 가장의 구두끈이
핏덩이 울컥 솟듯이 목에 걸린 아침나절

—「가장(家長)의 구두」에서

세상살이의 무게가 핏덩이로 울컥 솟게 하는 통고 체험의 실상이다. "굴욕과 굶주림과 추운 길을 걸어 / 내가 왔다. / 아버지가 왔다. / 아니 십구문 반의 신발이 왔다."(「가정」)고 한 박목월의 시를 상기시킨다. 하정의 여염 체험은 서울 외진 뒷골목 허름한 식당의 석쇠에 올라 도도히 분신(焚身)하는 세네갈 갈치에도 투영된다. 하정에게도 삶이란 결코 녹록지 않다.

그뿐 아니다. 사사로운 정념(情念)을, 하정의 서정적 자아는 외면하지 않는다, 인간적이다.

가슴에 사막을 지니고 살았습니다
풀 한 포기 못 키우는 불임의 땅에서
오늘은 터지는 통곡을 당신께 바칩니다

—「고백」에서

여기서 '당신'은 사적이건 보편적이건 신앙 고백의 대상이건 상관이 없다. '풀 한 포기 못 키우는 땅'도 '버려진 돌멩이까지도 은혜로운 영토' 일 만큼 헌신적인 어조(tone)가 가슴을 친다. 온몸을 불사를 듯 흠모(欽慕)의 정을 기어(綺語)로 분출(噴出)한 모윤숙의 「렌의 애가(哀歌)」에 비하여, 하정의 「고백」은 진정성을 얻는다.

대들보를 베고 누운 서까래의 안분(安分)들

기막힌 저 구도를 누가 먼저 세웠을까
우리네 살아가는 일 저만 하면 좋겠네

―「구도(構圖)」

가옥의 구성 요소를 삶의 경우에 빗댄 알레고리다. 안분의 구도를 선망(羨望)한 평이한 시조다. 이 위에 평정(平靜)이 깃들이니 금상첨화(錦上添花)다.

길게 누운 고요 위로 소리가 지고 있다
꽃의 울음소리를 고요가 먹고 있다
유리벽 뚫다 넘어진 그림자가 흩어진다

―「고요에 대하여」에서

낙화(落花)의 정경이다. 꽃이 소리로 지고 그것이 울음소리를 낸다 해도, 그건 고요 속에서 고요를 머금었다. 투명한 그 영상이 소리 없는 그림자로 흩어진다. 낙화의 우주는 이같이 정밀하다. 발자국 위에 흔적으로 괴는 고요는 '찔려도 좋을 하늘'까지 먹는다. 꽃에 찔려 생채기 날 하늘을 고요는 품는다. 낙화, 그것은 정밀(靜謐)의 우주 속에 있다. 낙화의 형상이 모더니티를 만났다. 김남조의 현대시 「빛과 고요」 못지않은 현대시조다.

한없는 그리움과 무량의 그리움들
들풀이 자리하듯 그렇게 심어놓고
침묵은 바람이 되어 숲 속에서 자라네

이별을 배운 숲엔 눈물도 섬이 된다
스스로 가두어 흔적으로 남겨진
유예의 이 계절 앞에 입을 다문 영혼이여

　　　　　　　　　　　　　　　　　　　—「겨울 숲」에서

총 3개 수 중 제2, 3수이다. 첫 수는 침묵의 숲이 '길 밖에 길이 있음'을
알린다. 제2수 '한없는 서성임과 무량의 그리움들'은 우리 시가 전통의
'그립고 아쉬운 정'에 접맥된다. "이별을 배운 숲엔 눈물도 섬이 된다."는
이별과 고독의 심서(心緒) 표출 기법상 절륜(絶倫)의 경지를 넘본다. 영혼
의 정처(定處)는 어디인가. 정서와 지성이 조화를 이룬 작품이다.

골목 안 어디선가 괘종시계 치는 소리
반쯤 열린 대문 안엔 칸나꽃이 붉었다
어두운 장지문 너머 세월이 서성이고

　　　　　　　　　　　　　　　　　　　　　　—「기억 저편」

초장·중장에 시각과 청각의 이미지가 선연(鮮妍)하다. 종장의 '세월의
서성이고'의 여운이 마음을 이끈다.

하정의 맑은 영혼은 마침내 천상(天上)의 질서, 사랑에 귀착(歸着)한다.

하정 시조론, 이쯤에서 설진(說盡)이다.

(2) 바위는 천년을 두고

하정은 옛 시간을 되살린다. 유장(悠長)한 흐름에 마음을 실어도 본다.
그것이 천년에 사무치면 더할 나위 없고.

눈감고 흘러가는 강물이면 좋았을 걸
거침없이 제길 찾는 바람이면 더욱 좋고
바위는 천년을 두고 네게, 꽃이 되고 싶었다

—「돌꽃」

  하정의 서정적 자아는 역시 일체 삶의 영위(營爲)를 흐름 속에 맡기고
파 한다. '돌꽃'의 염원이다. '너'에게 꽃이 되고 싶은 천년바위. 이 엄청
난 실재(實在)를 내세워 놓은 바위꽃 앞에 우리 독자들은 어쩌란 말인가.
  바위라는 실체(實體)를 놓고 독자를 난감케 한 우리 문인 셋의 모습이
지금 눈앞에 떠오른다. 먼저 청마 유치환이다. 그의 바위는 깨어져도 소
리하지 않는 억년 함묵(緘黙), 그런 비정(非情)의 바위다. 다음, 집 떠난 아
들이 돌아오기를 기원하는 한센병 환자 어머니의 애탄(哀嘆)의 바위다.
그녀는 바위가 거울처럼 빛나면, 아들이 돌아오리라 믿고 돌로 바위를
간다. 김동리 소설 「바위」다. 셋째, 천년에 사무치는 하정의 돌꽃 바위다.
고속요(古俗謠)의 '긴(신, 信)잇단 그츠리이까'의 연면(連綿)한 정념의 전통
을 변용했다. 하정의 돌꽃 바위는 창신(創新)의 지배소(支配素, dominant),
소중한 상관물이다.

동그랗게 모로 누워 쓸어보는 베갯모
큰애기 손끝에서 피어나던 꽃밭이다
아득히 모란이 핀다 초례청이 보이다

—「노년, 그 아득함에 대하여 1 - 베갯모」에서

  하정의 서정적 자아는 아득한 기억의 저편, 아물거리는 시간을 되살린
다. 큰아기가 한 땀 한 땀 떠서 만든 베갯모의 꽃밭, 목련이 피는 봄날의

초례청, 이 세 가지 상관물이 우리의 고아미(古雅美)를 재현하며 그리움을 환기(喚起)한다. 살구꽃이 핀 뜨락에 차일이 쳐지고, 신랑의 사모관대(紗帽冠帶), 신부의 파르르 떠는 족두리, 고아한 혼례식이 베갯모의 손길을 따라 꽃길을 연다.

> 오래전 세상 떠난 어머니가 웃고 있고
> 다듬이질 소리가 온 마당에 깔렸고
> 낼 모레 시집갈 언닌 방물장수 곁에 있고
>
> —「노년, 그 아득함에 대하여-흑백 회상」

앞에서 본 「베갯모」의 연장선상에 있는 작품이다. 풍속화 한 편이다. 논리학상 판단 보류, 판단 중지의 기법으로 쓴 박목월의 「불국사(佛國寺)」와 닮았다. 「불국사」에 비해 서술부가 둘 더 있으나, 그것도 「불국사」의 경우처럼 시인의 감성 표출이 최대한 절제되었다. 하정의 시적 감수성은 현대 시조미학의 새 지평을 가늠한다.

(3) 천년의 우담바라가

하정의 곡진(曲盡)한 실재 탐구안(探究眼)의 촉수(觸手)가 마침내 진경(眞境)을 더위잡는다. 대상이 즉물적(卽物的)이기를 넘어 본격적으로 육화(肉化), 자아화하기에 이른다.

> 거꾸로 매달린 채 혼절하길 몇 차례
> 논바닥 갈라지듯 전신은 갈라지고
> 수없는 낮과 밤들이 왔다간 돌아가고

눈물도 말라버린 달빛 푸른 어느 밤
살을 찢고 피어나는 뽀얗고 푸른 꽃
천년의 우담바라가 그댈 위해 피었다

—「메주꽃」

　메주의 숙성이 완료되어 메주꽃이 피기까지의 과정, 그 비의(秘義)를
치열하게 표출하였다. 한 생명을 잉태하고 키우고 분만하듯 한 통고 체
험이 적실(的實)히 구상화(具象化)하였다. 혼절, 균열, 육참(肉斬)의 극한적
고통으로 이루어진 메주꽃을 불교 천년의 우담바라라 하였다. 미당 서정
주의 「국화 옆에서」보다 더 극적이다. 「메주꽃」의 화자(話者)에게는 소통
의 대상이 있어 다르다.

그대가 바라보던 편편백백(片片白白) 저 서설(瑞雪)은
꽃이다 바람이다 바람 밖의 사랑이다
빠개어 가슴을 열면 무슨 꽃이 피려나

—「무슨 꽃이 피려나」

　시정(詩情)이 치열하다. '편편백백'의 조어(造語)가 적이 새롭고, 중장의
점층적(漸層的) 수사 기법(修辭技法)이 결곡하고 간절하다. '가슴을 빠개어
열릴 꽃'은 그 결정체(結晶體)다. 시어(詩語) 모두가 편편금(片片金)이다.

한 점 찍고 눈감는다 한 획 긋고 숨돌린다
한 사람 살아가는 발자국 소리 같다
흰 종이 검은 색깔의 살점들이 보이네

—「묵(墨)」

먹물로 한 획 두 획 글을 쓴다. 한 획 또 한 획이 인생의 나아감이다. 흰 종이와 검은 먹물 자취가 살점으로 보이는 새로운 발견이 경이롭다.

(4) 능소화 꽃그늘로

가수가 득음(得音)하듯 수도승이 득도(得道)하듯 시인이 시의 진경(珍境)에 들면, 어조가 눅고 말 트임에 막힘이 없다.

> 눈물로 꽃이 되는 5월의 곰배령
> 나, 그댈 생각했네 그대를 보았네
> 바람이 울고 간 자리 꽃으로 온 그대 얼굴
>
> —「바람꽃」

눈물도 바람도 꽃을 불러오는 5월 곰배령은 시인 개인의 체험적 실체이거나 보편적 체험의 고개이다. 역시 소통의 대상인 '그대'가 초대된 시조이다. 바람꽃은 먼 산에 구름같이 끼는 보얀 기운으로, 바람이 낄 징조가 된다.

> 능소화 꽃 그늘로 노을이 쌓이고 있었다
> 어느새 그 노을은 데미안의 알을 품고
> 새는 날 하늘을 가르고 목이 긴 새가 떴다
>
> —「변용(變容)」

능소화는 여름 꽃이다. 잎은 넓고, 꽃은 깔때기 모양으로 색깔은 불그스름하다. 능소화(凌霄花), 하늘을 넘어서고 능멸하다니, 무엇인가 옛 설화를 연상시키는 꽃 이름이다. 꽃그늘에 노을이 쌓이는 시공(時空), 헤르만 헤세의 목이 긴 새가 떴다. 하정의 빼어난 감수성의 높이가 어느 하늘 쯤일지 모르겠다.

> 뼛가루와 하얀 햇살 여전히 파란 하늘
> 바람은 무덤에 와 자장가를 부르고
> 느리게 아주 느리게 봄날이 가고 있다
>
> ―「봄날」

햇살과 파란 하늘 그 중심에 시간이 멈춘, 주검의 징표인 무덤이 자리해 있다. 거기서 봄날은 아주 느리게 흐르고 있다. 하정의 소망은 느린 봄날을, 독자들과 함께 누리는 것이다.

> 벚꽃 환한 어느 봄날 꽃잎 날 듯 같이 날자
> 두어 바퀴 굴러서 꽃 속에 누웠다가
> 연분홍 꽃물 들거든 초례청에 같이 서자
>
> ―「봄날 연서」

연인의 동정(動靜), 꽃의 비상(飛翔)과 하락(下落), 잠적(潛跡), 이윽고 초례청(醮禮廳)에 서는 과정이 계기적(繼起的)으로 제시되었다. 초련(初戀)에서 혼인까지의 과정이라면 더할 나위 없다. 고전적인 사랑의 서사(敍事)가 깃들었다.

> 밟아라 밟아라 밟힐수록 일어설 거다
> 한겨울 죽었다가 짱짱하게 일어설 거다

기미년 독립 만세 부르듯 그렇게 일어설 거다

—「보리」

보리를 자아로 설정하여 결연한 의지를 표출한 작품이다. 이런 아포리
즘 지향적 진술은 하정의 시조에서는 이변이다. 옛 보리밟기 농사법에
모티브를 둔다.

차마 버티지 못할 그날 그 손짓하며
아직도 남아 있을 옷소매 추억까지
남몰래 여린 빛으로 이 가을을 걷고 싶다

그리하여 저 깊숙이 어두운 그곳까지
바래어 깃발 되는 저 하늘 그 자리까지
그 옛날 어머니 뜨락 빨래가 되고 싶다

—「빨래가 되고 싶다」에서

하정의 마음, 속살이 드러났다. '끈적이던 욕망의 늪'(제1수)에서 나와,
차마 못 버릴 어느 날의 손짓과 아직도 남아 있을 '옷소매 추억'들 다 떨
친 무욕(無慾)·무예(無穢)의 실체로서, 창궁(蒼穹)에 사무치는 깃발로 휘날
리고 싶은 소망을 담았다.

(5) 밤하늘 푸르게 걸린

산다는 것이 녹록지 않음을, 하정은 곳곳에서 아파한다. 유리 조각 밟
으며 피 흘리고 걷기도 하다 면벽 좌선(面壁坐禪)하며 원념(願念)은 청정심

(淸淨心)이다.

> 입추 무렵 매미가 목 놓아 울어대듯
> 유리 조각 밟으며 피 흘리고 걸어가듯
> 오늘은 맑은 종소리 하늘에서 내립니다
> ―「산다는 건 2」에서

> 가시 한 마리가 마음밭을 휘젓습니다
> 왕소금 한 가마닐 뿌리고 또 뿌렸지요
> 그러다 나도 가시가 되어 나뒹굴어 버렸습니다
> ―「상황 종료」

순교의 길을 가듯 유리 조각 밟으며 피 흘리고, 마음밭[心田]을 휘젓고 다니는 가시 '한 마리'에, 왕소금 가마니째 뿌려 훼살짓는 통고(痛苦)의 인생을, 하정의 자아는 혼신(渾身)으로 감내(堪耐)한다.

> 생각도 물길처럼 그랬으면 좋겠다
> 탁류로 흐르다가 폭포로 꽂히다가
> 유순히 다시 흐르는 맑은 울음 그것처럼

> 생각도 별처럼 그랬으면 좋겠다
> 폭우에 젖었다가 바람에 흔들리다
> 밤하는 푸르게 걸린 고운 눈빛 그것처럼
> ―「생각」

탁류 끝자락의 폭포, 폭우와 바람의 곡절을 거쳐 유순히 흐르는 강물이기를, 밤하늘 푸르디푸른 눈빛 고움이기를. 하정의 서정적 자아는 생각의 안온(安穩)과 청안(靑眼)을 꿈꾼다. 파란(波瀾)과 평온의 이미지 형상화 기법이 탁월하다.

> 청람빛 봄 하늘에 노오란 생강꽃
> 그 나무 가지 사이 초승달이 걸렸다
> 파르르 겁에 질려서 새파랗게 떠 있다
> —「생강꽃과 초승달-K화백의 전시회에서」

이 시의 지배소 봄 하늘, 생강꽃, 나무, 초승달의 대비된 색채 이미지, 이들의 공간 배치, 초승달의 파동감. 시조 이미지 형상화의 백미(白眉)다.

(6) 살구꽃이 곱던 날에

이미 하정의 '노성(老成)' 얘기를 했다. 그리움, 연민, 사랑, 초려(焦慮) 같은 심경의 파문이 소실된 자리에서 하정의 서정적 자아는 비로소 개안(開眼)한다.

> 사랑할 것이 이렇게 많은 것을
> 비켜 선 호접란이 갸웃 고개 숙이고
> 고요가 그 옆에 서서 나를 보고 웃고 있네
> —「이제야 보이네」

원숙미(圓熟美)에 닿아 있다. 일체 속사(俗事)의 굴레를 벗은 진제(眞諦)

의 경지, 제념(諸念)의 상황이다. 만해 한용운이 '임의 모습에 눈멀고, 임의 소리에 귀먹은' 자아의 원상(原狀)이다. 눈먼 사울이 눈뜬 바울이 된 시공이다. '보는 자'를 '고요'로 설정한 하정의 시업(詩業)은 충분히 성공적이다. '온몸으로 결결이 바위에 새기며 하늘이 너무 멀어 걷고 또 걸었던 개인사(個人史)' 「이력서」에 이젠 애면글면 않는다.

한 해도 가버린 11월 그 어느 날
가슴 속 바람 분다 덕수궁 은행잎 진다
손 시린 생각 하나가 가지 끝에 떨고 있다
―「입동 즈음」

현대 시조는 모더니티, 이미지즘·주지주의에 곁을 내어 준 그즈음에 시작되었다. 영탄과 직설의 감정 분출을 지성적 절제와 이미지 제시로 갈음했다는 뜻이다. '손 시린 ~ 떨고 있다'의 종장(제3수)을 보라. 이는 이 작품을, 새로운 이미지 창출을 필생의 업으로 삼았던 에즈라 파운드가 찬사를 아니 아낄 가편(佳篇)이 되게 한다. 가람 시조의 건조미(dry hard image)에 생명을 불어넣은 하정의 시조에 독자는 환호한다.

구순의 오라버니 옷이 자꾸 자랐다
기장도 길어지고 품도 점점 헐렁하고
마침내 옷 속에 숨으셨다 살구꽃이 곱던 날에
―「옷이 자랐다」

이 시조집의 표제가 된 작품이다. 옷이 자랐다는 것은 가진술이다. 노인은 나이가 들면서 뼈대와 살이 여윈다. 척추도 내려앉아 키가 줄어든다. 마침내 숨져 옷 속에 쌔어 아주 간다. 그걸 '옷이 자랐다'고 하여 시적 흡인력을 키웠다. 관점이 빼어나다.

(7) 불멸의 말씀 한마디

이별과 생의 한계가 심금을 심히 울릴 때가 있다. 결별(訣別)은 더욱 그렇다. 만나서 생명 한 움큼 빚기도 하고, 생명의 스러짐 앞에 서게도 한다. 불멸의 말씀을 보채다가 부서지기도 한다. 시인이 섭리 앞에 선 모습이다.

> 숲이 울고 있네 나직나직 봄비 속에
> 꽃이 지고 있네 문경 새재 십리 길
> 바람이 바람이 가네 꽃도 비도 다 데리고
>
> —「작별」

드물게 민요조다. 소월과 목월의 어조가 감지된다. 작별의 섭리가 읽힌다.

> 유폐된 황홀이 있다 저 산 너머 그 너머
> 무인도 몽돌들을 쓰다듬던 손길이다
> 오늘도 봄비로 와서 창문을 두드린다
>
> 가만히 두드리며 나직나직 울고 있다
> 마알간 유리창 마주한 안과 밖
> 이상 더 다가갈 수 없는 그 차갑고 슬픈 한계
>
> —「한계」

간절한 그리움과 만남의 한계를 노래했다. 투명한 유리창을 경계로 한 만남의 좌절, 그래서 하정의 자아는 '유폐된 황홀'이라는 역설로 말문을 열었다. 관계가 곡진(曲盡)할수록, 거리가 가까울수록 좌절당하는 사모(思慕)의 기막힌 비극이다. 황진이(黃眞伊), 홍랑(洪娘), 매창(梅窓), 이옥봉(李玉峰)의 정서를 창조적으로 계승한 작품이다.

> 허연 뼈 드러내며 바위에 부딪히다
> 더러는 채찍에 살이 튀어도 좋다
> 불멸의 말씀 한마디 품을 수만 있다면
>
> —「파도」

치열하다. 시조의 어조가 이렇듯 강렬해도 되는가. 우리 시조시사상(時調詩史上) 혁신의 한 몫에 갈음되는 긍정적 소식이다. '불멸의 말씀 한마디'를 품기 위한 신앙적 희생의 어조를 띠는 명시조(名時調)다.

유교의 이기철학으로 볼 때, 서정적 자아의 원형은 본연지성(本然之性)이다. 본연지성은 인간의 존재론적 속성인 이(理)만을 지칭하는 것이고, 이와 기(氣)를 아울러 가리킬 때는 기질지성(氣質之性)이 된다. 이기철학에서 이는 동일·통일·보편성의 원리이며, 기는 차별·분별·특수성의 원리다. 서정적 자아의 원형은 객관과 주관, 이성과 감성의 구분이 일어나지 않은, 사물과 접촉하지 않은 성(性)의 개념과 같다. 이 같은 서정적 자아의 원형은 천인합일(天人合一), 물아일체(物我一體), 물심일여(物心一如)의 상태에 있어, 자연과 조화된 통일체로서 대립·갈등이 일어나지 않는다. '산 절로 수 절로 산수간에 나도 절로'의 시조가 이에 속한다.

현대시의 기질적 자아는 세계와 대립·갈등을 일으키고, 보편화·이상화의 원리인 이(理)에 의지하여 자아와 세계의 합일을 추구한다. 그 방법에는 동화(assimilation)와 투사(projection)가 있다. 황진이 시조 「동짓달 기나긴 밤」은 동화, 노천명의 시 「사슴」은 투사에 해당한다.

하정의 「파도」는 투사의 범주에 든다.

시학과 시 창작은 이처럼 밀착된 것이다.

> 혹은 가고 혹은 남은 작별의 광장에서
> 손 흔들고 떠나간 누군가의 자취를
> 그렇게 모래시계가 곱게 지우고 있었다
>
> 시간은 낮과 밤을 알맞게 갈라놓고
> 죽은 자의 이야기를 노래하고 있었다
> 바람이 혼자 앉아서 외롭다 울고 있었다
>
> —「혹은 가고 혹은 남은」

광장의 의미와 서술적 이미지를 텍스트 지향적 어조로 표출하였다. 이는 '실제 시인 ⇨ 현상적 화자(話者) ⇨ 현상적 청자(聽者) ⇨ 함축적 독자 ⇨ 실제 독자'의 과정을 통하여 소통된다. 박목월의 「가정」은 화자와 청자가 드러난 경우이고, 김영랑의 「내 마음의 어딘 듯 한편」에는 현상적 화자가, 신동엽의 「껍데기는 가라」는 현상적 청자가 드러난 작품이다. 김광균의 「데생」과 신경림의 「파장」에는 화자·청자 모두 나타나지 않는다.

하정의 「혹은 가고 혹은 남은」에서는 화자·청자가 숨었다.

3. 맺는 말

하정의 제2시조집 속 일곱 묶음은 소재·주제·형식·기법·이미지, 그어느 것의 계기성(繼起性)과 상관없이 묶였다. ㄱ~ㅎ의 자음 순서에 따라편집되었다. 각 묶음별로 이루어진 평설을 통하여 상호 유사성과 이질성을 판별하는 것은 독자들의 몫이다.

이 글은 분석주의적 관점, 특히 "문학의 학문적 연구를 위한 자연스럽고도 현명한 출발점은 작품 자체의 해석과 분석이다."고 한 신비평(new criticism)의 충고를 규범으로 하여 씌었다.

하정의 시조미학은 '사유(思惟)와 이미지와 형식의 어울림[諧調]'라는시학 일반의 난제(難題)를 푼 탁월성에 갈음된다. 가령, 자연을 소재로한 시조도 인간의 존재론적 본연지성의 이(理)를 넘어 기질지성의 개성, 특수성을 표출한다. 동시에 보편 지향의 감수성과 사유의 세계로 확산된다.

하정의 서정적 자아의 원형은 자주 유소년의 가족과 여염의 체험적 사실에 있으나, 그것이 퇴영적·감상성(感傷性)에 매몰되지 않는 창조적 상상력으로 고양(高揚)되어 있다는 점이 값지다.

하정 시조의 지배소들이 법고(法古)를 넘어 창신(創新)의 시업(詩業)으로빛난다는 점에 독자들의 감동이 있다. 이는 그의 전통적 미의식이 모더니티를 만나 거듭난, 우리 시조시사의 범상치 않은 수확이다. 소재의 다변화와 감정 절제의 모더니티, 그 절묘한 만남의 소산이다.

하정의 이 시조집은 표제부터 가진술이다. 하정은 우리의 전통 미학을심도 있는 독서 체험으로 내면화하였다. 학부에서 약학을 전공한 하정이 동아시아 한자 문화 유산에 대하여 해박한 지식을 터득, 체화(體化)한것은 경이로운 일이다. 그는 『고문진보』·『당시선(唐詩選)』은 물론 경서(經

書)에 대한 기본 소양까지 두루 섭렵한 고급 교양인이다.

하정은 우리 고시가(古詩歌)를 탐독하여 향가(鄕歌), 고속요(古俗謠), 시조에 조예가 깊다. 그의 제1시조집 표제가 고속요에서 따온 『긴힛 그츠리잇가』로 한 것이나, 이번 제2시조집에도 시조 「신(信)잇단 그츠리잇가」를 실은 것이 그 증거다. 그는 2008년 『시조생활(時調生活)』에 육당 최남선론 「백팔번뇌 소고」를 썼고, 종내 2012년 시천(柴川) 유성규론(柳聖圭論)인 「민족 정서의 형상화와 시적 보편성」이 당선되어 시조 평론가로도 등단하였다.

하정은 시조 이론과 창작 합일의 무거운 주제로 새로운 좌표 설정을 요청받고 있다.

이 글은 정서와 의미 쪽에 친근한 서정시가 그 생명인 가락과, 철학의 실재(존재)론과 인식론의 깊이에서 일품(逸品)으로 창출되어야 한다는 원념(願念)을 피력하면서 시작되었다. 이는 난제(難題) 중의 난제다. 그럼에도 그 열망 실현의 확연한 실마리를 하정의 이번 작품에서 다잡을 수 있었다. 정지용의 말대로 법열(法悅)이다. M. 하이데거의 말대로 '언어는 존재의 집'이다. 언어 예술의 정점에 자리한 시가 존재 탐구 지향성을 보이는 것에 이론(異論)은 없겠다. 하정의 시조가 전통 정서와 사유(思惟)의 세계, 모더니티를 화학적으로 융화하여 존재의 실체 조명의 가능성을 보인 것은 시조시사적 사건이다.

앞으로, 하정의 앞날에 '그리움'·'사랑'이라는 말 하나 쓰지 않고 그리움과 사랑을 쓴 기독교 신앙시의 길이 열려 있다. 그의 신앙의 정화(精華)로서 문학사, 종교사에 아로새겨질 신앙 시조의 길 말이다.

하정은 우주에 충만한 창조주의 영적 파동(波動)에 깊이 감응하는 영인(靈人)이다. 앞으로, 하정을 통하여 영혼에 사무치는 명시조가 창출되기를 바라며, 제2시조집 발간을 기린다.

수산의 시조 쓰기: 적멸의 시학

— 제2시조집 『해우소』

1. 여는 말

수산(水山) 조정제(趙正濟) 시조시인은 영어영문학과 출신 경제학 박사다. 경제학자가 낯선 길에 들어섰다. 영문학과도 거리가 먼 시조시인의 행로를 열고 있다. 등단 2주년 남짓 되는 동안에 두 번째 시조집을 낸다. 경이로운 창작 혼이다. 제1시조집 『파랑새』 출간 시에도 그랬듯이, 이번 시조집도 왕성한 시작(詩作) 욕구의 분출로 이루어졌다. 시인의 창작욕은 끊임없이 다작(多作)을 낳고, 그로써 얻은 수확물인 많은 시조를 절차탁마로 갈고 닦아, 그 중 정수(精髓) 80수를 가려 뽑은 것이 이번 『해우소』다.

수산 시조시인의 '길'은 선명하다. 인생행로 말이다. 시조시인이 되기 전 시인은 일상적 자아의 길과 초속적(超俗的)자아의 길 간의 길항(拮抗) 관계 극복 에너지를 충전해 온 것으로 보였다. 시조시단 등단 이후 그 초극 에너지는 언어로써 언어를 포월(包越)할 새로운 상상력의 경지를 여는 데 수렴되었다.

수산 시인의 길, '도(道)'는 선정(禪定)·적멸(寂滅)을 지향한다. 그의 도의 길과 시조 창작의 길은 불가분리(不可分離)로 중첩된다. 도의 길이 시조의 길이고, 시조의 길이 도의 길이다. 이 시조집에 게재된 시조 80수 가운데 50수가 가붓하게 '도의 길' 안에 들어 있다.

2. 수산 시조의 특성

수산 시조 50수는 거의가 선시(禪詩)를 지향한다. 나머지 30수는 자연·세상·인간사의 곡절을 노래한다. 수산의 궁극적 관심사는 적멸경(寂滅境)에 이르는 것이고, 자연·세상·인간사도 종국에는 일체 무차별의 표상이다. 우리 독자의 관심사는 우선 수산 시조의 기교와 그 표상의 문예 미학적 감동 환기력에 있다. 나아가 마침내 그의 시조가 던지는 침묵의 진리에 접한 우리의 피감화력이다.

(1) 수산 시조의 말하기 방식

수산 시조의 본령은 선시(禪詩)다. 불교의 행위 아닌 행위는 선정(禪定)과 무언(無言)이다. 기독교의 갈구하는 언어 표출과 구별된다. 영산회(靈山會)의 교외별전(敎外別傳), 불립문자(不立文字), 심심상인(心心相印), 직지인심(直指人心), 염화미소가 초언어적 진리 소통인 것에 우리는 주목한다. 선시는 무(無)의 언어다. 언어를 무화한 언어이므로 선시는 자주 역설(逆說)과 가진술(假陳述, pseudo-statement)로 표출된다.

　　큰 도는 문이 없다

길 없는 길은 있나

나뭇잎 타고 들까
여의봉 타고 날까

고행 길
반야용선 찾아라
고래들도 나서라

「대도무문(大道無門)」이다. 길 없는 길은 역설이다. '여의봉'과 '반야용
선'이 불교적 상상력을 환기한다. 여의봉은 자유자재, 천변만화를 가능
케 하는 도구이고, 반야(般若)는 만법의 진실상을 아는 지혜. 보살행의
6바라밀(6도度)의 여섯 번째 덕목이다. 보시(布施), 지계(持戒), 인욕(忍辱),
정진(精進), 선정(禪定), 지혜(智慧)가 6바라밀이다. 수산의 선불교적 자아
가 '길 없는 길'의 역설 어법으로 길을 찾고 있다.

내가 심은 벗나무 의젓한 청년일세
내 머리, 눈꽃 이고 몇 번이나 출연할꼬
불두화 법을 설하고 나비나비 춤추네

「무문문(無聞聞)」이다. 벗나무와 불두화(佛頭花)가 연기선법(緣起說法) 안
에 있다. 문제는 '무집착(無執着)'의 설법이다. 무집착이야말로 절대무(絶
對無)의 본질이다. 그것이 참 자유 실현의 길이다. '무문문'은 역설이다.
『법화경』의 비유품(譬喩品)의 「관음게송(觀音偈頌)」은 역설의 압축 편이다.

白衣觀音無說說　南詢童子無聞聞

백 의 관 음 무 설 설　남 순 동 자 무 문 문

백의관음은 말씀 없이 설하시고
남순동자는 듣지 않으면서 듣는다

「무문문」은 「관음게송」식 상징적 표출 방식을 지향한다.

별들은 우주에서 반딧불이 놀이하고
도연명은 강 속에서 둥근달을 켜고 있고―
불자는
법 없는 법을 켠다
줄이 없는 거문고

「무현금(無絃琴)」이다. 줄 없는 거문고, 법 없는 법이 역설이다. 별·우
주, 도연명·강·달, 법·거문고가 우주적 전일성을 이루고 있다. 불교적
일체 무차별상(一切無差別相)의 세계다. 법 없는 법과 줄 없는 거문고는 언
어를 해체하는 언어, 무상법문이다. 피안에 도달하면 타고 간 배를 놓아
야 하는 법이다. 법박(法縛)에 매어 있어서는 안 된다. 법 없이 저절로 법
을 굴리고 다니는 위인이 되어야 한다.
　옛날 문인들은 자신들이 거문고를 직접 켜지 않고 심취하곤 하였다.
도연명은 술이 얼큰해지면 물속의 달을 벗 삼아 줄이 없는 거문고를 무
릎에 올려놓고 어루만지며 그 상상의 운율에 취했다고 한다.

두 눈이 어두우니 별들이 보입니다

두 귀가 어두우니 사랑이 보입니다
마음은 모 없는 거울 본지풍광(本地風光) 보입니다

「별천지」다. 눈이 어두우니 보이지 않는 것이 보인다니 역설이다. 귀가
어두우니 사랑이 보인다는 것도 마찬가지 표현 기법이다. 마침내 마음은
본지풍광을 보게 된다. 1차 원고에는 공적(空寂)이라 하였으나 다음 원고
에서 공적이 보여주는 전경(前景)을 본지풍광(本地風光)으로 상징하고 구
상화하였다.

만해 한용운의 「님의 침묵」의 어법과 상통한다. '님의 얼굴에 눈멀고
님의 말소리에 귀먹은' 선시의 자아상이 또렷하다.

공적(空寂)은 만물의 실체란 부질없는 것이어서 분별 주책(籌策)이 없
는 상태다. 불교적 상상력으로 볼 때, 만유는 인연에 따라 생멸(生滅)하는
가상(假相)일 뿐 영구불변의 실체가 없다. 이것을 공(空)이라 한다. 공이란
스스로 빈 것의 충만이다. 공이 스스로 비우지 않고 목적화할 때, 공이 스
스로 유화(有化)할 때, 공이 스스로 되돌아보는 착심이 일어날 때 업(業)이
시작된다.

(2) 수산 시조의 길 찾기

수산의 시조 쓰기는 '길 찾기'의 다른 명명이다.

길어서 극락까지 얼마나 먼 길일까
생각을 굴리다가 대장경을 헤매고
머리가 가슴 가는 길 한 뼘인데 맴도네

「극락 길」이다. 수행자(修行者)는 부단히 정진해야 한다. 선불교의 길 찾기, 「십우도(十牛圖)」가 떠오른다. 그 과정은 모두 마음속에서 일어나는 바, 일체유심조(一切唯心造)다. 「십우도」의 유비(喩譬)에 따라, 집 나간 소(忘牛)를 찾아 나서서(尋牛) 소의 발자국을 찾아내어야 한다(見跡). 어지럽게 흩어진 발자국 가운데 어느 것이 '내 소'의 자취인가를 가려내어야 한다. 그 자취를 따라가 소를 발견하여(見牛), 날뛰는 소를 다스린다(牧牛). 길들여진 소를 타고 집에 돌아오니(騎牛歸嫁) 소는 간 곳이 없고 사람만 남는다(忘牛存人). 그리고 마침내 사람도 소도 사라지고(人牛俱忘) 진리의 근원에 회귀한다(返本還源). 지난(至難)한 것은 소가 간 길을 찾는 것과 찾은 소를 길들이는 일이다.

　　머리는 감고 나니 탕 속이 시꺼멓다
　　마음은 도려내어 장대에 매달까나
　　망아지
　　뿔난 요괴, 언제
　　고분고분 부리나

　「심우도(尋牛圖)」다. 소 길들이기가 이렇게 어렵다. 중장에 마음을 높은 장대 끝에 매달아 눈비로 매를 맞히고 뜨거운 햇빛으로 태운다. 공간적 은유이고 구상화다. 종장에서는 소보다도 개망나니 짓을 더하는 뿔난 요괴 망아지를 객관적 상관물로 내세우며 상징화하고 있다.

　수산의 시적 자아는 이토록 극락에 이르는 길을 찾고 있다. 생각은 갈피를 잡느라 대장경을 헤맨다. 머리는 이성(理性)·이지(理智)이고, 가슴은 감정의 세계다. 이지와 감정이 교차된다. 해탈의 길은 이렇듯 만만치 않다.

동공에 눈곱 한 점 대해(大海)에 풍파인다
마음에 티끌 한 점 대지(大地)에 광풍인다
호수에 소금쟁이 거닐면 실바람도 졸립다

「마음 호수」다. 눈동자와 마음 한 곳에 사특한 기운이 끼이면 한바다와 대지에 광풍으로 퍼진다. 그럼에도 종장에 가서는 소금쟁이 물질하고 실바람이 졸리운 호수를 은유하여 마음이 고요롭고 평온하면, 세상은 극락, 낙원이 됨을 암시하며 드디어 마음 닦기, 번뇌를 벗어나 영원한 진리를 깨달은 경지, 멸도(滅度)에 이르는 길을 튼다.

진흙소니 무쇠소니 헛소리 하는구면
즉심시불, '마음이 바로 부처' 아닌가
믿으니
'짚신세불' 어떤가
까막눈도 부처님

「즉심시불(卽心是佛)」이다. '진흙소'는 옛 고려 시대 고승의 선시(禪詩)에 등장한 바 있다. 나무 말이 걸음을 옮기기도 한다. 이 모든 선시의 언어는 일상어를 해체하는 충격소에 갈음한다. 일체 유심조(一切唯心造) 아니던가, '짚신세불'로 알아듣거나 속화(俗化)한들 상관하랴. 종장 첫 음보를 독립시켜 믿음을 강조했다.

백련 고운 아미 보고보고 그리는데
백련(白蓮)은 사라지고 백운(白雲)이 피어나네
마음 꽃

희다 못해 파라니
맑은 하늘 품는다

「하늘 꽃」이다. 희디흰 연꽃 고운 아미(蛾眉)에 마음을 두었으나 어느새
연꽃은 사라지고 흰 구름으로 변환된다. 무상이다. 마음 꽃이 마침내 파
란 빛이어서 맑은 하늘을 품는다. 마음 이미지가 그야말로 청청(靑靑)하
다. 길을 찾았는가. '마음 꽃'이 강조되었다.

한 노인 온몸으로 폐지 차 밀고 간다
예수님 고난인가 부처님 고행인가
땀방울, 청계 미풍 신난다 쇠백로도 반기네

「폐지 차」다. 수산의 사회적 자아가 수난과 고행(苦行)에 동참해 있다.
대승적(大乘的) 구원 의식의 발로, 자비의 보살행(菩薩行)이다. 지혜를 얻
었다. 종장 첫 음보를 독립된 행으로 설정하여 시상(詩想)을 전환시키면
서 고행을 돋보이게 한 작중 의도가 엿보인다. 청계천에 부는 미풍이 땀
방울을 씻기느라 신나 하고 키가 큰 쇠백로 폐지 차 굴러가는 길거리
를 기웃대며 반긴다.

고송(古松)이 속삭였다. 도반님 또 만났군요
내생이 궁금하오? 나이테가 말하리다
부처가 멀리 있겠소 마음 테를 살펴요

「고송(古松)의 팁」이다. 고송과 심적 대화다. 고송과는 도반의 관계다.
소나무 나이테와 마음 테를 대구(對句)로 하여 다생(多生)을 통하여 마음

이 걸어온 길을 은유·상징화하고 있다.

　　바람 자면 십자+상 바람 불면 일원○상
　　개비는 변덕쟁이 이랬다가 저랬다가
　　내 마음 역시나 팔랑개비 정력(定力) 언제 굳을까

「팔랑개비」다. 기독교의 십자가와 원불교의 일원상이 변환, 융화되는
팔랑개비 표상을 보여준다. 원불교의 포용적 만유관(萬有觀)이다.
　종장에 와서는 불교의 계·정·혜(戒定慧), 원불교의 정신 수양·사리 연
구·작업 취사의 삼학(三學) 중에 '정'과 '정신 수양'이 굳지 못함을 한탄
하고 있다.

　　향불이 타오른다 제 몸을 불사른다
　　향 내음 넌짓 타고 제비나비 춤춘다
　　솔바람 숨을 죽인다 동녘 햇귀 따습다

「자유의 몸짓」이다. 해탈, 자유를 향한 치열한 몸짓, 그 절정이다. 불길
의 결렬하고 역동적인 이미지에 향내음의 연성 이미지가 솔바람 정밀 이
미지를 만나 햇귀 이미지로 따습게 빛나서 좋다. 자유혼의 절정이다.

　　물에 비친 얼굴에 반한 내가 아니다
　　불속에 잠긴 달에 혹한 내가 아니다
　　악마에 영혼을 파는 미친 내가 아니다

「나 아닌 나」다. 시적 자아는 물속에 비친 자기 얼굴에 매료되는 자홀

감(自惚感, narcissism)의 주인공과 악마 메피스토펠레스에게 영혼을 파는 파우스트가 되기를 거부한다. 나는 허공의 참 달을 마다하고 물속에 잠긴 거짓 달에 혹하지도 않는다. 수산의 수행 과정은 온전히 '나'를 확인해 가는 것이다.

(3) 해우소의 안온과 적멸

수산이 도달코자 한 적멸의 경지, 그것은 더할 나위 없는 안온의 시공(時空)일 것이다. 해우소(解憂所)야말로 그런 상징적 경지가 아닌가. 일체의 근심이 해소되는 시간과 공간 좌표에서, 실은 그런 시공의 존재마저 소멸하며, 그 소멸 자체도 소멸하고 마는 경지가 바로 해우소가 아닌가.

> 마누라 잔소리도 들리지 않는 이곳
> 마침내 낙뢰 소리 내 소우주 깨질라
> 황금을 버리고 나니 비비새 소리 해맑다

「해우소」다. 수도인의 길, 수산의 선적(禪的) 시혼(詩魂)의 순수 자아에게 해맑은 비비새 소리 외에 모든 소리는 '소음(noise)'이다. 아니, 소리가 없다.

황금은 상징이다. 처음 원고에는 '가진 거'라고 되어 있었으나 뒤에 황금이라 상징화·구상화했다. 똥도 황금색이고 황금도 똥이라는 상징이다. 이 황금을 버리고 나니 새소리가 더 청아하게 들리는 것이다. 고요와 낙뢰 소리는 대구(對句)를 이룬다. 지극히 고요하니 낙뢰 소리로 들리고 요란한 벼락 소리는 고요를 더 고요하게 한다.

정인(情人)과 돛배 타면 한 삶이 꿈결이다
선정(禪定) 속에 날 잊고 바둑을 두어 봐라
시간은 허공 꽃(空華)이다 지금 싹이 톡 튼다

「시간」이다. 시간은 다분히 주관적이다. 초장에서 시간이 후딱 가고 중장에서는 시간 가는 줄 모른다. 광속(光速)에서는 시간이 멈춰 있다고 하지 않는가. 그러니 이래저래 시간은 거짓 꽃이다.

선시로 보면, 속정(俗情)을 끊는 마음도 삼매경(三昧境)에 든다. 종장의 마지막 음보의 '톡'이 진공묘유(眞空妙有)의 깨달음을 환기시키기에 최적 효과를 거둔다.

새들이 노래하네 몸무게 내리라고
바람이 살랑대네 맘 무게 내리라고
티 없이 걸림도 없이 목화구름 타볼래

「날개 없이 날다」다. 모든 소유와 욕망을 내려놓고 방하착(放下着), 무애경(無碍境)을 지향한다.

목어(木魚)가 살랑대면 산수유 꽃이 핀다
목어가 딸랑대면 산수유 열매 맺고
목어가 시월 노래 부르면 볼그스레 익는다.

「풍경 소리」다. 사찰의 목어 소리 하나하나에 자연 만상의 천변만화가 빚어지는 진실의 표상이 드러난다. 섭리다.

잡초를 뽑고 있다 목어가 달랑댄다
　　박새가 똥을 싼다 머리 위에 떨어진다
　　하늘을 우러러본다 흰 보살이 웃는다

「잡초가」다. 잡초가 잡초를 뽑고 있다. 비웃듯이 박새가 머리 위에 똥을 싼다. 박새가 지나간 하늘을 쳐다본다. 구름이 흰 보살로 웃고 있다.
　그러나 선시적으로 보면 달리 드러나게 된다. 행위의 주체가 시적 자아 '나', 박새, 보살로 변이된다. 시선은 하강, 상승, 수평, 원공(圓空), 초월의 표상으로 이동·귀착된다. '흰 보살' 표상이 원공을 이룬다.

　　목탁을 두드린다 노승이 졸고 있다
　　부처님 웃으시네 스님도 웃으시네
　　꿈속에 꽃을 받으시나 서역 노을 지는데

「암자」다. 목탁 소리 그치고, 노승은 졸고 있고, 부처님과 스님은 미소 하나로 소통한다. 꿈속 정경은 시적 자아의 상상 세계다. 서역 노을에 우주는 물들고, 선(禪)의 세계다. 색신(色身)·육체·물질의 속박이 소멸된 무색계(無色界)의 현현(顯現)이다. "목어를 두드리다/졸음에 겨워//고오운 상좌 아이도/ 잠이 들었다//부처님은 말없이 웃으시는데//서역 만릿 길//눈부신 노을 아래/모란이 진다."고 한 조지훈의 근대시 「고사古寺」와 짝을 이룬다. 의도적 패러디다.

　　무료는 밖을 보고 고독은 안을 본다
　　가슴속 깊이 있나 단전에 틀고 있나
　　가즈아 고독이 썩은 자리 천도복숭 움튼다

「고독 정원」이다. 무료와 고독이 대구(對句)를 이루었다. 고독이 썩은 그 자리에, 천상계에서 3천년 만에 한 번만 천도복숭아 꽃이 핀다고 한다 천도복숭은 상징이다. 수행하는 선적 자아가 선연히 떠오른다.

　　지구에 하늘 하나 내 별에 하늘 하나
　　은하로 이어 놓고 초승달 띄워 놓고
　　낚싯대 넌지시 드리우고 선시(禪詩) 한 수 낚을까

「하늘 바다」다. '하늘 바다'의 천체 미학이 난지 미학적 차원에 머물러 있지 않다. 시적 자아의 선적(禪的) 우주다. 낚싯대 표상도 때를 기다리는 경세(經世)의 포부와 다르기에 순수한 탈속(脫俗)이다.

　　수련 핀 바탕 화면 하늘이 앉아 쉰다
　　물속에 웃는 얼굴 나도 마주 웃는다
　　연못은 주인 없는 거울 하늘 미소 말갛네

「어떤 미소」다. "하늘이 앉아 쉰다."는 가진술(假陳述)이 마음 길을 연다. 중장에서, 내가 웃는지 물속의 내가 웃는지 누가 주인인지 모른다. 물아(物我)가 분별이 되지 않는다. 청정심이 맑고 밝다.

　　정암사 추녀 아래 목어(木魚)가 찰랑대니
　　백당나무 열매도 빠알갛게 영글고
　　단청도 붉게 물든다 적멸보궁(赤滅寶宮) 익는다

「적멸보궁(寂滅寶宮)」이다. 적멸보궁은 석가모니 부처의 진신사리(眞身

舍利)를 모신 곳이다. 강원도 정선군 월정사의 말사인 정암사(淨巖寺)에 있다. 목어도 백당나무 열매도 붉고 단청도 모두 붉어서 고요 적(寂)자를 붉을 적(赤)자로 바꾸었나 보다. 고요를 색으로 표현한 하나의 공감각화(共感覺化)라 할 수 있다. 적멸이 더 돋보인다.

　　해인사 팔만일천 장경 속에 조느니
　　장터 속에 어울리게 독경이나 하든가
　　바닷가 정자에 앉아 파도 소리 보든가

「장경 너머」다. 해인사 장경각에는 8만1천2백5십 8판의 고려 대장경이 소장되어 있다. 8만 대장경에 묻혀 졸고 있는가? 차라리 중생이 부대끼는 장터에 나가 경을 외우거나 바닷가 정자에 앉아 파도 소리, 대자연의 음향에서 불성(佛性)에 접하기를 권한다. 절간에서 면벽(面壁)하고 선(禪)을 하랴, 무시선(無時禪) 무처선(無處禪)이다.

　　경차는 군살 빼고 날을 듯 단출하다
　　용모는 깜찍하고 그 품은 엄마 같다
　　안기면 포근하더라 자궁 속만 같아라

「경차」다. 깨달음은 무욕견진(無慾見眞)의 다른 말이다. 경차(輕車)는 무욕의 대유(代喩)다. 도인 수산(水山)은 마침내 무욕의 경지에 이르렀다. 도(道)는 고도를 가름하는 추상(抽象)과 형이상학(形而上學)이 아닌 실천궁행(實踐躬行)이다. 수산 시인은 실제로 경차를 탄다. 경제학 박사, 전직 해양수산부 장관, 각자(覺者) 수산(水山) 시인에게는, 옛적 선시구(禪詩句)처럼 그런 거 다 '허공의 뼈다귀'다.

(4) 어머니·우아미·익살

수산 시인의 시적 상상력은 선시적 목적성에만 매여 있지 않다. 자연 연상력이 풍부하다. 그 버리가 되는 것이 어머니 표상이다. 선은 무애(無 碍)가 아닌가.

> 달빛이 익힌 향기 하얗게 별로 떴네
> 흰 새벽 목욕했나 향기가 파릇하다
> 옥비녀 모시 적삼이 고우시던 어머니

「옥잠화」다. 옥잠화 표상화의 매개어가 달빛과 별을 거쳐 어머니에게 귀착했다. '달빛이 익힌 향기'가 현대시의 기법으로서 은은히 빛난다. '향기가 파릇하다'의 공감각적 이미지도 전경화(前景化)했다. 곱고 평온 한 어머니상이 그지없이 오롯하다. 우아미(優雅美)다.

> "당신께 나의 모든 것을 드립니다.!"
> 된장국에 넣을 냉이 얼마든지 드려요
> 울 엄마 한 평생 손맛 솥뚜껑이 윤나네

「냉이 꽃말」이다. 냉이 꽃말을 부각시켜 어머니의 정(情)을 환기하는 연상법이 아련한 그리움을 불러온다. 정감이 다사롭고 온온하다.

수산 어머니의 표상은 밝고 곱다. 묵상 수도의 길에서 거듭난 어머니 표상에, 수산 시인의 밝고 맑은 천품이 더하여져 이같이 고운 시조가 창 작되는 것이리라.

명월(明月)이 소림 속에 달빛 잔치 벌였네

달무리 방장 치고 단원을 초대했대―

단원은 가슴속에 들었나 치마폭에 숨었나

「소림명월도(疏林明月圖)―단원 김홍도의 명월」이다. 김홍도의 명화에 대한 감회를 표출했다. 우리 전통의 박명미학(薄明美學)을 재현한 것이다. 단원은 왜 그림에서, 추사의 세한도(歲寒圖)와 유사한 성근 나무, 소림(疏林)을 상정(想定)했을까? 그는 조선 신분 사회에서 양반가의 서자로 태어나 중인의 삶을 살아야했다. 이 그림 속에서 사람은 간데없고 명월에 달무리 방장이 박명미학을 더 잘 나타내고 있다.

갸름한 얼굴에다 아래턱 넉넉하고

긴 코에 실눈 웃음 치켜든 입술 꼬리

부네 탈 연지곤지 귀엽다 사내 간장 녹이네

「하회 부네 탈」이다. 익살이다. 우리나라 1천 번 내우외환의 비탄을 곰삭인 우리 전통 미학의 본바탕은 비애미(悲哀美)다. 우리 민족의 신화와 민담에는 비극이 없다. 비극적 비전을 비애미로 순화해 왔다. 조선 후기에 들어 판소리, 가면극 등에 익살을 섞으면서 비탄을 눅여 온 것이 우리 예술이다. 사설시조도 이 흐름에 동참해 왔다. 이제 평시조에 익살이 번득이니 반가운 현상이다. 수산 시인의 '익살 시조'에 기대를 건다. 헤풀어진 천박성이 아닌 가붓한 골계미(滑稽美) 말이다.

3. 맺는 말

수산 조정제 시조시인이 두 번째 시조집을 상재(上梓)하게 되었다. 기해년 벽두의 낭보다. 영문학사·경제학 박사·해양수산부 장관의 빛나는 학력과 경력에 더하여 반세기가 넘는 종교 생활로 성취된 값진 업적이다. 수산 시인의 시조시력, 겨우 두 해 남짓하다. 그동안에 수백 수를 써서 알곡 86수를 제1 시조집 『파랑새』에, 80수는 제2시조집 『해우소(解憂所)』에 실었다.

수산 시인의 시조 창작열과 창작법 수용 능력은 비범하다. 문일이 창십(聞一而創十)이다. 여느 문예 장르와 마찬가지로 시조 역시 감수성의 예리한 촉수와 사유(思惟)의 높이와 깊이를 버리고 가늠하게 마련이라는 창작률에 수산 시인은 정통한 것으로 보인다. 수산 시인의 시조는 우리 전통적 감수성의 현대화 기법과 선불교적(禪佛敎的) 사유의 세계를 융화시켜야 한다는 미학적 난제 풀기에 정진한 노작(勞作)이다.

수산 시인의 시조 쓰기는 수도의 과정이며, 종국에는 선정(禪定)·적멸(寂滅)의 경지를 지향한다. 수산 시조의 본령은 요컨대 선시조(禪時調)다. 선시의 언어는 언어를 무화(無化)한 언어이므로 자주 역설(逆說)과 가진술(假陳述)로 선시적 상징과 은유를 표출한다.

수산 시조의 노작 과정은 십우도(十牛圖)의 길이다. 잃은 소를 찾아 나서고, 그 발자국을 가려내어 소를 발견한다. 날뛰는 소를 길들여 타고 집으로 돌아오는 십우두의 전 과정은 모두 마음 안에서 일어니는 비, 일체유심조(一切唯心造)다. 마음이 곧 부처, 심즉시불(心卽是佛)이다. '참 나'를 찾는 진리와 자유의 길이다. 수산 시인이 마음 닦기의 정점에서 만난 것이 곧 '해우소'다. 거기서는 그런 시공(時空)의 존재마저 소멸하며, 그 소멸 자체도 소멸되고 만다. 존재 일체의 우주적 전일성(全一性)이 실현되며, 모든 소유와 욕망을 내려놓은 방하착(放下着), 무애경(無碍境)을 여는 것이 수산 시조의 향방(向方)이다.

수산 시인이 조성한 시조미학, 어머니와 소림명월도 표상의 우아미, 하회 부네 탈의 익살도 선시의 언저리에 놓인 우리 전통미의 귀한 유산이다.

수산 시인은 '보여 주기 시조미학 실현'에 성공했다. 물리적 현상을 뒤집어 시치미 떼고, 빛과 소리와 향기와 냉온 감각을 교차·융화하는 공감각적 심상까지 영글렸다. 두 번째 시조 작법 실험을 끝낸 것이다. 이제 제3시조집 출간, 새 본보기가 되는 도약의 그날을 고대하기로 한다.

감수성 벼리기 또는 은유와 상징의 미학

— 김숙희 시조 평설

1. 실마리

소설이 환유라면, 시는 은유다. 은유는 상징과 함께 이미지의 촉수를 벼리고, 예지와 심미적 즐거움을 환기한다. 저급한 시는 설명을 하고, 뛰어난 시는 침묵하며, 위대한 시는 영감을 준다고 한 시의 에피그램도 은유와 상징의 이미지와 사유(思惟)의 중요성을 강조한 말에 갈음되어 마땅하다.

싱거운 말이지만, 20세기 이후의 시조는 시다. 그렇기에 어떤 이는 현대시를 굳이 '시조시'라 부르기도 한다. 고시조가 창(唱)에 기운 그 시절의 '노래'였다면, 현대시는 창과 결별한 읽는 시다. 읽는 시의 현대시조는 전통의 지속과 창조적 변이라는 두 가지 과제를 간당해야 힌다.

김숙희 시인의 시조집에는 태작(駄作)이 없다. 전통적 율격과 음보의 창조적 계승은 물론, 현대시의 여러 장치를 수용한 변이의 새 차원에 길을 텄기 때문이다.

2. 김숙희 시조의 특성

김숙희 시조의 특성은 다양하다. 그걸 자재로운 형태 변이, 주지적 표현 기법, 시어 찾기와 노작 등 세 가지 관점에 중점을 두고 논하기로 한다.

(1) 자재로운 형태 변이

이 시조집 전체에서 고시조의 정형성(整形性)을 지킨 것이 「채송화」를 비롯한 13수이고, 나머지는 모두 변이형(變異形)이다.

① 지는 해 어깨 위에 두 손을 얹어보라
　　대물리던 원수에게 손 내밀고 싶은 날,
　　심장의 3차선으로 달려가는 경적 소리

　　　　　　　　　　　　　　　　　　　　　　　―「빌르 에블라르」 부분

② 귀울음 도진 날엔 겨울 산에 가보아라

　　북풍을 불러들여 고행·수도 한창이다

　　옹골찬 햇살 한 줌을 온몸으로 삼키면서

　　　　　　　　　　　　　　　　　　　　　　　―「겨울 산」 부분

①은 고시조의 정형 그대로이고, ②는 줄을 떼어 변형의 실마리를 연 것이다. 둘은 어떻게 다른가? ①은 이미지와 의미가 덩어리져 있고, ②는 행간에 사유의 여지를 준다. 여백을 부여한 것이다. 사유에 공간적 여

유를 주면서도 그걸 한 무리로 수습하게 하는 역량을 ②는 요구한다. 줄마다 그냥 헤풀어져 따로 노는 분열상은 ②에선 금물이다. ①의 제목과 표현 기교, 시적 상상력이 범상치 않다. 초장의 의인화 표상과 종장의 가진술(假陳述)이 예사 시조의 수준을 넘어섰다. ②의 '귀울음 도진 날'이나 '옹골찬 햇살' 같은 탁발한 상념과 발상이 이 시조의 의미를 결코 성기게 두지 않는다. 의미가 그야말로 옹골차다. 이 두 수의 시조만으로도 김숙희 시인의 차원 높은 시작 수준이 짚인다.

③ 황산벌로
　　내달리는
　　계백의 눈동자다

　　처자식
　　모가지에
　　칼을 벼려 날 세우고

　　온몸이
　　칼날이 된다.
　　부서지는 삼천 궁녀

　　　　　　　　　　　　　　　　　　　　　　—「너, 파도여」 전문

④ 얇은 막 터트리며
　　과꽃 향 자자한 날
　　할머니, 무명 속곳
　　황토 먼지 터실 때면

어디서 산꿩 소리가

내 두 눈을 끌어가고

―「하오, 그리움을 말하다」 부분

⑤ 인사동에 갔었다, 날굿이 개털 같은 날

기웃기웃 다니다가 좌판 옆에 앉았는데

옥매미

합창 소리에

귀가 번쩍 열렸다

―「인사동에서 매미를 품다」 부분

⑥ 복개되어 흔적 없는 내 유년의 개여울

피 돌던 논두렁엔 외짝다리 신호등만

쓸개가 빠져나가면

그냥 바람이 부는 걸까

나를 키운 안마당은 어디로 사라졌나

가뭇없는 나침반, 사라진 산등성이

신개발 다시 도져서

작아지는 어깨하며

이제는 오지 말자, 낯선 하늘 낯선 거리

어디든 정붙이면 게가 바로 고향인걸

돌아선 내 등 뒤에서

살구꽃이 지고 있다

③은 층량 3행 1련씩의 3련시고, ④는 4행 1련과 2행 1련으로 배열된 또 다른 변이형이다. ⑤는 2행 동량, 3행 층량의 혼합형이고, ⑥은 감량 4행씩의 대칭형이다. 김숙희 시인의 시조시형은 이같이 자유자재하다. 여기선 인용을 자제하였으나, 「망월동 묘비 앞에서」처럼 5행 1련의 3련 대칭형도 있고, 「풍경 1」에서 보듯 2행 1련짜리와 층량 3행짜리 1련이 2회 반복되는 형태도 있다.

시의 형태와 의미는 융화되어야 한다. ③의 경우 계백의 서릿발 같은 기백이 시행의 배열과 대응되어 펼쳐진다. 의미의 중심은 각 연의 셋째 줄에 응결되어 있다. 3행짜리 단시조형보다 의미가 더 두드러져 보이고, 그 피장이 확대되어 읽힌다. ④는 더 그런 경우다. 2행을 독립시켜 산꿩 소리의 청각적 이미지가 두드러지게 하였다. ⑤ 역시 동일한 효과를 내는 시 형태다. 옥매미 소리에 반응하는 서정적 자아의 각성 효과 말이다. ⑥에서 서정적 자아는 상실감의 균형 잡기에 성공하고 있다. 감량 4행씩 3개 수가 서정적 균형을 이루고 있다는 뜻이다.

⑦ 통곡이 둥둥 떠가고
　발가락도
　떠
　가
　고

　……

한 생애 동강 난 삶이

빨래처럼

흔

들

리

는

―「난타」 부분

㉠의 '통곡'은 자못 절통할 폭발음으로 분출될 법한데, '떠가고', '흔들리는'의 시각적 형태의 표상으로 다독이고 있다. 중장을 독자의 상상력에 맡겼다.

이 밖에 「고향 2」나 「에밀레야, 에밀레」, 「이렇게」, 「내일은 가보아야겠다」같이 사설시조형을 성공적으로 마무른 것도 있다. 김숙희 시인은 시가 무엇인지를 아는 사람이다. 시의 여러 형태 실험을 실험에 그치지 않고 시조의 내용과 화학적 융합을 이루어 참신한 미학적 결정체(結晶體)로 태어나게 하였다.

(2) 주지적 표현 기법

김숙희 시인의 시조는 '머리(brain)'의 시다. 정한(情恨)의 낭만적 토로와 직설적 서술이 지배적 담론인 여느 시조와 다른 차원에 자리한다. 주지적(主知的) 상상력과 이미지 제시의 기법이 예사롭지 않다.

앞에 인용된 일곱 수의 시조를 보아도 정감을 직설적으로 표출한다기보다 사유(思惟)의 세계를 이미지로 제시하기에 고심하였다. '대물리던 원수에게 손 내밀고 싶은 날'이나 '심장의 신작로 길로 달려가는 경적 소리'는 절묘한 발상이다. '귀울음 도진 날의 겨울 산'이나 '옹골찬 햇살'은 또 어떤가. '할머니의 무명 속곳의 황토'와 '산꿩 소리'도 그렇고, '피 돌던 눈두렁'과 '살구꽃이 지고 있다'의 이미지 어울림은 절륜의 경지에 이르렀다.

이슬 터는 나비 날개 숨 고르는 저물녘에
에테르로 스미는가 안개 저리 피어나고
고요는
고요를 불러
호수 하나 떠온다

'죽은 과거는 죽은 채 묻어두라'
순명(順命)의 꽃잎들도 숨죽여 잠이 들고
길 잃은 따옴표들이
죽비 소리 울려온다

횡격막 질러가던 그날의 가쁜 숨결
칠흑의 어둠 속에 박제되어 흔들리고
용서는
용서를 불러
바람 한 점 실어 온다

—「탈골의 시간」 전문

이건 '머리'의 시다, 정서를 직설적으로 분출하는 '가슴(heart)'의 시는 아니다. 제목부터 주지적(主知的)이다. 모더니티를 만나 생각으로 감동에 이르게 하는 '머리의 시'다. 많은 작품의 제목들이 은유나 상징으로 되어 있다. '나비 날개, 에테르, 안개, 호수, 꽃잎, 따옴표, 죽비, 횡격막, 어둠, 박제, 용서, 바람' 같은 객관적 상관물들은 현대시학에서 말하는 '폭력적 결합'으로 조성된 주지적 현대시조다. 이들 폭력적 결합체가 함축한 상징의 비밀스런 뜻을 독자는 풀어야 한다. 아마도 절박한 생명의 문제를 다룬 것이 아닌가?

  앙감질 그 햇살에
  숨 고르고 크던 잎새
  찻잎 따던 손길마다
  봄빛 풀어 전하더니

  오늘은
  나의 찻잔에
  스릇 감겨 오시는가

                              ―「우전차를 마시며」 전문

 앞의 시조와는 달리 의미는 가붓하다. 대신, 차 마시는 시공(時空)이 개성 있는 이미지 표상으로 실감 나게 다가온다. '앙감질 그 햇살'이나 '스릇 감겨 오시는가'의 창조적 상상력은 가위 일품이다. 김숙희 시인이 시어 하나 고르기와 적실(的實)한 표현을 위하여 얼마나 고심하는가를 감수성과 심미안이 있는 독자라면 금방 알아차린다. 시행을 한 줄씩 띄어놓은 것도 상념의 여백(餘白)을 마련해주기 위한 배려.

  말라붙은 젖가슴 미라처럼 누웠구나

더 바랄 게 무어냐고 허허 웃는 얼굴

심장의 박동 소리가 가지마다 따습다

꽁꽁 언 호수를 따라 올라가다 멈춰 서면

내리막 어디만치 귀 세우는 물소리

비구승 삭발하던 날 그런 소리 들린다

―「겨울 용평」 전문

감수성과 사유(思惟)의 세계가 절묘하게 어우러졌다. '허허 웃는 얼굴'
과 '심장의 박동 소리', '따습다', '귀 세우는 물소리'에는 예리한 감성의
촉수가 번득이고, 마지막 줄 '비구승 삭발하던 날'에서는 사유의 깊이가
짚인다.
　김숙희 시인의 시조는 이처럼 한 단계 높은 수준에 자리해 있다.

(3) 시어 찾기와 노작

김숙희 시인의 시조는 적합한 시어 하나를 찾으려고 사전 한 권을 통
째로 뒤적였다는 어느 시인을 생각하게 한다. 개성적이고 특수한 시어들
을 찾아 고심한 흔적이 역력한 그의 시조는 한둘이 아니다.

같은 땅 같은 하늘 바람 품속 살아가다

개망초 쇠비름이 호밋날에 찍히던 날

조상을 등지고 싶어 길 떠날 채비한다

섬초롱 벌개미취 빈 집터에 허리 풀고

지경을 넓혀가던 굼벵이의 저 치열함을

유언장 하얀 꽃잎이 나비 되어 날아간다
                                        —「바랭이풀, 유언」 전문

　이 작품에서는 흔치 않은 구체어들이 여럿 눈에 띤다. 개망초, 쇠비름,
섬초롱, 벌개미취는 흔한 풀이 아니다. 웬만한 글꾼이면 '이름 없는 풀
들'로 두루뭉술하게 얼버무릴 법한데, 김숙희 시인은 이른바 '잡초'들 하
나하나 이름을 부르고 있다. 문학적 글쓰기란 현상과 관념의 언어적 구
체화 작업이다. 「바랭이풀, 유언」은 생태시조 범주에 들 법하다. 하찮아
보여 찍혀나는 생명들에 대한 애탄(哀歎)이 읽힌다.

　　페르귄트 방문한 소소한 아침이다
　　쓰다 만 오선지를 되는대로 밀쳐놓고
　　밀회의
　　뜨거운 포옹,
　　향도 깊은 그대여

　　……

배반을 궁리하며 떠나가던 저 사람들
부러진, 무딘 칼날을 가슴속에 벼리더니
이 아침
해무를 열고
흰 돛으로 오시는가

— 「연인 1」 부분

　이 작품은 「솔베이지의 노래」의 곡진한 별리와 만남의 설화를 배경에
깔았다. '소소한 아침', '벼리더니', '해무'같이 적실한 어휘를 구사할 수
있는 김숙희 시인의 언어 유창성이 빛나는 대목이다. 그의 시인다운 천
분과 노작(勞作)의 결실이다. 다만, 이 같은 가분수형 시행 배열이 불안감
을 준다는 독자들의 반응은 어찌해야 할는지, 고심해야 할 문제다.

　이 밖에도 '목울대 혈흔을 닦는 / '아베마리아' 한 소절'(「늦가을의 은
유」), '팍팍한 헛울음'(「한강 1」), '옹이로 진 목청'(「에서의 땅」), '휘돌아 용
틀임하는 서리서리 민초의 한'(「이 애야, 문 열어라」), '조붓이 내려앉는 / 벚
꽃 잎'(「클레오파트라의 눈」), '흰 눈이 조문객으로 와 / 하얗게 밝힌 밤에'(「은
하로 흐르는 강」), '허기진 성령의 무리'·'함성 같은 놀'·'명주 같은 이름'·
'마디마디 가시 되어 / 사구에 꽂히는가'(「꽃지·해당화」), '징 소리 // 우는
산야에 // 눈 뜨는 모국어여'(「단풍이어라」), '새벽 안개 잰걸음에 푸른 이
내 찾아들면'(「장마 뒤끝」) 등 김숙희 시인의 시어 구사력은 현역 시조시인
중에서 최상위에 놓인다. '은비늘 퍼덕이던 / 만선의 기쁨'(「메디 1」), '보
리빛 고향실은 / 초록빛 강물이다'(「고향 1」) 같은 향수(鄕愁)를 환기하는
은유, '이악스런 한 세월'(「남대문 시장」), '발가락 / 오므린 밤'(「침묵의 무게」)
같은 표현도 절조(絶調)를 가늠한다.

　김숙희 시인의 시 정신 속에는 어머니에 대한 눈물 어린 그리움과 농

경 시대의 고향, 공장 처녀, 6·25전쟁, 5·18 등 사회적·역사적 곡절들이 얽히어 있다. 어쩌면 통한의 이런 곡절까지도 다독이고 녹여낸 김숙희 시인의 지성적 심미안이야말로 참으로 비범하다 할 수 있겠다.

3. 맺음말

김숙희 시인은 시와 시조가 무엇인가를 아는 시조시인이다. 그는 우선 전통 시조 율격을 살리면서도 다양한 형태 변이의 실험을 시도했다. 그의 가장 두드러진 공적은 이러한 형태 변이와 함께 우리 시조에 고도의 주지적 표현 기법을 도입하였다는 것이다. 그는 절통할 회한의 상황까지도 주지적 이미지 표상으로 변용시키는 역량을 과시한다.

그의 풍부한 모국어 구사력과 언어 유창성은 언어의 성찬에 그치지 않고, 적실한 표현 기법을 통한 이미지와 의미 구축의 역량으로 현대 시조의 수준을 한 차원 끌어올린다. 그렇기에 그의 시조에서는 풍부한 특수어와 구체어가 개성미를 분출하고, 낯선 어휘의 결합으로 경이로운 이미지와 의미가 창출된다.

요컨대 김숙희 시인은 현대시의 주지적 상상력으로 우리 전통 정서와 이미지, 의미의 화학적 융합을 이루어 참신한 미학적 결정체를 창조한, 탁월한 시조시의 전범을 보여준다. 그의 시조는 여느 시조와는 달리 제목부터가 은유요, 상징이다. 그는 영감의 시인이지만, 노작의 수고조차 아끼지 않는다. 그의 시조 창작 공간은 그렇기에 명작의 산실일 수 있다.

그리움 다독이기 또는 만남의 시조시학

― 천옥희 시조 평설

1. 실마리

우리가 쫓겨나지 않아도 되는 유일한 낙원은 그리움의 세계라고 누군 가가 말하였다. 동서고금의 많은 시가가 그리움과 사랑을 기본 정서로 삼지 않았던가. 백낙천의 「장한가(長恨歌)」가 남녀간의 사랑과 그리움을 840자로 읊은 최고의 걸작이라면, 두보의 「불견(不見)」은 사무치는 우정 을 술회한 명편이다. 구약 「시편」은 하나님 사랑을 노래한 것 중 절륜의 경지에 이르렀다. 서양 쪽의 P. B. 셸리가 전율 어린 사랑과 그리움을 노 래하였다면, 우리 쪽에선 김소월이 또한 그리하였다. 황진이가 곡진한 별리와 그리움의 절창을 남겼다면, 정지용은 고향 그리움을 「향수(鄕愁)」 로 달랬었다. 유치환·김남조의 그리움은 극치에 이르렀다.

백낙천의 저 걸작은 왕유(王維)의 경우처럼 시화일치(詩畵一致)의 기미 가 짙은데, 그게 영국의 T. E. 흄이나 E. 파운드의 이미지즘으로 흘러들고, 우리 근대시의 정지용·김기림·김광균의 이미지 형상화로 정착된다. 이 병기·김상옥의 시조도 시화 일치·주지적 이미지즘의 영향권에서 거듭났다. 이미지 형상화는 창(唱)이 소거된 현대 시조의 빈 자리를 메운 미학적 결정소(決定素)가 된 것이다. 시조시인 이은상·김상옥의 그리움은 천옥희 시인에게 두 갈래 준거가 된다.

천옥희 시인의 시조는 그리움의 정서·만남의 지향성·절제된 형식미·이미지의 형상성과 율격의 어울림으로 우리의 감성을 가만가만 일깨운다. 소리 없이 다가오는 그의 정숙한 발걸음을 닮았다.

2. 천옥희 시조의 특성

천옥희 시인은 삶의 연륜으로 보아 이미 원숙경(圓熟境)을 넘어섰다. 시를 쓴 연륜도 그리 짧지 않다. 인생의 파란과 우여곡절을 쓴 곰삭힌 예지가 젊은 날의 총명을 능가할 때가 되었다. 그럼에도 그게 쉽질 않다. 어조가 거칠고 높으면 총명조차 치욕이다. 가라앉은 어조, 세련된 감정 조율, 튀지 않는 행동거지, 그런 것들이 어우러져 원숙미를 이룬다. 천옥희 시인의 서정적 자아는 그런 원숙미로 절제된 그리움을 형상화한다.

너 없이 산다 해도
세월 그냥 가는 것을

헤어져 다시 만나
내가 너를 어쩌랴

빈 들에
흔들리는 것

야국(野菊) 같은 사람아

—「그리움」전편

천옥희 시인의 그리움은 이런 것이다. '상사일념·오매불망·전전반측'
의 그런 몸부림은 이미 떨쳤다. '스스로 그러함'의 '자연'에 의탁한 연륜
과 예지가 읽힌다. 시행의 정제된 배열도 돋보인다. 행과 연의 길이와 분
리가 의미의 단위와 합치되어 안정감을 준다. '야국'의 형상성 또한 깊은
상념을 불러온다. 천옥희 시인의 시조는 '예술이란 우리로 하여금 아프
도록 생각하게 하는 그 무엇'이라고 한 올드리치의 예술 철학을 상기시
킨다. 이는 '첫사랑·강둑에서 쓴 편지·세월이 가도·어느 가을날·단풍
잎·강 건너 등불같이·헌사·강물이 가듯' 등과 함께 천옥희 시조시학의
주조를 이루는 특성이다. 아픔을 다스리는 정조(情操)와 예지와 기교 말
이다.

언제나 그쯤에서 선 채로 웃고 있는
그렇게 그려 가는 우리의 평행선을
여전히
해는 돌면서
굽어보고 있구나

한 나울 앞서가는 물이랑의 질서 같은
우리는 시간 위의 노래하는 한 목숨
물안개
달빛 하얀 밤
한 점 별로 박히리라

여기서 주목할 말들은 '언제나·그쯤에서·선 채로·우리·평행선·여전
히'다. '우리'는 '나와 그'인데, 둘은 평행선 위에 있고, 시간과 거리에는
변화가 없다. 항심(恒心)이다. 서로 멀어지지도 가까워지지도 않는다. 어
쩌면 '절통할 인고(忍苦)의 날들'일 수도 있는데, 그런 격한 정감의 파랑
(波浪)은 솟구치지 않는다. 셋째 수에서 놀이 일기는 하나, 질서 있는 물이
랑 그 이상은 아니다. '별'은 '시간'의 귀착점인 '영원'일 법한데, 아직은
단서가 분명치 않다. 첫사랑의 형상과 의미가 이같이 절제되어 있다. 행
의 길이와 의미가 여기서도 대칭을 이룬다. 천옥희 시인의 절제된 균제
미, 그 숙련도가 만만치 않다.

> 차라리 눈을 감고 돌아서 오는 날에
> 뉘 있어 부르시나 내가 그를 부르듯
> 우리는
> 하늘 길 열어
> 불러대나 봅니다

이 시의 서정적 자아는 아직도 땅과 하늘의 경계선에 있다. 그럼에도
작은 변화는 하늘길을 연다는 데 있다. 마르틴 부버의 '나와 너'와 '그분'
의 형상과 의미가 여기서 떠오른다.

> 어머니가 찔리시듯
> 그 바늘에 찔리듯이

실핏줄을 넘나드는

정이 가득 묻어 있어

― 「반짇고리」 제3수

언제나 그 강은 거기에 있었다

흐르는 강물이야 쉼 없이 흘러가도

그때의

그 마음 두고

세월만 흐른 거다

― 「고향의 강」 제1수

어머니 생각을 하고, 고향의 강물을 그리워한다. 고향 진주와 어머니,
그리고 굽이쳐 흐르는 남강은 '초등 동창회'의 '순아, 숙아'와 함께 종생
껏 잊을 수 없는 그리운 존재다.

그랬다. 그날 물빛 너무나 파랬었다

의암(義巖)의 가락지는 바르르 떨고 있고

한 목숨

버린 자리에

푸른 달빛 쏟아졌다

넋으로만 흘러가는 그 이름은 논개(論介)

촉석루(矗石樓) 찾아드는 나그네 있거들랑

시 한 수

얹어 놓아라

남강(南江) 물이 풀리게

—「논개」제1·2수

　천옥희 시인의 역사적 자아와 고향 그리움의 자아가 만나는 대목이다.
적장을 끌어안고 남강 물에 투신한 충절의 여인 논개와 시인의 고향인
진주 남강이 오버랩되어 그리움은 농도를 더한다.

　　새순으로 오셨네요 마른 가지 끝에서
　　개나리 노란 빛으로 우리에게 오셨네요
　　당신은
　　햇살까지를
　　얹어주고 계셨어요

　　아픈 이의 손등을 쓰다듬고 계시네요
　　고통 또한 아름답게 다스리라 하시며
　　당신을
　　닮으러 가는
　　그 길 밝혀 주시네요

　　외롭거나 슬프거나 어려운 그때라도
　　자비로운 당신 품을 찾아드는 이에게
　　알맞게
　　도닥이시는
　　당신은 나의 빛이십니다

—「오늘 당신을 만났어요」전편

이 시조집의 표제 '오늘 당신을 만났어요' 전편에 나오는 '당신'은 누구인가? '참 좋으신 분'이다. 천옥희 시인의 천분이 지극히 순후(淳厚)하고 정열과 결기가 곰삭은 까닭에, 이 작품에 치열성은 드러나 있지 않다. 치열한 고뇌와 파란의 시간들은 '영원한 빛' 속에 묻힌 지 오랜 듯하다. 그래서 평자는 그의 '그리움의 열정 다독이기'를 높이 기린다.

그분은 나를 사랑하여 죽으시고
나는 그분을 사모하여 삽니다

얼음빛
칼바람 속을
맨발로 오신 그분

뜨거운 눈물로 그분 발을 적시이고
향내 나는 머리채로 닦을 수 있다면!

그분의
옷자락 끝을
스칠 수만 있다면!

그분의 사랑이 삶의 길에 등대시라
바라옵긴 오로지 그분 닮아 가는 것

눈물의
안개 너머로

무지개를 봅니다

─「12월에 오신 그분」 전편

그리움과 만남의 결정편(結晶篇)이다. '오늘 당신을 만났어요'의 '당신'이 필경 구세주이심이 여기서 드러난다. 셋째 연이 결정적인 증거다. '요한복음' 12장 3절에 나오는 한 여인의 이야기다. 눈물로 주님의 발을 적시며, 옥합을 깨뜨려 향을 바르고 머리카락을 늘어뜨려 주님의 발을 닦는 한 여인 마리아의 영상이 선연하다. 그러기에 '그분'을 사모하며 살고, '눈물의 안개 너머로' 무지개의 찬란한 소망을, 그는 볼 수 있는 것이다.

천옥희 시인의 시조시학적 원숙미는 이미 약간씩 언급한 바 있다. 먼저 율격과 형식미의 조화 문제부터 보기로 한다.

간밤에
별빛이
유난히도 곱더니

보랏빛
하얀빛
도라지꽃 피었다

마알간
미소로 오네
볼우물 속 우리 누나

─「도라지꽃」 전편

3개 연의 각 행이 대칭을 이룬 형식미가 두드러져 보인다. 층량 4음보의 율격이 의미의 전개에 따라 대칭을 이루었다. 「산도라지꽃」·「고추잠자리」·「다 그런 거야」·「겨울 풍경화」·「산목련」·「물안개」·「산사태」·「겨울 나무」 등이 다 이런 유형이고, 「강물이 가듯」·「12월에 오신 그분」은 변이형이다.

땀이 배인 대지(大地)로 내일을 기약하듯
외줄 탄 당신을 거침없이 뒤따르듯
그렇게
믿음을 다진
살점 같은 그대여

물굽이 함께 도는 돌멩이 같다 하랴
살갗이 저려 오던 그날의 아픔까지
오늘은
달빛에 닿은
조약돌 같은 것을
　　　　　　　　　　　　　　　　　　　　　　　　　—「헌사」 제1·2수

이 작품은 다른 형태의 형식미를 보여 준다. 각 연의 5개 행이 각각 대칭을 이루고 있다. 도저(到底)한 배열 형태다. 앞에 인용한 「첫사랑」·「세월이 기도」·「오늘 당신을 만났어요」·「논개」와 「적응」·「강」·「손」·「2008 새만금」·「봄바람」·「화해」·「가로등」·「봄산에 올라」·「북소리」·「그래서 좋은 거야」·「공원의 가을」·「기대」·「봉은교 밑 풀벌레」·「해바라기」·「가뭄과 나비」·「강둑엔 풀들이」 등이 이 유형에 속한다. 또 '봄날'처럼 2행 단위

3개 연 내지 6개 연으로 된 형태도 적지 않다. 나머지 작품들도 대체로 이 세 가지 유형의 변이형들이다.

시조는 본디 1행 4음보를 기본으로 한 3행시다. 3음절 내지 5음절을 기본으로 하되, 제3행(종장) 첫 음보는 3음절 음수율을 굳게 지켜 왔다. 음보의 음수율 차이는 서정과 시상(詩想)의 여유와 급박성을 조율하는 완급률(緩急律)로서 의의가 있다. 전통 한시로 치면, 시조의 종장 첫음보 3음절은 기·승·전·결의 '전', 둘째 음보 5음절은 절정, 그 이하는 '결'에 해당한다. 우리의 시조는 이같이 압축된 형태로써 미의 극적 효과의 극치를 지향한다. 이은상 시인이 양장 시조를 시도했으나 보편화에 실패했고, 현대 시인들은 형태의 배열을 다양화하면서 고시조의 고착된 규칙성을 완화하려는 여러 노력을 보이고 있다. 시조를 한시나 영시의 정형성(定型性)과 구별하여 '정형시(整形詩)'라 하는 까닭이 여기에 있다.

시조 쓰기의 저력을 갖춘 천옥희 시인이 이걸 모를 리 없다. 시의 완급률과 형태미, 정서·사상·이미지·의미의 조화와 전개를 조율하기에 절차탁마하여 원숙미의 경지에 이른 천옥희 시인의 역량은 비범하다. 그의 노작(勞作)에 찬사를 보낸다. 영감의 시인으로 알려진 김소월도 그런 노작의 시인이었다. 그의 「진달래꽃」과 「산유화」는 그래서 명편이 아니던가.

천옥희 시인은 시화일치의 시가 전통에도 무심하지 않다.

　　햇살이 마중 왔다
　　창을 열고 내다본다

　　환하게 웃고 있는
　　벚꽃들의 아우성

바람도 제 멋에 겨워
꽃잎 하나 떨군다

새봄이듯 그대는
어디쯤 오시는가

누렁이는 사립문에
기대어 잠이 들고

발그레 물든 가슴은
툇마루에 얹혀 있다

—「봄날」 전편

　봄날의 정경을 회화적 이미지로 형상화했다. 대부분의 시조가 그렇듯이, 이 작품의 표출도 서술적 이미지에 의존하고 있다. 둘째 연의 공감각적 이미지가 특히 돋보인다. 다음 기회에는 비유적, 상징적 이미지를 천옥희 시인의 작품에서 자주 만날 수 있기를 바란다. 이 작품은 2행 1련의 변이형으로 엮이었다. 주제는 넷째 연에서 포착된다. 그리움이 주제임은 두말할 것도 없다. "햇빛이/ 고샅길에/ 길게 드러누웠네."의 「낮잠」도 회화적 이미지로 구성된 작품이다.
　현대 시조가 직설적 서술이나 서술적 이미지로 독자에게 쉬이 다가길 수 있는 것을 장점이다. 자유시의 주지적, 상징적 난해성이 독자 반응 비평적 관점에서 문제점을 노출하는 것과 대비된다. 그럼에도 시조에서 주지적 체험의 표출이 과도히 배제되는 것은 바람직하지 않은 일이다. 천옥희 시인의 시조에서 주지시의 가능성을 발견하게 된 것은 우리 시조의 장래를 위하여 바람직한 한 '사건'이다.

　　내가 네게로 야금야금 빨려들어
　　환장하듯 토해 내는 하얀 숨결로
　　허공을 핥으며 도리질하듯 애무할 때
　　너는 소유 밖의 자유를 만끽한다
　　달콤한 죽음같이 스며드는 무심(無心)으로
　　비수 끝에 찔리어 아릴 대로 아리고
　　논바닥 갈라지는 갈증까지 재우면
　　망각(忘却)의 강(江)에 놓인 징검돌을 건넌다

　　　　　　　　　　　　　　—「담배 한 대의 독백」에서

　담배의 유혹과 인간의 고독 문제, 그 관계성을 주지적 관점으로 표출
한 시다. 난해성이 도를 넘어 독자와 결별하고 마는, 그런 난해 시는 아니
다. 독자에 아유하지 않고도 그와 친근하되 품격을 유지할 수 있는 차원
의 주지 시조 창작의 길잡이 구실을 할 작품이다. 시조시인 모두의 주목
을 요한다.

3. 맺는 말

　시조는 고도로 절제된 감수성과 예지의 결정(結晶)이라 했다. 천옥희 시
인은 그 같은 시조시학의 전범(典範)을 보여 준다는 점에서 찬사를 받아
마땅하다. '그리움'이라는 자칫 절통할 인고(忍苦)의 심서(心緖)를 다독여
원숙한 균제미로 용케 갈무리한 역량이 돋보인다. 그의 시조는 고착되기

쉬운 시조시형의 다양한 변이를 통하여 현대적 감수성에 부응하려 한 노작(勞作´)이다. 그의 시적 자아는 '그리움'으로 축약되는 동서고금 시가의 보편적 정서를 마침내 구세주와의 '만남'이라는 성스러운 좌표에 올려놓음으로써 영적 구원에 도달한다. 인간의 에로스적 욕망을 삭여 영성(靈性)의 시공(時空)에로 고양시킨 시인의 원숙한 시 정신이 값높다.

시화 일치(詩畵一致)의 동아시아 시가 전통의 일단을 보여 준 것이 전통의 창조적 계승이라는 점은 더 가꾸어 나갈 대목이다. 회화적 이미지 이야기다. 특히 천옥희 시인이 본보인 주지 시조의 일단은 현대 시조 창작의 진화를 촉발하는 주목할 만한 시도다.

에로스적 그리움의 곡진하고 결사나운 열정을 다독여, 우리 독자 모두에게 만남의 시공, 영성의 우주를 열어 보인 천옥희 시인의 시집 발간을 축하한다.

이후의 시집에서는 다독이기와 일깨우기의 충격이 더욱 역동적으로 표출되기를 기대하기로 한다. 그럴 때 그의 탁월한 어휘 구사력, 예각적 감수성과 아린 서정도 한층 더 촉기를 뽐내며 거듭날 것이다. 그의 시조 「바람」은 그런 가능성의 징표다.

흐름과 그리움의 변주곡

— 유재홍 시조집 평설

1. 여는 말

자유시가 청년 장르라면, 시조는 중년 이후의 장르가 아닐까. 중년 이후에는 체화(體化)된 경험들이 모가 닳고 곰삭은 표상들로 재현되고, 아스라한 동심의 여울에서 되살아난 리듬 감각이 생동력을 회복한다.

시조는 본디 '창(唱)'이라 일컬어진 노래였다. 노래를 잃은 근현대 시조는 네 박자를 단위로 하는 12음보 3장 6구에, 3~5음절 완급(緩急)의 음수율로 정감과 사유(思惟)의 탄성을 조율한다. 시조는 세계 여느 정형시(定型詩)와는 달리 작가와 독자에게 '절제된 자유'를 누리게 한다.

유능한 시조 시인은 응축(凝縮) 지향의 구심력과 확산 지향의 산문적 원심력이 조성하는 팽팽한 긴장감 속에서 창조력 상상력을 가다듬게 마련이다. 필연은 아니나, 시조가 중년 이후의 장르라 하는 까닭은 여기에 있다.

용연(庸然) 유재홍(俞載洪) 시인은 인품과 시작(詩作)이 원숙(圓熟)의 경지에 들어 첫 시조집 『그대 떠난 뒤』를 상재(上梓)한다. 표제가 따슙다. 은

은한 그리움을 불러온다. 유재홍 시인의 인품이 풍긴다.

제재별 분류에 따라 노작, 자연 표상, 흐름과 상념, 그리움, 호국혼 등으로 나누어 짚어보기로 한다. 말미의 동시조는 자연 표상, 동심, 고향 생각으로 분류된다.

2. 용연 유재홍 시조의 특성

(1) 노작

용연 시조집 『그대 떠난 뒤』 첫머리에 놓인 것이 「시인의 가난한 밤」으로, 인고(忍苦)에 찬 노작(勞作)의 과정이 부각되었다.

> 찰칵찰칵 초침 소리
> 하얀 밤 원을 돌고
>
> 시어(詩語)는 어디 가고
> 생각 속에 날을 샌다
>
> 수많은
> 자음과 모음
> 숨바꼭질하는 밤

단수(單首) 시조다. 3개 연으로 배열한 것은 근대 시조 이후의 변이형이다. 문학 작품이란 언어의 문예 미학적 질서화다. 시조는 모국어의 시조 미학적, 창조적 질서화의 소산이다. 시인은 시조 한 편을 창조하기 위하여 밤을 하얗게 밝힌다. '찰칵찰칵' 하는 초침 소리에 각성을 거듭하며 조상 말 모국어를 조탁(彫琢)하는 시인의 초려(焦慮), 노작(勞作)의 영상을 떠올리는 시다.

유럽 시인 중에 바이런은 영감, 라이너 마리아 릴케는 노작의 시인이라고들 한다. 어떤 시인은 살갗을 원고지, 뼈를 펜, 피를 잉크로 하여 시를 써야 한다고, 다소 섬뜩한 말로 노작을 강조하였다. 특별한 경우가 아니라면, 시쓰기에서 영감 없는 노작이 없고, 노작 없는 영감도 없다. 영감의 시인으로 알려진 김소월도 시 한 편을 두고 퇴고를 거듭하였음을, 그의 스승 김안서가 증언한 바 있다. 이은상, 이병기, 이호우, 김상옥 같은 대선배 시조시인들도 모두 노작의 대가들이었다.

언어학자 시미언 포터는 그의 『현대언어학』에서 사전이란 단어의 시체를 매장한 공동묘지라고 했다. 사전 속에서 말은 가사(假死) 상태에 있고, 그것을 살아나게 하는 것은 구체적인 상황 속의 인간이다. 시조시인은 사전 속 모국어의 전통적 생명력을 창조적으로 계승하는, 선택받은 인간이다.

(2) 자연 표상

용연 시조집에서 자연 표상으로 표출된 작품 수는 계절의 상념과 더불어 압도적으로 많다.

숨어 있던 꽃송이가 / 달빛에 흔들린 밤 // 묻어 둔 사연들이 / 향기로 내린다 // 지그시 눈을 감는다 / 달은 서천을 넘고

「아카시아 꽃」이다. 아카시아 흰 꽃에 달빛이 오버랩되어 흔들린다. 이화 월백(梨花月白)의 전통 미학의 향기 되어 '묻어 둔 사연'으로 낙하한다. 시 속의 서정적 자아는 눈을 감는 밤, 서천으로 달은 진다. 시가 정적미(靜寂美)를 머금었다.

　　사람은 떠나가고 정만 남은 저 바다 / 햇살도 그날처럼 바위섬에 쉬고 있네 / 노을 진 이랑이랑에 흔들리는 얼굴 하나 // 청람빛 하늘에 하나 둘 별이 뜬다 / 울고 싶은 파도 앞에 무슨 말을 더하랴 / 별빛이 내린 모래톱 바람아 빈 바람아

「겨울 바다」 전편이다. 서정 시조로 절창(絶唱)이다. 바다가 이별과 그리움의 표상으로 일렁이는 장면이다. 제1수 초장과 제2수 종장의 언어 질서가 그리움의 서정을 기막히게 여물린다. 시조를 제대로 아는 이의 어법이다. '그립고 아쉬운' 전통 정서가 겨울 바다와 모래톱에서 제대로 앙그러졌다.

　　산곡대기 불태우다 야금야금 내려온다

　　어느새 오색이다 저 미쳐버린 나그네

　　아이예 입을 다물자 나도 그냥 단풍잎

「불놀이」다. 초·중·종장 사이를 한 줄씩 띄어 표상 공간을 확대하고 시적 상념에 여유를 주었다. 절정에 이른 단풍 잔치를 불놀이 은유로 뜻매김했다. 단풍의 기세는 미친 나그네가 되고, 시인의 서정적 자아도 단

풍이 된다.

> 눈 속에 숨어 있던 조그마한 꽃잎 하나
>
> 향기에 취한 사람 사립문 열고 나와
>
> 맺혔던 옷고름 풀면 봄날이 가슴 연다

「설중매」 단수다. 4군자의 하나인 매화, 그것도 눈 속에 핀 매화를 제재로 했다. 우리 문학의 소재 전통을 이었다. 문제는 창조다. 작품의 유일성(唯一性) 말이다. 오설고절(傲雪孤節) 미학의 관습을 살짝 벗어나 시조시학의 탐미적(耽美的) 샛길을 열었다. 관능(官能) 노출의 위기를 절묘하게 이겨낸 종장의 표출 기법이 돋보인다.

(3) 계절의 상념

자연 표상과 계절의 상념은 한 무리로 묶일 수 있으나, 분량비를 고려하여 둘로 나누었다. 두 부류의 작품 수는 어금지금하다.

> 하늘 문 열었구나 / 함박눈 쏟아진다 // 가지마다 눈꽃 송이 가는 길 잡는구나 // 겨울 문 / 끝자락에서 / 그림 한 점 놓고 가네

「눈 오는 봄날」이다. 봄샘눈 내리는 철의 단상이다. 이른 봄 눈꽃 세상을 한 폭 한국화로 본 것이다. 시상이 종장에서 빛을 낸다. 끝맺음에 성공한 작품이다.

이제 막 빗물에 세수한 나뭇잎들 // 새떼 같은 바람이 앉았다 떠납니다 // 초록빛 오월의 향연 눈을 감아 버립니다

「초록의 향연」이다. 계절의 황금기 오월에 대한 상념을 가붓이 표출했다.

초록이다 그 아래 여름 햇살 비껴가고 // 부챗살 지나가는 바람 한 점 그립구나 // 세상이 굴러가는 소리 바둑알 떨어지는 소리

「느티나무 아래서」다. 바람 한 점이 아쉬운 한여름이 느티나무 밑 바둑판에 고스란히 동참해 있다. 숨막히는 더위 속 푸른 그늘 아래 정적이 감돈다. 정적을 깨뜨리는 것은 바둑알 떨어지는 소리, 세상일도 거기에 와서 흐른다. 초장의 '초록이다'로 말문 열기가 참신하고, 종장 끝맺음이 초점화에 성공했다.

농부 주름 하나마다 황금 들녘 출렁이고 // 기러기 울음소리 달빛을 타고 간다 // 바람이 알아버렸네 감춰 둔 내 마음을

「가을에」다. 농부, 황금 들녘, 기러기 등 가을 표상의 관습적 상관물로 가을 정경을 제시했다. 이 작품 역시 종장이 백미(白眉)다.

달빛이 그려 놓은 / 잎새 하나 흔들린다 // 내일이면 그 한 잎도 / 바람 타고 떠나겠지 // 창호엔 / 달빛만 남고 / 겨울나무 묵상에 들고

「달빛과 겨울나무」다. 달빛, 잎새, 바람, 겨울 나무라는 관습적 상관물

들이 겨울 달밤의 정적미(靜寂美)를 조성한다. 역시 종장 끝맺음에 방점이 놓인다. 초·중장과 종장의 시행 배열이 가지런하다. 적막한 달밤, 잎새 하나만 미동(微動)을 보인다. 만유 일체가 흐름 속에 있음을 계절의 시는 보여 준다.

(4) 흐름과 상념

흐름에는 시간이 개입한다. 시간은 생명을 생성·난숙·쇠멸시키고 비생명체를 삭힌다. 이에 주인공인 인간의 망막과 기억 속에 아픔이나 그리움의 영상이 맺게 마련이다.

쉼표도 잊었는가 쉬지 않고 흘러간다 // 초승달 띄워놓고 말없이 그냥 간다 // 추억을 반추하면서 그리움 안고 간다

「한강」이다. 한강에 시인의 자아가 투영되었다. 자아의 서정 항목은 그리움이다.

손 벌리면 안길 듯 다가오는 두 아기섬 / 할아버지 미소와 내 유년이 있는 곳 / 하루 해 끝나는 자리 그 노을이 타고 있다 // 결 고운 모래 위엔 어릴 적 내 발자국 / 멀리서 부르는 어머님의 목소리 / 선산(先山)은 말이 없어라 한 세월이 왔다 가고

「쌍도(雙島)의 낙조」다. 어릴 적 발자국이 묻힌 고향 마을의 모래밭, 낙조 불타는 작은 섬 둘, 한 세월 너머 들리던 어머니 목소리, 모두 그리움 덩어리다. 용연 선생의 고향 마을 충남 보령일시 분명한 기억의 현장이

다. 흐름 속의 반추(反芻)다.

시끌벅적 기세등등 / 돌담 안의 사각 집 // 봄이 오면 매화꽃이 / 가을이면 벽오동이 // 모두는 흘러간 세월 / 고양이만 살고 있다

「빈집」이다. 영화롭던 부잣집도 빈집으로 폐가가 된 채 허막감을 안겨준다. 도시화의 그늘, 그 단면이다. 시간이 삭혀 버린 과거의 영화, 그 끝자락을 고양이가 물고 있다.

맨몸 말고 다 버렸다 웅크린 쪽방 노인 // 차가운 달빛만이 머리맡을 지키는데 // 꽃상여 떠나기 전에 엽서 한 장 오려나

「독거 노인」이다. 그야말로 적수공권(赤手空拳) 알몸 노인의 실존적 정황을 그렸다. 세태 시조다.

가지 끝 눈꽃 질라 바람아 바람아 / 낮은 음 노래하는 계곡 물 차가워라 / 낙엽이 구르는 소리 그 님이 오는 소리 // 눈 내린 겨울 산장 누가 살다 떠났나 / 그 옛날 나의 시간 예 와서 쉬고 있네 / 봄날을 기다리는 가지 노을 한 쪽 걸렸고

「겨울 산장」이다. 누군가 살다 떠난 빈 산장의 겨울, 거기에 시인의 옛시간이 휴식을 취한다.

구름이 가다 말고 / 달을 삼켜버린다 // 병상엔 신음 소리 / 빨간 꽃이 한 송이 // 내 님이 눈에 어린다 / 하늘나라 먼 나라

「916 병실에서」다. 시간의 흐름엔 사정이 없다. 하늘에서는 구름이 달을 삼키고, 지상에는 병상의 신음 소리와 꽃 한 송이가 있다. 그 공간에 영영 결별한 임의 영상이 눈에 어린다. 공간 설정 기법이 돋보이는 작품이다.

(5) 그리움

그리움은 인간 관계망 속의 기본 정서다. 특히 '그립고 아쉬운 정'으로 살아온 우리 민족에게 만남과 헤어짐, 별리지정(別離之情)은 떼어 놓지 못하는 작품의 주요 제재다.

> 그녀의 뒷모습이 초승달에 걸렸구나 // 이별은 묵을수록 빠알간 연시 같다 // 이제야 알 것 같구나 사랑해서 미안해

「이별 그 뒤」다. 애련한 초승달 이미지에, 연연(娟娟)하다기엔 새빨간 선홍색 연시(軟柿)의 이미지가 대조되어 이별의 정감이 강렬성을 머금는다.

> 어머님 제삿날에 / 막냇동생 꽃 한 다발 // 방안 가득 꽃향기가 / 천국까지 전해질까 // 기억은 멀어져 가고 / 그리움은 가슴 속에

「치자 꽃」이다. 치자 꽃을 매개로 한 사모(思母)의 시다. 고속요 「사모곡(思母曲)」의 전통 정서에 접맥된다. 이 결곡한 정서는 「사모곡」으로 풀린다.

> 하얀 밤 지새우며 별자리 세어 본다 / 자장가 부르시던 어머니 내

어머니 / 뜸북새 길게 울더니 그 오월에 떠나셨지 // 흘러간 세월 속
그 많은 그리움들 / 힘든 삶의 순간마다 항상 옆에 계셨네 / 어느 날
꿈에서라도 만나 보고 싶어라

어머니 그리는 정이 곡진하여 직설적으로 풀었다. 더 형상화된 사모곡
은 한 과제로 남는다. 용연 선생 사모곡의 '유일성' 말이다.

벽오동 떨어진다 / 달 그림자 같은 사람 // 밥 먹듯 부른 이름 / 저
산 밑에 누웠구나 // 지금도 고운 이름아 / 달 그림자 같은 사람

이 시조집의 표제가 된 「그대 떠난 뒤」다. 산에 누운 사람과 벽오동 달
그림자를 보는 사람 사이는 아주 멀다. '그대 떠난 자리'에서 목 놓아 혼
을 부르던 김소월의 「초혼(招魂)」이 보인 폭발적 감정 분출은 사위었다.
대신 달 그림자 이미지로 재현되었다.
흐름 속에는 늘 그리움이 뒤척인다.

(6) 호국혼

노년에게 우리 국토와 나라와 역사의 의미는 각별하다. 용연 선생의
경우 또한 예외일 수가 없다.

백두 대간 솟던 날 너도 같이 태어났지 // 떠오르는 해를 보고 아리
랑도 불러 봤지 // 동해의 수수천 년을 지켜 앉은 배달이여

「독도」다. 국토의 막내 독도 사랑을 읊었다. '배달'은 옛말 '붉달'이 변

한 말이다. '붉'은 '붉다'의 어간이고, '달'은 '응달', '양달', '산비탈'에서 보듯이, 언덕이나 일정한 지역을 뜻하는 우리 옛말이다. 단군을 광명의 지역을 다스리는 임금이었다. '단군(檀君)'의 '단'은 박달나무 단자이다. '붉달'이 뒤에 '빅달', '배달'로 변음이 되었다. 일본이 어떤 억지를 부려도 독도는 배달의 땅 우리 국토임을 용연 선생은 확인한다.

> 바람 한 점 없구나 숨막히는 골목길 // 반가워라 무궁화야 네가 여길 지키다니 // 요란한 벚꽃 축제에 잊어 가는 나라꽃

「무궁화 꽃」이다. 용연 선생의 국토 사랑에 이은 나라꽃 사랑의 호국혼 (護國魂)이 엉긴 작품이다. 일본 표상인 벚꽃 축제에 잊혀 가는 무궁화의 정체성을 새로이 떠올렸다.

(7) 자유 연상

이 시조집의 절대 다수 작품이 앞의 다섯 부류에 드는데, 단 여섯 작품은 각개 자유 영역에 속한다.

> 골물의 맑은 소리 끊어진 지 오래이고 // 땀에 전 농부 얼굴 까맣게 타고 있다 // 소금기 허연 얼굴로 비야 비야 쏟아져라

「농부의 기도문」이다. 농사는 관광객에게야 낭만적 전원 취미일 수 있으나, 농업인에게는 냉혹한 현실이다. 그걸 용연 선생은 안다. 농경 사회를 체험한 세대이기 때문이다. 농경인의 아픔, 그 통고 체험의 한복판에 가뭄 고통이 있다.

고목나무 가지 끝에 매달린 오색 사연 / 돌 하나 얹어 놓고 소원 빌
던 그 자리 / 이제는 아픈 마음을 내려놓고 갑니다 // 손 모아 빌던 자
리 모두 다 떠난 자리 / 길손도 뜸하구나 추억만 남은 자리 / 그날의
수많은 사연 어느 별에 잠자나

「서낭당」이다. 민간 원시 종교 행위가 이루어졌던 서낭당이 새삼 부각
되었다. 하고한 사람들의 한량없는 비원(悲願)이 깃들인 그 자리 서낭당
을 보며 서정적 자아는 옛적 추억에 침잠한다.

흙냄새 그리워서 사람 냄새 그리워서 // 자리 잡은 산속이라 풀꽃
반지 줄 이 없네 // 노을은 붉은 햇덩이 산 하나를 덮는다

「귀농」이다. 귀농(歸農)의 역설(逆說)이다. 흙 내음, 사람 내음이 그리워
서 돌아온 농촌인데, 오히려 사람 그리운 외톨이가 되었다. 벌건 낙조(落
照)에 고독을 머금은 귀농인의 영상이 아리다. 사랑의 매개물이요 신표
(信標)인 풀꽃 반지의 주인이야 더욱 가뭇없다.

일출을 바라본다 / 심장이 요동친다 // 어제는 어느 별에 / 두 손을
모았거니 // 그 이름 꽃물 들이듯 가만히 불러본다

「꿈」이다. 용연 선생의 시조에서 이같이 격렬한 정감을 만나는 것은 뜻
밖이나. 그만큼 그리움이 절절하다는 뜻이다. 일몰이 아닌 일출을 마주
한 어조인 것도 색다르다. 종장에서 어조가 나직이 침잠에 드는 것은 가
위 용연 시인답다.
　그리움의 정점에 놓이는 이 작품을 끝머리에 따로 놓은 것은 전 작품

의 공통 인수적 존재인 까닭이다. 산둥 반도의 태산을 올랐다 쓴 「태산 등정」은 평설을 아낀다.

(8) 동심

동시조 아홉 편 가운데 자연 서정 5편, 동심 3편, 고향 생각 1편이다. 농경 사회에서 유소년기를 보낸 노년층의 심성에는 자연 친화적 상념이 향수를 불러온다.

별님이 슬퍼서 눈물을 흘렸나봐 // 풀잎 끝 맺힌 진주 누나 반지 만들까 // 해님이 쏘옥 나오면 모두모두 숨어요

「아침 이슬」이다. 용연 시인의 어린 적 체험을 동심에 녹여 재현했다. 이슬이나 서리 구경을 못 한 대다수 도회 어린이들에게 이 아름다운 자연 서정이 어떻게 받아들여질까? 반자연의 현대 문명 속에서 시인들은 이처럼 자연성 회복에 목말라 있다. 지금 아이들에게 동영상으로라도 천상, 지상의 영롱한 아름다움의 표상인 이슬, 서리, 별 들을 보여 주어야 이 동시 체험은 실마리라도 풀릴까.

바람 한 번 불면 / 병아리가 되고요 // 또 한 번 불면은 / 강아지가 되지요 // 하늘의 양떼구름은 / 요술쟁이랍니다

「양떼구름」이다. 해, 달, 별 등의 표상인 천체 미학과 함께 구름은 긍정과 부정의 알레고리로 작품 속에 등장한다.
이 시조를 읽으며 아이들과 함께 여러 종류의 구름 이야기도 해봄 직

하다. 새털구름(권운), 흰채일구름(권적운), 조개구름(권층운), 면화구름(고적운), 회색채일구름(고층운), 두루말이구름, 안개구름, 비구름, 산봉우리구름, 소낙비구름 등을 그림으로 그려 가며 재미있게 공부할 수 있게 하는 시조다.

(9) 자아 표상

용연 시인의 시정(詩情)이 마침내 도달한 것은 자아 표상이다.

> 얼마를 흘러가면 내 얼굴을 찾으려나 // 울고 웃던 한나절 산 너머 장끼 운다 // 탯줄이 끊어진 자리 되돌아온 내 모습

용연 시인의 시정은 흐름 속에 있다. 그 흐름은 시인의 인품처럼 순탄, 안온(安穩)하다. 이 순탄과 안온은 격렬할 법도 한 정감의 파란(波瀾)을 다스린 수련과 묵상의 시공(時空) 속에서 거둔 삶의 결실에 갈음된다. 「자화상」은 용연 시조의 형이상학적 결산이다.

흐르고 흘러서 귀착한 곳이 '탯줄 끊어진' 본래의 자리다. 사람은 싱념이 무르익은 즈음 본향(本鄕)으로 회귀한다. 끝이 처음이고 처음이 끝인 인생의 역설이다. 자아를 각성시키는 장끼 소리가 이 작품의 백미(白眉)다.

3. 맺는 말

뷔퐁이 말했듯이, 문체는 그 사람이다. 용연 유재홍 시인 시조의 문체는 긴축의 구심력과 확산의 원심력이 조성하는 긴장을 조절하여, 독자로

하여금 절제된 자유를 누리게 한다. 시조 미학의 기본 특성을 좋이 구현한 것이다.

용연 시인의 시조는 어조가 순탄하고 안온하여 독자를 평정심에 들게 한다. 이는 시인의 한량없이 관대하고 부드러운 대인군자적 인품과 깊이 관련된 것으로 보인다. 용연 시인이 관습적 상관물로 자연 서정과 인정의 기미를 탐색한 것은 '우리 전통 미학의 창조적 계승'이라는 시조 장르의 역사성과 관련된다. 우리 고유의 살아 있는 전통 문학 장르인 시조 작품의 '유일성'을 밝히는 인고(忍苦)의 노작(勞作)은 「시인의 가난한 밤」에 대한 우리의 신뢰에 갈음된다.

용연 시조의 시간은 과거의 현재화에 이어져 있다. 노년기의 창조적 상상력에 작용하는 시간 에너지의 현현(顯現)이다. 특히 「자화상」은 용연 시인 개인사(個人史), 그 파란을 다독이고 곰삭인 안온의 표상으로 클로즈업된다. 형이상학적 결산이다. 삶과 역사, 천진한 동심의 미래 지평을 여는 것은 시조시인 모두에게 지워진 과제다.

스마트폰에 꽂혀 침묵의 군상(群像)이 된 아이 어른 모두의 혼을 각성시킬 시조다운 충격소는 어떤 것일까. 고심 또 고심해야 할 시조시인들의 몫이다.

꽃과 그리움의 표상 또는 절제의 미학

― 윤주홍 시조집 평설

1. 실마리

시조는 절멸(絶滅)의 위기에서 살아남은 우리 고유의 전통시다. 1920년대 후반 '조선혼'을 살려 민족 정체성(民族正體性)을 수호하려 한 국민문학파 시인들의 공적이다. 다시 말하여, 시조는 우리의 한복처럼 사라질 운명을 이겨낸 '기적(奇蹟)의 시'로서 가치가 있다.

시조의 기본형은 알다시피 4음보 단위 45음수율의 평시조다. 이 평시조가 현대인의 감수성을 만나 어떻게 감동의 파문을 일굴 수 있겠는가? 윤주홍 시인은 이에 응답하려는 듯 첫 시조집 『매향(梅香)을 훔치려다』를 선보인다. 언뜻 만만치 않은 시재(詩才)가 엿보인다.

2. 윤주홍 시조의 특성

윤주홍의 기본 모티브는 매화다. 매·난·국·죽의 4군자는 우리 문학 소재 전통의 대종(大宗)이다. 시조집 표제가 『매향(梅香)을 훔치려다』이다.

　　꿈틀이는 탐욕이
　　귀울림 같은 것을

　　저 매화 꺾으려는
　　부끄러운 손이 있다

　　차라리 내민 손으로
　　나를 치고 싶었다

　이 시조집의 대표 시조 「매향을 훔치려다」이다. 여기서 '매향'은 우리 전통 문화사에서 절개, 지조의 알레고리이다. 이 작품에서는 매화 향기는 윤리의 표상임과 아울러 미학적 실체다. '매화를 꺾으려는 부끄러운 손', '내민 손으로 나를 치고 싶었다'는 모랄은 우리 전통시학의 맥락 안에 있다. 옛 매화는 주체이던 것이 여기서는 대상으로 바뀐 것이 다르다. 지절 (志節)의 주체를 훼손치 않으려는 통고 체험(痛苦體驗)이 아프게 울려 온다.

　　어느 선비 붓끝에서 화선지에 옮겨 앉아
　　달빛에 물들이고 실핏줄 피 돌리고
　　툭 차고
　　기립(起立)한 자리
　　향기 절로 매섭다.

　2수 시조 「국화가 피기까지」의 첫 연이다. 서릿발 같은 권력의 횡포 앞에서도 결코 굽히지 않는 고전적 오상고절(傲霜孤節)의 기개가 매섭다. '깊은 산자락에 숨어 피는 산국화'(「산국화」)의 그 은일경(隱逸境)에까지 '달빛'은 찾아든다.

나보고 어쩌라고 고름마저 풀었느냐.
속적삼 단속곳 부끄럼도 잊고서는
미망녀(未亡女)
벗어 든 신발 싸리문을 나선다.

백목련 알몸 되듯 한 잎 두 잎 떨굴 때면
그대의 밤 속으로 기어드는 신음이여

그렇게
밤을 새웠소 백목련 지는 밤을.

2수 시조 「백목련」 전편이다. 백목련의 역동적 이미지가 창조되었다. 관능적(官能的) 심상, 나신(裸身)으로 달려드는 미망인의 표상으로 화한 백목련의 형상 앞에 고혹(蠱惑)의 밤을 지새우는 시적 자아상이 절절히 다가온다. 너무나 인간적인 존재의 생명적 실체, 그런 위기에도 절제의 모랄은 끝내 붕괴되지 않는다.

윤주홍 시인은 '꽃의 시인'이라 할 만큼 그의 시에는 적지 않은 꽃의 형상이 클로즈업된다.

꿈을 꾸듯 몽롱한 채 눈을 감는 사랑은
꽃 소리가 입술에 스쳐 간 바람 자국

아팠던
기억을 참고
미소 짓는 네 모습.

가슴 속 묻어 둔 기억 덧없는 메아리라
수줍은 손 얹어 놓고 흘겨보는 고운 눈매
그리움
못 견뎌 붉혀
핀 꽃은 너의 고백.

시조 「꽃」의 전편이다. 윤주홍 시인의 시에서 꽃은 '아팠던 사랑을 참고 미소 짓는' 실체로 드러난다. 마침내 그것은 '견딜 수 없는 그리움'의 고백을 숨기지 않는다.

윤 시인의 꽃은 여기서 그치지 않는다. 「헛소문」, 「꽃잎 위로」, 「소녀(少女)의 오후」, 「배꽃이 지던 밤」, 「복사꽃」, 「꽃의 의미」, 「고향 길목」, 「가을 꽃」, 「추수」, 「패랭이꽃」, 「백매(白梅)」, 「봄바람」, 「우수(雨水) 날에 핀 매화」, 「춘설(春雪)」, 「미소 2」, 「삼월 문턱에」, 「오월」, 「달빛을 밟고」, 「보고 싶어도」, 「빈집」, 「간이역 코스모스」, 「입춘과 입동 사이」 등이 다 꽃의 시, 또는 꽃과 관련된 시편들이다.

윤주홍 박사는 또한 그리움의 시인이다.

해 뜨고 달이 가듯 바람 따라 살아온 길
머물다 간 춘하추동 나이테만 엉그는데
굴렁쇠 굴리던 아이 그림자 어디 갔나.

그날이 그리워서 되돌아온 고향 골목
싸리비로 쓸어 놓고 기다리는 임은 없고
홍매화 꽃향기만이 나를 기다려 서 있다.

눈감으면 떠오르는 어머니의 초상화
오동나무 가지 끝에 보름달을 얹어 놓고
되돌아 되돌아보다 눈물 훔친 고향 길목.

시조 「고향 길목」 전편이다. 만년의 귀향록에 갈음되는 작품이다. 굴
렁쇠 굴리던 아이, 고향 골목, 기다리는 임, 어머니, 오동나무, 보름달 등
이 그리움을 환기하는 객관적 상관물이다. '기다리는 임'의 표상을 대표
하는 것은 '어머니의 초상'이다. 절제심 많은 윤 시인도 이 대목에서만은
눈물을 훔친다. 「기다림」, 「어버이날 아침에」와 함께 어머님에 대한 그리
움이 절절히 읽힌다.

간이역 코스모스
한들한들 피어나면

눈물 글썽 손 흔들며
시집가던 누나 생각

큰 소리

불러 보아도
기적 소리 야속타.

시조 「가이역 코스모스」 전편이다. 여기서 꽃은 단순한 자연 상관물이
아니다. 외롭게 이별을 고하던 옛 누님의 모습이다.

지금껏 보았듯이 윤주홍 시인의 시조에 취택된 꽃들은 단순한 자연 상
찬(賞讚)의 상관물임에 그치지 않는다. 벼슬길에서 떠나 낙향한 선비의
은일 문학(隱逸文學)의 상관물도 아니다. 전통 정서와 재도지문(載道之文)
의 맥을 이으면서도 주체를 대상화하여 생명력을 불어넣은 역동적 이미
지로 재창조된다. 그리고 그 자연은 그리움의 서정을 환기하는 새로운
상관물로 변이한다. 그 자연 상관물의 중심에 '꽃'이 있다.

윤주홍 시인의 시적 상상력은 역사의 현장에서도 형형히 빛난다.

한산섬 그 밤바다
적적함이 이랬으랴

일성 호가 슬픈 밤이
바람소리 같았으랴

충렬사
눈 내린 속의
임의 칼이 번쩍인다.

역사적 상상력이 번뜩이는 「눈 오는 날의 충렬사」다. 충무공 이순신이
쓴 "한산섬 달 밝은 밤에 ~ 남의 애를 끊나니."의 그 초려(焦慮)가 여기서
는 의분의 용력(勇力)으로 되살아나 있다. 병자 호란 때의 치욕을 노래한
「남한산성」과 함께 읽힐 의미 깊은 작품이다.

윤주홍 시인의 시조는 완성도가 높아 태작(駄作)이 없다. 절차탁마된

시어(詩語)의 선택과 배열은 흠잡을 데가 없다. 문체는 곧 그 사람이라 하였듯이, 시어의 배열과 시상(詩想)이 시인의 인품처럼 정연하고도 고아(高雅)하다. 이런 뜻에서 그의 수작(秀作) 한 편만을 더 보기로 한다.

> 기억마저 비워야 치솟을 수 있는 창공
> 희로애락 감긴 얼레 인연이듯 질기구나.
> 하늘을
> 한껏 떠나는
> 부러운 너를 본다.
> 풀리는 타래실에 탯줄 감듯 어머니 정(情)
> 서리서리 품은 한을 풀어 가는 한나절
> 노을 든 방패연 끝에
> 별로 뜬 너의 초상

윤주홍 시인이 시행(詩行)의 배열에 각별히 마음을 쓴 「연(鳶)」이다. 지난날의 하고한 기억마저 다 비워야 치솟아오를 수 있는 창공, 거기에 연이 있다. 시적 자아의 꿈과 표상이 있다. 그 표상은 맑고 푸른 별이다. 어머니의 탯줄 같은 연실을 풀며 그 꿈의 표상을 창공 저 높은 곳에 설정한다. 「연」은 그러기에 윤 시인 자신의 생애를 함축한 것으로 보인다.

심리학자 자크 라캉은 길은 사막, 주체는 나그네, 대상은 신기루라 했다. 『욕망 이론』에서 한 말이다. 욕망의 주체인 윤주홍 시인은 황량한 인생의 사막에서 곡절 많은 육신적, 영적 시련을 겪어야 했다. 시련에 찬 그의 사막의 끝에는 허망한 신기루가 아닌 푸른 하늘의 연, 영혼을 맑히는 별이 떴다. 「춘설」, 「오월」, 「신록기」, 「빨래하는 할머니」, 「학 무늬 병」 등도 눈여겨 보아야 할 빼어난 작품들이다.

윤주홍 시인의 문체가 군더더기 없이 깔끔하고 시상이 티없이 맑은 연유가 이에서 비로소 풀린다.

3. 맺는 말

윤주홍 시인의 시조가 완성도 면에서 일급(一級)이라 했다. 갈고 닦은 문체와 시상에 흠잡을 것이 없다. '꽃'을 중심으로 한 고전적 자연 상찬(賞讚)의 주체적 소재를 대상화하면서도 그 전통을 창조적으로 되살리기에 성공했다. 그리움과 기다림, 우국 충정을 초려와 애탄(哀歎)의 경지에 머물리어 두는 대신, 이를 정화(淨化)시키고 용력으로 변환케 하였다.

그는 슬퍼하되 지나치지 않고 애이불상(哀而不傷)하는 우리의 전통 시학을 한층 더 안온(安穩)한 경지에로 격상시켰다. 그가 보여 준 창조적 절제의 미학은 우리 전통과 그의 독실한 기독교 신앙에서 유래한 것으로 보인다.

윤 시인의 시조에는 우리 농경 사회의 실상이 제시되었고, 그리움의 정서와 전통 문화 유산에 대한 애착은 물론 우국 충정까지 담겨 있다. 이제 윤 시인에게 남겨진 과제는 소재의 다변화와 신앙 시조의 창작이다.

수필계의 거목(巨木)이며, 인술(仁術)의 사도(使徒)으로 '이 땅의 슈바이처 박사'의 길을 걸어 오신 성의(聖醫) 윤주홍 박사의 앞날에 주님의 은총이 함께하기를 빈다. 시조집 『매화를 훔치려다』의 발간을 축하드린다.

모국어 되살리기와 낙관적 자연 표상

— 성동제 시조집 평설

1. 실마리

시조 쓰기는 만만찮은 일이다. 3장 6구 12음보 형식에 맞추어야 한다. 감각의 뿌다구니를 갈닦고, 불끈거리는 시정(詩情)도 가다듬어야 한다. 시조의 형식이 언어의 감옥이 아니라 절제된 자유의 실체임을 본 보이는 것이 시조 쓰기다. 시조도 서정 장르이므로, 짧은 형식으로 예각적 체험을 표출해야 한다는 점에서 원초적으로 민요에 접맥된다. 우리 전통 문학 장르 중에 시간의 파란을 이기고 시조만 살아남은 까닭이 여기에 있다.

성동제 시조시인은 시조 장르의 이런 특성을 익히 체득한 것으로 보인다. 소재, 어조, 이미지 표상의 징신 지향이 고전직이다. 그길 어떻게 현대 시조 미학적 감수성과 상상력으로 표상화하느냐를 두고 고심에 고심을 거듭한 자취가 작품 속에서 여실히 엿보인다.

2. 성동제 시조의 유일성

성동제 시인은 시조 형태 만들기에 공을 들였다. 석 줄 형태로 된 기본형을 벗어나 시행의 배열을 다양화했다. 시조 「어부의 이른 아침」, 「봄이 노랗다」, 「약초꾼」, 「나루터의 오후」, 「곰배령 가는 길」이 제가끔 형태를 달리한다. 경우의 수가 다섯이다.

시조의 형태와 감수성·의미는 둘이 아닌 하나다. 감각·정서·의미의 흐름이 거침없을 때는 4개 음보를 한 줄로 배열하고, 곡절이 져 굽이질 때는 2·3·4·5행씩 3·6·8련 시조로 변이형을 보인다. 제일 안정감을 보이는 것이 2·2·3행형 「나루터의 오후」와 4·4·4행형 「곰배령 가는 길」이다. 「곰배령 가는 길」의 3개 연은 각 행의 길이가 각각 대칭을 이룬다. 김소월의 자유시 「산유화」의 정형성(整形性)을 상기시킨다. 성동제 시인의 노작(勞作)이다. 다른 세 수에는 자유 지향적 에너지가 녹아 있다.

시조는 정형(定型) 지향의 구심력과 자유 지향의 원심력이 조성하는 미학적 긴장을 속성으로 한다. 구심력이 과도하면 정형에 매이고, 원심력이 과도하면 시상(詩想)이 헤퍼 절제를 잃는다. 시조는 '절제된 자유'를 향유케 하는 우리 고유의 전통시다. 최근에 석 줄짜리 기본형을 되살리자는 움직임이 일고 있다. 시조 형태 문제는 고심거리다. 토론이 필요하다.

성동제 시인은 우리 전통 시가의 창조적 재현 효과를 높이고 있다. 우선 소재 전통을 계승, 재창조했다. 소재가 자연 자체이거나 자연화한 사람이다. 「봄이 노랗다」와 「나루터의 오후」는 자연 자체다. 사람 자취가 가뭇없거나 숨었다. 고전 시가의 자연 서정을 현대적으로 재현했다. 「봄이 노랗다」와 「나루터의 오후」는 자연 자체의 현대적 재현이고, 「어부의 이른 아침」·「약초꾼」·「곰배령 가는 길」은 '자연 속 사람'이어서, 사람이 자연 속에 숨거나 자연화했다. 성동제 시조의 자연 서정은 고전 시가의 비애미를 떨쳤으므로, 현대 시조 미학 정립의 신면모를 보여준다. 삶이 낙관적 비전에 싸여 자못 싱그럽기도 하다.

성동제 시조의 가장 정채 있는 것은 모국어 되살리기를 위한 각고면려 (刻苦勉勵), 절차탁마(切磋琢磨)다. 그가 가리고 가려서 되살린, 감칠맛 나는 모국어 대다수가 사전 속에서 잠자던 것들임을 알게 된 독자들은 놀라게 될 것이다. 묘사가 풍부한 소설에서는 잠자던 고유어·방언·개인어 (idiolect) 들이 자주 출현하나, 시에서는 드문 일이다. 여기에 동원된 잠자던 모국어를 현대 시조의 맥락에서 되살린 것은 성동제 시인의 탁월한 시도인 것으로 평가된다. 현대 언어학자 시미언 포터는 "사전이란 단어의 시체를 매장한 공동묘지다."라는 극언을 서슴지 않았다. 성동제 시인은 사전 속에 죽어 있는 함축미 짙은 우리 고유어를 시조의 맥락 속에서 살려내는 작업에 정진한다. '마상이, 쳉이그물, 햇귀, 윤슬, 서그럽고, 된 비알, 산돌림, 사시랑이, 거루, 요요히, 도두밟고, 노루막이', 모두 정겨운 우리말이다. '요요히'를 제외하면, 모두가 우리 고유어다. 국어사전에는 각기 뜻이 다른 '요요하다'가 7개나 실려 있다. 우리 문인 모두가 국어사전 애용자가 되어야 할 이유를, 성동제 시인이 깨우치고 있다. '윤슬'은 20세기 말 우리 문인들이 쓰게 되면서 문단에서는 보편화되었다. 사전에 등재되어야 할 고운 고유어다.

성동제 시인은 문학의 말하기 방식이 '들려주기'보다 '보여 주기'에 방점을 둔다는 것을 체득했다.

마상이 딛고 서서 수초 숲 물길 따라

물안개 이른 아침
쳉이그물 던지면

늪지대 싱싱한 공기
폐에 가득 고이다.

아침 햇귀 퍼지니 윤슬이 보석인데

그물 속 고기들도 유난스레 반짝여

조각배 풍년 이루니
어부 얼굴 꽃이다.

　2수로 된 「어부의 이른 아침」이다. 작품 전체가 이미지 표상이다. 작은
배에서 쳉이그물 투망을 하는 역동적 이미지, 아침 첫 햇살을 받아 욜랑
욜랑 반짝이는 윤슬들, 파닥이는 물고기들, 꽃으로 피어나는 어부의 얼
굴, 그 이미저리(imagery)가 소리 없는 합창인 양 앙그러졌다. 마상이 조
각배의 어부 얼굴에 어린 꽃의 표상은 이 모든 이미저리의 결정(結晶)이
다. 보여 줄 뿐, 시적 자아는 끝내 판단을 보류한다. 상그럽고, 풍요로우
며 낙관적인 상상력이 기쁨을 준다. 우아미의 절정을 넘본다. 시어(詩語)
하나하나를 고르고 이미지화한 시인의 절차탁마, 창작의 아픔이 작은 전
율로 파문 져 온다. 시간을 한정치 않으려고 '고이다'를 부정 시제(不定時
制)로 썼다.

　　민틋한 곰배령을 이마 위 걸쳐 두고
　　입산증에 인을 쳐서
　　걸음발 내딛는데
　　수풀 속

싱그러움이 만단수심(萬端愁心) 씻기다.

수줍게 피어 있는 야생화 무리 따라
원시림 아래 뚫린
마름돌 징검다리
모처럼
딛고 건너니 시골 개울 그립다.

된비알 없는 곳에 영아자를 집적이며
도두밟고 올랐더니
하마나 노루막이
숱한 종
야생화들이 바람 먹고 서 있다.

「곰배령 가는 길」이다. '가는 사람'인 시적 자아는 숨었고, 자연의 정
경이 움직이는 영상처럼 펼쳐진다. 곰배령을 걸어 넘는 과정이 실감나게
그려졌다. 반듯반듯한 게 마름돌인 건 짐작이 가는데, 노루막이는 낯설
다. 하마나의 뜻을 풀면 노루막이가 산 정상인 걸 유추할 수 있다. 주석이
달려 있으니, 한결 편히 읽힌다. 고유어 되살리기에 한자 성어 만단수심
까지 동원되었다. 된비알은 가파른 벼랑이다. 그리운 자연 서정이 서술
적 이미지에 실려 있다. 각 수의 제1, 5행은 시상의 급박성을 품었고, 제
2·3·4행도 길이가 각각 대응되는 규칙형 시조다. 성동제 시인의 시조 쓰
기는 이같이 허점을 보이지 않는다. 치밀하다.

3. 맺는 말

성동제 시조는 다양한 형태의 변이를 보인다. 시조시학의 본령인 절제된 자유 중 자유 쪽에 기울었다. 시조가 언어의 감옥이라는 혐의에서 벗어나려는 몸짓이다. 그는 시행의 배열 형태를 다양화하면서도 시조의 형식과 내용이 하나라는 것을 본보이고 있다.

성동제 시인은 우리 시가의 소재 전통인 자연 서정을 창조적으로 재현했다. 그의 자연 서정은 비애미를 떨쳤다. 우아미를 조성하는 그의 서술적 또는 비유적 이미지 표상은 낙관적 비전을 품고 있다. 현대 시조 미학 정립의 신 면모다. 그의 가장 큰 시조시학적 공헌은 사전 속에 숨죽이고 있는 우리 고유어 되살리기를 위한 각고면려, 절차탁마라는 데 독자 모두가 동의할 것이다. 그것이 지나쳐서 '기어(綺語)의 죄'에 걸려들지 않을 만큼 성동제 시인은 현명하다.

문학이 '보여 주기'의 말하기 방식임을 체현한 성동제 시인의 시업(詩業)에 갈채를 보낸다. '인간의 자연화'에 심히 기운 그 정신 지향이 우주 만유의 전일성(全一性)에까지 확산되기를 기대하며 평설을 줄인다.

제5부

조선 여성 한시
시조역

時
調

조선 여성 한시漢詩 시조역時調譯

1. 여는 말

조선 왕조 시대 여성 시인들의 한시(漢詩)를 시조로 번역하여 함께 읽기로 한다. 한시를 시조로 번역하여 『시조생활』에 연재하시던 난대(蘭臺) 이응백(李應百) 스승님 못다 하신 일을 만분의 일이라도 추스르려는 미성(微誠)의 일단(一端)이다. 스승님 그리는 정이 새삼 느껍다.

평생 현대 문학을 연구하고 가르쳐 온 필자에게 이것은 심히 버거운 일이다. 고시가(古詩歌)에 대한 현대 문학적 관점이 적용될 수 있다는 위안은 있다. 남존여비(男尊女卑)의 기미가 짙은 '여류(女流)'는 '여성(女性)'으로 고쳐 부르기로 한다.

학계(學界)와 강호(江湖) 제현(諸賢)의 질정(叱正)을 빈다.

2. 조선 시대 여성 한시의 면모

서양보다는 낫지만, 조선 시대는 여성에게 암흑기였다. 그런 억압과 차별의 시대에 우리 여성들이 남긴 한시편들은 보석같이 빛나는 우리의 언어 예술 유산이다.

여기서는 다수 여성 시인들의 한시를 시조로 옮겨 읽게 될 것이다. 여성의 사회 참여가 활발하고, 여성 문인 수효가 폭발적으로 늘어나는 이 시대에 이런 시도는 우리 문단에 작으나마 한 울림이 될 것이다.

조선 시대 여성 시인들은 대개 중·후반기 사람들이 다수이다. 연대순으로 보면 황진이·허난설헌이 앞서고, 매창·홍랑·옥봉이 서로 어금지금하다. 작품을 많이 남긴 삼의당 김씨는 한참 뒤 사람이다. 우선 현저한 시인들부터 연대순으로 살펴보기로 한다.

(1) 황진이

황진이(黃眞伊)는 그 유명도와는 달리 미스터리 속 인물이다. 본명은 진眞, 일명 진랑(眞娘)이며, 기명(妓名)은 명월(明月)이다. 그의 생몰 연대는 미상이나, 그와 관련된 인물 화담(花潭) 서경덕(徐敬德, 1489~1546, 성종 20~1546 명종 1)의 생애에 미루어 중종 때 사람으로 추정된다.

황 진사의 서녀(庶女)였거나 맹인의 딸이었다는 설이 있으나, 전자에 무게가 실린다. 이웃 총각이 상사병으로 죽자, 15세에 서둘러 기생이 되었다는 것은 전설일 뿐이다.

황진이의 작품은 주로 잔칫자리, 연석(宴席)이나 풍류장(風流場)에서 지은 것이고, 기녀라는 신분의 제약 때문에 대부분 인멸(湮滅)된 것으로 생각된다. 시조 절창 5,6수와 한시 몇 편이 전한다.

相思相見只憑夢　儂訪歡時歡訪儂
상 사 상 견 지 빙 몽　농 방 환 시 환 방 농

願使遙遙他衣夢　一時同作路中逢
원 사 요 요 타 의 몽　일 시 동 작 노 중 봉

그리고 만나기는 다만 꿈일 뿐
임 찾아 떠났으나 임도 날 찾아 나서
다음엘랑 밤마다 어긋나는 꿈
같이 떠나 길 위에서 만나고지고

우리 전통 시정(詩情)인 '그립고 아쉬운 정'이 절절히 서렸다. 시조로
바꿔 보자.

임 찾아 꿈길 가니 그 임은 날 찾아
밤마다 오가는 길 바이 없어라
이 홀랑 같이 떠나서 노중봉을 하고져

의역(意譯)이다. 종장 제3음보에는 부득이 원문 '노중봉(路中逢)'을 썼
다. 함축미를 살리기 위해서는 다른 도리가 없다. 고어법 '하고져'를 되
썼다.
　우리 근대 시인 안서(岸曙) 김억(金億)은 이를, 김성태가 곡을 붙인 우리
가곡 「꿈」의 노랫말로 바꾸었다. 기막힌 가사가 되었다.

꿈길밖에 길이 없어 꿈길로 가니
그 임은 나를 찾아 길 떠나셨네

이 뒤엘랑 밤마다 어긋나는 꿈
같이 떠나 노중에서 만나를지고

誰斷崑崙玉　裁成織女梳
수 단 곤 륜 옥　재 성 직 녀 소

牽牛一去後　愁擲碧空虛
견 우 일 거 후　수 척 벽 공 허

곤륜산 귀한 옥을 그 뉘가 캐어
직녀의 얼레빗을 만들었던가
견우는 한 번 가고 아니 오나니
수심을 푸른 허공에 던진 거라오

「반달[半月]」이다. 중국 곤륜산 옥은 형산(荊山) 박옥(璞玉)과 함께 귀하기로 유명하다. 반달을 형상화한 황진이의 시재(詩才)가 절륜(絶倫)하다. 견우성과 직녀성의 천체 설화(天體說話)를 반달 이미지 표상으로 우리 앞에 턱 내어 놓았다. 16세기 천재 시인의 면모가 유감 없이 발현되었다. 결구(結句) '수척벽공허'는 더욱 탁발(卓拔)하다.

옥으로 직녀 얼레 그 뉘가 빚었을꼬
한 번 가곤 안 오시는 견우님 아속쿠나
서러움 허공에 던져 얼레 홀로 떴어라

서정을 살리면서 음수율에 맞추려니 심한 의역이 되었다. 서정주의 현대시 「동천(冬天)」과 비교해 보자.

내 마음 속 우리 임의 고운 눈썹을
즈믄 밤의 꿈으로 맑게 씻어서
하늘에다 옮기어 심어 났더니
동지 섣달 날으는 매서운 새가
그걸 알고 시늉하며 비끼어 가네

미당(未堂)의 시답지 않게 고도로 상징화되었다. 현대시 기법을 기준으
로 할 때, 이 시는 미당의 최고 걸작이다. 섬뜩하도록 경이로운 임의 이미
지를 보라. 천재성의 발로다.
황진이의 시조 6수 중 2수만 살펴보기로 한다.

어져 내 일이야 그릴 줄을 모르던가
있으랴 하더면 가랴마는 제 구태여
보내고 그리는 정(情)은 나도 몰라 하노라

첫 음보를 차탄(嗟歎)으로 시작한 것부터 파격(破格)이다. '아아, 내가
어찌 그랬단 말인가.' 하고 자탄하며 말문을 연다. 다음 중장에서 기막힌
도치법을 써서 말하기 방식의 변화를 꾀했다. 이 땅 사람들의 보편적 별
리(別離)의 정서를 종장에 담아 주제화(主題化)했다. '보내고 그리는 정'은
'그립고 아쉬움에 가슴 조이던'(서경덕·서정주)의 초려(焦慮)의 전통 정서를
형성했고, 종내 '기차가 지나가버리는 마을'(노천명)로 변이되어 '떠난 기
차가 아름답다'(어느 수필)로 미화(美化), 정착된다.

동짓달 기나긴 밤을 한허리를 베어내어
춘풍(春風) 이불 아래 서리서리 넣었다가

어른님 오시는 밤이어든 굽이굽이 펴리라

절창 중의 절창이다. 한국 시인 대다수가 이 시조를 최고의 걸작으로
손꼽는다. 심상(心象) 조성과 은유의 기법이 우선 빼어나다. 밤의 한허리
에다 춘풍 이불이라니, 놀라운 발상이다. '동짓달 밤의 물리적 시간과 심
리적 시간'이 결합하는 순간에 밤은 더욱 길고 깊어진다. 시간을 베어낸
다 하여 시간을 공간적 단위의 이미지로 형상화하는 기법은 경이롭다.
춘풍과 이불을 결합한 경이로운 은유는 부드러움, 향기로움, 다사로움,
가벼움의 감수성을 환기한다. '서리서리'는 또 어떤가. 노끈이나 새끼 등
이 얼크러진 모양을 가리킨다. 밤의 한허리를 베어내어 다사로운 이불
속에 얼크러지게 넣어 둔다는 표현은 창조적 상상력이 극치에 다다른 순
간에 빚어진 동아시아 시적 미학(美學)의 기적이다. 이는 신불출이 작사
한 신민요 「노들강변」에서 '무정세월 한허리를 칭칭 동여 매는' 가락으
로 이어진다.

16세기 전반 성리학적 사유(思惟)가 지배하던 시기에 이같이 분방자재
(奔放自在)한 창조적 상상력을 발휘한 황진이야말로 이 땅의 으뜸가는 시
인이 아닌가. 고정 관념(fixed idea)은 상상력을 억압한다. 이 억압의 정신
기제(機制)를 혁파하고 창조적 융합력을 발휘한 데 황진이의 탁월성이 있
다. 시간을 자르고, 봄바람을 이불과 융합한 황진이는 20세기 모더니스
트들의 이른바 '폭력적 결합'에 4백 년 앞섰다.

이 밖에도 「내 언제 신이 없이」, 「청산은 내 뜻이요」, 「산은 옛 산이로
되」 등의 시조와 한시 「박연(朴淵)」, 「영반월(詠半月)」, 「등만월대회고(登滿
月臺懷古)」, 「여소양곡(與蘇陽谷)」 등이 전한다.

황진이는 서사(書史)와 시서음률에 뛰어나 문인·학자·풍류객 들과 교
유(交遊)하였다. 개성 유수 송공(宋公), 종실(세종의 서자인 영해군의 손자) 벽계

수(碧溪水), 선전관 이사종(李士宗), 소세양(蘇世讓), 지족선사(知足禪師) 등의 이름이 배경 설화 속에 전한다. 천마산 지족암에서 10년 동안 면벽좌선(面壁坐禪)하여 생불(生佛)로 불리던 지족선사를 파계케 하였으나, 당대의 대학자 화담(花潭) 서경덕(徐敬德)을 유혹하려다 실패한 황진이는 그를 스승으로 삼아 당시(唐詩) 등을 배웠다고 한다.

흔히 서경덕, 황진이, 박연폭포를 일컬어 개성에서 세 가지 빼어난 것, 곧 송도삼절(松都三絶)이라 한다.

청초(靑草) 우거진 골에 자는다 누웠는다
홍안(紅顔)은 어디 두고 백골(白骨)만 묻혔나니
잔 잡아 권할 이 없으니 그를 슬허하노라

풀숲에 둘러싸여 돌보는 이도 없는 황진이의 무덤을 보고 지은 시조다. 삶과 죽음, 유명을 달리한 황진이의, 발그레 피돌던 생명의 실체와 백골이 대비되어 차탄(嗟嘆)을 자아낸다. 명종·선조 때의 백호(白湖) 임제(林悌, 1549~1587)가 쓴 시조다. 평안도사로 임명되어 가던 중 길가에 묻힌 황진이의 무덤을 찾아가 이 시조를 쓰고 제사 지냈다가 부임하기도 전에 파직당했다. 백호 역시 자유분방하여 당시 형식 윤리의 족쇄에 반발하고 붕당 정치에 울분과 환멸을 느껴 방황하다가 고향에 돌아가 39세에 죽었다. 임종 시 자식들에게, '제왕이라 칭하지도 못하는 비루한 나라'에서 죽는데 슬퍼하거나 곡하지 말라 했다고 전한다. 백호야말로 조선조에서는 희귀한 풍류객이었다.

황진이의 무덤은 장단 판교리에 있다.

(2) 허난설헌

허난설헌(許蘭雪軒, 1563~1589, 명종 18~선조 22)의 본관은 양천이고, 자는 경번(景樊), 호는 난설헌, 본명은 초희(楚姬)다. 강릉 출생으로 허엽(許曄)의 딸이며, 허균(許筠)의 누이다. 대대로 고관과 명문필가를 배출한 문한가(文翰家) 출신으로, 8세에 「광한전백옥루상량문(廣寒殿白玉樓上樑文)」을 지은 신동神童이었다. 오빠와 동생 틈바구니에서 서인(庶人) 출신 학자 이달(李達)에게 시를 배웠다. 15세에 안동 김씨와 혼인하였으나, 혼인 생활은 가혹했다. 남편의 방탕에 남매와 태아까지 잃는 슬픔과 울분을 책과 시로 달래다 27세에 요절하였다.

허난설헌은 그의 시 213수 가운데 속세를 떠나고 싶다는 신선시(神仙詩)가 128수나 될 만큼 탈속(脫俗)을 꿈꾸었다. 동생 허균이 누이의 시 일부를 명나라 시인 주지번(朱之蕃)에게 주었고, 중국에서 『난설헌집』이 간행되어 격찬을 받았다. 1711년 일본에서도 그의 시집이 간행되어 널리 읽혔다.

楊柳含煙灞岸春　年年攀折贈行人
양 류 함 연 파 안 춘　연 년 반 절 증 행 인

東風不解傷離別　吹却低枝掃路塵
동 풍 불 해 상 리 별　취 각 저 지 소 로 진

봄 언덕 버들 가지 안개 머금어
해마다 가지 꺾어 가는 임 줬네
봄바람은 이별의 한 모르노란 듯
낮은 가지 휘둘러 길만 쓰나니

허난설헌의 「양류지사(楊柳枝詞)」다.

이 시의 지배소(支配素, dominant)는 '버들가지'다. 이별의 신표(信標)다. 계절은 봄날이고, 배경은 수양버들 휘늘어진 언덕길이다. 강녘이면 더욱 좋고. 이별의 현장으로는 전형(典型)이다.

고려 예종 때 문신 남호(南湖) 정지상(鄭知常, ?~1135)의 이별 시 정황에 접맥된다.

雨歇長堤草色多　送君南浦動悲歌
우 헐 장 제 초 색 다　송 군 남 포 동 비 가

大同江水何時盡　別淚年年添綠波
대 동 강 수 하 시 진　별 루 연 년 첨 록 파

비 갠 봄 언덕에 풀빛 짙은데
남포로 그대 보내는 구슬픈 노래
대동강 저 물은 어느 적에 마르리
해마다 푸른 물에 이별 눈물 보태는 것을

결구의 과장법은 그야말발로 용 그림 마지막에 눈동자 찍기, 화룡점정 (畵龍點睛)이다.

해마다 버들 꺾어 임께 주었네
봄바람 이별의 한 모르노라 하노니
낮가지 한들거리며 길 먼지만 쓸어라

여기서 잊고 지나서 안 될 시조가 있다.

멧버들 가려 꺾어 보내노라 임의손대
자시는 창 밖에 심어 두고 보소서
봄비에 새잎곳 나거든 날인가도 여기소서

선조 때 함경도 기생 홍랑(洪娘)의 시조다. 이 시조의 지배소도 천근성
(淺根性) 상관물인 버들이다. 불망(不忘)을 기약하는 이별의 신표다. 선조
6년(1573) 가을에 경성(鏡城) 북평사 고죽(孤竹) 최경창(崔慶昌, 1539~1583)
과 헤어지면서 읊은 시조다. 뒤에 등장할 홍랑의 한시편에서 다시 언급
될 것이다. '한국인의 이별과 버들 가지'는 한국 시가론의 의미 있는 제
재가 될 만하다.

燕掠斜簷兩兩飛　落花掠亂撲羅衣
연 략 사 첨 양 양 비　낙 화 약 란 박 라 의

洞房極目傷春意　草綠江南人未歸
동 방 극 목 상 춘 의　초 록 강 남 인 미 귀

제비는 짝을 지어 처마를 날아들고
낙화는 어지러이 처마 아래 지네
규방에 홀로 앉아 애태우는 봄
강남 떠나가고는 아니 오는 임

봄날, 규방, 여인, 제비, 낙화는 떠나곤 아니 오는 임을 전경(前景,
foregrounding)으로 한, 고전 시가의 관습적 상관물이다. 강남 갔던 제비의
회귀(回歸)와 떠난 임의 불귀(不歸)가 대비되었다. 이런 상황에 조성되는
전통 정서는 그리워 애태우는(아쉬운) 정, 초려(焦慮)다.

제비는 짝을 지어 처마 끝에 날아들고
가는 봄 지는 꽃은 처마 아래 지는구나
가고선 안 오는 임은 이 마음만 태우네

시조 역이다. 애타는 봄날의 서정이 리듬에 더 잘 해조(諧調)되는 듯하다.

錦帶羅裙積淚痕　一年芳草恨王孫
금 대 나 군 적 루 흔　일 년 방 초 한 왕 손

瑤箏彈盡江南曲　雨打梨花晝掩門
요 쟁 탄 진 강 남 곡　우 타 이 화 주 엄 문

비단 띠 명주 치마 적신 이 눈물
일년 방초 임 그리운 이별의 한을
거문고로 설운 맘 달래는 것을
비에 젖어 배꽃도 떨어집니다

「규원(閨怨)」이다. 규방 여인의 별리지한(別離之恨)을 표출한 7언 절구(七言絶句)다. 이별의 소재 전통(素材傳統) 상관물 '이화(梨花)'가 클로즈업되었다. 시간적 배경이 낮이므로, 관습적 동반 상관물 '달'은 등장하지 않았다. 이화, 달, 비는 우리 시가 전통의 관습적 동반 상관물이다.

이화우(梨花雨) 흩뿌릴 제 울며 잡고 이별한 임
추풍낙엽(秋風落葉)에 저도 날 생각는가
천리에 외로운 꿈만 오락가락하노매

비에 젖어 흩날리는 이미지를 '이화우'로 표출한 절창(絶唱)이다. 한자를 쓰지 않고는 그 정경을 상상조차 할 수 없다. 한글만 쓰자는 이들은 바로 이 지점에서 말문을 닫을 수밖에 없다. 선조 때 전라도 부안 기생 매창(梅窓) 이향금(李香今, 1573~1610)이 유희경(劉希慶, 1545~1636)과 이별하며 지었다. 매창의 한시는 다음 기회에 소개될 것이다.

비단 띠 명주 치마 적신 이 눈물
거문고로 설운 이 맘 달래볼 적에
배꽃도 비를 못 이겨 떨며떨며 지누나

역시 심한 의역이다. 시조의 음률과 뜻을 어울려 살리기는 이리 어렵다.

月樓秋盡玉屛空 霜打蘆洲下暮鴻
월 루 추 진 옥 병 공　상 타 노 주 하 모 홍

瑤瑟一彈人不見 藕花零落野塘中
요 슬 일 탄 인 불 견　우 화 영 락 야 당 중

월루(月樓)에 가을 깊어 울안은 비고
서리 내린 갈밭엔 저녁 기러기
거문고 한 곡조 임은 어디 갔나
연꽃만 들 못 위로 맥없이 지네

역시 「규원(閨怨)」이다. 근경(近景)과 원경(遠景)을 옮겨 가며 시적 화자(話者)의 시선이 오가는 기·승·결의 회화적(繪畵的) 이미지 전개 과정에 거문고 음률이 시상 전환소(轉換素) 구실을 한다. 적요(寂寥) 중에 거문고 고운 선율이 개입되어 한국화 한 폭이 자못 생기를 얻는다. 7언 절구 기·승·전·결의 시격(詩格)을 살린 허난설헌의 시재(詩才)가 탁발(卓拔)하다.

> 달밤 다락 가을 깊고 갈밭엔 서리 기러기
> 거문고 한 곡조 내 임은 어디
> 연꽃만 들 못 저 위로 맥없이 지네

'달밤 다락'을 그냥 '다락에'로 옮기면 가락은 부드럽다. 하지만 달밤 이미지와 분위기를 생략한 채 이 시를 감상하는 것은 치명적 실수다. 달은 우리 문학 전통의 기본 상관물이다.

水安宮外是層灘　灘上舟行多少難
수 안 궁 외 시 층 탄　탄 상 주 행 다 소 난

潮信有期應自至　郎舟一去幾時還
조 신 유 기 응 자 지　낭 주 일 거 기 시 환

> 집 문 밖은 위험타 거칠은 여울
> 이 여울 배 떠나기 아마 힘들리
> 바닷물 신(信)이 있어 제때 들와도
> 임의 배 한 번 가면 언제 또 오나

「죽지사(竹枝詞)」다. 별리지정(別離之情)이 심장에 사무친다. 물을 경계로 하여 서정적 화자와 임은 아드막히 분리되어 있다. 거친 여울을 거쳐 떠나간 임은 바다로 흘러갔던 여울물이 되돌아와도 돌아올 기약이 없다. 우리 시가 소재 전통에서 물은 다리와 함께 경계선 이미지(borderline image)의 매개체다. '거칠은'은 표준 표기 '거친'의 시적 허용(poetic liscence)형이다.

집 문 밖 거친 여울 배 뜨기 어려웠네
바닷물 신(信)이 있어 제때에 나들어도
임의 배 한 번곳 가면 언제 다시 오려나

池頭楊柳疎　井上梧桐落
지 두 양 류 소　정 상 오 동 락

簾外候蟲聲　天寒錦衾薄
염 외 후 충 성　천 한 금 금 박

연못가에 버들가지 성기어졌네
우물 위 오동잎 우수수 질 제
주렴 밖 벌레 소리 애처로운데
찬 자리 엷은 이불에 잠들 길 없네

5언짜리 서정시로 「한야(寒夜)」다. 나뭇잎 진 쓸쓸한 겨울, 낙목한천(落木寒天) 긴긴 밤 전전반측(展轉反側) 잠 못 들어 하는 여인의 고적한 정황을 표출했다. 결구 '천한금금박'이 절륜(絶倫)의 경지를 넘본다.

不帶寒餓色　盡日當窓織
부 대 한 아 색　진 일 당 창 직

惟有父母憐　四隣何曾識
유 유 부 모 련　사 린 하 증 식

주리고 추운 기색 보이지 않고
진종일 창가에서 홀로 베 짤 제
오로지 부모만은 애련타 해도
이웃 사람 그 사정을 어이 알리오

「빈녀(貧女)」다. 가난한 집 여인의 외롭고 곤궁한 처지를 베 짜는 정황 제시로써 구상화(具象化)했다. 조선 전기에 자연 서정을 넘어 삶의 현실을 시로 읊은 허난설헌의 발상은 선구적이다. 이런 시를 본격적으로 쓴 이는 18세기 말 정조 때의 다산(茶山) 정약용(丁若鏞)이다. 체제 모순에 도전하여 「홍길동전」을 쓴 교산(蛟山) 허균(許筠)의 누이답다.

집안에 남은 거라곤 송아지 한 마리
귀뚜라미만 쓸쓸히 와서 위로를 하네
텅 빈 집안에선 여우 토끼가 뛰놀지만
대감님 댁 문간에선 용 같은 말이 뛰놀 테지
우리네 뒤주에는 해 넘길 것도 없는데
관가의 창고에는 겨울 거리가 흘러 넘쳐라
우리네 부엌에는 바람서리만 쌓였거늘
대감님 밥상에는 고기 생선이 갖추어 있겠지

정약용의 「고시(古詩)」에서 뽑은 것이다. 신분 질서에 따른 빈부 격차의 실상이 비판적으로 제시, 폭로되었다. 천주교의 영향을 받은 실학자 정약용의 비판적 리얼리즘(critical realism) 계열 한시(漢詩)를 번역한 것이다. 경기도 암행어사를 지낸 그의 현실 체험이 반영된 것으로 보인다. 이보다 앞서 허균의 스승 이달(李達)의 시에도 현실 감각이 묻어 있으나, 여기서는 평설을 아낀다.

手把金剪刀　夜寒十指直
수 파 금 전 도　야 한 십 지 직

爲人作家衣　年年還獨宿
위 인 작 가 의　연 년 환 독 숙

가위로 싹둑싹둑 옷 마르노라면
밤 추위에 열 손가락 호호 곱아라
시집 옷 짓노라니 밤낮이 없고
이내 몸은 해마다 홀로 잠드네

역시 「빈녀(貧女)」다. 삯바느질로 겨를이 없는, 가난한 홀어미의 곤궁,
고독한 처지를 노래했다.

품팔이 삯바느질 추위 시린 밤
시집 갈 남의 옷이야 지으나마나
해마다 이 몸은 되레 새우잠만 자누나

豈是乏容色　工鍼復工織
기 시 핍 용 색　공 침 부 공 치

少小長寒門　良媒不相識
소 소 장 한 문　양 매 불 상 식

어찌타 인물이 못하다 하리

바느질에 길쌈에 솜씨 좋건만
오막살이 가난이 원수랄는가
중매쟁인 그림자도 얼씬 않누나

또 「빈녀(貧女)」다. 용모나 바느질 솜씨, 길쌈 솜씨 나무랄 게 없는 아가
씨인데, 오직 가난 때문에 중매쟁이가 얼씬도 않는 세태를 비판한 시다.
이런 세태는 동서고금 인류 사회의 공통된 폐풍이다. 우리 인간의 근원
적인 죄다.

인물이 좋은 데다 일솜씨도 좋건만
오막살이 가난이 원수인 것을
중매인 이런 사정을 어이 알까 하노니

허난설헌의 신선시 128수에 대한 논의는 다른 기회로 미룬다.

(3) 이매창

매창(梅窓, 1573~1610, 선조 6~광해군 2)은 전라도 부안(扶安) 기생으로 개
성 황진이와 함께 조선 명기(名妓)의 쌍벽(雙璧)을 이루었다. 아전 이탕종
(李湯從)의 딸로 자는 천향(天香), 매창은 호다. 계유년에 태어났기에 계생
(癸生), 계랑(癸娘, 桂娘)이라 불렀다.
매창은 시문(詩文)과 거문고에 뛰어나 당대의 문사(文士)인 유희경(劉希
慶), 허균(許筠), 이귀(李貴) 등과 깊이 교유하였다. 유희경의 시에 매창에
게 주는 것이 10여 편 있으며, 시조집 『가곡원류(歌曲源流)』에 실린 '이화
우 흩날릴 제'가 유희경과의 이별을 읊는 시조라는 주(註)가 붙어 있다.

허균의 「성소부부고(惺所覆瓿藁)」에도 매창과 시를 주고받은 이야기가 전한다. 허균은 그녀의 뛰어난 시재(詩才)를 높이 평가하였다.

매창 묘비는 1655(효종 6)년에 부풍시사(扶風詩社)가 세웠는데, 그녀가 1513(중종 8)년에 출생하여 1550년에 죽은 것으로 잘못 새겨 놓았다. 「매창집」 발문(跋文)에 적힌 생몰 연대(生沒年代)가 정확한 것으로, 매창은 37세에 갔다.

同風三月時　處處落花飛
동 풍 삼 월 시　처 처 낙 화 비

綠綺相思曲　江南人未歸
녹 기 상 사 곡　강 남 인 미 귀

춘삼월 좋은 시절 동풍이 불어
곳곳마다 꽃송이 하늘을 도네
거문고로 그리운 맘 하소하건만
떠난 임은 다시 돌아올 기약이 없네

「춘사(春思)」다. 녹음방초(綠陰芳草) 돋아나는 생명의 봄인데, 시적 화자(話者)는 결핍에 부대낀다. 떠난 임과의 기약 없는 만남 때문이다. 시조역은 어찌할 겐가.

곳곳이 봄바람에 꽃송이 휘날린다
거문고로 그리는 맘 가눌 길 없어라
가시고 안 오시는 임 이런 줄을 아실까

기다리는 마음이 곡진(曲盡)코 애처롭다. 이런 정서와 분위기를 대표하는 작품으로 신사임당(申師任堂)의 시가 있다. 그 시는 다음 기회에 보기로 하고, 김안서가 이를 사뭇 의역(意譯)한 노랫말을 상기해 보기로 한다.

꽃잎은 하염없이 바람에 지고
만날 날은 아득타 기약이 없네
무어라 맘과 맘은 맺지 못하고
한갓되이 풀잎만 맺으려는고

바람에 꽃이 지니 세월 덧없어
만날 길은 뜬구름 기약이 없네
무어라 맘과 맘은 맺지 못하고
한갓되이 풀잎만 맺으려는고

김성태의 곡으로 된 「동심초(同心草)」를 목청껏 불러보자. 가을 노래지만, 박목월의 「이별의 노래」와 함께. 그리운 우리 가곡들이다.

同風一夜雨　柳與梅爭春
동 풍 일 야 우　유 여 매 쟁 춘

對此最難堪　樽前惜別人
대 차 최 난 감　준 전 석 별 인

동풍에 보슬비 밤새 오더니
버들이며 매화꽃 봄을 다투네
이 좋은 새봄에 차마 못 할 일

이별의 잔을 드니 마음 아려라

「자한(自恨)」이다. 시간 배경은 봄이고, 정황은 남녀 이별이다. 이별 정황에서 빠지지 않는 관습적 상관물 버들이 등장했다. 눈록(嫩綠)이 날로 푸르러 가고, 매화꽃이 정념(情念)을 피운다. 자연 만상은 성숙과 번영을 노래하는데, 사람은 이별의 잔을 들어야 한다. 자연 표상과 정한의 심서(心緒)가 대조되어 서정의 G현(絃)이 극한으로 켱긴다.

어젯밤 동풍 불고 보슬비 내리더니
버들잎 푸르르고 매화꽃도 시샘인데
이별의 잔을 들자니 이 마음 아려라

長堤春草色凄凄　舊客還來思慾迷
장 제 춘 초 색 처 처　구 객 환 래 사 욕 미

故國繁華同樂處　滿山明月杜鵑啼
고 국 번 화 동 락 처　만 산 명 월 두 견 제

긴 언덕 봄 풀빛에 이리 설운데
나그네 돌아온 심사 갈피 못 잡네
그 옛날 좋아라고 놀던 자리엔
온 산 가득 밝는 달빛 접동새 울어

「춘수(春愁)」다. 우리 전통 시가에서 무르익는 봄날 정경에 빈번히 등장하는 것이 기나긴 봄풀 언덕, 초원 장제(草原長堤)다. 소망이 무르익는 봄날 시의 화자는 오히려 처연(凄然)한 마음 실마리, 그런 심서(心緒)를 놓지 못해 한다. T.S. 엘리엇적 역설이다. T.S 엘리엇은 만물이 소생하는 4월을 가장 잔인한 달이라 했다. 엘리엇의 이 역설(逆說, paradox)이 반생명적이며 부활의 소망이 절멸한 현대 기계 문명 때문이었다면, 이매창은 변해버린 고향의 봄날 때문이다. 이매창의 봄은 우리 근대 시인 김영랑(金永郎)의 '찬란한 슬픔의 봄'이다.

긴 언덕 봄 풀빛 돌아온 길손
그 옛날 좋아라고 노닐던 자리엔
온 산의 밝은 달밤에 접동새 울어라

千山萬樹葉初飛　雁叫南天帶落暉
천 산 만 수 엽 초 비　안 규 남 천 대 락 휘

長笛一聲何處是　楚鄕歸客淚添衣
장 적 일 성 하 처 시　초 향 귀 객 누 첨 의

산마다 나뭇잎들 흩날리는 적
기러기 울어 예며 해는 지는데
피리 소리 나는 곳 그 어드멘가
덧없이 떠돌아온 길손 이리 눈물겨워라

「초추(初秋)」다. 온 산과 수많은 나무들 천산만수(千山萬樹), 남녘으로 울어 예는 기러기떼, 여운이 길게 퍼져 나가는 피리 소리에 해는 진다. 정처 없이 떠돌다가 돌아온 고향에서 나그네는 눈물짓는다. 초가을 서정도 이렇거늘, 이매창의 만추지정(晩秋之情)은 어떨까. '어드멘가'는 '어디이던가'의 시적 허용형이다.

나뭇잎 흩날리고 기러기 울어 옐 적

해질 녘 피리 소리 애끊는 마음

덧없이 떠돌아온 길손 외오 눈물겨워라

故人交金刀　金刀多敗裂

교 인 고 금 도　금 도 다 패 렬

不惜金刀盡　且恐交情絶

불 석 금 도 진　차 공 교 정 절

우리 임과 의좋이 나눈 금장도

세월이 덧없어서 모두 깨졌네

금장도 아까울 것 없다고 해도

행여 정분 끊일까 저허함일세

「금장도(金粧刀)」다. 은장도를 뛰어넘은 금장도다. 지고지순(至高至純)한
절개의 신표(信標)요 사랑 시의 고전적 표상이다. 세월이 흘러 그 신표는
깨어져도 사랑만은 항구하기를 기원하는 노래다.

임이 주신 금장도 깨어진 세월이라

금장도야 아까울 것 없다 하여도

행여나 정분 끊일까 못내 두려 하노니

다음은 고려 시대 고속요(古俗謠)에 남녀의 신의(信義)를 노래한 절창(絶
唱) 「서경별곡(西京別曲)」이다.

즈믄 히를 외오곰 녀신들 위 두어렁셩 신(信)잇돈 그츠리잇가

천년을 홀로 외롭게 산다고 한들 어찌 '임과의 신의'를 저버릴 수가 있겠는가 하는 사랑 노래다. 우리 시가의 전통 정서란 이러하다.

눈물 아롱아롱
피리 불고 가신 임의 밟으신 길을
진달래 꽃비 오는 파촉(巴蜀) 삼만 리(三萬里)

신이나 삼아 줄걸 슬픈 사연의
올올이 아로새긴 육날 미투리
은장도 푸른 날로 이냥 베어서
부질없는 이 머리털 엮어 드릴걸

서정주의 「귀촉도(歸蜀道)」다. 셋째 연은 생략했다. 돌아올 기약 없이 머나먼 험지(險地)로 떠나는 임에 대한 절대 헌신의 모습을 보라. 은장도로 머리카락을 베어 미투리를 삼아 주겠다는 절대적 사랑이 예서 엿보인다.

四野秋光好　獨登江上臺
사 야 추 광 호　독 등 강 상 대

風流何處客　携酒訪余來
풍 류 하 처 객　휴 주 방 여 래

온 들판 가을빛이 하도 좋아서
홀로서 강변 다락 오르노라니

어느 집 풍류객이 술병을 들고
다락으로 날 찾아 따라오나니

「소견(消遣)」이다. 이매창이 풍류객과 자유로이 교유(交遊)하던 모습이
연상되는 시다.

온 들판 가을빛에 홀로 오른 강변 다락
어느 집 풍류객이 술병을 들고
날 찾아 다락 오르니 가을은 익어라

空閨養拙病餘身　長任飢寒四十年
공 규 양 졸 병 여 신　장 임 기 한 사 십 년

借問人生能幾許　胸懷無日不沾巾
해 문 인 생 능 기 허　흉 회 무 일 불 첨 건

병든 몸 홀로이 규방 지키며
가난 추위 시달리기 장장 마흔 해
우리 인생 산다 한들 얼마나 될까
설워라 어느 하룬들 안 운 날이 없었네

「자탄(自嘆)」이다. 이 시의 화자는 이매창 자신인 것으로 읽힌다. 37년
생애가 어느 정도 고달팠는지 실감케 하는 시다.

병든 몸 규방 지켜 어언 마흔 해
우리 인생 산다 한들 얼마나 되리

설워라 어느 하룬들 안 운 날이 없었네

京洛三年夢　湖南又一春
경 락 삼 년 몽　호 남 우 일 춘

黃金移古意　中夜獨傷神
황 금 이 고 의　중 야 독 상 신

삼년 두고 서울 가는 꿈을 꿨건만
그 모두 생각뿐 새봄 다시 와
황금이 원수로다 하릴없는 날
깊은 밤에 혼자서 넋을 잃노라

「자상(自傷)」이다. 호남과 한양의 물리적 거리가 황금과 결부되어 탄식
을 쌓는 상황 시다. 한양 사는 임을 그리는 절절한 마음이 표출되었다.

서울을 가고지고 삼년을 별려도
그 모두 생각뿐 새봄이 다시 오네
깊은 밤 홀로 새우며 넋마저 잃느니

이매창의 시는 전편이 비애미(悲哀美)를 머금었다. 한국 예술의 미적 위
상은 우아미(優雅美)와 비애미의 좌표에 있다. 일본 사람 야나기 무네요
시(柳宗悅)가 한국 예술미를 비애미로 규정한 일이 있어, 이를 비판하는
쪽도 있다. 야나기 무네요시의 규정과 상관없이, 우리 예술의 미적 특성
의 중심에 우아미와 비애미가 자리하는 것은 사실이다. 이런 구분은 독
일 철학자 N. 하르트만의 '숭고미, 우아미, 비장미, 희극미'의 구분 방식

을 원용한 것이다.

신라 향가의 「찬기파랑가」에는 숭고미와 우아미가 일체화해 있고, 사설 시조·판소리·탈춤에는 골계미(滑稽美, 희극미)가 넘친다. 그럼에도 이것은 우리 전통미의 주류(主流)는 아니다. 우리 예술에 비장미(悲壯美)가 결여된 것은 우리 고전 예술에 비극(悲劇)이 없는 것과 깊이 관련된다. 우리 민족이 정복자적 영웅주의를 숭상하지 않은 것, 인간의 본질 탐구 같은 사유(思惟)의 깊이를 천착하지 않는 경향과 표리 관계에 있다고 할 수 있다. 비극적 상황과 정면으로 대응하지 않고, 그런 상황을 파토스(Pathos)적 체념과 자탄(自歎) 현상으로 치닫는 경향과 관련되는 것으로 보인다.

비애미는 아름답다. 하지만 헤어지거나 멸망해 가는 것, 결핍된 것을 쉽사리 체념하는 정서 관습에 문제는 있다. 상실의 안타까움과 슬픔을 극복하려 하기보다는 자위(自慰)하는 경향을 보인다. 이런 편향성이 슬프디슬픈 우리 대중 가요를 낳기도 하였다.

전북 부안에는 매창공원이 실히 조성되어 있다.

(4) 이옥봉

옥봉(玉峰) 이씨(李氏)의 본관은 전주이고, 옥봉은 호다. 군수를 지낸 이봉지(李逢之)의 서녀(庶女)로 15세에 조원(趙瑗)의 소실이 되었고, 임진왜란을 만나 35세 안팎에 죽은 듯하다. 이옥봉의 시는 32편이 전하는데, 1704년(숙종 30)에 조원의 현손(玄孫)인 정만(正萬)이 편찬한 『가림세고(嘉林世稿)』 부록에 편입되어 전한다.

허균은 『학산초담(鶴山樵談)』에서, 그녀의 시는 매우 밝고 강건하여 자못 부인의 화장기 나는 말이 아니라 하였고, 『성수시화(惺叟詩話)』에서도 그녀의 시정(詩情)이 맑고 건장하다 평하였다. 신흠(申欽)은 "근래 규수의 작품 중 승지 조원의 첩 이씨의 것이 제일이다."고 하였다. 홍만종(洪萬宗)도 『시평보유(時評補遺)』에서 그녀의 시를 호평하였고, 『소화시평(小華時評)』에서는 "(사람들이) 조원의 첩 옥봉 이씨를 조선 제일의 여성 시인이라 일컫는다."고 하였다. 허난설헌과 함께 당대부터 높은 평가를 받았다.

近來安否問如何　月到紗窓妾恨多
근 래 안 부 문 여 하　월 도 사 창 첩 한 다

若使夢魂行有跡　門前石路已成砂
약 사 몽 혼 행 유 적　문 전 석 로 이 성 사

요사이 우리 임은 편안하신지
사창(紗窓)에 달 밝으니 이 맘 서러워
꿈속에 가는 넋이 자취 있다면
문 앞의 자갈길도 모래 됐으리

7언 절구로 「꿈」을 노래했다. '임-나-꿈-길'로 전개된 시의 구조가 기·승·전·결의 질서로 꽉 아물렸다. 그립고 아쉬운 정황 제시의 관습적 상관물인 달이 여기서도 등장한다. 달과 으스름의 박명성(薄明性)은 우리 전통 미학의 특성 항목이다. 우리 시가는 그러기에 이탈리아식 '오 솔레 미오'보다 독일식 '로렐라이 언덕'에 더 친근하다. 우리 한시에 '사창(紗窓)'도 자주 등장하는데, 기다리며 가슴 죄는 규방 여인의 표상을 돋보이게 하는 상관물이다. '사'는 명주실로 성기게 짠 천이다. 그 얇은 커튼에 달이 우려 비치고, 규방 여인 홀로, 그립고 아쉬워 가슴 죄는 정황이 관습적 전통 미학의 실상이다. 이 시의 백미(白眉)는 결구다. 자갈길이 모래가 되는 기막힌 상상력, 실로 절묘하다. 직설과 영탄을 뛰어넘어 구상화(具象

化)한 이미지 제시, 이것이 이옥봉 시의 위상을 한 단계 끌어올린다.

　사창(紗窓)에 어린 달빛 임 생각 간절한데
　오가는 내 꿈길이 자취라도 있었더면
　임의 집 문전 석로(門前石路)가 모래 되고 말았으리

翡翠簾疎不蔽風　新凉初透碧紗朧
비 취 렴 소 불 폐 풍　신 량 초 투 벽 사 롱

娟娟玉露團團月　說盡秋情草下蟲
연 연 옥 로 단 단 월　설 진 추 정 초 하 충

　비취 주렴 성긴 탓인가 초가을 바람
　엷은 소매 스미어 서늘하구나
　달빛에 구슬인 듯 이슬 빛나고
　벌레는 풀밭에서 가을을 읊네

「초추(初秋)」다. 시각, 냉온 감각과 촉각, 청각이 동원된 가작(佳作)이다.
바람의 촉각, 달빛, 이슬, 벌레 등 초가을 감성 표상들이 실히 어우러졌다.

　비취 주렴 성긴 사이 스미는 초갈 바람
　달빛에 구슬인 양 반짝이는 이슬 방울
　벌레는 풀밭 저기서 울어울어 쌓누나

虛簷殘溜雨纖纖　枕單輕寒曉漸添
허 첨 잔 류 우 섬 섬　침 단 경 한 효 점 첨

花落後庭春睡美　呢喃燕子要開簾
화 락 후 정 춘 수 미　이 남 연 자 요 개 렴

보슬비에 처맛물 줄기가 지고
새벽녘 잠자리가 으스 춥구나
꽃이 지니 봄철 잠 그리운 것을
제비는 지지배배 발을 열라네

「춘효(春曉)」다. 보슬비가 처마 끝에 줄기져 흐르고, 으스스 찬 기운에
도 새벽잠이 달다. 날 새자 제비 소리가 잠을 깨운다. 봄날 아침 정경이
선연히 떠오르게 하는 이옥봉의 글솜씨가 실히 돋보인다.

보슬비 새벽인 제 잠자리 차운지고
꽃 진 뒤 봄철 잠은 하냥 좋은걸
제비는 잠 깨라는 듯 지지배배 우느니

絳紗遙隔夜燈紅　夢覺羅衾一半空
강 사 요 격 야 등 홍　몽 각 라 금 일 반 공

霜冷玉籠鸚鵡語　滿階梧葉落西風
상 랭 옥 롱 앵 무 어　만 계 오 엽 낙 서 풍

붉은 깁에 가리어 등불은 붉고
꿈 깨니 덮은 이불 반이 비었네
갈바람에 오동잎은 섬돌을 덮네

역시 이옥봉의 「추야(秋夜)」다. 붉은 등불, 꿈, 빈 이불, 서리, 앵무새, 갈 바람, 오동잎 들이 가을 밤의 고적한 정황(情況)을 조성하는 적실한 상관물들이다. 논리적으로 판단 보류, 판단 정지 상태다. "임 떠난 가을 밤 잠자리 마냥 서럽네."와 같은 감정 표출을 숨겼다는 말이다. 조선 중기에 이런 시를 쓴 것은 경이로운 일이다. 승구(承句)의 빈 이부자리 대목이 백미(白眉)다.

> 붉은 깁 등불 빛에 꿈을 깨니 빈 이불
> 조롱엔 서리 차다 앵무새 울 적에
> 오동잎 하늬바람에 섬돌을 덮네

無窮會合豈愁思　不比浮生有別離
무 궁 회 합 기 수 사　불 비 부 생 유 별 리

天上却成朝暮會　人間謾作一年期
천 상 각 성 조 모 회　인 간 만 작 일 년 기

> 서로 만나 헬 수 없이 끝없는 사념
> 뜬세상 별리에야 어이 비기리
> 하늘에선 아침 저녁 만나는 것을
> 인간사 일 년인 양 그릇 아나니

「칠석(七夕)」이다. 이별이 소재인데, 세상 이별과 하늘 이별이 대비되었다. 견우와 직녀가 칠석에 만난다는 천체 설화가 도입되었는데, 그 천체 설화가 이옥봉의 시에서는 재해석되었다. 견우와 직녀가 일 년에 한 번 만난다는 것은 속임수이고, 실은 매일 밤 만난단다. 사람 사이에서야 기약 없는 결별(訣別)이 얼마나 많은가. 이별의 안타까움을 극대화하면서도 서정의 직접적 표출은 눌렀다. 이옥봉답다.

끝없이 만나거니 무엇을 섧다 하리
하늘선 조석으로 만나서 즐기거늘
인간사 한 해만이라 자못 설워하느니

明宵雖短短　今夜願長長
명 소 수 단 단　금 야 원 장 장

鷄聲聽欲曉　雙瞼淚天行
계 성 청 욕 효　쌍 검 누 천 행

그까짓 내일 밤야 짧거나 마나
이 한 밤만 요대로 길어를지고
저 닭아 울지 마라 날이 새면은
품에 안긴 우리 임 길채비하리

「계성(鷄聲)」이다. 닭 울음소리가 소재이고, 제재는 이별이다. 닭 울음소리는 만남과 이별의 변곡점에 놓인다. "이 밤 더디 샐지라."는 우리 시가 전통의 기본 정서다.

낼 밤야 짧든 말든 이 한 밤만 길어지고
저 닭아 울지 마라 너 울면은 날이 샌다
우리 임 가실 채비에 마음 졸여 하노니

小白梅逾耿　深靑竹更姸
소 백 매 유 경　심 청 죽 갱 연

憑欄未忍下　爲待月華圓
빙 란 미 인 하　위 대 월 화 원

흰 매화 갈수록 그 빛이 맑고
푸른 대는 볼수록 아름다운 것을
이 다락 차마 어이 버릴 것인가
기다릴손 둥근 달 밝게 뜨나니

「누상(樓上)」이다. 매화의 향맑은 빛과 대나무 푸른 빛이 대비되어 있
고, 다락에 올라 난간에 기댄 사람이 둥근 달 떠오르는 것을 기다린다. 흰
매화, 푸른 대나무, 다락, 사람, 둥근 달이 상관물로 동원되었다. 이옥봉
의 정경과 분위기 조성 솜씨가 여기서도 빛난다.

흰 매화 갈수록 그 빛은 맑이라
이 다락 차마 어이 버릴 것인가
둥근 달 떠오르기를 기다리는 마음아

(5) 삼의당 김씨

삼의당(三宜堂) 김씨(金氏, 1769~?, 영조 45~?)는 조선 후기의 대표 여성 시
인이다. 본관은 김해이고, 전라도 남원 누봉방(樓鳳坊)에서 태어나 같은 날
같은 마을 출생인 담락당(湛樂堂) 하립(河昱)과 혼인하였다. 중년에는 선영
先塋이 있는 진안군 마령면 방화리로 이주하여 시문(詩文)을 쓰다가 생을

마쳤다. 남편의 등과(登科)를 위하여 머리카락을 잘라 팔 정도로 정성을 다했으나 뜻을 이루지 못하였다. 남편 하립이 부인이 거처하는 곳의 벽에 글씨와 그림을 가득 붙이고, 뜰에는 꽃을 심어 '삼의당'이라 불렀다. 그의 묘는 진안군 백운면 덕현리에 있다. 남편과 쌍봉이다. 진안군 마이산 탑영지(塔影池)에는 '담락당하립삼의당김씨부부시비'가 서 있다. 1930년에 문집 『삼의당고』 2권이 간행되었다. 시 99편, 산문 19편이 실렸다. 조선 시대 여성 문인으로 자료 쪽에서 이만큼 돋보이는 이는 드물다. 이것이 삼의당 김씨가 후기 여성 시인임에도 다섯 번째 논의 대상이 되는 까닭이다.

春興紗窓幾首詩　篇篇只自道相思
춘 흥 사 창 기 수 시　편 편 지 자 도 상 사

莫將楊柳種門外　生憎人間有別離
막 장 양 류 종 문 외　생 증 인 간 유 별 리

봄 사창 흥겨워서 시 읊고 나니
구구마다 상사뿐 하소 끝없네
문밖에 버드나문 심지 말 것이
인간사엔 안 그래도 이별 잦거늘

「춘흥(春興)」이다. 여성 한시의 공통 상관물인 사창(紗窓)이 여기에도 등장한다. 이옥봉의 시에서 본 바와 같다. 이별의 상관물인 버드나무도 빠지지 않았다. 허난설헌의 시에서도 보았다. 이별의 한을 읊었다.

춘흥을 읊고 나니 구구마다 상사(相思)일세
문 밖에 버들일랑 애당초 심질 마오

인생사 이별이 잦아 어이할까 하노니

梨花多意向人開　郎未來時春又來
이 화 다 의 향 인 개　낭 미 래 시 춘 우 래

惟有簷前無數燕　雙雙飛帶夕楊回
유 유 첨 전 무 수 연　쌍 쌍 비 대 석 양 회

반갑구나 하이얀 배꽃 송이들
그 임은 안 오시고 봄은 또 왔네
처마 밑에 무수한 제비 떼들만
쌍쌍이 오락가락 짝지어 노네

「이화(梨花)」다. 제비가 주요 상관물이다. 배꽃은 분위기 조성의 상관물이고, 제비는 만남의 알레고리다. 고대 가요 「황조가(黃鳥歌)」의 꾀꼬리에 갈음된다. 하얀 배꽃 송이가 춘정(春情)을 환기하고, 쌍쌍이 노는 제비 떼가 고적감을 돋운다.

배꽃은 피었건만 그 임은 아니 오네
제비는 무수히 처마 끝 드나들며
쌍쌍이 오락가락하며 짝지어 노네

細雨濛濛春欲晚　風吹減却桃花片
세 우 몽 몽 춘 욕 만　풍 취 감 각 도 화 편

飛去飛來落誰家　洛陽兒女長相怨
비 거 비 래 낙 수 가　낙 양 아 녀 장 상 원

가랑비 보슬보슬 내리는 늦봄
바람결에 송이송이 복사꽃 떨려라
이리저리 떠돌다가 어느 뉘 집에
서울이라 아가씨 탄식을 하네

「도화(桃花)」다. 가랑비, 바람, 복사꽃이 어우러져 봄날의 그리움을 자아낸다. 춘정(春情)의 주인공은 서울 아가씨다.

저무는 봄날이라 실비는 보슬보슬
복사꽃 바람결에 이저리 흩날리다
아가씨 긴긴 봄날은 안타까워 어쩌나

五更明月滿西城　城上何人弄笛行
오 경 명 월 만 서 성　성 상 하 인 농 적 행

可憐孤燭深閨夜　正是愁人夢不成
가 련 고 촉 심 규 야　정 시 수 인 몽 불 성

지새운 밤 둥근 달이 성을 비칠 제
성 위에선 그 누구가 피릴 부는고
깊은 밤 외론 촛불에 서러운 규방
쓸쓸한 맘 잠들 길 바이없어라

「적성(笛聲)」이다. 때는 한밤이 기운 5경이다. 희붐한 새벽이 뒤척이는 시각까지 잠을 이루지 못하는 시적 화자(話者)의 영상이 가물거리는 촛불빛에 어렸다. 고적하다. 둥근 달은 서녘 성루 위로 떠오를 즈음 웬 피리 소리가 이리 애를 끊는가.

　지샌 밤 둥근 달 성 위에 기운 적에
　규방의 외론 촛불 쓸쓸키 바이없다
　그립고 아쉬운 마음 잠들 길이 있으리

　雨乍霏霏風乍輕　草堂長夏不勝淸
　우 사 비 비 풍 사 경　초 당 장 하 불 승 청

　一聲歌曲來何處　芳樹陰中好鳥鳴
　일 성 가 곡 래 하 처　방 수 음 중 호 조 명

　부슬비 언뜻 개고 실바람 불어
　초당이라 긴 여름 한가로운데
　한 곡조 고운 노래 들려오누나
　새들이 숲 향기 속에서 지저귀는 것을

「하경(夏景)」이다. 여름날 한가한 여름 정경이 적실히 표출되었다. 부슬
비, 실바람, 새들의 노랫소리가 더 좋이 어우러질 수가 없다. 초당 주인은
누구인가.

　부슬비 언뜻 개고 실바람은 부드러라
　초당도 긴 여름이 그지없이 한가롭네
　새들은 숲 향기 좋아 지지배배 우누나

滿天明月滿園花　花影相添月影加
만 천 명 월 만 원 화　화 영 상 첨 월 영 가

如月如花人對座　世間榮辱屬誰家
여 월 여 화 인 대 좌　세 간 영 욕 속 수 가

하늘에 찬 밝은 달 꽃밭에 차고
꽃빛에 달빛 어려 더욱 고와라
달인 듯 꽃인 듯 마주 앉으니
세상의 영욕 어느 집에 속한 얘길까

「화월야(花月夜)」다. 꽃빛에 달빛이 어려 아름다움의 극치를 자아낸다.
꽃은 아름다움의 상징이면서 열매 맺기, 종족 번식의 뜻을 품고 있다. 달
은 그 빛이 '부드럽고 감싸는 듯, 물기를 머금은 듯한 느낌으로 말미암아
여성적인 서정성, 조화와 융합, 내밀한 공감'을 상징하는 것으로 풀이된
다. 밝은 빛은 정화(淨化)하는 힘의 상징이기도 하다. 또 달은 차가운 듯한
느낌 탓에 '외로움과 슬픔, 소외, 정한(情恨)의 서정' 표상으로 쓰여 왔다.
유교에서는 달이 군자지덕으로서의 청한(淸閒), 청정(淸淨)·은일(隱逸)의
품성으로, 불교에서는 원융(圓融)·자재(自在), 무명(無明)을 맑히는 유명(有
明)의 표상으로, 도교에서는 선녀 항아(姮娥)의 월궁(月宮) 설화에 여성적
인 아름다움의 상징으로 쓰였다. 낮에는 사람들이 해 둘에 타서 죽고, 밤
에는 달 둘에 얼어 죽었다는 섬뜩한, 제주도 무속 신화 천지왕 본풀이가
표상하는 차가움, 냉혹의 이미지는 예외적인 것이다. 달의 상징성에 관
한 연구는 풍부하다. 우리 문학 표상에서 달의 존재는 이같이 중요하여
해와 대비된다. 따라서 우리 문학의 색조상 달빛의 특징은 박명성(薄明性)
이다.

달빛을 머금은 꽃밭의 충만한 은일경(隱逸境), 이건 동방의 낙원이다.
장만영의 시 「순이·달·포도 잎사귀」도 그렇다.

하늘 가득 밝은 달이 꽃밭에도 가득한데
꽃과 달 서로 어려 그림자 고운 것을
세상사 영욕과 한이 어느 집에 있을까

牧笛村村去　樵歌谷谷來
목 적 촌 촌 거　초 가 곡 곡 래

夕陽無限興　窓外漸徘徊
석 양 무 한 흥　창 외 점 배 회

동네마다 피리 소리 들리는 날들
골짝마다 초동 노래 울리어 나니
해질 녘 흥겨움은 그지없어서
창밖 뜰을 어슬렁거니노라네

「목적(牧笛)」이다. 한가한 산촌에 목동의 피리 소리가 들리고, 초동의
노랫소리가 산골짝을 울린다. 해질 녘이다. 고즈넉한 산골 마을 뜨락을
거니는 시의 화자가 적이 부럽다.

동네마다 피리 소리 들리는 날들
골짝마다 초동 노래 울리어 나니
해질 녘 흥에 겨워서 거니는 뜨락

明月出墻頭　如盤又女鏡
명 월 출 장 두　여 반 우 여 경

且幕下重簾　恐遮窓間影
차 막 하 중 렴　공 차 창 간 영

담 머리서 둥덩실 솟아오른 달
둥그런 소반인 듯 거울이랄까
창에는 주렴일랑 내리지 마오
행여나 창 그림자 가리어질라

「추야월(秋夜月)」이다. 둥근 소반이나 거울에 비길 둥그런 달이 뜬 밤이
다. 창에 주렴 같은 걸 드리워 가려서 안 될 가을 달이다.

담 머리 솟은 저 달 맑기가 거울인데
창에는 주렴일랑 내리지 말지니
행여나 달 그림자가 가려질까 저어라

一月兩地照　二人千里隔
일 월 양 지 조　이 인 천 리 격

願隨比月影　夜夜照君側
원 수 비 월 영　야 야 조 군 측

저 달은 하나건만 두 곳을 비춰
우리 둘 헤어져 아득한 천 리
저 달은 밝은 빛 그대로 따라

밤마다 임 계신 곳 밝혀를지고

역시 「추야월(秋夜月)」이다. 남편 하립이 과거 보러 한양으로 떠난 뒤에 쓴 시로 보인다. 달이 메신저로 대두되는 정황이다.

저 달은 하나건만 두 곳을 비춰
먼먼 천 리 헤어진 우리 두 사람
달이여 임 계신 곳을 밝혀를 다오

天涯芳信隔　寂寂掩深戶
천 애 방 신 격　적 적 엄 심 호

永夜鳴梧葉　簷端有踈雨
영 야 명 오 엽　첨 단 유 소 우

집 떠난 지 몇 해인고 소식이 없어
하도 쓸쓸 외로이 문을 닫으니
긴긴 밤을 오동잎 서러이 울고
처마 끝에 흐득이는 낙숫물 소리

「추야우(秋夜雨)」이다. 임 소식을 기다리는 시적 화자의 절절한 그리움이 가을 밤비에 젖어든다. 오동잎 벌어져 구르는 소리, 낙숫물 소리는 외로움을 각성시키는 매개체다.

임 소식 알 길 없어 외로이 문 닫으니
긴 밤을 오동잎은 서러이 노래하고

처마 끝 낙숫물 소리 저리 흐득이는 걸

寂寂空庭上　蕭蕭聞葉下
적 적 공 정 상　소 소 문 엽 하

詩思何處多　明月西窓夜
시 사 하 처 다　명 월 서 창 야

인적 없어 쓸쓸한 빈 뜰 위에
잎사귀만 우수수 외로이 지네
이 마음 풀 길 없어 서창을 여니
하늘사 밝은 달이 못내 설워라

「서창(西窓)」이다. 가을 밤의 시정(詩情)이 비애미(悲哀美)를 띠었다. 한
국을 좋아한 일본 사람 야나기 무네요시(柳宗悅)가 규정한 한국 미학의
정체다. 앞의 여러 시에서 보았듯이, 비애미는 우리 예술 전반이 아닌 부
분적 특성 요목이다.

고요한 비인 뜰에 우수수 낙엽 소리
이 마음 풀 길 없어 뒤척이는 가을 밤
하늘엔 밝은 달이라 서창을 열었네

清夜汲清水　明月湧金井
청 야 급 청 수　명 월 용 금 정

無語立欄干　風動梧桐影
무 어 입 난 간　풍 동 오 동 영

맑은 밤에 맑은 물 긷고 있을 제
밝은 달빛 샘이런 듯 어리는구나
소리 없이 난간에 기댔노라니
바람 따라 어른거리는 오동 잎사귀

「청야급수(清夜汲水)」다. 달 밝은 밤에 물 긷는 아낙네의 섬세한 감수성
이 표출되었다. 감정과 상념 토로의 욕망을 삭인 판단 보류, 판단 정지의
기법이 돋보인다. 거듭 말한다. 문학 레토릭의 본령은 들려 주기(telling)
보다 보여 주기(showing)에 있다.

맑은 밤 맑은 물 길어서 올 적에
밝은 달빛 샘이런 듯 어리어 비치는데
난간에 기대 있자니 오동잎 소리

日長窓外有薰風　安石榴花個開紅
일 장 창 외 유 훈 풍　안 석 류 화 개 개 홍

莫向門前投瓦石　黃鳥只在綠陰中
막 향 문 전 투 와 석　황 조 지 재 녹 음 중

창밖에는 긴긴 날 훈풍이 불고
석류꽃 점점이 붉게 피었네
돌멩이 문밖에 행여 던질라
꾀꼬리 녹음 속에서 잠이 깰까 하노니

「초하(初夏)」다. 초여름의 정경이 선연하다. 결구(結句) 꾀꼬리 대목의

시재(詩才)가 절묘하다. 삼의당 시인이 왜 칭송받을 만한지 예서 알겠다.

창밖에 훈풍 불고 석류꽃은 붉게 폈네
돌멩이 함부로 던지지를 말지라
꾀꼬리 녹음 속에서 잠이 깰까 하노니

삼의당 김씨가 남긴 한시는 많다. 「춘경(春景)」을 보자.

黃鳥一聲裏　春日萬家閑
황 조 일 성 리　춘 일 만 가 한

佳人捲羅幙　芳草滿前山
가 인 권 라 막　방 초 만 전 산

꾀꼬리 꾀꼴꾀꼴 우는 저 소리
집집이 봄날이사 한가롭고야
어여쁜 규방 아씨 사창(紗窓)을 열 제
앞산이라 풀향기 가득하여라

봄날의 한가로운 정경이다. 꾀꼬리, 어여쁜 아씨, 풀향기 가득 서린 앞산이 주요 상관물이다. 고시가의 관습이다. 꾀꼬리는 우리 옛노래에서 에로스를 표상하는 지배소다. 고구려 제2대 유리왕의 「황조가」가 그렇다. 꾀꼬리는 암수 한 쌍이라야 하고. 시적 자아의 고적한 심경이 꾀꼬리로 하여 극화(劇化)한다. 숨어 지내는 규방 아씨는 참다못해 사창(커튼)을 살풋 연다. 마침내 앞산에서 풍겨 오는 짙은 풀향기, 봄날의 이 정취(情趣)를 어찌하란 말인가. 기승전결 시상(詩想)의 전개가 이상 더 절묘할 수가 없다. 마지막 결구結句에서 시상을 수습하는 솜씨가 기막히지 않은가. 청각, 시각, 후각 이미지가 적실(適實)히 동원되었다. 시조역하기가 녹록지 않아 보인다.

꾀꼬리 꾀꼴꾀꼴 집집이 봄이어라
규방의 아씨도 사창을 살풋 여네
앞산이 풀향기 가득 눈앞에 다가오네

삼의당 김씨의 시적 감수성이 놀랍다. 또한 고급 문화를 부군(夫君)과 더불어 향유한 그 돈독한 금심(琴心)이 적이 부럽다.

(6) 운초

운초(雲楚, 부용芙蓉)는 연대 미상의 조선 여성 시인이다. 필자가 손에 넣은 운초의 한시는 모두 18수다. 그 중 몇 수만 읽기로 한다.

前江夜雨漲虛沙　萬里同情一帆斜
전 강 야 우 창 허 사　만 리 동 정 일 범 사

遙想故園春已到　空懷無賴坐天涯
요 상 고 원 춘 이 도　공 회 무 뢰 좌 천 애

간밤 비에 앞 강엔 모래 넘치고
만리 물길 떠가는 외로운 저 배
머리 들어 생각나니 고향엘 가리
의지 없이 앉았어라 하늘 끝 먼데

「사향(思鄕)」, 고향 생각이다. 머나먼 타지. 외로운 시적 자아의 그지없는 향수(鄕愁)를 표출한 시다. 강물 따라 떠나는 돛배를 보며 마음은 이미 고향에 도달했건만, 몸은 타지에 앉아 하늘 끝 저 멀리를 바라보고만 있다. 강물은 흐름, 돛배는 공간 이동, 생각과 몸은 각각 따로다. 고향은 여전히 하늘 끝 저 멀리에 있을 뿐이다.

간밤 비에 앞 강물 모래 넘치고
날마다 만릿길에 고향 가는 저 돛배
홀로서 고향 봄 소식 그려 보는 하늘 끝

寒梅孤着可憐枝　殢雨癲風困委垂
한 매 고 착 가 련 지　체 우 전 풍 곤 위 수

縱令落地香猶在　勝似楊花落浪姿
종 령 낙 지 향 유 재　승 사 양 화 낙 랑 자

애련한 가지 끝에 달린 매화꽃
바람 비에 시달려 고개 숙였네
땅 위에 졌다 해도 고운 그 향내
해롱해롱 버들 꽃 어이 미치랴

「매화(梅花)」다. 외로운 매화가 애련한 가지에 맺혀 있다가 바람과 비에 속절없이 떨어졌다. 그래도 해롱해롱한 버들 꽃 따위에 어찌 비기겠느냐는 것이다. 매화는 관습적인 매란국죽 사군자(四君子)와는 다른, 화훼 미학의 예술적 실체로 보아도 낯설지 않다. '절개나 지조'라는 알레고리의 표상이라 해도, 예술성을 크게 훼손하지 않는다. 운초의 글 솜씨 덕이다.

애련한 가지 끝에 피었어라 매화꽃
바람 비에 부대끼어 땅에 떨어졌대도
허탕한 버들 꽃에야 그 어이 비기리

孤鶯啼歇雨絲斜　窓掩黃昏暖碧絲
고 앵 제 헐 우 사 사　창 엄 황 혼 난 벽 사

無計留春春已老　玉甁聊挿假梅花
무 계 유 춘 춘 이 로　옥 병 요 삽 가 매 화

꾀꼬리 잠잠하고 실비 오는데
황혼이 창에 내려 아늑한 것을
가매화 화병에다 꽂아 보나니

「가매화(假梅花)」다. 꾀꼬리 소리 그치고 실비는 보슬보슬 빗내리는데,
창가엔 벌써 으스름이 내려 아늑하다. 이미 늦은 봄 가매화나마 꺾어 옥
병에 담는다. 가매화는 철 지난 여인의 알레고리이겠으나, 분위기가 예
술성에 젖어 좋이 읽힌다.

꾀꼬리 잠잠하고 실비 오는 황혼 녘
가는 봄 잡을 길 바이 없어서
가매화 화병 속에나 꽂아꽂아 보나니

漁歌一曲西山空　不忍醉過此夜中
어 가 일 곡 서 산 공　불 인 취 과 차 야 중

何事鷄鳴天欲曙　相看脉脉去忽忽
하 사 계 명 천 욕 서　상 간 맥 맥 거 홀 홀

뱃노래 한 곡조에 서산은 비고
차마 이 밤 술 취해 못 보낼 것을
어찌해 닭은 울어 동튼단 말가
잠잠히 서로 보다 홀홀히 예리

「칠석(七夕)」이다. 일년에 한 번만 만났다 헤어진다는 견우직녀의 애끓
는 천체 설화를 도입한 시다. 뱃노래 한 곡조에 서산은 어둠 속에 잠겼다.
은핫물 창창한 칠석날 밤을 술에만 취해서 보낼 수 없다. 어쩌랴. 벌써 닭
은 울어 새벽을 알리니, 차마 홀홀히 헤어져야 하나. 소재 동원과 기승전
결 구성 기교가 빼어나다. 닭 울음소리의 전구(轉句)를 보라. 칠석날 밤에
'그립고 아쉬운' 임과 만났으나, 결곡히 정을 품고 바라만 보다 헤어져야
하는 안타까운 정경이 눈에 선연타.

뱃노래 한 곡조에 서산은 저물었네
아까워라 이 밤사 닭은 울어 동이 튼다
말없이 바라보다가 설리 예니 어쩌랴

秋湖十里繞群巒　一曲淸歌倚彩欄
추 호 십 리 요 군 만　일 곡 청 가 의 채 란

浩浩臺門流去水　終歸大海作波瀾
호 호 대 문 유 거 수　종 귀 대 해 작 파 란

가을 호수 십리를 에워싼 산들
맑은 노래 한 곡조로 다락 기대니
호기로이 다락 앞을 물은 흐르네
바다로 흘러들어 물결 이루리

「유수(流水)」다. 시적 자아는 멧부리들이 에워두른 호숫가 다락에 기대
어 있다. 물길은 십리를 흘러 아득하다. 아드막히 흐르는 물은 마침내 바
다에 이르러 뛰노는 물결을 이룰 것이다. 흐르는 물길은 영원자(永遠者),
시적 자아는 순간자(瞬間者)다. 더욱이 때는 절정을 넘어서는 가을이다.
시적 자아는 삶을, 인생을 두고 묵상에 잠겨 있다. 독자들과 함께다.

가을 호수 물길 보며 다락에 기대어
맑은 노래 한 곡조 물은 쉼 없다
이 물길 바다로 흘러 갖은 풍파 될 것을

一永山深碧草薰　一春歸路査難分
일 영 산 심 벽 초 훈　일 춘 귀 로 사 난 분

借問此身何所似　夕陽天末見孤雲
차 문 차 신 하 소 사　석 양 천 말 견 고 운

날은 길고 심산엔 짙은 풀 향기
봄날은 어드메 간 길 몰라라
묻노니 이내 몸은 무엇 같으리
석양 녘 하늘 끝엔 외로운 구름

「만춘(晚春)」이다. 기나긴 늦봄이 숲속 길로 꼬리를 감추려 한다. 시적 자아는 살풋 실존 의식에 잠긴다. 마침내 해질 녘 하늘 끝에 떠 있는 구름 조각을 본다. 그 구름 조각에 자아를 투영시킨다. 구름 조각은 자아 표상이 된다. 땅과 하늘 사이에 생명이 있다. 시적 자아는 문득 천지 간에 홀로가 된다. 그 '홀로 표상'이 곧 외로운 구름이다. 인생이 그렇다. 그러기에 이 시의 지배소(支配素, dominant)는 '외로운 구름'이다.

늦봄이라 낮은 길고 풀 향기는 짙어라
한봄은 어딜 갔나 알 길은 바이없네
이내 몸 석양 하늘 끝 외로워라 저 구름

絲窓睡罷月輪西　漢水雲煙夢裡迷
사 창 수 파 월 륜 서　한 수 운 연 몽 리 미

林下淸風簾幙起　芳心寂莫一鶴棲
임 하 청 풍 염 막 기　방 심 적 막 일 학 서

사창에 잠이 깨니 달은 서녘에 기울고
지난 일 생각하면 한갓 꿈인 제
솔숲의 맑은 바람 발을 헤치니
고운 맘엔 학 한 마리 깃들였구나

「한거(閑居)」다. 또 '사창(絲窓)'이 등장한다. 이옥봉 등의 시에서 이미 보았듯이, 조선 여성 시에서 표출 빈도가 매우 높은 소재가 사창이다. 사창은 명주실이나 깁으로 성기게 짠 커튼이다. 이 사창은 여성 시인의 자아와 자연, 그리운 사람과의 관계를 차단하는 상관물이다. 사창을 걷는 행위는 막힌 관계를 회복하는 것이다. 번거로운 지난 일 맑은 바람에 씻겨 날린 마음밭엔 고고한 학 한 마리가 깃들였다. 학 한 마리가 지배소다. 마음 닦기, 치유의 시다.

줌 깨니 달은 밝고 지난 일은 꿈 같은데
주렴을 걷고 보니 솔숲 바람 맑은지고
이내 맘 학 한 마리가 적막 속에 깃들였네

조선 여성들이 동원한 관습적 상관물과, 그로써 빚어낸 개별 시인들의 창조적 상상력은 '유일성'이 있었는가? 현대 시조시인들의 반성적 사고 (reflective thinking)가 필요하다.

3. 맺는 말

저자는 우연한 기회에 조선 왕조 여성들의 한시를 다수 읽었다. 모두 60여 명의 여성 시인들과 소통할 수 있는 기회였다. 남성들만이 행세하는 메이저 리그격 절대 왕조 사회에서 여성들은 적디적은 극소수만이 시정의 세계에 접할 수 있었다. 그야말로 보잘것없는 수효의 마이너 리거들이었다.

총인구의 절반인 여성들이 철서히 소외된 중세 조선에서, 고급 문화인 한시를 읽고 썼던 일부 여성들은 별같이 빛나는 존재였다. 그들이 남긴 주옥 같은 한시를 오늘을 사는 우리가 다시 읽고 마음에 아로새겨 보는 것은 벅찬 감격을 불러온다. 그들의 소재와 상상력이 케케묵었다고 폄훼하는 것은 우리 조상이 남긴 고급 문화에 대한 모독이다.

21세기 인공 지능 시대에 웬 한시냐고 투정해서는 안 된다. 수백 년 전에 쓴 옛 여성들의 작품에 서린 은은한 우리 전통 서정과 감수성에 젖어 보자. 작지 않은 감동의 계기가 될 것이다.